O Mapa dos Encontros

ISABELLA MEZZADRI

O Mapa dos Encontros

para

Copyright © 2025 by Isabella Mezzadri

A Editora Paralela é uma divisão da Editora Schwarcz S.A.

Grafia atualizada segundo o Acordo Ortográfico da Língua Portuguesa de 1990,
que entrou em vigor no Brasil em 2009.

CAPA E ILUSTRAÇÃO DE CAPA Bárbara Tamilin
ILUSTRAÇÃO DE MIOLO Tartila/ AdobeStock
PREPARAÇÃO Ariadne Martins
REVISÃO Natália Mori e Juliana Cury

Os personagens e as situações desta obra são reais apenas no universo da ficção;
não se referem a pessoas e fatos concretos, e não emitem opinião sobre eles.

Dados Internacionais de Catalogação na Publicação (CIP)
(Câmara Brasileira do Livro, SP, Brasil)

Mezzadri, Isabella
    O Mapa dos Encontros / Isabella Mezzadri. — 1ª ed.
— São Paulo : Paralela, 2025.

    ISBN 978-85-8439-472-2

    1. Ficção brasileira I. Título.

25-259846   CDD-B869.3

Índice para catálogo sistemático:
1. Ficção : Literatura brasileira   B869.3

Aline Graziele Benitez – Bibliotecária – CRB-1/3129

Todos os direitos desta edição reservados à
EDITORA SCHWARCZ S.A.
Rua Bandeira Paulista, 702, cj. 32
04532-002 — São Paulo — SP
Telefone: (11) 3707-3500
editoraparalela.com.br
atendimentoaoleitor@editoraparalela.com.br
facebook.com/editoraparalela
instagram.com/editoraparalela
x.com/editoraparalela

*Para Kael, o escorpianinho mais precioso do mundo.
Confie sempre na sua essência. Mamãe te ama daqui até Plutão.*

Para tornar sua leitura uma experiência ainda mais incrível, preparamos um site com informações complementares, mapas dos personagens, playlist da jornada e muito mais.

Acesse o site www.omapadosencontros.com.br ou aponte seu celular para o QR code abaixo para acessar:

No decorrer do livro, você encontrará outros QR codes que levarão a playlists conectadas com cada etapa da jornada. Dessa forma, poderá embarcar na leitura não só com os olhos e a imaginação, mas também com os ouvidos e a alma.

Dia 1

SEGUNDA-FEIRA, 8 DE MAIO

— Alissa, você tem a intenção de pegar esse voo de volta? — o oficial franze a testa perguntando em inglês, do outro lado da bancada.

Sinto meu coração acelerar. Infelizmente, de forma nem um pouco romântica.

A verdade é que algo acontece quando você precisa tomar diversas decisões em menos de vinte e quatro horas, depois de sua vida ter sido arruinada nos últimos dias: você esquece de algumas coisas importantes. E a culpa não é sua. Nem de falta de pesquisa. Nem do Mercúrio retrógrado, que as pessoas tanto insistem em culpar. O problema é que você teve a sensação de estar fugindo no meio de um incêndio, e, numa situação dessas, é natural que algo acabe ficando para trás.

E uma dessas coisas pode ser a que mais tem chances de te causar problemas: a imigração da Inglaterra. Mais especificamente a possibilidade de ser barrada por ela no seu primeiro dia de viagem e ter que voltar para a bagunça que você deixou no Brasil.

E você não pode permitir de forma alguma que isso aconteça. Por isso, você deve imaginar que, em vez de dizer o que se passa na cabeça — *não faço ideia das minhas intenções, sir, pois minha vida está um caos completo* —, nesse momento eu sorrio com o máximo de inocência e respondo:

— Claro, tenho a intenção de pegá-lo, sim.

Ele me encara por um instante. Não sei dizer se acredita, enquanto tento ao máximo não me enrolar no inglês em meio ao nervosismo. Tinha acabado de responder que minha estadia seria de três dias em Londres, que a viagem seria a lazer, e que eu ainda não tinha nenhuma reserva confirmada em algum hotel. O que, em minha defesa, estava prestes a fazer, pois já havia separado duas ótimas opções que cabiam no meu orçamento.

— E quanto dinheiro você trouxe para passar esse tempo? — ele pergunta, quase adivinhando meus pensamentos.

Percebo minha respiração ficando mais curta.

— Quinhentas libras, senhor — respondo e noto que suas sobrancelhas se levantam. — Mas tenho mais dinheiro em euros que vou trocar se precisar.

Ele segue me fitando, e juro que seus olhos azul-piscina parecem bondosos. É um homem de uns cinquenta anos e, em outras circunstâncias, deve ser daqueles que conta piadas sem graça e ri sozinho delas, enquanto todos riem por educação.

Mas não agora. No momento, sua expressão indica que ele está prestes a me chutar para fora de seu país.

— E você tem parentes na Inglaterra ou na Europa? — ele pergunta, enquanto confere mais uma vez o voucher do seguro-viagem impresso, e em seguida busca outros carimbos no meu passaporte.

— Não — respondo, ao mesmo tempo que começo a sentir as mãos suando.

Não posso, de maneira nenhuma, voltar agora. Tenho menos de três semanas para descobrir o que vou fazer da vida. O tempo já não está a meu favor, e a cada dia tenho mais certeza do quanto cada minuto conta. E, de alguma forma, sei que os próximos dias serão determinantes para o rumo da minha jornada.

— Então por que veio fazer uma viagem tão curta?

— Comprei uma passagem promocional — explico, feliz por trazer o máximo de verdade possível nas minhas respostas.

Mas ele não parece satisfeito. Por que esse homem é tão implacável? Não resta um pingo de compaixão nessa alma? Queria que pudesse saber tudo pelo que passei nos últimos dias. Ele mesmo reservaria de presente um hotel cinco estrelas, sem nem hesitar.

— E a sua bagagem é compatível com a sua estadia de três dias?

Engulo em seco.

— Sim, eu acho que sim — respondo, e então lembro que eles podem conferir nossas bagagens. — É uma mala grande, mas porque tenho muitos passeios programados.

— E você está sozinha?

Esse é o tipo de pergunta que deveria ser proibida para alguém que acabou de passar pelo que eu vivi. *Sim, estou.* Mais sozinha do que jamais imaginaria estar. Começo a sentir o estômago doendo e lágrimas querendo surgir nos meus olhos, mas tento controlá-las. Respiro fundo e estou prestes a responder quando percebo alguém se aproximando de mim.

— *Corazón* — uma voz familiar me interrompe. — Tudo bem por aqui?

Nesse momento, um braço nunca sentido, porém certamente já contemplado, envolve a minha cintura. Fico paralisada por um instante e, quando me viro para a direita, vejo que é mesmo ele. Os olhos verdes e intensos, o cabelo castanho, a barba por fazer, a altura e a força expressivas. Todas as características marcantes que me levaram a (secretamente) apelidá-lo de viking espanhol. Ele não está com a mesma roupa que usava no voo, mas sim com uma camisa branca e calça social. Não faz muito sentido com a imagem que eu tinha formado dele, muito menos com o apelido infame que criei, por não ter certeza até então de quem ele é nem de onde veio. Mas preciso admitir que ele está ainda mais lindo do que nas outras vezes que o vi. *Se é que isso é possível.*

Levo alguns instantes para perceber que estou um pouco boquiaberta e, enquanto tento entender o que está acontecendo, mais uma vez cruzo com o seu olhar. Seus olhos, que pouco tempo antes me provocavam, agora me encaram com ternura, enquanto ele me abraça de lado e sorri para mim.

Quando viro de novo para o oficial da imigração, não sei quem parece mais chocado, mas, se tivesse que chutar, diria que eu.

Sinto minha respiração ficando irregular outra vez. Não faço ideia do que ele está fazendo, nem achei que fosse voltar a encontrá-lo. Logo que saí do avião, entrei no banheiro e enrolei ali por uns dez minutos, para que ele pegasse sua bagagem e fosse embora bem antes de mim. Não queria correr o risco de esbarrar no viking mais uma vez e ficar ainda mais confusa do que já estou. Mas quem sou eu para negar ajuda numa situação dessas?

Meu suposto namorado aperta minha cintura com suavidade e, quando me viro para olhá-lo novamente, reparo que ele eleva um pouco as sobrancelhas, e só então me dou conta de que talvez esteja demorando um pouco demais para reagir.

— É que... — Pigarreio. — Ele não entendeu muito bem o motivo de o meu voo de volta ser daqui a três dias — conto, sorrindo em desespero. — E de eu não ter reservado o hotel até agora.

Ele olha para o celular na minha mão, com as informações sobre a passagem abertas, e então olha para a frente.

— Ah, desculpe por isso, ela não está tão habituada a falar inglês, então pode ter ficado confusa com as perguntas — ele justifica, com a voz mais tranquila e confiante do mundo, e então pega as folhas em uma pasta. — Fui eu que fiz a nossa reserva do hotel, vamos ficar neste aqui. E sobre o voo, achamos uma promoção imperdível. A princípio ela não viria comigo, já que é uma viagem a trabalho, mas quando vimos as passagens, não podíamos deixar de aproveitar a oportunidade de passar alguns dias juntos.

O oficial franze a testa.

— Vocês são um casal?

— Claro. — O viking inclina a cabeça, como se a pergunta fosse absurda. — Posso entregar o meu passaporte pra você também?

Ele está lidando com a situação com tanta confiança que até eu quase acredito. Seria eu a namorada desse homem e não estou me lembrando?

Infelizmente, outros acontecimentos dos últimos dias são difíceis demais de esquecer. Mas não custa nada fingir que é real. Somos namorados por trinta segundos? Sim, por que não? Não é lá uma mentira ruim de levar adiante.

— Sim. — Ele pega o passaporte das mãos do viking e o encara. — Mas o seu passaporte é espanhol.

Pauso um instante da minha aflição para celebrar internamente a minha assertividade na identificação de nacionalidades.

— E a minha namorada é brasileira. Por isso você vai reparar que tenho alguns carimbos do Brasil nos últimos anos.

Anos? Uau, não estamos falando de meses apenas. Nesse caso, engulo o orgulho e o abraço de volta, apoiando de leve a cabeça no seu peitoral. Que, preciso dizer, é tão firme quanto sua convicção com o policial.

E você pode me perguntar: Alissa, que raios você está fazendo? Está se aproveitando desse pobre homem que desviou de seu caminho mais uma vez para te ajudar?

Não, de forma alguma. Estou apenas dando mais credibilidade à nossa história.

— Entendo. — Ele folheia o passaporte do viking. — E o que você veio fazer a trabalho?

— Vim para uma reunião da empresa em que trabalho, o e-mail formalizando o encontro presencial é este aqui. — Ele aponta para um dos papéis.

Enquanto o oficial verifica a papelada, penso no quão surreal é tudo o que está acontecendo. Percebo de novo meu braço ao redor da cintura dele, e o dele ao redor da minha. Com minha mão livre, encontro o pingente do colar no meu pescoço. E então fecho os olhos, respiro fundo e o aperto com firmeza.

Talvez isso dê certo.

Talvez eu consiga começar a minha viagem de autodescoberta por Londres, e depois vá para outros lugares que ainda nem sou capaz de imaginar.

Talvez, mesmo que minha vida esteja um caos, ainda existam razões para ter esperança. Pode ser um bom presságio que nossos caminhos tenham se cruzado novamente, por mais que eu não acredite tanto assim em sinais. A essa altura, estou disposta a qualquer coisa. Preciso confiar que tudo isso significa que eu vou conseguir me encontrar, e não vou precisar voltar nunca mais. É tudo o que eu mais quero.

Só tenho que achar uma solução milagrosa para resolver a minha vida em vinte dias. E talvez, na verdade, nem seja tão pouco tempo assim. Pode ser que agora as coisas estejam prestes a melhorar. Afinal, não sei nem o que mais poderia dar errado.

Se bem que, da forma como tudo foi piorando exponencialmente nos últimos dias...

Acho que mais nada me surpreenderia.

PARTE UM
MARTE

PLAYLIST

Dia -3

QUINTA-FEIRA, 4 DE MAIO

*Com Vênus em sextil com Júpiter, converse com quem
você ama sobre os sentidos em que deseja expandir.
Você vai se surpreender com as ideias que poderão vir.*

Você já teve a sensação de estar vivendo uma vida que não é sua?

Não de um jeito Matrix, até porque não duvido que isso talvez todos estejamos mesmo. Mas não é com pouca frequência que me pergunto se o que estou vivendo é realmente o que eu sempre quis para a minha existência.

Você não sente o mesmo às vezes? Não para, olha ao redor, e pensa: como vim parar aqui? Por que estou fazendo tudo isso? Aonde quero chegar, afinal?

Ouço o barulho de rodinhas de uma cadeira se aproximando ao meu lado e nem preciso me virar para saber quem é.

— Psiu. — Sarah coloca a mão no meu braço. — Ou tem algo muito errado com essa pilastra amarela que você não para de olhar ou você está precisando de uma ajudinha. Tudo bem por aí? — ela pergunta.

— Tudo! Analisei com muita calma, e a pilastra parece estar ótima — respondo, soltando um riso leve. — Na verdade, eu é que tenho me sentido... diferente.

— Diferente como? — Ela se aproxima mais e apoia o cotovelo na bancada.

— Acho que tenho sentido que quero... mais. Sabe? — Também apoio meu braço na bancada e me viro para ela. — Você não sente isso às vezes? Que quer mais da vida?

— Mais em que sentido? Um cargo mais alto, você diz? — Sarah pergunta. — Porque se for, você realmente não precisa se preocupar com isso. Tenho certeza de que está prestes a enfim receber o seu aumento. — Ela ergue as sobrancelhas duas vezes e sorri de lado. — Inclusive, acho que o Marco vai fazer um brinde logo menos pra comemorarmos o sucesso do último lançamento. E você foi a *lead copy*!

Tento me lembrar de qual foi o último lançamento. Tivemos três esta semana, e foi tudo tão corrido que mal consigo conceber que foi um sucesso, já que tenho dois projetos enormes para finalizar e apresentar na semana que vem, além de outro menor já para esta. Eles parecem *nunca* ter fim.

— Eu sei, é que... É difícil de explicar — respondo, soltando um suspiro.

— Tenta. — Ela dá um sorriso encorajador. — Você é a pessoa que mais faz copy de cursos por mês nesta agência. Se tem uma coisa que sabe fazer é explicar.

De alguma forma, suas palavras fazem com que um sorriso também se forme em meus lábios. E, claro: com que eu comece a pensar na quantidade infinita de páginas de vendas, anúncios, slogans e campanhas de lançamento que criei nos últimos anos como copywriter. Dos mais diversos clientes, e de todos os nichos que você pode imaginar, escrevo textos para os infoprodutos mais óbvios e também mais excêntricos que poderiam existir.

Penteados para festas. Roupinhas de tricô para cães. Guia de peregrinações. Informática para idosos. Inteligência emocional. Fotografia para amadores. Bolsas artesanais feitas de meias antigas. Psicologia de hamsters. Criando um podcast de sucesso. Investigação de cônjuges infiéis. Atores na era digital. Visagismo para ter sucesso. Arteterapia em momentos de crise. Como deixar seu gato mais feliz. Nail arts. Nail arts com veludo, minissushis, luzes LED, unhas de réptil e até dentes — e não estou exagerando. Acredite, tem quem compre. Existe tudo isso e muito mais por aí.

E é só me dar o segmento e um briefing bem-feito que eu faço o trabalho, e você terá muitas pessoas loucas para terem pequenos sashimis na ponta dos dedos. Ou melhor: para aprenderem a reproduzir essas incríveis artes nas suas clientes.

E, sem falsa modéstia, sou boa nisso. Tenho conhecimentos de áreas que antes nem imaginaria que poderiam existir. Sempre mergulho nos cursos, e-books, workshops, retiros ou treinamentos que preciso divulgar, pesquiso sobre o público, me conecto com seus desejos mais profundos. E crio soluções para eles. Sou boa em entender as necessidades das pessoas e a forma como elas vão perceber melhor o valor do que está sendo oferecido.

Basicamente faço todo e qualquer cliente que estiver nas minhas mãos brilhar. Às vezes acho até que tenho um poder magnético para entender os consumidores e criar textos que consigam envolvê-los de forma quase sobrenatural.

O único problema? Esses poderes parecem não funcionar comigo. Porque eu de fato sei identificar aquilo de que todos precisam e fazer com que tomem a melhor decisão para suas vidas...

Menos eu mesma.

Como resumir isso para uma colega de trabalho? Mesmo que ela seja a minha melhor amiga?

— Acho que só estou sobrecarregada mesmo — respondo, soltando um suspiro. — E aí acabo questionando várias coisas na vida.

— Ali, sabe o que eu acho? — Sarah apoia as duas mãos na bancada e se aproxima ainda mais de mim. — Você precisa de férias. Qualquer pessoa há anos sem descanso se sentiria assim. Você merece! Por que não marca uma viagem relaxante com o Alex pra algum paraíso? Nem que seja por uma semana!

— Eu tenho pensado bastante nisso mesmo. — *Mais do que gostaria, inclusive.* Só não falo isso em voz alta porque sei que ela vai se empolgar demais, ainda mais por ser a maior expert da agência em infoprodutos relacionados a viagens. — Mas o Alex só pode tirar férias no fim do ano. Ele mudou de trabalho há poucos meses, então este ano só vai poder viajar nas férias coletivas.

— Mas por que você não vai sozinha? — ela pergunta, franzindo a testa. — Pensa em algum lugar que quer conhecer e simplesmente vai!

— Eu amo o seu otimismo — digo, encostando na cadeira.

— Como assim o meu otimismo? *Você* sempre foi uma das pessoas mais engraçadas e otimistas que já conheci na vida. E me falava o tempo todo sobre como queria viajar para mil lugares!

— Eu sei, amiga — respondo. — Mas, sei lá, agora sinto que isso não tem mais muito espaço na minha vida. É sempre tanta coisa pra fazer que acho que a única coisa que eu consigo antecipar é qual vai ser o próximo cliente. A campanha da semana...

— Mas e a sua lista? — ela insiste, apertando os olhos na minha direção.

— Que lista? — pergunto.

— A de lugares que você quer conhecer antes dos trinta! — ela responde, como se fosse um absurdo eu não ter lembrado. — Você vai fazer trinta no fim do ano, Ali. Sorte que ainda estamos em maio, ou seja: dá tempo de conhecer pelo menos um lugar da listinha. — Ela dá um sorriso sugestivo.

Fico em choque por um instante. Como pude me esquecer disso? Faz muitos anos, mas eu realmente tinha uma lista com diversos destinos no Brasil e no mundo que queria muito conhecer. Acho que acabou ficando para trás, como tantas outras coisas na minha vida.

— Nem sei mais onde a guardei — confesso —, mas acho que lembro de alguns lugares que tinha anotado.

— Não se preocupe — ela rebate e então pega um bloco de papel à nossa frente, com Share & Fly escrito no rodapé. — Eu lembro de vários deles. — E então destaca uma folha e começa a escrever enquanto cita cada um em voz alta. — Suíça, Espanha, Inglaterra, França, Turquia, Indonésia, África do Sul, Nova Zelândia... — Ela pausa e coloca a caneta na boca, e depois de alguns segundos continua: — Noruega, nossa, nessa temos que ir juntas para ver a aurora boreal, Fernando de Noronha, Caraíva, Manaus, Peru, Chile, México, Havaí, Chapada dos Veadeiros, Jalapão... Nossa, fiz a *landing page* de um e-book ótimo mês passado resumindo as principais dicas para quem quer ir pra lá. Bom, esses eram alguns deles. — Ela me olha animada.

— Eu diria que essa lista parece ter tido um aumento de pelo menos cinquenta por cento — observo, segurando o riso.

— Que bom! — Ela dá de ombros. — Porque você precisa ter ideias! São infinitas as possibilidades, no Brasil e fora. Nossa viagem pra Bonito, por exemplo, foi tão incrível. — Ela suspira. — Às vezes me sinto culpada por ter te tirado da True Travel, uma empresa que você amava tanto e onde teria a chance de fazer diversas viagens, pra vir trabalhar aqui.

— Sá... não se sinta — eu peço, segurando a mão dela para que pare de colocar no papel mais países que nunca vou conseguir visitar. — Você enxergou o meu potencial e me deu a oportunidade de crescer. Não sei mais quanto tempo eu sobreviveria trabalhando em uma revista, já que tudo está mudando tão rápido. E eu amo de verdade o que faço aqui. E sei que ainda vou fazer viagens incríveis — afirmo, olhando para a lista —, mas parece que uma parte de mim está se sentindo um pouco... sufocada. E pedindo mais, eu diria. Mas acho que talvez seja ingrato da minha parte dizer isso. Existem tantas pessoas sonhando em ter um emprego, e eu reclamando do meu...

— Não acho que você seja ingrata — ela interrompe. — Acho que, quando não ouvimos a nós mesmas, o que nossa alma pede, vamos nos anestesiando cada vez mais e ficamos infelizes... e, de verdade, não quero que você chegue a esse ponto, Ali.

Talvez eu já esteja assim. Solto um suspiro.

— De verdade, acho que só estou sobrecarregada — respondo, forçando um tom otimista. — São muitas campanhas ao mesmo tempo, só isso. Mas em algum momento as coisas vão se acalmar, e aí quem sabe eu marco uma dessas viagens? — Tento dar um sorriso, então olho de relance para baixo. Reparo na nota fiscal do café que comprei hoje cedo e que está na minha mão faz um tempo. Talvez seja a oitava vez que a abri e a transformei em bolinha de novo.

Sarah me olha com a testa franzida.

— Férias, Alissa. A sua cura serão férias! Mas se você nunca marcar, elas nunca vão acontecer. Eu acho que seria incrível você fazer uma viagem sozinha. Sentir o vento no rosto, deixar seu cabelo natural, usar umas roupas coloridas, mergulhar pelada no mar...

Começo a dar risada.

— Sarah, faz o favor de me deixar trabalhar?

— É sério! — ela insiste, rindo. — Vai fazer um topless no verão europeu enquanto lê um livro de autoconhecimento e... — De repente, ela arregala os olhos e segura meu braço. — Nossa, lembrei de algo que pode ser *muito* incrível pro seu momento. Uma técnica que pode te ajudar a escolher um lugar que vai trazer mais clareza e inspiração. Chama astrocartografia, é uma área da astrologia que...

— Não — eu a interrompo.

— Não o quê? Você tem que fazer uma consulta! Nem que seja só pra ver o seu mapa natal e os trânsitos, até porque você está bem no seu retorno de Saturno, e eu conheço astrólogas que...

— Não, Sarah. — Sinto meu corpo afundando na cadeira.

— Por que você fica assim toda vez que eu falo de astrologia? — Ela tenta se aproximar, então aperta os olhos em minha direção. — E por que recusa todos os clientes dessa área? Faz tempo que reparo nisso.

— Eu faço muitos clientes de autoconhecimento. Psicólogas, por exemplo.

— Não foge do assunto. Você recusa todos os que envolvam astrologia, mesmo sabendo que são clientes grandes. Uma delas está entre as maiores da agência, e você teria ainda mais destaque se topasse. Eu nunca entendi. Por quê, Ali?

Respiro fundo.

— Sarah Nakamura, não é tão difícil assim de entender. Você acha normal as pessoas recusarem sair com outras só por causa do signo? — Torço para que meu tom esteja inconformado o suficiente para ela acreditar que é só isso.

— Ah, Ali, para. — Ela balança a mão no ar. — Essas são pessoas que não sabem que não existe isso de incompatibilidade. A sinastria vai muito além do signo solar, e é justamente pra entender os desafios e as facilidades, e não pra escolher se relacionar ou não com alguém...

Apenas a encaro.

— O quê?! — ela pergunta.

— Não é só isso. São tantas questões... — hesito por um instante, refletindo sobre como fugir desse tema da forma menos densa possível, então uma ideia me surge. — As pessoas colocam a culpa de tudo na astrologia. "Ah, sou grossa porque sou de áries." "Como muito porque sou taurina." "Sou sincera demais porque sou sagitariana."

— E você não é sincera demais? — Ela esconde um sorriso, e eu jogo nela a bolinha feita com a nota fiscal. Seu cabelo preto longo e brilhante se movimenta com sua virada de fuga, enquanto ela cai na risada. — Para com isso! A astrologia é muito mais profunda do que essas características dos signos que viraram senso comum, mas os conteúdos sobre isso, até mesmo os bem-humorados, também são importantes. Porque despertam o interesse das pessoas, e então elas podem ir atrás para se aprofundar...

— Não tenho tanta certeza disso. — Viro para o meu computador, tentando encerrar o assunto, mas de canto de olho consigo percebê-la me encarando.

— Ah, Ali... para com isso! Não tem problema nenhum em contar com a ajuda da astrologia e de outras ferramentas de autoconhecimento. Não sei se você teve alguma experiência ruim com algum astrólogo, mas lembra que, só porque alguns profissionais não são bons, não significa que não existam diversos outros incríveis, conscientes e responsáveis, assim como em todas as atividades profissionais. Inclusive, tem uma astróloga que eu adoro que...

— Amiga. — Encosto a mão na dela. — Obrigada pela preocupação. De verdade. Mas preciso mesmo focar aqui, pra não ir embora às dez da noite de novo.

— É sério, Ali. Já vou te deixar em paz, mas você tinha que dar uma chance. Não é nada superficial, nem só signo solar. Tanto que você, sagitariana, é mais cética que eu, que sou virginiana com ascendente em capricórnio e devia ser o ceticismo em pessoa. Justamente por causa dos planetas que eu tenho em...

— Sarah. — Não sei como explicar para ela que eu *não posso* continuar esse assunto, então apenas afundo um pouco na cadeira, soltando um suspiro. Ela levanta as duas mãos e finalmente começa a se afastar com sua cadeira de rodinhas.

Volto a atenção para a tela do computador, mas sinto minha respiração acelerando cada vez mais. Tento fechar os olhos por alguns instantes, para me acalmar.

Ouço meu celular vibrando e, quando olho para ele, torço para que seja uma mensagem da única pessoa que conseguiria me tranquilizar neste momento. Mas quando o pego, vejo que é apenas uma notificação. Uma promoção de passagem aérea para a Espanha.

Solto outro suspiro.

Nem sei por que deixo ativadas as notificações de passagens com desconto. Nunca compro nenhuma delas, mesmo.

Dia -2

SEXTA-FEIRA, 5 DE MAIO

Lua cheia e eclipse lunar em escorpião:
Procure ter mais cuidado hoje, mas atente-se aos sinais.
É possível que a vida proporcione algum tipo de limpeza
relacionada a algo que não agrega mais.

Quando acordo em sobressalto, não sei nem dizer exatamente o que estava acontecendo no sonho.

Poucos segundos depois que me sento, enquanto ainda estou com a respiração entrecortada, sinto uma mão quente carinhosamente me puxando pelo braço para me deitar de novo. Assim que fico deitada de frente para ele, seu braço envolve a minha cintura, e coloco o meu sobre a dele também. Permito que todo o meu ser se envolva nesse abraço que é, sempre foi e sempre será o meu porto seguro.

Com a respiração calma dele, sinto a minha desacelerando junto. Então ele afasta meu rosto com calma e me observa com suavidade, enquanto faz cafuné com a mão que agora está entrelaçada no meu cabelo.

— Tiros defendendo uma escola? — pergunta.

— Carros voadores desviando de arranha-céus — respondo.

Ele sorri, e a paz do azul infinito no seu olhar me acalma. Ele me abraça de novo, e sinto um alívio profundo enquanto mergulho o rosto em seu cabelo loiro. Queria poder dormir em meio aos seus braços e só acordar quando estivesse me sentindo milagrosamente descansada, motivada e feliz. Mas sei que tenho mais um dia intenso pela frente, e que a melhor forma de me preparar é começar saindo para correr. Por alguma razão, sinto que vou precisar de mais endorfina que o normal hoje.

Saio do abraço, dou um beijo leve em sua boca e começo a rolar para sair da cama, mas ele me puxa para perto de si mais uma vez e começa a me beijar suavemente no pescoço.

— Alex, não posso me atrasar — digo rindo, tentando me desvencilhar.

— Mas eu vou sentir tanta saudade — ele sussurra no meu ouvido.

— Você não volta amanhã de manhã? — pergunto, passando a mão na sua barba por fazer.

— Não, a apresentação é hoje à tarde, mas amanhã tem o aniversário do Patrick. — Ele tira um pouco do meu cabelo castanho-escuro da frente dos meus olhos e coloca atrás da minha orelha. — Te convidei semana passada, mas você disse que talvez tivesse que trabalhar no sábado.

— Ah, verdade — respondo, ainda que não me lembre do convite. — Infelizmente, tenho mesmo. Mas vou fazer home office. Deveria ter comprado passagem pra ir com você. Agora já está muito em cima, né?

— Bom, meu voo é daqui a três horas. — Ele sorri. — Mas ainda podemos aproveitar a próxima meia hora juntos. — Ele começa a deslizar a mão pela minha perna, subindo em direção ao quadril e levando a barra da camisola junto. — Como eu queria passar o dia nessa cama com você...

Um lado meu quer deixar que ele tire minha roupa, que eu tire a dele e me entregue totalmente a essa meia hora. Mas outra parte, que parece ser a maior, não consegue ignorar tudo o que tenho sentido esses dias. Principalmente porque ainda não consigo entender bem *o que* estou sentindo. Mas sei que preciso falar sobre algo que não sai da minha cabeça desde ontem.

Na verdade, desde muito antes disso.

— Alex, não sei se estou muito bem. — Tento me afastar.

— Acho que consigo fazer você se sentir melhor — ele provoca, sorrindo e começando a dar beijos no meu ombro, e então na minha barriga, e...

— Alex, é sério — insisto, um pouco ofegante. — Preciso da sua ajuda. Eu... Queria te perguntar uma coisa.

Ele para e solta um suspiro. E então deita de novo ao meu lado.

— O que aconteceu?

— Você tem me percebido diferente nos últimos tempos? — pergunto.

— Como assim, diferente?

— Não sei — respondo. — Talvez mais... triste? Ansiosa? Não ando me sentindo muito bem. Parece que tem algo errado, mas não consigo entender exatamente o quê.

Ele franze a testa.

— Não sei se estou entendendo — ele diz. — Você está sempre bem-humorada, fazendo piadas até. E, claro, meio esquecida com algumas coisas também, como sempre... Mas tenho a impressão de te ver feliz o tempo todo. Talvez só esteja mais cansada esta semana, por estar trabalhando muito ultimamente?

Percebo que estou assentindo enquanto reflito sobre suas palavras. É curioso como às vezes as pessoas ao nosso redor nos enxergam melhor do que nós mesmos.

— É, acho que talvez eu esteja meio exausta mesmo. — Solto um suspiro. — É que, sei lá... faz tanto tempo que não faço coisas diferentes. De repente comecei a pensar muito que preciso de umas férias. Sempre tive tanta vontade de viajar, e isso acabou ficando de lado nos últimos anos.

— Eu sei, meu amor, mas nós vamos viajar no fim do ano, né? — ele diz. — Inclusive, estou esperando você confirmar sobre o Ano-Novo em Porto de Galinhas. Seria bom a gente fechar o pacote este mês, senão vai começar a ficar bem mais caro.

— Sim, é só que... Não tenho tanta certeza se é desse tipo de viagem que eu estou precisando — explico e desvio do seu olhar porque tenho um pouco de receio do que ele pode pensar. — Podemos ir, claro, mas... Acho que queria ir pra algum lugar que tivesse uma cultura totalmente diferente, conhecer pessoas com outras perspectivas, eu sempre sonhei tanto com isso, sabe? E essa vontade tem voltado muito agora...

— Eu entendo, meu amor. Podemos planejar uma dessas para o ano que vem, então. A partir de março já consigo tirar férias. Pra onde você quer ir?

— Ah, vários lugares — respondo, e sorrio quando lembro da lista e dos infinitos destinos que a Sarah foi acrescentando. Mas começo a sentir um aperto no coração quando penso que, quando criei essa lista, tinha certeza de que conheceria pelo menos alguns desses lugares antes dos trinta.

Sei que precisamos ter maturidade para aceitar que às vezes nossos planos não se concretizam, mas será que devemos nos conformar em ter uma vida que seja *totalmente* diferente da que um dia sonhamos? Porque começo a perceber que talvez a realidade que estou vivendo pareça incrível aos olhos dos outros, mas não aos meus.

Alex senta ao meu lado e apoia as costas na cabeceira da cama.

— Tá, mas vamos escolher uns dois países no máximo, né? Pra não ser esses casais que passam dois dias em cada cidade e voltam de viagem falando que "fizeram" dez países em quinze dias — ele ironiza, fazendo aspas no ar.

Fico um pouco incomodada com o julgamento dele. E daí que tem pessoas que querem conhecer mais lugares em menos tempo? Talvez façam isso porque sabem que não vão conseguir viajar de novo tão cedo. Se eu soubesse que passaria anos sem viajar, teria insistido para ficar mais do que dez dias na nossa viagem para a Europa, anos atrás. Claro que amei conhecer a Itália com calma, ainda mais por ter sido onde ele me pediu em casamento. Mas acredito que todos os tipos de viagens são válidos, ainda mais considerando que o mundo é tão grande e há tantos lugares incríveis para conhecer.

— Não sei, Alex. Talvez nem precisasse de tanto planejamento assim, e sim de algo mais espontâneo — digo e me sento também. — Mas eu queria muito mesmo ir pra algum lugar ainda este ano. Tenho me sentido um pouco... presa. Às vezes parece que vou sufocar dentro daquela agência. — Coloco a mão na garganta, quase sentindo que isso vai acontecer agora mesmo. E então me viro para ele. — Não sei por que parece tão urgente assim. Mas pensei em quem sabe fazer uma viagem sozinha, pra refletir sobre a vida...

— Ah, então você quer ser uma mochileira solo que vai "fazer" os países sozinha — ele fala, enquanto solta uma risada irônica.

— Não é isso — digo, balançando a cabeça. Queria que a conversa estivesse indo para outro rumo, mas não estou conseguindo me expressar como gostaria. Isso tem acontecido cada vez mais quando falo com o Alex. Parece que ele coloca um significado próprio no que estou falando, em vez de tentar entender o que eu de fato quero dizer.

— Então me explica melhor, porque é um pouco estranho que uma mulher praticamente casada queira viajar sozinha porque está se sentindo "presa". Tudo o que eu menos faço é te prender.

Fico sem palavras por um instante. Ele não entendeu *nada* do que eu falei.

— Ah, deixa pra lá — digo, levantando da cama.

Ele se levanta também, me alcança e então me dá um abraço por trás.

— Ali, desculpa — ele diz. — Mas você tem que entender que tudo isso é novidade pra mim. Eu achei que estava tudo bem, aí de repente você começa a falar que está infeliz e que quer viajar sem mim.

Fico em silêncio e fecho os olhos. Ele sai do abraço, me vira para ele e segura meu rosto.

— Eu posso dar um jeito de tirar uma sexta ou segunda de folga e aí vamos pra algum lugar juntos, que tal? De repente Ilha Grande, que você sempre teve vontade de conhecer. Podemos até ir no feriado de Corpus Christi, mês que vem. Assim conseguimos curtir com mais calma.

— Pode ser uma boa. — Não sei como consigo forçar um sorriso, mas acho que talvez seja porque uma parte de mim sente que é um exagero querer que um homem aprove de bom grado sua noiva indo viajar sozinha para espairecer. Tento refletir se eu ficaria com ciúmes se ele me dissesse a mesma coisa, mas tenho a impressão de que faria de tudo para ajudá-lo a se sentir melhor e reencontrar sua felicidade. E talvez seja isso que ele está tentando fazer por mim também, ainda que à sua própria maneira. — Tenho que me trocar, senão vou acabar me atrasando.

— Tudo bem — ele diz, franzindo o cenho. — Mas, por favor, não fique chateada. Vamos resolver isso juntos.

Ele dá um sorriso encorajador, mas eu só consigo respirar fundo e assentir. Queria ter ficado feliz por ter aberto meu coração, mas tenho a impressão de que a conversa não ajudou tanto assim.

— Vai tomar café da manhã só depois de correr?

— Sim — respondo, já prendendo meu cabelo long bob em um rabo de cavalo.

— Boa corrida, então — ele diz. — Acho que quando você voltar eu já vou ter saído pro aeroporto.

Ele beija minha boca, meu pescoço e meu ombro, e então olha para a região da minha clavícula com um sorriso.

— Está calor hoje. Você deveria usar algo sem manga. Ela é linda, combina com você. — Ele passa a mão com carinho pela tatuagem, que quase se mistura às pintas que tenho nessa região. — Já faz muito tempo, Ali.

— Acho que não estou pronta ainda — respondo, sem olhá-la.

E não sei se algum dia vou estar.

— Entendo. — Ele sorri. — Bom dia então, meu amor. Espero que hoje seja o dia que o Marco finalmente vai te dar um aumento. Assim conseguimos marcar viagens incríveis pra todos os lugares que você quiser, até ficarmos bem velhinhos e só nos restar fazer os cruzeiros mais bregas que existem.

Dou risada enquanto entro no closet e digo:

— Nem sei se devo ter esperança de que um dia ele vai me promover. Mas mal posso esperar por todos os campeonatos de bingo que vamos ganhar na gloriosa terceira idade.

Ouço sua risada já ao longe, e então olho todas as opções pretas e cinzentas do meu armário para definir o que vou vestir depois da corrida. Escolho, indiferente, um macacão preto e longo de alfaiataria. Quase pego também o mocassim preto que uso geralmente, mas então meus olhos caem em um scarpin vermelho que não uso há tempos. Ele sempre chama minha atenção, mas nunca o escolho.

Hoje decido que vou usá-lo. E sei que é uma escolha muito simples. Mas, por algum motivo, sinto como se fosse o início de uma revolução.

Quem sabe hoje será o meu dia de sorte.

Assim que entro no elevador da agência, sinto o celular vibrando. Pego e vejo que é uma mensagem do meu chefe.

Marco: Cadê você??? Quando chegar, venha direto pra
minha sala.

Reviro os olhos. Quando é que ele vai entender que não pode me cobrar como se eu estivesse atrasada, sendo que sempre chego pelo menos meia hora antes do horário?

Assim que as portas se abrem e entro no amplo escritório da Share & Fly, cheio de pilastras e outros detalhes em amarelo em meio às bancadas longas e brancas, caminho rápido até a sala dele enquanto termino de guardar o tênis na minha mochila. Se soubesse que ele já estaria surtando logo cedo, teria vindo de carro, e não de bike, ainda que o trajeto da minha casa no Flamengo até o escritório, em Botafogo, leve literalmente menos de dez minutos.

Quando chego na porta, ele me vê e sinaliza com a mão para que eu entre, mas está terminando uma ligação. Vou com calma até sua mesa, para não fazer barulho no piso de madeira com meus lindos scarpins vermelhos.

Ele desliga, suspira e me olha.

— Ali, era o Felipe.

Bom dia pra você também, Marco, é o que tenho vontade de dizer. Mas ainda não chegou o dia em que terei esse tipo de intimidade com um diretor como ele.

— Desculpa, não estou me lembrando bem agora — respondo franzindo a testa, porque são tantos clientes que os nomes às vezes se misturam na minha mente. — Qual Felipe mesmo?

— O médico. — Ele me encara com seu olhar de desaprovação. — Já apresentamos a campanha do curso dele na semana passada, e eles aprovaram e vão lançar amanhã. Mas eles decidiram que querem seguir com três *landing pages* em vez de uma para esse curso. Ele achou que vai ser interessante otimizarmos a campanha e vermos qual página performa melhor. É o curso "Vivendo sem estresse", você lembra, né?

Tento não rir do quão irônica é essa frase no atual momento da minha vida.

— Lembro, sim — respondo. — A gente tinha colocado três *landing pages* na proposta, e o sistema de rotatividade, e depois de vinte e quatro horas ficaríamos com as duas que estivessem gerando mais conversões. Mas eles não quiseram por causa do orçamento, não foi isso?

— Isso. — Ele encosta na cadeira. — Mas agora ele decidiu que vai querer fazer.

Começo a sentir meu estômago doendo.

— Mas... eles não vão lançar amanhã?

— Vão — ele responde. — Preciso que você faça agora de manhã. Para podermos mandar para os designers na hora do almoço.

— Mas, Marco... Hoje eu precisava focar no copy de "Crie sua própria horta". Já terminei a página de vendas, mas tenho que finalizar a ideia para captação de leads, escrever os e-mails marketing, os anúncios e preparar a apresentação. E aí já apresento hoje às cinco. Acho que não tem como absorver essas duas demandas hoje.

— Alissa, senta aqui um pouco. — Ele aponta para a cadeira ao meu lado, à frente da sua mesa, e eu me sento. Então ele entrelaça as mãos, como sempre faz quando está prestes a dizer algo claramente controverso. — Você sabe que esse é um cliente importante para nós. — Ele fita os meus olhos por alguns instantes. — Então vou precisar *muito* contar com a sua agilidade.

— Agilidade — repito devagar, de forma retórica. Porque, neste momento, a minha resposta ideal seria arremessar meu café na cara dele. Mas é da minha cafeteria favorita do bairro, então seria um tremendo desperdício. Eles até escrevem frases legais no copo, como "Aproveite cada momento", "Tenha um dia incrível", e eu costumava achar isso sensacional. Mas agora só me deixa um pouco deprimida, para ser sincera, porque sei que o dia não vai ser tão incrível assim.

Ainda assim, não teria coragem de jogá-lo.

Quem sabe o meu café das três da tarde.

— Sim, agilidade — ele reitera. — Ali, o cliente de "Crie sua própria horta" tem um budget muito menor. Mal vamos conseguir fazer mídia. Você precisa entender que temos que priorizar quem está disposto a investir mais. E, no momento, o Felipe é um dos nossos principais clientes. Você não precisa gastar tantas horas assim fazendo a campanha da horta.

Um dia desses li que os homens vão ficando com entradas e partes carecas no couro cabeludo toda vez que magoam ou mentem para as mulheres. Neste momento, suspeito que essa máxima deve valer para quando são insuportáveis com suas equipes também, porque é notável o quanto o Marco tem perdido cabelo a cada ano. Já até cogitei passar o contato da minha dermatologista, mas acabei concluindo que ele não merece tal ato de compaixão.

Talvez possa sugerir alguma fórmula caseira que acidentalmente cause muita, *muita* coceira.

— Marco. — Respiro fundo e consigo forçar um meio-sorriso. Queria muito dizer que não é porque o cliente é menor que vou colocar menos empenho no projeto. Mas isso não deveria ser óbvio? — Eu realmente gostaria de poder entregar as duas campanhas bem-feitas. Será que não podemos começar veiculando com uma página, e amanhã, mesmo sendo sábado, eu faço as outras duas, e aí começamos a rodá-las? Porque a Letícia, a especialista em hortas, vai lançar na segunda-feira. Preciso terminar logo toda a estratégia e os textos dela e apresentar ainda hoje, já que só vou ter amanhã para fazer alterações antes do lançamento.

— Infelizmente não, Ali. Queria poder facilitar pra você aqui, mas não consigo passar pra nenhum outro redator, porque não daria tempo de se inteirar do cliente, e ele só confia em você. Mas sei que você vai conseguir — ele afirma, com uma certeza que não sei se me deixa triste ou com raiva. — E você sabe que eu tenho visto o seu empenho. Todas as suas campanhas são um sucesso, e venho dando o meu máximo para conseguir a sua promoção. Talvez só hoje você possa almoçar mais rápido, e tenho certeza de que vai dar certo.

Tento respirar fundo. Ele sabe que não terei um almoço rápido. Entende que isso significa que *não vou* almoçar. Não é, nem de longe, a primeira vez que isso acontece. E se tem uma coisa que não suporto é perder o meu almoço. Mas o que eu posso fazer, afinal? Dizer não, virar as costas e sair andando pela porta?

— Tá bom. Vou dar um gás nas duas *landing pages* agora cedo, e depois foco em finalizar os materiais da horta.

Ele bate palma, só uma vez e de forma quase ensurdecedora, como faz toda vez que fica animado com algo, e então aponta para mim.

— Você é a melhor, Ali. O que seria da Share & Fly sem você? — Ele sorri, e seu olhar pousa no meu scarpin por um instante. — Adorei o look, por sinal. O sapato deu um toque especial, mantendo o profissionalismo. — E então dá uma piscadela.

Inacreditável. Ele ainda tem *coragem* de ser irônico.

Três anos antes, ele sugeriu que eu desse "uma segurada" nas cores alegres demais nos meus looks. Talvez por eu sempre ter aparentado ser mais nova do que a minha real idade, ele recomendou que eu investisse em cores sóbrias para transmitir mais credibilidade, pois alguns clientes achavam que era uma estagiária que estava fazendo e apresentando suas campanhas. E, depois de fazer a estratégia e o copyright de lançamento de uma cliente de visagismo, Marco disse que eu também poderia aplicar os aprendizados do curso na minha imagem pessoal. Na época, meu cabelo alcançava o meio das costas e eu estava sempre com minhas ondas naturais, e ele teve a audácia de falar que eu transmitiria ainda mais segurança e seriedade se apostasse em um corte mais maduro. Apontou para a foto de capa da campanha, de uma mulher com um long bob liso, e comentou que eu deveria testar esse corte e essa finalização.

Confesso que quis mandá-lo à merda, mas queria tanto fazer esse trabalho dar certo que, por mais absurda e inadequada que tenha sido a sugestão, acabei aceitando. Então minha solução para transmitir mais *segurança e seriedade* e ser uma profissional melhor na visão do meu chefe — como se o meu trabalho impecável não bastasse — foi cortar o cabelo e começar a alisá-lo diariamente. E claro, usar sempre a parte mais monótona do meu guarda-roupa.

Hoje em dia, já me acostumei com tudo isso. E acho que nem usaria meu cabelo de outra forma, porque fico muito bem com meu long bob. Mas continuo querendo mandá-lo à merda ou jogar meu café, cujo copo fiquei passando de uma mão para a outra sem parar desde que entrei nessa sala, diretamente na sua cabeça.

— Vou lá, então. Te mando as páginas em duas horas. — Forço um sorriso antes de me levantar e sair, e só consigo pensar em como precisaria que a Sarah estivesse lá no momento em que eu chegasse à minha mesa. Justo hoje, ela está fora o dia todo, em um treinamento para um curso de massagem cuja divulgação vai preparar na semana que vem. Pelo que entendi, a massoterapeuta fez questão de que ela participasse da imersão, observando e sendo cobaia também, para entender tudo sobre suas técnicas e, assim, poder mencionar todos os benefícios na campanha. Uma ótima forma de se preparar para um lançamento, né?

Solto um suspiro, tentando pensar em quando conseguiria encaixar uma massagem na minha rotina, mas é óbvio que não vislumbro uma brecha sequer.

Ao que parece, o que me resta é trocar refeições por palavras e picos de cortisol.

Acho que é por volta das cinco que tudo começa a entrar em colapso. Não consigo dizer o horário exato, porque de repente tenho a sensação de estar dissociando de tudo, de tanto desespero. Já posterguei a apresentação do projeto para as seis, mas ainda falta fazer o texto dos anúncios e montar a apresentação.

O problema é que, além de precisar de muito mais tempo do que tenho para fazer isso, olhar para a tela do computador está cada vez mais difícil, pois faz algumas horas que minha cabeça parece prestes a explodir. Talvez seja fome, já que só comi dois pães de queijo que uma amiga trouxe ao voltar do almoço. E já tomei um remédio, que pareceu não fazer efeito algum. Só que agora, além da forte dor de cabeça, começo a sentir uma agitação fora do comum.

E aí começa a vir a falta de ar. Seguro nos braços da cadeira, olhando ao meu redor em busca de ajuda.

Sei que a Sarah vai chegar a qualquer momento, mas não consigo vê-la ainda, e por alguma razão não tem ninguém na minha bancada nem na sala inteira. Onde eles foram parar?

Consigo levantar com dificuldade, e então lembro que devem estar na reunião de planejamento do mês.

Olho ao redor para ver se mais alguém está tão ferrado a ponto de ficar de fora da reunião também, mas não há ninguém.

Sinto que posso cair a qualquer momento, mesmo assim começo a ir na direção do banheiro. Percebo o quão grave está a situação quando busco ajuda olhando para a sala do Marco. Ele também não está lá.

Sigo caminhando, mal conseguindo respirar, com a esperança de que jogar uma água gelada no rosto talvez possa ajudar.

Assim que coloco a mão na maçaneta, reparo que estou tremendo tanto que o simples ato de abrir a porta é um desafio. Quando finalmente consigo, dou de cara com a Sarah saindo do banheiro.

Quase choro de tanto alívio ao perceber que é ela.

Pego no seu braço com uma das mãos e coloco a outra na minha garganta. Não consigo falar nada.

— Ali? O que está acontecendo? — Ela arregala os olhos e então me envolve depressa em um abraço lateral, me levando para dentro do banheiro.

Me apoio na pia, começando a sentir a garganta fechar. Lágrimas escorrem pelo meu rosto.

— Eu... não tô conseguindo — digo com dificuldade. — Não tô conseguindo respirar. Minha garganta fechou. Por favor, me ajuda. Não tô conseguindo, Sarah...

Começo a soluçar em desespero, meu coração ficando cada vez mais acelerado.

— Ali, olha pra mim. — Ela segura o meu rosto e olha no fundo dos meus olhos. — Você comeu ou bebeu alguma coisa diferente?

— Não... só dois pães de queijo há um tempo — respondo.

— Entendi — ela assente, e então segura meus ombros. — Ali, você precisa confiar em mim agora. — Seus olhos me encaram com firmeza. — Você está tendo uma crise de ansiedade. Eu já vi isso de perto muitas vezes com a minha irmã. Você precisa saber que agora vai parecer muito real, mas daqui a alguns minutos vai passar. E eu estou aqui pra te ajudar.

— Não, você não está entendendo. — Dou alguns passos para trás e me apoio na pia. — É sério, eu não tô conseguindo... Parece que eu vou morrer.

Coloco as mãos na garganta e tento entender como isso pode estar acontecendo. É desesperador, e pareço estar de volta no momento em que vivi isso tantas e tantas vezes, há dez anos, depois da perda mais devastadora da minha vida.

No fundo, sei que é de fato uma crise de ansiedade. Deveria conseguir me acalmar e esperar passar. Mas é impossível ignorar a certeza gritante de que a minha garganta vai fechar a qualquer instante.

Tento respirar, mas o ar simplesmente parece não vir.

— Ali, olha pra mim. — Sarah vem na minha direção. — Respira junto comigo. Fica me olhando e tenta respirar exatamente igual eu estou fazendo.

Foco ao máximo em me concentrar nela, apesar de parecer que tudo está girando.

Fecho os olhos por um instante e, junto com a garganta fechada, tenho a impressão de que minha cabeça está prestes a explodir.

Quando abro de novo, ela continua me olhando de forma serena, e começo a tentar acompanhar sua respiração lenta.

Não sei quanto tempo se passa. Parecem horas. Mas, de repente, começo a sentir minha garganta voltando ao normal e meu corpo parando de tremer.

Sarah coloca água na minha nuca e me ajuda a lavar o rosto. E então pega algo em sua bolsa, que depois de alguns segundos percebo ser um pequeno pacote com um mix de castanhas. Ela o abre e diz:

— Come um pouco. E não fica mais tantas horas sem comer. Se alimentar direito ajuda muito a evitar ter mais crises.

Como algumas castanhas, olhando para o chão. E então me viro para ela.

— Amiga... eu nunca imaginei que fosse sentir isso de novo — conto. — Eu não tenho mais ansiedade. O que está acontecendo comigo?

Ela apoia o quadril na pia e solta um suspiro.

— Ali, acho que você não tinha percebido, mas o ritmo em que você está vivendo e tudo o que tem sentido já mostravam essa ansiedade, mesmo que não tivesse tido nenhuma crise ainda. Seria muito importante começar a fazer terapia e também passar com um psiquiatra. Mas podemos falar sobre isso depois... Porque agora realmente acho melhor você ir pra casa descansar.

— Mas não terminei de fazer os anúncios de "Crie sua própria horta" ainda... E preciso terminar de montar a apresentação. E ainda tenho que apresentar daqui a pouco. Sorte que é on-line, porque...

— Ali, pelo amor de Deus. — Ela balança a cabeça. — Você não tem condições de terminar isso e apresentar agora. Por mais péssimo que o Marco seja, ele não pode te obrigar a trabalhar desse jeito que você está, passando mal. Eu suspeito seriamente que você esteja prestes a ter um *burnout*, e isso é muito sério. — Ela cruza os braços. — Como eu te disse, você precisa de férias urgentemente.

— Mas... Ela lança esse domingo. E essa cliente é um amor de pessoa. Eu também não queria trabalhar nessa situação, mas não posso deixá-la na mão. Ela já está com tudo programado...

— Ali, ela decidiu esse lançamento super em cima da hora, e mesmo assim eles absorveram a demanda. *Você* absorveu. E está criando em dois dias uma estratégia e copy que precisariam de pelo menos uma semana para serem feitos.

— Eu sei. — Sinto meus ombros caírem. — Falei sobre isso com o Marco hoje, e ele foi bem inflexível. Inclusive me passou ainda mais coisas pra fazer, como se eu já não estivesse sobrecarregada.

— Ele está passando dos limites, amiga. Com ou sem aumento, não dá pra você continuar assim.

Começo a sentir minha garganta apertando de novo. Fecho os olhos e coloco a mão nela. Sarah segura minha outra mão.

— Amiga, não quero te estressar ainda mais. Deixa que eu faço o que falta e apresento pra você. Vou falar que você teve uma emergência de saúde, o que é a mais pura verdade. E vou conversar com o Marco. Ele precisa saber que não pode tratar a equipe desse jeito. Qual a dificuldade de contratar mais gente? Pelo amor de Deus!

Abro os olhos e sinto as lágrimas querendo vir.

— Mas eu não queria deixar essa bucha com você. Você tem outras coisas que precisa terminar hoje, não tem?

— Tenho, mas eu apresento só na semana que vem. Não precisa se preocupar. E não volta de bike pra casa, porque pode passar mal de novo no caminho — ela diz. — Posso chamar um táxi?

— Não precisa — respondo. — Eu chamo. Mas, por favor, cuidado com o Marco. Ele pode começar a descontar em você também. Eu acho que ele passou a me sobrecarregar mais desde que eu comecei a falar com ele em um tom mais inconformado. Não quero que você passe por isso também.

Ela descruza os braços, soltando o ar de forma pesada.

— Tá bom. Não se preocupa. — Ela coloca as mãos nos meus ombros. — Vai pra casa descansar. Ele nem vai reparar que você foi embora. Se reparar, eu falo que você estava passando mal. Mas depois você precisa conversar com ele ou com o RH, Ali. E planejar as suas férias pra ontem.

— Sim — afirmo, sem tanta certeza.

— Será que não é melhor ligar pro Alex? Pra ele vir te buscar? — ela pergunta, com a testa franzida.

— Não, ele já foi pra São Paulo. Vai voltar só no domingo.

— Entendi. — Ela solta um suspiro. — Bom, vai de táxi então. E qualquer coisa, qualquer coisa mesmo, me avisa, tá?

— Pode deixar — digo. — E, olha, o briefing da horta está impresso na minha mesa. O anúncio que falta é o quinto, em que falamos do bônus das cebolinhas. Elas vão ser enviadas pra quem comprar até dia 10.

— Fica tranquila, Ali. Vou entender tudo rapidinho.

— Não esquece de ressaltar que eles não fazem envios internacionais. Em letras pequenininhas.

Ela só me encara com os olhos semicerrados.

— Tá bom, tá bom. Tchau — digo, dando um abraço nela.

— Se cuida, tá? — ela diz, me abraçando de volta.

— Pode deixar.

Começo a caminhar em direção à porta do banheiro, mas ela segura meu braço de forma leve.

— Ali... Última coisa — ela diz, me olhando com cautela. — Tem algo que... Eu sei que você não gostaria de saber. Porque tem a ver com astrologia. Mas acho importante dizer.

— Sarah Nakamura — digo. — Você está falando sério?

— Eu sei, eu sei. — Ela levanta as mãos na frente do corpo, como que se rendendo. — Você não curte. Mas não vou me perdoar se não te disser. Então, resumindo... Agora à tarde aconteceu um eclipse muito poderoso, lunar em escorpião... E em eclipses existem mais chances de certos acontecimentos... inesperados, digamos, virem à tona — ela fala pausadamente. — Como você já percebeu.

— Ah, que bom saber que estou alinhada com os astros — digo, cruzando os braços. Embora eu tenha estudado isso no passado, e portanto saiba um pouco sobre o que um eclipse pode significar, me recuso a reabrir essa porta e deixar tudo que vem junto me invadir nesse momento.

— Ali, é sério — ela insiste. — Sei que parece sensacionalismo, e muitas pessoas fazem parecer mesmo, mas são momentos realmente significativos na astrologia, muito poderosos para realinharmos a nossa rota. Tanto que são poucos eclipses por ano, agora em 2023, por exemplo, terão só quatro. E o fato é que tudo o que acontece perto desses dias pode até ser intenso, mas sempre vem para o nosso melhor, para nos ajudar a ter coragem... De impulsionar certas mudanças de vida.

— Já percebi que tenho que procurar ajuda psicológica — digo, tentando ao máximo continuar sendo gentil. — Com ou sem eclipse. Juro que entendi.

— Eu sei que sim — ela responde —, mas senti que devia te dizer isso. E que, apesar de parecer muito difícil na hora, tudo que vem à tona nesses períodos é importante para a nossa evolução. É por isso que pode acontecer de algo que estava oculto ser revelado... Às vezes até alguma questão interna.

Continuo com os braços cruzados, mas assinto devagar para que ela saiba que estou recebendo bem as reflexões.

— Entendo. E prometo que vou observar com consciência o que está vindo à tona — afirmo. — E agora... Fim de aula por hoje? — pergunto, tentando sorrir.

— Desculpa, eu sei, chega. Eu realmente gosto de ensinar. Coisa de virginiana. — Ela dá um sorriso amoroso. — E não consigo não me preocupar. Então, olha, nada de voltar de bike, tá? — Ela segura meus braços com delicadeza. — É sério. Chama um táxi.

— Sim, senhora — respondo.

— Fica bem. — Ela me dá mais um abraço. — E, se precisar, pode me ligar mais tarde, tá?

— Combinado — respondo, tentando passar o máximo de confiança possível para acalmá-la.

O que, preciso confessar: neste momento, está muito longe do que eu costumava transmitir.

Só quando entro no elevador é que percebo o quanto ainda sinto a cabeça explodindo, mesmo que a crise já tenha passado.

Não vou até a garagem, porque concordo que é melhor deixar a bike aqui e voltar para buscar em outro momento. Só que, assim que saio do prédio, me sinto a pior amiga do mundo, porque não consigo chamar o táxi. Por algum motivo, sinto vontade de ir a pé... O que não deixa de ser uma forma de seguir o conselho dela, já que dificilmente vou sofrer um acidente andando.

Como não estou com a mínima vontade de colocar minha troca de roupa esportiva que está na mochila, só troco os scarpins pelo tênis e caminho na direção da orla.

Quando estou de frente para a praia, por alguma razão, e mesmo que não esteja com uma roupa apropriada, começo a correr, na esperança de que isso vá me acalmar. É impressionante como a corrida sempre me ajudou a me motivar e inspirar, em tantas fases de vida. Mas agora simplesmente parece não fazer o mesmo efeito de antes. A paz, a liberdade e a tranquilidade que eu sentia enquanto corria vendo o oceano, as montanhas, o céu... Nem sei quanto tempo faz que não consigo mais acessar essa leveza.

Paro para respirar um pouco, e então caminho até o mar. Lembro que tê-lo por perto foi uma das maiores alegrias ao vir para cá fazer faculdade, e depois quando decidi ficar. A água sempre me trouxe a sensação de lar.

Agora, no entanto, só me traz um sentimento ainda maior de que tem algo de errado. Parece que a vida também consegue ir ficando cinza mesmo com vista para o oceano. E, neste momento, contemplá-lo me dá uma vontade incontrolável de chorar.

Tento respirar fundo e balanço a cabeça. Consigo combater as lágrimas.

Quando estou caminhando de volta para a pista, meu celular começa a vibrar. Penso em simplesmente ignorar quem quer que esteja me ligando, mas fico com receio de que seja a Sarah com algum problema para entender a campanha, então abro a mochila e o pego. Vejo que é a minha mãe, mas a chamada cai antes que eu consiga atender, então mando uma mensagem:

Alissa: Tudo bem por aí?

Celina: Sim, filha. Mas queria saber de você. Estou um pouco preocupada e com saudade. Como você está? O que acha de vir nos visitar este mês?

As mães realmente devem ter algum tipo de sexto sentido.

Bloqueio a tela do celular e retomo a corrida enquanto penso no que responder. Talvez faça mais de seis meses que não vou para São Paulo, mas não consigo me imaginar indo para lá agora. Nem tanto pela minha mãe, mas por não ter nenhuma vontade de rever meu pai. Ao mesmo tempo que é doloroso admitir isso, é ainda pior a sensação de que nunca estou fazendo o suficiente.

Como assim o Marco não te promoveu a copywriter sênior? Você precisa mostrar o seu valor.

Ou o clássico:

Por que não marcou o casamento ainda? Vai estender o noivado por mais quantos anos?

Acho engraçado que ele nem se pergunta se eu *quero* uma festa grande de casamento, como ele sempre sugere que eu deveria fazer. Não faz a menor ideia de que, por mais que fosse um sonho meu quando era mais nova, hoje não faço nenhuma questão — até porque planejar um casamento só me sobrecarregaria mais ainda neste momento.

Paro de correr de novo, agora mais ofegante, e volto a desbloquear o celular. Por alguma razão, reparo no anel de noivado na minha mão esquerda. Ele tem três brilhantes na parte de cima, o do meio um pouco maior que os laterais. É lindo. Mas está um pouco apertado. Não tive coragem de dizer isso quando o Alex o colocou no meu dedo, dentro do Coliseu, enquanto todos ao nosso redor aplaudiam. E, por alguma razão, acabei não dizendo nada mesmo depois disso. Às vezes até penso em tirá-lo na hora do banho ou em certas situações em que ele incomoda, mas acaba doendo quando forço para puxá-lo, e mais ainda na hora de recolocá-lo, então acabei decidindo usá-lo o tempo todo.

Volto minha atenção para o celular e solto um suspiro ao abrir a mensagem. Sinceramente, não preciso que me proporcionem ainda mais angústia do que já estou sentindo no momento.

Alissa: Mãe, está tudo bem por aqui. Mas as coisas estão bem corridas. Tudo bem se nos falarmos depois?

Celina: Sim, claro. Fique bem, meu amor. Vai com calma!

Parte de mim quer revirar os olhos, porque afinal, *como* ir com calma? Se alguém consegue hoje em dia, adoraria saber qual a estratégia. Por aqui, parece não ser possível levar uma vida que não envolva acelerar cada vez mais.

Mas outra parte minha adoraria poder se sentar com ela e conversar. Compartilhar tudo o que estou sentindo. Que acabei de ter uma crise de ansiedade e como foi horrível. Que tenho vinte e nove anos, mas ultimamente tenho me sentido como uma adolescente, porque não tenho mais clareza nenhuma do que quero fazer da vida. E que estou exausta de correr, correr e ter a sensação de nunca chegar a lugar algum. Nunca me sentir realizada. Por mais que a corrida como esporte seja a única coisa que me acalme pelo menos um pouco, está cada vez mais impossível lidar com tantos questionamentos, e com o quão ansiosa eles estão me deixando.

Será que, se eu tivesse tomado decisões diferentes, estaria conseguindo encontrar mais sentido na vida? O quão normal é me sentir tão desorientada às vezes, e achando até as coisas mais simples tão difíceis de fazer? E por que tenho a sensação de que queria mais, se já tenho uma vida tão boa? Às vezes me pergunto se tudo melhoraria se eu tivesse menos lançamentos por mês na agência. Mas, por alguma razão, tenho a impressão de que não. De que minha frustração vai muito além dos clientes, do Marco, do ritmo acelerado.

Sei que minha mãe adoraria poder conversar comigo sobre tudo isso, ainda mais tendo se formado em psicologia recentemente — o que era um sonho dela de longa data, e fico muito feliz por ter ajudado financeiramente a realizá-lo. E, claro, enxergo o quanto ela se esforça para estar mais próxima de mim. Mas parece haver algum bloqueio na nossa relação, como se fosse impossível conseguir voltar a me abrir depois da distância que se instalou entre nós na última década.

Parte de mim queria muito uma mãe que fosse quase como uma melhor amiga, tão próxima como a mãe da Sarah é dela. Mas se não fomos até agora, sinceramente, não sei se ainda conseguiríamos ser. Eu já tive uma melhor amiga, e agora ela não está mais aqui. E hoje, por mais que ninguém nunca vá conseguir cobrir o buraco que ocupa a minha alma desde que a perdi, a Sarah e o Alex preenchem muito bem a posição de pessoas mais próximas da minha vida.

Volto para a nossa conversa e respondo da mesma maneira de sempre.

Alissa: Obrigada, mãe, pode deixar. Te amo!

Quando estou prestes a guardar o celular de volta, sinto alguém esbarrando em mim. E quando me dou conta do que está acontecendo... percebo que meu dia está prestes a ficar *muito* pior.

Porque o homem que esbarrou em mim, na verdade, está puxando o meu celular.

Por instinto, começo a segurá-lo com força. Nem sei por que estou fazendo isso, mas não tenho tempo de raciocinar. Ele vira o rosto para mim e encontra meus olhos, e vejo o quanto os dele estão vermelhos. Ele tem a minha altura, por volta de um metro e sessenta e cinco, mas parece ter no máximo quinze anos. Está muito agitado e começa a se desesperar quanto mais firme eu seguro o celular.

Então ele olha para baixo de novo, e noto o momento exato em que repara no meu anel.

Sua mão que estava no celular vai direto para o meu anelar, e ele começa a puxá-lo. Dói tanto que começo a gritar na hora, sem nem pensar em qual reação isso pode causar nele. Meus dedos devem estar tão inchados por causa do calor e da corrida que vai ser impossível conseguir tirá-lo — mas não tenho certeza se estou grata ou desesperada por isso.

Ele continua puxando com muita força, e, no momento em que segura meu punho com a outra mão, acabo soltando o celular, que cai no chão, esquecido. Nesse instante, vejo de relance alguém passando de bicicleta de raspão pelo garoto.

E então descendo dela.

E a soltando no chão.

Um segundo depois, uma mão está segurando um dos braços do assaltante. Outra está arrancando a mão que segurava meu punho. E então o garoto está se debatendo, tentando se desvencilhar de quem está contendo-o. Pisco algumas vezes até entender a cena à minha frente. É um homem tão alto e forte que parece um viking — o cabelo castanho preso em um coque também aumenta essa impressão. Perto dele, o garoto agora parece uma criança, e não um adolescente. Ele o conteve com tanta facilidade que chega a ser assustador.

Só que o garoto começa a bater no viking, que segue segurando seus braços, mas parece estar tentando dizer algo para acalmá-lo. E, nessa hora, o menino dá um chute bem no meio das pernas do homem.

Levo as mãos à boca no mesmo instante que o homem começa a se contorcer de dor e o garoto sai correndo. O viking se volta para a mesma direção, e percebo que cogita segui-lo, mas então se vira para mim e pergunta:

— Ele roubou alguma coisa? — Suas palavras revelam um sotaque diferente, que parece puxar para o espanhol.

Eu balanço a cabeça, lembrando do celular que tinha caído no chão, e aproveito para já pegá-lo para não esquecer. Quando olho de novo para o homem, reparando melhor no seu rosto pela primeira vez, algo estranho acontece. Tenho a impressão de conhecê-lo de algum lugar, mas não faço ideia de onde... Só me parece familiar de alguma forma. Ele deve ter uns trinta e tantos anos, e seu cabelo é de um tom de castanho mais claro que o meu e parece ser ondulado, ou até um pouco cacheado, mas não dá para ter certeza, por estar preso. E, apesar de o cabelo reforçar a aparência de um viking, noto que sua barba não coopera tanto assim, já que não está trançada nem muito longa, apenas por fazer, o que me parece bem comum. Quer dizer, fica melhor nele do que provavelmente na maioria dos homens do resto do mundo... Mas eu não devia nem estar reparando nisso, então finjo que esse pensamento não acabou de passar pela minha cabeça.

Percebo que posso estar encarando-o demais e talvez isso esteja ficando estranho, mas só agora ele se recuperou e olhou de fato para mim. Reparo que ele parece estar surpreso com algo, porque seus olhos verdes estão um pouco arregalados. E, nesse momento, cogito duas opções:

- Ele está preocupado porque comecei a ter outra crise de ansiedade, o que, infelizmente, não posso confirmar nem negar, porque, para ser sincera, pareço estar fora de mim esses dias todos;

- Ele está assustado com o quanto devo estar vermelha, suada e com o cabelo totalmente desgrenhado no rabo de cavalo malfeito que fiz logo antes de começar a correr.

Felizmente, ele não chega a demonstrar nenhuma reação específica, apenas segue me fitando por alguns instantes. Então dá um passo adiante e se senta na areia, e, sem desviar o olhar, me pergunta:

— Você tá bem?

Certamente bem eu não pareço estar. Mas ele também não deve estar num dia muito bom, considerando o chute que acabou de receber.

— Acho que eu que devia te perguntar — respondo. — Desculpa mesmo por você... ter passado por isso. E obrigada por me ajudar.

— Sem problemas. Que bom que ele não levou nada — ele diz. Bom, agora está óbvio que ele não é daqui. Ele fala português bem, mas tem um fundo de sotaque espanhol, ainda que não dê para ter certeza de qual país ele pode ser. Se tivesse que chutar, diria que ele é da Espanha. E, como provavelmente não chegarei a saber seu nome, para mim está ótimo lembrar dele como o viking espanhol.

Chacoalho a cabeça, tentando parar de devanear, e é quando percebo que ainda estou um pouco ofegante. Decido me sentar na areia também, mesmo que talvez arruíne para sempre meu macacão. Junto com esse pensamento, meus olhos vão até a roupa do viking, e fico com pena, porque ele está muito bem-vestido. Parece ter saído ou estar a caminho de um casamento na praia. Fico um pouco preocupada com essa última possibilidade, porque agora sua camisa de linho off-white está amassada, e sua calça cru com certeza vai ficar cheia de areia.

— Você está indo pra um casamento? — As palavras saem da minha boca quase sem que eu perceba.

Ele olha para mim e franze o cenho.

— Não, por quê?

— Ah, por nada — respondo, tentando esconder meu alívio.

Ele parece esconder um sorriso.

— Eu só estava voltando de um trabalho mesmo — ele responde. — E você, está atrasada pra alguma reunião?

— Não, por quê?

— Ah, porque você está vestida com roupa de executiva, mas com tênis de corrida. — Ele aponta. — E com cara de muito preocupada com algo. Fora o fato de quase ter sido assaltada, claro — ele acrescenta.

— Ah, não. Só estava correndo para longe dos meus problemas mesmo — respondo, apoiando os braços na areia atrás de mim e reclinando um pouco o corpo.

Ele abre um sorriso.

— Bom, pelo menos está fazendo isso em grande estilo.

Nesse instante, sem que consiga controlar, acabo prendendo o ar, e não consigo tirar os olhos dele... Porque *tudo* parece se iluminar ao seu redor quando ele sorri.

E ele não é *apenas* bonito. Ele é bonito do tipo que parece ter saído de uma propaganda de perfume — dessas enigmáticas que não fazem sentido nenhum, mas que te deixam totalmente hipnotizada.

Meus olhos travam nos seus, e, por um momento, sinto que não consigo reagir.

Nem respirar.

Então pisco algumas vezes e desvio o olhar para o mar, soltando o ar devagar. Me sentindo culpada. *Muito* culpada. Será que existe uma nossa senhora da fidelidade? Porque, se existir, gostaria de pedir desculpas por simplesmente ter passado pela minha cabeça quão lindo é esse homem, que está mais para deus grego viking. Ou seria deus espanhol viking? Enfim. *Chega.*

Acho que acabei só misturando as coisas. Talvez esteja um pouco desconcertada porque ele acabou de me salvar de ter o pior dia da história dos *piores* dias da humanidade, caso tivesse o celular *e* o anel roubados. E um dedo provavelmente amputado também.

Então me viro de novo para ele, tentando não reparar em como seus olhos verdes me observam com curiosidade, e decido fazer uma brincadeira para disfarçar minha vergonha. Afinal, isso é o que eu faço de melhor.

— Isso porque você não viu o scarpin vermelho que eu estava usando antes — digo. — Era de arrasar. É que ele não cumpriu tão bem seu papel de me dar sorte hoje. Aí decidi apostar no meu tênis de corrida, que nunca me deixa na mão. — Agora apoio os cotovelos nos joelhos e olho para meus pés. — Mas parece que nem eles estão me dando bons presságios.

— Ah, eu achei eles incríveis — ele elogia. — E, vai saber, talvez sua sorte esteja prestes a mudar. O dia ainda não acabou. — Ele sorri.

— Bom, com esse tal de eclipse de hoje... tenho até medo do que pode acontecer — respondo, soltando uma leve risada.

E sem entender por que acabei de falar sobre astrologia com um desconhecido.

O que está acontecendo comigo?

Olho para ele de relance, torcendo para que não tenha prestado muita atenção no que falei. Mas ele só sorri e responde:

— Bom, pelo que ouvi falar, eclipses não são acompanhados só de coisas ruins. Eles podem ajudar com mudanças positivas de vida.

Sinto minhas sobrancelhas se erguendo. Esse homem está *mesmo* continuando o assunto? E entende de astrologia de alguma forma? Em que momento vim parar em uma realidade paralela em que esse tipo de coisa acontece? Meneio a cabeça, tentando abstrair o quão surreal é tudo isso.

— Espero que sim. Obrigada — respondo, sorrindo de forma genuína.

— Tenha um pouco de fé. A vida está *siempre* nos surpreendendo — ele diz enquanto se levanta, e, por alguma razão, sinto certa paz e acolhimento só de ouvir essas palavras e encarar seus olhos verdes.

Dou apenas mais um sorriso como resposta, e então ele estica a mão para me ajudar a levantar. Mas, assim que pego sua mão, algo estranho acontece mais uma vez. Quando nossas mãos se encostam, algum tipo de corrente elétrica parece surgir a partir desse contato. Não é um daqueles choques estáticos, e sim algo que provoca um arrepio no meu braço inteiro e parece querer se estender para o resto do corpo.

Antes que isso aconteça, solto sua mão. Dou um passo para trás, me sentindo culpada por essa situação talvez estar levando muito mais tempo do que precisaria. Sei que achar uma pessoa atraente não é um tipo de traição, mas, por alguma razão, tenho a impressão de que não posso arriscar passar mais tempo perto desse homem.

Por sorte, nunca mais vamos nos encontrar.

Parecendo ler meus pensamentos, ele pergunta:

— Você quer que... eu te acompanhe até sua casa? Você mora longe? — Tento decifrar se tem segundas intenções no que ele diz, mas ele olha de relance para o meu anelar e complementa: — Só pra te ajudar a se sentir mais segura.

— Não precisa. Vi que você estava indo para o outro lado. — Bato as mãos no meu macacão, tirando um pouco de areia que sobrou. — Mas muito obrigada pela ajuda. Espero que você não esteja atrasado para algum compromisso.

— Não estou, fica tranquila. Estava só voltando para a casa de um amigo que está me hospedando — ele explica, sorrindo. — E fico feliz que esteja bem.

— Estou. Bom, acho que vou ficar. Mas só de não ter tido meu anelar *eclipsado*, já me considero no lucro. — Sorrio também. — Vou direto pra casa, assim não corro o risco de ter mais acontecimentos desagradáveis fechando o meu dia.

Seu sorriso se amplia ainda mais, e, enquanto caminha até a bicicleta, ele diz:

— Vou torcer para que as próximas surpresas sejam *increíbles*.

— Obrigada. — Guardo o celular na mochila. — Bom, até mais. Espero que você tenha uma ótima viagem.

— *Gracias* — ele responde. — Espero que você tenha uma ótima vida.

Eu estava prestes a colocar a mochila nas costas e começar a correr, mas suas palavras me fizeram encará-lo uma última vez. Ele está me olhando também, de forma intensa, e, por alguma razão, não fica um clima estranho. Vira algo que simplesmente não sei explicar.

Sinto um arrepio na nuca e engulo em seco, com o olhar ainda cravado no dele... E, segundos depois, o arrepio se espalha pelo meu corpo inteiro, mesmo que ele já esteja a pelo menos três metros de distância.

Meu Deus, o que está acontecendo comigo?

Sou comprometida. *Muito* bem comprometida. Inclusive, o Alex é praticamente a única parte da minha vida que está me mantendo firme neste momento. E em geral nem chego a reparar nos homens que vejo por aí, muito menos fico sentindo coisas ou percebendo quaisquer detalhes neles. Desvio o olhar dele e foco no zíper que está nas minhas mãos. Percebo que estou revirando-o sem parar, então me forço a soltá-lo. Coloco a mochila nas costas, me volto para ele uma última vez e digo:

— Obrigada. Espero que você tenha uma vida *increíble* também.

Ele apenas sorri de volta.

Finjo que não noto o efeito que seu sorriso causa em mim, então me viro e começo a caminhar, e, logo em seguida, a correr. Por alguma razão, tenho vontade de virar para vê-lo mais uma vez, mas me seguro. Acho que queria memorizar este instante, porque foi tudo tão surreal que tenho a impressão de que talvez tenha sido fruto da minha imaginação. Mas, a cada passo, conforme tateio o chão firme contra os meus pés, sinto que estou voltando para a realidade.

E aí me lembro do quanto estou me sentindo sufocada por ela. Parece que todas as informações vêm à tona de uma só vez.

O fato de que quase fui assaltada.

A crise de ansiedade.

A vontade de nunca mais ter que voltar para a Share & Fly.

A sensação de que tem algo *muito* errado com a minha vida, mesmo que ainda não consiga entender bem o que é.

Quando entro em casa e tranco a porta, olho para o celular, me perguntando se não deveria mesmo ligar para alguém. Mas acabo desistindo, porque a exaustão parece mais forte do que qualquer coisa. E o Alex pode estar em reunião ainda, e tudo que menos quero é atrapalhá-lo.

Então tiro o tênis, caio na cama e fecho os olhos por alguns instantes, que espero que possam se tornar dias, meses ou anos.

O tempo que for suficiente para a minha vida se resolver.

Quando acordo, infelizmente, nada está solucionado.

Pelo contrário: meu telefone está tocando, e começo a sentir taquicardia só de pensar que posso ter esquecido de algum lançamento e estão ligando para me cobrar. Assim que me sento, me arrependo de ter levantado rápido demais, porque começo a sentir tontura e tudo ao meu redor perde a cor.

Enquanto fecho os olhos, esperando até que consiga voltar a enxergar, me dou conta do quanto estou grudenta, e não consigo entender por que raios não tomei banho e coloquei um pijama antes de me deitar. E pior: por que não escovei os dentes? Sinto um gosto horrível na boca, o que, mesmo que esteja sozinha, é meio vergonhoso, porque aos quase trinta a gente não imagina que vai esquecer esse tipo de coisa. Mas me perdoo porque as circunstâncias não estão exatamente normais.

Assim que minha visão volta ao normal, pego o celular na mesa da cabeceira e vejo que é a Sarah ligando.

— Ali, tudo bem? — ela pergunta assim que atendo o telefone. Só agora percebo que é uma chamada de vídeo, então vejo que ela está no carro.

— Tudo, estou melhor. Acabei dormindo quando cheguei em casa — respondo, sem contar sobre o assalto para não preocupá-la. — A apresentação deu certo? Está tudo bem?

— Deu, sim, já estou indo pra casa, é que... — Percebo que ela está segurando um pouco a respiração. — O Alex vai voltar só no domingo? Ou eu entendi errado?

49

— Como assim? — questiono, enquanto me viro na cama e coloco o chinelo para me levantar. — Ele volta domingo, sim, por quê? Ele te falou alguma coisa?

— Não, é que... Eu acho que acabei de ver ele — ela responde, e tenho a impressão de que está tendo dificuldade de se expressar. Algo que *nunca* acontece com a Sarah.

— Como assim? Onde você tá?

— Passando pelo Baixo Gávea. Estava pensando em encontrar uma amiga, só que ela não me respondeu pra confirmar em que bar está — ela explica. — Mas passei pra dar uma olhada mesmo assim, na esperança de conseguir vê-la sentada em algum lugar. E eu acho que...

— Acha o quê, amiga?

— Não, é que... — Ela pausa por um segundo. — Eu tenho quase certeza de que acabei de ver o Alex.

Solto uma risada involuntária.

— Impossível, amiga. Ele foi pra São Paulo hoje cedo. Você tá bem perto dessa pessoa que tá vendo? Deve ser só parecido com ele.

— É, eu também estava achando estranho, mas... sei lá, até a camiseta parecia uma que já vi ele usando. Acabei de passar e tive que continuar, porque não tinha onde estacionar. Mas estou fazendo a volta, pera aí.

Ela então foca na direção, e uma sensação muito ruim começa a tomar conta de mim de novo. Mas sei que não pode ser ele. O Alex jamais faria algo do tipo.

— Estou chegando, vou virar o celular para onde achei que o vi. Que nenhum guarda de trânsito me veja, amém.

No momento em que o celular aponta para uma calçada cheia de mesas e pessoas sentadas bebendo, sinto minha testa franzindo enquanto tento ver de quem ela está falando. E, quando o reconheço, é pela camiseta também, porque foi o primeiro presente que dei para ele quando começamos a namorar, há mais de dez anos.

E também não é difícil de notar o seu cabelo em meio à multidão, já que é mais claro que o da maioria das pessoas ao seu redor. Quando ele toma um gole de cerveja e dá risada virando sutilmente o rosto na direção do celular, não tenho mais qualquer dúvida de que de fato seja ele. Mas neste exato instante o carro da Sarah começa a andar de novo, e ele sai de cena.

— Desculpa, tive que continuar porque tinham muitos carros atrás de mim. — Ela coloca o celular no suporte de novo. — Mas... o que eu faço? Será que você se enganou e ele na verdade vai amanhã? — Ela pergunta, certamente por educação, porque sabe que não teria como eu me confundir com algo assim.

— Sarah — digo, agora de pé e passando minha mão livre no rosto. — Você consegue dar a volta no quarteirão de novo?

— Claro — ela responde. — Estou virando.

Os minutos seguintes parecem uma eternidade. Meus olhos estão começando a arder, e não consigo conceber que isso esteja mesmo acontecendo. A sensação é de que estou em um filme, porque não é possível que a pessoa que há tanto tempo é o meu porto seguro, por qualquer razão que seja, tenha mentido para mim.

Minha mente me leva ao que a Sarah me disse há algumas horas, sobre o eclipse de hoje e a possibilidade de que algo que estava oculto fosse revelado, e sinto um arrepio na espinha. Balanço a cabeça, tentando tirar as palavras da mente, e volto meu olhar para a tela. Estou segurando o celular com tanta força que sinto que ele pode quebrar a qualquer momento.

Quando a Sarah finalmente parece ter feito a volta no quarteirão, reparo que ela está olhando de um lado para o outro com a testa franzida.

— Que foi? — pergunto.

— Não estou mais achando ele — ela diz. — Ah, acabei de ver. É ele perto daquele carro?

Ela pega o celular e o vira, e consigo ver o Alex entrando no que parece ser um carro de aplicativo, porque entra na parte de trás do veículo. Assim que fecha a porta, o motorista começa a acelerar.

— Vou segui-lo — Sarah fala, sem que eu precise pedir.

Ela abaixa o celular por um instante, então o sobe de novo e mostra que o carro está bem na sua frente.

— Ali, estou logo atrás, mas não posso ficar segurando o celular. Vou deixar no meu colo.

Ela o solta e segue dirigindo, e minha visão no momento é do seu queixo. Começo a ficar tão nervosa que preciso me movimentar. Vou até a cozinha e pego um copo, e, quando estou começando a enchê-lo de água, ela diz:

— Amiga, acho que ele está indo na direção da casa de vocês mesmo. Estamos na rua do Jardim Botânico. Ele provavelmente vai fazer uma surpresa pra você. Nossa, e a gente pirando e fazendo o FBI aqui. — Ela solta uma risada, mas percebo que está nervosa.

Não sei se ela tem total confiança no que está dizendo, mas eu, de verdade, quero muito acreditar.

— Acho que sim — murmuro e então bebo um pouco de água, só agora percebendo como estava com sede. — Bom, vai demorar um pouco pra ele chegar, né. Não quero fazer você voltar pros nossos lados, sendo que já estava do lado da sua casa.

— Não tem problema — ela diz. — Mas depois disso, vou exigir que ele me surpreenda com um dia de SPA, porque, meu Deus, fiquei toda travada de nervoso aqui. Bom, ele está chegando no fim da lagoa e...

Reparo que ela fica sem reação.

— Sarah? E o quê?

Ela começa a virar o volante.

— Ele entrou à direita.

Deixo o copo na pia e coloco a mão sobre o peito, porque isso é demais para mim. A qualquer momento, vou começar a sufocar de verdade.

— Não consigo entender para onde ele está indo, ele... — Ela encosta mais no seu banco e olha para a direita. — O carro está parando na frente de um prédio. Vou tentar parar um pouco atrás.

Ela estaciona, pega o celular e o vira para a frente mais uma vez, e consigo ver o que acontece em cada segundo seguinte. Infelizmente, com muito mais nitidez do que gostaria.

Alex sai do carro, mas não fecha a porta. Logo depois dele sai uma mulher de cabelos longos e loiros, salto alto e vestido preto, que provavelmente tinha entrado antes dele no carro, e por isso não tínhamos visto.

Ele sorri para ela, e então beija sua boca.

Eles fecham a porta.

Ele pega na mão dela.

Eles caminham de mãos dadas até a entrada do prédio.

Quando fecham o portão atrás de si, Sarah vira a câmera. Está paralisada. Sua mão livre está cobrindo a boca, e seus olhos estão arregalados.

Os meus estão cheios de lágrimas.

— Ali, meu Deus, eu... não consegui reagir, eu... meu Deus, Ali, que merda. Você quer que eu vá atrás deles? — Ela volta a olhar para onde eles foram, e, pela forma como a imagem está balançando, parece estar tremendo tanto quanto eu.

Não consigo responder. Aparentemente, também não consigo respirar. Pela segunda vez no dia, começo a sucumbir.

Não sei quanto tempo se passa até ela chegar à minha casa. Talvez prefira não saber, até por razões ambientais, já que, assim que desliguei a videochamada, destranquei o apartamento, entrei no banheiro, liguei o chuveiro e me sentei no chão do box, de roupa e tudo, deixando a água cair nas minhas costas.

Quando ela abre a porta do banheiro e vai até mim, não sei o que se passa pela sua cabeça ao me ver nessa situação. Mas ela não me sobrecarrega começando a falar palavras de consolo. Não diz que nada que eu tenha feito ou deixado de fazer causou isso. Não diz que sou incrível, linda, talentosa e gentil, e que ele não sabe o que está perdendo. Apenas fica em silêncio, também sentada no chão, mas do lado de fora do box.

Quando começo a tentar tirar a aliança e não consigo, e as lágrimas começam a vir com mais intensidade, ela tira os sapatos, abre o box e passa sabonete no meu dedo, me ajudando a tirá-la.

Ela também me ajuda a me levantar, a tirar o meu macacão molhado, e então me passa o shampoo para que eu lave o cabelo. Sei que deve ter alguma razão energética para ela achar que isso vai melhorar as coisas, mas ela não fala nada. Só me passa também o condicionador, e, depois que eu o enxáguo, desliga o chuveiro.

Ela me envolve com uma toalha, pega outra no armário e me leva para o quarto. Então começa a delicadamente secar meu cabelo, sentada ao meu lado na cama. E, depois de alguns minutos em silêncio, diz:

— Acho que você não quer comer nada, mas precisa. Vou pegar algo na cozinha, tudo bem?

— Sim — respondo.

E então ela traz uma das marmitas saudáveis que às vezes como à noite e me ajeita na cama apoiada na cabeceira, com um travesseiro nas minhas costas.

Quando estou terminando de comer, percebo que ela está olhando para o meu celular de forma apreensiva, e apenas digo:

— Não vou ligar para a minha mãe.

— Ah, Ali. Mas sua mãe é tão querida e está tão perto de você. Nessas horas, o apoio da família é importante... queria eu que a minha estivesse mais perto, e não morando no Japão há anos. — Ela suspira.

— Eu sei, amiga. Mas você também é minha família. E, inclusive, já fez muito por mim. Agora acho que preciso ficar um pouco sozinha, tudo bem?

Ela apenas me encara, seus olhos castanhos estampando preocupação.

Sei que ela está tensa porque, mesmo que a situação seja diferente, ela sabe como reagi ao luto da última vez, e uma decepção dessa magnitude não deixa de ser uma espécie de luto. Mesmo tendo chegado depois do que aconteceu, ela fez parte do meu processo de cura na época. E, quando conheceu a minha mãe, com certeza deve ter recebido diretrizes para ficar de olho em mim quando surgissem situações difíceis.

E, sinceramente, não sei o que é pior: estar passando por isso ou ter que suportar o medo de as pessoas me verem colapsando de novo.

— Eu posso dormir aqui com você. E aí passamos o fim de semana juntas, e te ajudo a pensar nos próximos passos — ela diz, enquanto escova o meu cabelo.

— Sá, muito obrigada mesmo pelo apoio, mas eu preciso de um pouco de espaço pra digerir tudo isso — peço. — E agora eu realmente só vou escovar os dentes e dormir.

Ela me encara com a cabeça inclinada e hesita por alguns segundos. Então se levanta, me dá um beijo na cabeça e diz:

— Se precisar de qualquer coisa, qualquer coisa mesmo, me liga, que eu venho na hora, tá?

— Pode deixar.

Assim que ela vai embora, vou até a cozinha buscar um copo de água, escovo os dentes e, conforme prometido, finalmente me deito na cama.

Olho para o lado do Alex, sem acreditar que hoje de manhã falávamos sobre planos para quando fôssemos velhinhos. É surreal pensar em como o seu mundo inteiro pode desmoronar em tão pouco tempo.

Sinto meu coração acelerando e foco em respirar fundo algumas vezes para me acalmar. E então me dou conta do quanto estou cansada para continuar lidando com a minha própria vida hoje.

Mas amanhã é um novo dia, e tenho noção do que uma boa noite de sono pode fazer. E, de alguma forma, estou com uma sensação de que, ao despertar amanhã, muita clareza vai surgir.

Afinal, alguma luz no fim do túnel esse eclipse dos infernos tem que trazer.

Dia -1

SÁBADO, 6 DE MAIO

Às 17h, a Lua entrará em sagitário,
mas antes disso ainda transita por escorpião.
Encare com profundidade o que precisa ser transformado
e confie nos caminhos apontados pela sua intuição.

Provando que a vida é mesmo muito irônica, esta noite não tive nenhum sonho radical. Talvez meu inconsciente tenha entendido que já estou vivendo um pesadelo.

O lado bom é que, na hora em que me levanto, já sei o que preciso fazer. E com certeza não é esperar que algum evento astrológico traga respostas, porque estou prestes a consegui-las sozinha.

Coloco um top, camiseta e shorts de ginástica, e calço meu tênis de corrida, porque isso realmente ajuda a me sentir mais corajosa.

Em menos de quinze minutos, estou em um táxi rumo à Lagoa. Porque de três fatos eu tenho absoluta certeza:

- O Alex não gosta de acordar cedo.

- Ele não pegaria um voo de madrugada.

- Ele não vai perder a festa do Patrick hoje à noite.

Então sei que, em algum momento, ele vai ter que sair daquele apartamento. E, assim que ele pisar naquela calçada de novo, estarei lá para ver com meus próprios olhos o que ele foi capaz de fazer.

Minha cabeça está tão acelerada que a ida até lá parece levar uma eternidade, mas consigo ocupar meus pensamentos tentando encontrar a rua exata do prédio. Não quero ligar para a Sarah para pedir o endereço, porque sei que ela pode tentar me impedir. Então fico analisando as possibilidades no aplicativo de mapas de acordo com o que ela narrou ontem à noite.

Quando finalmente consigo descobrir o local e confirmo o endereço exato para o motorista, já estamos a menos de dez minutos de lá.

Assim que ele para o carro, seguro minha respiração ao notar que alguém está em pé perto da portaria, parecendo prestes a abrir o portão. E então a solto quando percebo que é apenas um senhor conversando com o porteiro logo antes de sair. Pago o taxista depressa, abro a porta e caminho até lá, na esperança de pegar o portão ainda aberto.

Não sei qual é a minha intenção, já que não gostaria de além de tudo me tornar uma criminosa neste momento da vida. Mas, por sorte, o portão se fecha, e reparo que o porteiro está me encarando com os olhos semicerrados.

Não o julgo, considerando que nem eu sei que raios estou fazendo aqui. Solto um suspiro, olhando para o interfone ao lado do portão. Estendo a mão até ele, mas hesito por alguns instantes.

Sei que poderia convencer este homem a me deixar entrar. Persuadir o público é o que faço de melhor. Ele abriria o portão de bom grado, e eu subiria correndo, fingindo levar algo que minha suposta amiga esqueceu no bar no dia anterior. E então eu queimaria o apartamento dela. Ou, pior, entraria filmando tudo e postaria nas redes sociais, fazendo viralizar como se fosse um grande case de sucesso. Ou de fracasso. Porque sei que, por mais que esteja com muita raiva, nunca conseguiria fazer nada nem perto disso, e, no fundo, nenhum tipo de vingança iria diminuir a minha dor.

Então decido seguir a minha intuição e evitar ganhar uma extensa ficha criminal que pioraria exponencialmente a minha situação.

Aperto o botão do interfone e digo:

— Bom dia.

— Pois não, senhora? — o porteiro responde.

Senhora. Será que é assim que o Alex me vê também? Uma senhora que já passa tonalizante para cobrir seus primeiros fios brancos (com certeza de estresse)? Faria sentido ele estar com uma loira. Uma loira com o cabelo quase chegando na cintura, o total oposto de como o meu está hoje.

E pensar que ele sempre pedia que eu deixasse o cabelo crescer, esse pilantra.

Pois saiba que meu long bob segue muito bem, obrigada.

— Queria pedir uma ajuda sua, por favor. — Tento esboçar o meu melhor sorriso. — Você estava aqui na portaria ontem à noite?

— Estava sim, senhora. Por quê?

Prendo a respiração enquanto pergunto, sem nem pensar:

— Por um acaso você sabe quem é o homem que entrou aqui com uma loira de cabelo bem longo? Um homem meio loiro também?

Ele fica em silêncio por alguns segundos, e então diz:

— Desculpe, senhora, mas não podemos dar informações a respeito dos moradores do prédio.

Mordo o lábio, tentando pensar em como fazer ele soltar qualquer informação.

— Ah, mas ele não é morador, né? — pergunto. — Sei que não posso pedir que você confirme pra mim, mas só preciso que você me diga isso. Depois prometo que te deixo em paz. — Estou torcendo para estar lidando com o tipo de porteiro de que mais preciso neste momento: o fofoqueiro despretensioso.

E descubro que, sim, ele é. E achei que ficaria satisfeita com a verdade, mas em vez de me deixarem feliz, as palavras a seguir chegam como facas entrando pelo meu corpo todo.

— Bom, ainda não — ele responde. — Mas ele passa tanto tempo aqui que já praticamente mora com a dona Angelina.

Fecho os olhos.

Meu Deus. *Meu Deus.*

Claro que, além de tudo, ela ainda tem um nome hollywoodiano.

E que não era só um caso de uma noite.

E que todas as vezes que dizia que ia para São Paulo... na verdade vinha para cá.

Passo a mão pelo rosto, mal conseguindo acreditar. E então solto um suspiro, percebendo que não posso nem tenho forças para perguntar mais nada, também com medo de comprometer o trabalho desse porteiro (que, sim, foi bem antiético, mas pode ter acabado de salvar o meu futuro), então apenas digo:

— Obrigada. Obrigada mesmo, eu só queria confirmar uma coisa.

Começo a me afastar da portaria, andando pela calçada, sem conseguir raciocinar. Minhas mãos estão unidas na frente da boca, e sinto as lágrimas vindo de forma incontrolável.

Ele praticamente mora com a dona Angelina.

Sinto tanta raiva, mas tanta, que não consigo conceber que ainda esteja chorando por causa disso. Por causa *dele*. Não quero mais chorar, não quero mais saber da existência desse homem. Queria simplesmente desaparecer da face da Terra.

Mas não consigo ignorar o que meus instintos pedem. Preciso ver com meus próprios olhos. Vou ter que esperar ele sair desse prédio e enfrentá-lo no minuto em que pisar nessa calçada.

E você pode me perguntar: será que não é humilhante esperar na rua, debaixo do sol, enquanto perco o que resta da minha dignidade?

Sim. Completamente desnecessário.

Ainda assim, procuro uma parte da calçada que esteja com um pouco de sombra e me sento no canteiro de uma árvore, que pelo menos é um pouco mais alto que o chão. Consigo ver ou ouvir qualquer um que saia do prédio daqui, e ao mesmo tempo não pareço tanto uma assassina em série esperando seu ex infiel para torturá-lo. Sou apenas uma inocente atleta que talvez tenha torcido o pé em meio à sua corrida matinal.

Fico com raiva de mim mesma quando as lágrimas continuam vindo, mas não consigo segurá-las. Então abraço minhas pernas e tento respirar fundo por alguns segundos até que, quem sabe, toda essa tristeza resolva me dar uma trégua.

Mas logo me dou conta de que, talvez, eu realmente não tenha nascido para ter paz. Porque, em menos de cinco minutos, ouço passos de alguém se aproximando. E então percebo que está se agachando a menos de um metro de distância de mim. Tenho certeza de que não é o Alex, porque não ouvi o portão da frente do prédio se abrindo.

Pelo peso das passadas, parece ser um homem, mas, por alguma razão, não tenho coragem de levantar o olhar para saber quem é.

Isto é, até o momento em que reparo que ele pega uma mochila e começa a abrir o zíper.

Porque, nesse instante, percebo que é agora.

Ele vai pegar um pano e vai me fazer desmaiar com clorofórmio.

Vai pegar uma faca e me forçar a dar o celular.

Ou uma arma, e me levar como refém para assaltar o prédio. O que, preciso admitir, eu talvez aceite de bom grado caso ele tope escolher só um apartamento para invadir.

Mas quando noto que ele está estendendo algo na minha direção e esperando que eu pegue, e continuo acordada e não estou sendo ameaçada de nenhuma forma... começo a levantar o rosto devagar e a endireitar a postura.

E não consigo acreditar no que estou vendo.

Ele parece não entender também, porque os olhos verdes se arregalam, e a mão que estava segurando um lenço de papel na minha direção começa a descer. Percebo que seu olhar começa a percorrer o meu corpo, como se estivesse verificando se estou machucada, e reparo quando seus olhos recaem sobre as minhas mãos.

— O mesmo garoto te alcançou depois? Eu devia ter te acompanhado até sua casa. — Ele franze o cenho. — Mas... como você veio parar aqui?

Eu só consigo olhar para ele, incrédula. Como é possível que esse homem esteja bem na minha frente, perfeito com outra camisa de linho com os punhos dobrados, dessa vez rosa-clara, uma bermuda marrom, e sua mochila de couro também marrom, e...

— Não pode ser. — Balanço a cabeça para me forçar a parar de reparar nele. — Isso tudo é mentira, né? E você é o apresentador?

— Apresentador? — ele pergunta, apoiando os braços nos joelhos.

— Isso. Do programa que está fazendo a pegadinha — respondo, endireitando a postura. — As pessoas estão se divertindo muito me vendo na merda?

Ele parece segurar o riso, talvez em respeito à minha situação, e fico comovida com o ato de compaixão.

— Infelizmente, não faço parte de nenhum programa. — Ele consegue responder com uma boa dose de seriedade.

Solto um suspiro.

— Então como é possível que a gente esteja se encontrando de novo no mesmo dia? — pergunto.

Ele inclina a cabeça.

— Não sei se você sabe, mas foi ontem que a gente se esbarrou.

— Você entendeu.

— Bom, você parece estar precisando de ajuda, então só ia te entregar isso aqui. — Ele estende o lenço de novo na minha direção.

Eu o pego, seco o rosto e então assoo o nariz.

Ele me encara, agora com um leve sorriso.

— Posso te ajudar em mais alguma coisa? Preciso correr atrás de alguém?

Olho para baixo, escondendo um meio-sorriso também, e finalmente entendo por que ele achou que eu tinha sido roubada.

— Ah, não. Eu mesma tirei a aliança — explico, soltando um suspiro e pensando em como resumir a situação. — Basicamente, meu ex-noivo está no prédio à sua esquerda junto com a amante, neste exato momento. Estou esperando ele sair para flagrá-lo.

Ele arregala os olhos, parecendo incrédulo em vários níveis, e diz:

— Ah... Meu Deus. Eu sinto muito, muito mesmo.

— Pois é.

— E tem algo que eu possa fazer pra te ajudar?

— Bom, você poderia dar umas porradas nele por mim — proponho, e ele levanta as sobrancelhas, então complemento: — Tô brincando. Seu lenço já foi ótimo. Obrigada pela generosidade, e por ter me ajudado ontem, mas não sou uma dama indefesa que precisa sempre ser salva. Sei me virar bem sozinha — afirmo, enquanto apoio uma mão no canteiro e começo a me levantar.

E, neste exato momento, ouço um barulho estranho.

E então percebo que... Meu shorts. Acabou. De. Rasgar.

Embaixo e, ao que me parece (mas não quero passar a mão para conferir), atrás.

E volto a me perguntar: como isso é possível? Como é que um shorts de ginástica, feito para suportar agachamentos, corridas e até espacates, pode rasgar com um movimento básico como se levantar? Também não sei.

Aparentemente, todas as estrelas se alinharam para destruir minha integridade no mínimo de tempo possível.

Noto que o viking acabou de colocar a mão na frente da boca, e, quando nossos olhares se encontram, tenho certeza de que ele não está mais conseguindo segurar a risada.

Apoio as duas mãos nos quadris e olho pra baixo, respirando fundo e me segurando para não rir também. Ou chorar. Ou os dois ao mesmo tempo.

Quando estou prestes a abrir a boca para falar, ele diz:

— Acho que consigo te ajudar com isso. — E então abre o zíper da sua mochila de novo e pega uma camiseta. Quando penso em dizer que não sei como uma camiseta, por maior que seja, conseguirá cobrir minha bunda, ele começa a desabotoar a própria camisa. Meus olhos se arregalam contra a minha vontade e percorrem o caminho dos botões até o seu rosto algumas vezes... até que finalmente olho para o lado, tentando disfarçar.

Quando ele tira a camisa e a entrega para mim, olho de relance e não consigo não reparar no seu abdômen, e nos braços, e ombros e... meu Deus. Eu definitivamente acertei no apelido. Tento focar na camisa, que pego com todo cuidado e a amarro na cintura. Enquanto isso, ele coloca a camiseta de algodão branca, e por um curto, mas significativo momento, lamento que ele tivesse uma troca de roupa.

— Bom, muito obrigada... Mais uma vez. Mas acho que não tem mais nada que você possa fazer pra me ajudar agora. Fique à vontade para seguir com seu dia — digo, levantando o braço na direção da calçada.

— Ah, eu posso sentar e esperar do seu lado, se você quiser.

Volto a encará-lo sem querer, e aquilo acontece de novo. Não consigo decifrar por que me sinto tão hipnotizada ao mergulhar no seu olhar e observar cada detalhe do seu rosto. Fora o fato de que, claro, ele é absurdamente bonito. Talvez esteja fascinada com o fato de que seu sorriso não termina na boca — ele se estende até os olhos, reflete na postura receptiva do seu corpo e parece iluminar e influenciar tudo ao redor.

E isso parece fazer com que eu não seja capaz de recusar nada que ele oferece.

— Bom. — Dou de ombros. — Se você não tem nada melhor pra fazer...

Então me sento novamente, agora no que resta de sombra na calçada, e ele faz o mesmo.

No mesmo instante, recebo uma notificação no celular. Viro o aparelho rapidamente e vejo que é só o aplicativo de passagens aéreas avisando que vários destinos estão em promoção.

Dou uma risada seca.

— Sabe o que é mais louco sobre esses momentos? — pergunto. — Quantas ironias a gente vai percebendo... E quantas coisas estavam mais erradas do que a gente se permitia enxergar. — Balanço a cabeça. — Por exemplo, todas as vezes nesses últimos anos que eu mencionei a possibilidade de viajar sozinha, ele sempre cortava a ideia de alguma forma. E na maioria das vezes em que teoricamente estava viajando sozinho a trabalho... ele devia estar com a amante.

O viking está sentado de frente para a calçada, à minha esquerda, e vira o rosto para mim.

— Infelizmente isso acontece bastante. Muitas vezes os homens têm ciúmes em situações que as suas parceiras nem conseguem entender porque acham que elas vão fazer o mesmo que eles. Ou vice-versa. Mas acaba sendo mais comum com homens.

— E você gosta de analisar o comportamento humano, pelo visto, né? — pergunto.

— Sim — ele responde. — Digamos que gosto de antecipar necessidades. E, para isso, preciso identificar certos padrões.

— Sei — digo. — E, por acaso, você acha que... minha necessidade de estar aqui, e de ver tudo com meus próprios olhos, é uma grande cagada ou o quê? Eu deveria fingir que não me importo e só desaparecer da vida dele? — pergunto, tendo total consciência de que estou perdendo o que resta da minha dignidade ao desabafar e pedir a opinião de um desconhecido.

Mas tem horas em que é tentador demais ter a visão de alguém que está de fora da situação. E essa, definitivamente, é uma delas.

— Bom, isso depende de diversos fatores. Se você sente que precisa ver com seus próprios olhos... acho que deve respeitar isso — ele diz. — Mas preciso ser sincero e dizer que, se estiver querendo um confronto, você tem grandes chances de acabar se estressando muito mais.

— Ah, é? Quanto de chances? — eu o desafio. — Você parece saber do que está falando.

— Eu diria que... — Ele olha para cima e coloca a mão nos lábios, que, preciso dizer, são perigosamente bonitos. O que nesse homem não é bonito, afinal? — Por volta de setenta por cento — afirma.

— Você está inventando números só pra me aconselhar a não me humilhar? — pergunto, achando graça.

Ele solta uma risada alta. Então passa a mão no rosto, e, acompanhado de um leve sorriso que permanece em seu rosto, responde:

— Eu trabalho com números, na verdade — ele conta, virando-se para mim. — Mas realmente não acho que haja uma estatística para esse tipo de situação.

— Você trabalha com números? — pergunto, inclinando a cabeça em sua direção.

— Sim.

— E acredita em *astrologia*? — indago, franzindo o cenho. — Não é meio contraditório?

— Bem... Um pouco. Mas tenho influências próximas que tornaram praticamente impossível não acreditar.

— Entendi — respondo, encarando meu celular, que estou passando de uma mão para a outra sem parar. — Mas, falando na sua linguagem... Você sabe que tem mais de noventa por cento de chance de acabar se decepcionando muito, né?

Ele inclina a cabeça, o olhar demonstrando curiosidade.

— Não sei se eu escolheria uma porcentagem tão alta — ele declara. — Mas já entendi que é um assunto sobre o qual você não gosta de falar, então não vou insistir. Afinal, só quero te ajudar.

— De novo — eu digo.

— De novo — ele confirma. — Realmente sou uma pessoa muito solícita.

Tento esconder um sorriso.

— Eu ainda acho que tudo isso só pode ser um programa de muito mau gosto.

— Gostaria de dizer que sim, mas... — Ele dá de ombros.

— E você jura que não está me perseguindo? — interrompo. — Porque é bem estranho a gente se esbarrar em diferentes partes da cidade em tão pouco tempo. Essa cidade é gigantesca.

— Bom, meu amigo mora exatamente neste prédio, e é pra cá que eu estava vindo ontem — ele explica. — Então acho que você só acabou dando muita sorte.

— Ah, sim — respondo. — Claramente, sou a pessoa mais sortuda da região.

Ele solta uma risada genuína.

— Bom, se serve de consolo... Mesmo estando numa fase ruim, você é uma ótima companhia — ele comenta. — É admirável ter bom humor mesmo nessa situação.

— Obrigada — respondo, sem conseguir segurar um sorriso. — Realmente, é uma das minhas melhores qualidades.

Ele me observa por um instante, então parece me desafiar com o olhar enquanto diz:

— Eu inclusive diria que você com certeza tem algum planeta em sagitário no seu mapa... mas vou respeitar se não quiser responder.

— Vou me dar o direito de nem negar nem confirmar essa informação — respondo, ficando surpresa por, talvez pela primeira vez em anos, conseguir falar sobre astrologia de forma leve, ainda que não me sinta à vontade para mergulhar de verdade no assunto.

— Respeito sua decisão — ele diz e vira um pouco o corpo na minha direção. — Então, só pra saber... Você está disposta a esperar por horas até que ele saia? Mesmo se isso for acontecer só à noite ou amanhã?

— Ah, tenho quase certeza de que ele vai sair em breve. Ele gosta de tomar café da manhã fora de casa — explico. — A não ser, claro, que eu esteja errada sobre mais coisas do que imaginava.

Neste instante, antes que ele consiga responder, meu celular vibra de novo.

Viro a tela, com certa taquicardia, mas vejo que é mais uma notificação sobre passagens aéreas, dessa vez falando sobre Londres. Reparo que ele acabou olhando para o celular também, por estar exatamente no seu campo de visão na hora em que o virei.

— Está um preço ótimo — ele diz.

— Agradeço pela opinião, ainda que não tenha sido solicitada — ironizo.

— Agora você não tem mais ninguém te impedindo de ir — ele comenta, elevando as sobrancelhas.

Com os braços agora apoiados nos meus joelhos, permaneço olhando para ele por um instante. E então me viro para o prédio à minha direita. Solto um suspiro.

Por alguma razão, ainda tenho esperanças de que vá sair um homem muito semelhante ao Alex, mas que não seja ele. Alguém que só tenha uma camiseta igual. E um cabelo *muito* parecido.

E sei que é ridículo da minha parte, mas é um pouco difícil acreditar que algo assim é real quando se está há mais de dez anos com uma pessoa.

Então respondo:

— É... talvez eu compre mesmo.

— Dá uma olhada nas datas? — ele pede, e percebo que estou elevando as sobrancelhas, então ele esclarece: — Se não pra você, por mim. Talvez eu precise ir pra lá em breve. Sua chance de retribuir meus favores.

— Comprando uma passagem? — pergunto, começando a rir.

— Não, só me dizendo em qual aplicativo está aparecendo a promoção...

Ele continua falando, mas não consigo mais ouvir, porque, nesse momento, vejo um homem e uma mulher loira saindo pelo portão do prédio, pisando na calçada e...

— São eles — aviso, em um sussurro que mais parece um grito.

O viking olha para a portaria e rapidamente se levanta, quase ao mesmo tempo que eu. E me acompanha a uma distância segura enquanto caminho em direção aos dois, que estão prestes a atravessar a rua.

— Alex. — Meu tom é o mais carregado de raiva que já usei até hoje.

Ele se vira lentamente para mim. E então seu corpo inteiro fica imóvel.

— É sério isso? — As palavras saem da minha boca, mas parece que não sou eu que estou dizendo. É surreal demais. Como se fosse um filme horrível ao qual estou assistindo.

— Ali, você... deve ter entendido errado. — Seus olhos estão arregalados. — Essa é minha prima, e eu vim ajudá-la a...

— Por favor, poupe sua saliva. Tenho certeza de que já a usou bastante — digo. — E nem precisa voltar pra casa. Aparentemente, você já tem onde ficar.

— Ali... não é nada disso. — Ele olha para a tal Angelina de forma apreensiva, e então dá um passo na minha direção. — Por favor, vamos conversar.

— Você é... namorada dele? — a mulher pergunta, com o cenho franzido.

— Infelizmente, noiva — corrijo. — Na verdade, agora ex.

— Meu Deus. — Angelina balança a cabeça devagar e se vira para Alex — Inacreditável. Olha, só posso desejar que o karma faça seu trabalho com você. Nunca mais apareça na minha frente nem tente qualquer forma de contato. — Ela o encara uma última vez com nojo, e então caminha com firmeza até o portão, entrando de novo no prédio.

Alex passa as mãos na cabeça.

— Ali...

— Acho que também não temos mais nada a conversar — eu interrompo. — A não ser, claro, pra combinar o dia em que você vai buscar suas coisas lá em casa.

— Ali, não. — Ele abre os braços, desolado. — Você não pode jogar dez anos de relacionamento fora.

Solto uma risada seca.

— Mas não fui eu quem jogou fora, né? — Cruzo os braços.

— Alissa. — Ele tenta se aproximar mais, e eu só subo uma mão com a palma virada para ele, o que o faz parar. — Pelo amor de Deus... vamos conversar com calma. Por favor.

— Não temos o que conversar, Alex.

— Não posso aceitar isso — ele suplica, seus olhos demonstram desespero. — Eu não posso desistir de nós.

Agora o viking é quem segura o riso ao meu lado. Alex se vira para ele e parece querer fuzilá-lo com o olhar.

— E quem é você? — ele pergunta.

Olho para o lado e reparo que o viking levanta as sobrancelhas, parecendo se divertir com a audácia.

— Ah, poderia me apresentar de muitas formas. — Ele inclina a cabeça. — Mas nesse contexto, pode-se dizer que sou uma pessoa que não teria uma amante em nenhuma circunstância. Principalmente com uma noiva maravilhosa dessas.

Reparo que Alex fica sem reação, e eu acabo olhando para baixo, escondendo um sorriso. Logo eu, que jamais imaginaria conseguir sorrir num momento como esse. E estou prestes a complementar o que o viking disse, mas começo a perder um pouco do equilíbrio. Coloco uma mão na cabeça, sem entender por que estou sentindo tanta tontura. Com a outra mão, procuro qualquer superfície na qual possa me apoiar, mas claro que não encontro nada que esteja tão perto, além do meu colega espanhol (que acabo optando por não utilizar também como suporte físico).

— Ali, você comeu alguma coisa? — Alex pergunta, e quando me viro para ele de novo, reparo no quanto seus olhos azuis parecem inundados de preocupação.

— Você não tem o direito de fingir que se importa — digo, e então me viro para o lado. — Por acaso você tem alguma coisa salgada aí? — pergunto para o viking.

— Não, mas... tem lá em cima. — E aponta para o prédio. Ele hesita por um instante, então continua: — Meu amigo não está em casa, mas eu tenho a chave, e estava prestes a subir mesmo. Quer ir junto?

Resistindo ao impulso de me virar para o Alex para ver sua reação, encaro profundamente os olhos verdes à minha frente e digo:

— Quero.

Então ele sinaliza com a cabeça para que eu o siga, e é o que faço.

— Ali, não faça isso — Alex grita. — Você não vai nem me dar o direito de uma última conversa civilizada?

Solto mais um riso curto, balançando a cabeça.

— Ah, mas não mesmo — afirmo e me viro para ele, pelo que espero que seja a última vez na minha vida. — Você acabou com toda a civilidade que poderia restar aqui. — Encaro-o com frieza. — Tchau, Alex.

Seus olhos desolados apenas fitam os meus por alguns segundos, e então me viro e continuo caminhando na direção da portaria. O portão é destravado e caminhamos para dentro. Passando pela cabine do porteiro, o viking se apoia na janela, olha bem nos seus olhos e diz:

— Estou protegendo minha amiga desse homem aí fora, então, por favor, não o deixe entrar de jeito nenhum. Se isso acontecer, vamos ter que chamar a polícia.

— Pode deixar — ele diz, então o viking dá um aceno de cabeça e continuamos andando. E talvez seja uma espécie de fuga da minha situação, mas só consigo pensar que esse porteiro acaba de ter um acesso muito exclusivo ao que certamente é a fofoca mais quente do mês.

Mas a fuga não dura tanto tempo. Porque, assim que entramos no elevador, começo a tremer. Como se só agora, com a mudança de ambiente, a ficha estivesse começando a cair. E por mais que eu tenha tido coragem de enfrentar a situação na hora... Agora, com a adrenalina baixando, não consigo falar mais nada — só as lágrimas que voltam a escorrer pelo meu rosto parecem conseguir se expressar por mim.

Apoio as costas no espelho, tendo até medo de ver como está a minha situação, e reparo que o viking está com a testa franzida olhando para mim. Ele abre a boca para falar algo, e em seguida a fecha. Então coloca a mão no meu ombro, talvez porque seria muito estranho abraçar uma desconhecida, e diz:

— Estamos chegando.

Quando o elevador para e as portas se abrem, caminhamos pelo corredor e ele começa a destrancar a porta. Meus olhos estão tão cheios de lágrimas que nem consigo ver qual o número estampado nela. E é só agora que me dou conta de que estou prestes a entrar em um apartamento qualquer, com um homem que é praticamente um desconhecido para mim. E o pior? Não me importo nem um pouco com isso.

A única coisa que provoca real desespero em mim, e da qual me lembro subitamente talvez por estar entrando em um prédio, é que o Alex pode acabar indo até o nosso apartamento contra a minha vontade. Preciso fazer algo sobre isso o mais rápido possível.

— Pode entrar — o viking diz, logo depois de abrir a porta. — Se preferir, pode sentar no sofá, vou pegar alguma coisa salgada aqui.

Apenas assinto enquanto vou até o sofá e ligo para o porteiro do meu prédio.

Posso estar devastada e vulnerável em vários sentidos, mas se tem algo que não vou permitir é que ele faça mais qualquer outra coisa pelas minhas costas. E, ainda que eu esteja terminando de pagar, o apartamento é meu, então tenho total direito de decidir quem entra na minha casa — e, principalmente, quem não entra mais. Depois de chamar algumas vezes, ele atende:

— Oi, dona Alissa. Como posso ajudar?

— Seu Jonas, preciso da sua ajuda — digo. — Descobri coisas horríveis sobre o Alex, e acabamos de terminar o noivado. Se ele aparecer aí, preciso que você impeça ele de entrar, ok?

Ele me responde com firmeza e cumplicidade, e depois, quando nos despedimos e eu desligo, só consigo pensar que, sim, tudo pode até estar caótico, e ainda não faço a menor ideia de como vou resolver a minha vida. Mas fico aliviada com a sensação de assumir pelo menos um pouco do controle — e mais ainda ao passar as mãos pelo rosto e perceber que não há mais lágrimas caindo.

Já é um progresso.

No instante em que penso nisso, o viking aparece na minha frente com um pacote, que me entrega por cima do encosto do sofá. Quando vejo a embalagem, me pergunto se não devo mudar seu apelido para anjo viking espanhol, porque é simplesmente um dos meus salgadinhos favoritos, de alga marinha picante sabor wasabi.

Enquanto como, fecho os olhos e solto um suspiro, sentindo um alívio ainda maior. Não só por comer algo de que gosto tanto, mas também por sentir minha pressão voltando ao normal.

Quando abro os olhos, reparo que o viking está atrás da bancada da cozinha americana preparando algo.

— Você tem noção do quanto acaba de salvar a minha vida?

Ele apenas ri.

— É sério — continuo. — E nem tô falando só do suporte emocional lá embaixo. — Recosto no sofá devagar, e fico surpresa com o quão confortável ele é. Se o amigo do viking estivesse em casa, eu realmente perguntaria onde comprar um igual. — Talvez esse sofá e essa alga sejam o ponto alto do meu mês.

Ele dá risada mais uma vez.

— Acho que não é pra tanto, mas com certeza sua pressão já melhorou — ele diz, enquanto coloca uma frigideira no fogo. — E não seja tão pessimista. O mês está só começando.

— Nossa, se continuar nesse ritmo, tenho até medo do que ainda está por vir — digo, enquanto me levanto e vou até a cozinha.

Assim que entro nela, a primeira coisa que noto é uma geladeira retrô, toda vermelha, em um contraste bonito com a bancada e os armários de madeira. Então visualizo o lixo que estava buscando e jogo fora a embalagem do salgadinho.

— Você nunca sabe o que pode acontecer. Talvez seja o melhor mês da sua vida. — Ele se vira para mim e dá um leve sorriso, e então quebra alguns ovos em um recipiente e os coloca na frigideira.

Em seguida, passa ao meu lado e abre um armário, de onde pega um pote de sal. E é muito estranho, porque ele mal esbarra em mim, mas, quando isso acontece, sinto aquela eletricidade de novo. Seu braço apenas encostou levemente no meu, então não sei explicar por que meu corpo está arrepiando tanto assim.

Só sei que nem consigo lembrar direito do que acabou de me dizer, então, quando reparo que ele está colocando os ovos mexidos prontos em um prato, pergunto:

— Você sabe se tem pimenta?

— Você não pode colocar pimenta sem nem ter provado antes — ele responde enquanto abre a gaveta para pegar talheres.

— Claro que posso. Pimenta deixa tudo incrível — argumento. — Se já estava bom, vai ficar ainda melhor. É o segredo pra qualquer coisa dar certo.

Ele só se vira, e seus olhos travam nos meus por alguns instantes. Não sei dizer se ele está sentindo algo também, e a verdade é que nem eu mesma sei o que está acontecendo, muito menos se isso é normal, considerando que terminei um relacionamento há, literalmente, menos de dez minutos.

Acho que, no fundo, não tem nada na minha situação atual que seja convencional.

Mas ele segue se movendo com toda a naturalidade do mundo, agora abrindo o armário e pegando um pacote de torradas, e então passando manteiga nelas.

Apoio as mãos na bancada atrás de mim e dou um leve impulso para me sentar nela.

E, de repente, paro para pensar que, sim, eu estou na casa de um estranho. E isso poderia dar muito errado, e até ser perigoso.

Mas, por alguma razão, o que sinto é um alívio enorme. Como se estivesse resgatando uma parte de mim mesma, um lado meu que gosta de aventuras, do imprevisível... e que ficou para trás. E finalmente posso me reconectar com ele a partir de agora.

Porque, parando para pensar melhor, é muito interessante não saber o que vai acontecer a partir de agora. Apesar de tudo ainda estar caótico, o espaço que está se abrindo para o novo na minha vida traz um certo... entusiasmo. Algo que eu não sentia há muito tempo, e jamais pensei que poderia acessar nessas circunstâncias.

Balanço a cabeça, tentando voltar para o presente, bem na hora em que ele se vira para mim, prestes a trazer os ovos mexidos e as torradas em um prato.

Ele hesita por um instante ao me ver na bancada, e reparo que engole em seco. E, de alguma forma, consigo ter certeza de que ele está sentindo algo diferente também. Ele pisca algumas vezes, então parece voltar a si e se aproxima, dizendo:

— Não posso deixar que você ponha pimenta antes de experimentar o meu tempero. — Ele coloca o prato na bancada ao meu lado, me desafiando.

— Ah, não — protesto. — É sério, eu preciso de pimenta nas coisas. Em todas as coisas. Pra me sentir viva — afirmo, enquanto desço da bancada para o chão, com a intenção de procurar pimenta em algum lugar. — Você não pode tirar de mim uma das únicas coisas que me daria prazer neste momento.

E só quando vejo um meio-sorriso se abrindo lentamente na boca dele é que me dou conta do que acabei de dizer. E do quão perto dele acabei ficando agora que estou de pé de novo.

— Desculpe, mas não posso deixar você cometer esse crime gastronômico. Garanto que você tem oitenta por cento de chance de gostar da receita exatamente assim — ele diz, tão próximo que consigo sentir seu perfume (e é muito, muito bom).

E não sei o que dá em mim, porque eu poderia impedir as palavras que estão prestes a sair da minha boca. Mas não faço isso. A menos de quinze centímetros de distância do rosto dele, balanço a cabeça negativamente e digo:

— E pensar que eu estava oitenta por cento certa de que *você* era a surpresa boa do meu eclipse.

Nesse momento, seus olhos se conectam aos meus daquela forma intensa de novo, e sinto minha respiração começando a acelerar. Porque ele poderia rir ou achar isso absurdo, até porque a maioria dos homens não deve achar normal uma mulher tomando iniciativa assim.

Mas ele parece gostar. Pela forma como a respiração *dele* está acelerando, ele está gostando *muito*. Ele se aproxima devagar, e, quando começo a sentir o calor emanando do seu corpo, agradeço por estar apoiada na bancada, porque de repente minhas pernas parecem não ser mais capazes de me sustentar. Meu olhar recai sobre sua boca, e desejo mais do que tudo que ela encontre a minha o mais rápido possível. Ele apoia a mão na bancada atrás de mim, e agora está *muito* perto, a menos de dez centímetros, e *preciso* que ele avance esses centímetros que faltam. Isso sim iria salvar meu mês. Provavelmente até o meu ano inteiro.

Ele leva sua outra mão até a minha cintura, segurando-a com tanta firmeza que imediatamente sinto uma pontada no meu baixo-ventre. Já um pouco ofegante, fico na ponta dos pés para completar a distância até sua boca, ao que ele responde me puxando para mais perto de si. Até que, quando nossos lábios estão prestes a se encontrar... Ele vira a cabeça para o lado e fecha os olhos.

— Alissa, eu... não posso fazer isso — ele diz.

Sem que eu consiga controlar, minha mão vai até o seu rosto, e passo a ponta dos dedos pelo seu maxilar, sentindo a barba por fazer.

— Por quê? — pergunto, minha voz mal conseguindo sair.

— Porque eu acho que... você não está tomando essa decisão de forma bem pensada. — Ele coloca a mão que estava na bancada na minha, e a afasta do seu rosto com cuidado. — E não posso me aproveitar de você em um momento de fragilidade. — Essas são as palavras que saem da sua boca, mas sua outra mão segue firme na minha cintura. Sei que ele está se segurando *muito* para não me prensar ainda mais na bancada.

— E se eu *quiser* que você se aproveite de mim? — proponho, quase sussurrando.

Ele engole em seco. E então seus olhos encontram os meus, que silenciosamente imploram para que ele diga sim. Mas consigo perceber no seu olhar o momento em que ele gentilmente nega. Então ele solta minha cintura e dá um passo para trás, dizendo:

— Não depois que você rejeitou a minha receita de maior sucesso.

Olho para baixo e sorrio. E, por mais frustrada que esteja, entendo sua decisão.

— Bom, então melhor eu provar antes que esfrie completamente, né? — digo, pegando o prato.

— Por favor — ele diz, caminhando até a geladeira. — Adoraria saber seu veredito.

Segurando um sorriso, dou uma primeira mordida na torrada, e não demoro para perceber que isso aqui de fato está *muito* bom. Se os últimos minutos tivessem se desdobrado de forma diferente, talvez o provocaria dizendo que, se ele consegue transformar simples ovos mexidos em um prato gourmet assim, não vejo a hora provar suas outras receitas. Mas acabo optando por resgatar o mínimo de formalidade (e da minha dignidade), então apenas digo:

— Parabéns, chef. Setenta por cento de chance de que nenhum outro ovo mexido vá conseguir superar esse aqui.

Ele dá uma leve risada (que admito apreciar mais do que deveria), e então, encarando a geladeira aberta à sua frente, pergunta:

— Quer beber alguma coisa?

E, nesse momento, sinto meu corpo gelar.

É como se todas as fichas *definitivamente* começassem a cair. Porque me dou conta de que o problema maior não é estar na casa de um estranho que eu estava prestes a agarrar, e que apelidei de viking porque nem sei seu nome, e sim o que vem junto com tudo isso. O que veio quando tudo sucumbiu pela última vez. A minha forma de lidar com a vida quando tudo começa a colapsar: a negação, os vícios, os padrões autodestrutivos. O motivo da preocupação estampada no olhar da Sarah ontem.

Solto o garfo no prato e apoio o braço na bancada, sentindo que a qualquer momento posso desmaiar. Dessa vez, não por causa da pressão baixa, e sim porque finalmente estou me dando conta do quão preocupante é a minha vida estar colapsando em diversos sentidos... E a verdade é que *não posso* mais fingir que nada está acontecendo.

— Você tá bem? — ele pergunta, e só agora noto a preocupação no seu olhar.

— Sim, é só que... acho que preciso ir pra casa agora — digo.

— Claro. Você quer uma carona? — ele oferece.

— Não — respondo depressa. — Acho que preciso ficar um pouco... sozinha.

— Sim, entendo — ele diz, e vamos em direção à porta. — Mas posso pelo menos passar meu número? Caso você precise de...

— Não — interrompo. — Prefiro não ter seu contato. Nem seu nome.

— Por quê? — ele pergunta, e percebo que sua expressão não é de mágoa, e sim curiosidade.

— Porque assim isso se torna menos real, e eu posso manter o apelido que criei — respondo, colocando a mão na maçaneta.

— Apelido? — Seu meio-sorriso aparece de novo.

— Nem vem. Jamais vou te contar — respondo, sem saber como posso estar sorrindo também. — Até porque não vamos nos encontrar de novo.

Com a porta já aberta, nosso olhar se cruza pela última vez, e eu juro que só queria poder seguir mergulhando na paz e na intensidade desses olhos. E tenho certeza de que ele quer isso também. Consigo sentir sua torcida para que eu feche a porta agora e fique do lado de dentro.

Sei que em um instante tudo pode mudar, e que pequenas decisões tomadas com coragem têm o poder de transformar muita coisa na nossa vida. Mas é justamente por isso que, antes de escolher qualquer outra pessoa, preciso escolher a mim mesma. E lutar para não cair nos padrões tóxicos nos quais sou mestra em me aprisionar.

— Desculpe por isso — digo, já do lado de fora. — Por tudo, na verdade. E obrigada por ter me ajudado, em tantos sentidos.

— Foi um prazer — ele responde, apoiando o ombro no batente da porta. — Mesmo sem saber meu nome, saiba que você tem a minha torcida para que dê tudo certo. E quem sabe a gente não se esbarra em mais algum lugar por aí?

— Quem sabe, né? — concordo. — A vida está sempre nos surpreendendo.

— *Siempre*. — Ele sorri.

— Tchau, então. — Dou um passo para trás, e então outro, e mais um, e então paro. Me concentro ao máximo para me desvencilhar do seu olhar, do seu sorriso, da vontade de voltar. Consigo virar na direção do elevador, respiro fundo e hesito por mais um segundo antes de ir. Mas sei que preciso fazer isso, então saio caminhando, sem pensar em como vou para casa, sem saber o que farei assim que chegar nela...

E sem ter a mínima ideia do que fazer com a minha vida.

Assim que abro a porta de casa, sinto a ansiedade começando a surgir, mas me esforço para respirar profundamente e tentar me acalmar. Depois de exalar pelo que parece a milésima vez, finalmente me dou conta: não vou conseguir passar por isso sozinha. Conheço bem meus padrões, por mais que tenha esquecido deles por um tempo. E sei que o que quase aconteceu com o viking é mais um forte indicativo disso.

Pego o telefone e, antes que consiga pensar demais, ligo para a minha mãe em uma chamada de vídeo. Ela atende em apenas dois toques, e percebo que parece estar almoçando.

— Oi, querida, tudo bem? — ela pergunta, e então leva um copo de suco até a boca.

— Oi, mãe — digo, engolindo em seco. — Não muito. Será que podemos conversar... a sós?

O olhar dela se volta ao seu lado de forma aflita, e sei que foi para o meu pai. Ela se levanta e caminha até o sofá, mas logo em seguida meu pai se aproxima e se senta ao seu lado.

Merda.

— Filha... o Alex nos ligou agora há pouco. Ele contou que vocês tiveram uma briga, e que você não estava deixando ele entrar em casa — ele diz.

Inacreditável.

— Ah, é? E ele contou o motivo da briga?

— Alissa — meu pai começa. — Você precisa ter cuidado com a sua falta de maturidade em certas situações. Você é praticamente casada com o Alex. Não é assim que se resolve os problemas.

Fecho os olhos e respiro fundo, tentando ao máximo manter a calma.

— Não tenho nenhuma intenção de resolver esse *problema*, até porque não fui eu que o causei — digo. — Por acaso ele contou por que brigamos?

— Não — minha mãe responde. — Mas nós preferimos respeitar a privacidade de...

— Ele me traiu, mãe. — Ela arregala os olhos. — Sabe-se lá quantas vezes. Descobri que tinha uma amante, e toda vez que dizia que ia pra São Paulo, estava com ela.

Assim que termino de dizer isso, minha mãe está com a mão sobre a boca, e meu pai com o cenho franzido.

— Alissa, isso é algo muito grave de se afirmar. Você está com o Alex há dez anos, e ele te apoiou nos momentos mais difíceis da sua vida — meu pai diz.

— Você acha que eu não sei disso? — respondo, levantando a voz.
— E que não queria que tudo isso fosse mentira? Mas é a verdade! — digo, batendo a mão no balcão. — E seria ótimo se você não ficasse duvidando de mim até num momento como esse!

— Meu Deus, filha — minha mãe diz. — Sinto muito mesmo...

— Eu também — interrompo. — E sei que isso parece impulsivo, mas, sinceramente, estou cansada demais, mãe. Além disso, meu chefe tem me feito trabalhar o triplo do que deveria, e eu não aguento mais. Acho que preciso de um tempo afastada de tudo, porque não estou bem. Por isso que eu queria conversar *com você*.

— Filha — meu pai protesta. — Entendo que você esteja mal, e sinto muito pelo que aconteceu. A gente... — Ele olha para a minha mãe. — Nunca imaginou que o Alex pudesse fazer algo do tipo. Mas precisamos ter muita cautela nessas horas. Talvez você esteja em um momento delicado pra tomar outras decisões sobre sua vida... especialmente sobre a sua carreira. Uma coisa não tem nada a ver com a outra. Fale pra ela, Celina — ele diz, se virando para minha mãe de novo.

Solto um suspiro.

— Olha, pai... confesso que estou um pouco cansada de você sempre duvidar da minha capacidade de gerir minha própria vida — afirmo. — E eu já me deixei influenciar tantas vezes pelo que os outros achavam que era melhor pra mim que cheguei ao ponto de nem saber mais o que *eu* quero. O que *eu* considero melhor para a minha vida. E acho que finalmente chegou a hora de descobrir.

Ele abre a boca para responder, mas vejo que minha mãe levanta a mão e olha para ele com suavidade. Ele apenas assente, e então ela se levanta do sofá e diz:

— Ali, acho que esse é um bom momento pra uma conversa de mãe e filha, que sinto que precisamos ter há muito tempo. Vou até o seu quarto, tá bom? — ela pergunta.

Sinto um aperto na garganta, mas concordo.

Enquanto ela vai até lá, também caminho até o meu quarto, onde me acomodo na cama, apoiando as costas na cabeceira e abraçando um travesseiro.

Pelo celular, ouço a porta do meu quarto de infância e adolescência sendo fechada. Assim que minha mãe se senta na minha antiga cama, reparo no mapa-múndi de cortiça que está na parede atrás dela. Dou um sorriso triste. Lembro da minha alegria quando ganhei ele e uma câmera polaroid da minha pessoa favorita do mundo, no meu aniversário de dezesseis anos. Penso em todas as fotos que imaginava que iria tirar e depois colocar nele com os pins de avião que comprei na época em uma papelaria do bairro. E me lembro tão claramente do que minha avó falou que parece ter sido ontem.

— Você vai prometer que vai tirar pelo menos uma foto muito linda em cada lugar. Com as técnicas que te ensinei, claro. Nada de horizonte torto, pelo amor de Deus. E aí vou ficar admirando o seu mural depois — ela disse, com seu sorriso largo.

— Não vai precisar ficar admirando depois. Você vai comigo em todas — respondi, olhando encantada para o mural e imaginando ele preenchido com registros das nossas viagens pelo mundo inteiro.

— Ah, querida — ela começou, rindo. — Acho que na minha idade não tenho mais tanta disposição assim. Mas vou sentir como se estivesse com você nelas, com toda a certeza. Ainda mais com as fotos incríveis que sei que você vai tirar.

Ao lembrar dessas palavras, sinto meus olhos começando a arder e as lágrimas lutando para voltar. Olho para baixo, na esperança de que minha mãe não repare. Mas, a essa altura, sei que dificilmente deve haver algo que ela não perceba.

— Sei como é difícil pra você se conectar com essas memórias — ela diz, de forma cautelosa.

— Muito — concordo. — Acho que neguei tudo isso por tanto tempo... que tem vindo de forma intensa demais agora.

Ela apenas assente.

— E você sente que outras questões que tinha deixado adormecidas estão voltando também?

— Mais que voltando... sei lá, acho que não me conformo por não ter seguido certos sonhos. E com o fato de que não sei como fazer isso agora. Não sei o que fazer com a angústia de ter sonhado tanto em viajar o mundo, em escrever... — Meneio a cabeça, com dificuldade de continuar, mas sigo mesmo assim. — Juntando com o fato de que tenho uma vida que parecia estar ótima, mas não conseguia entender por que não estava feliz.

Agora vejo claramente que o Alex é um cretino e que meu trabalho está mesmo uma merda, mas não sei o que fazer com tudo isso — confesso, agora deixando tudo vir. — Tem aparecido algumas passagens promocionais esses dias, e, juro por Deus, minha maior vontade é comprar uma e simplesmente ir. Sei que ver as coisas por novas perspectivas com certeza vai me ajudar. Mas fico insegura, mãe. Tenho medo de me demitir e me arrepender. Eu sou boa no que faço, sei disso, e também sei que falta pouco pra receber uma promoção. E aí vou sair pra viajar e fazer o quê? Virar uma nômade digital, que é o que todo mundo parece estar fazendo?

— E qual é o problema nisso? — ela pergunta.

Olho para a tela e inclino a cabeça, surpresa.

— Você acharia isso normal?

Ela morde o lábio e solta um suspiro, depois apoia o celular em algo na cama e prende seu cabelo castanho-escuro do exato mesmo tom que o meu. Então pousa as mãos no colo, olha diretamente para a câmera e inspira de forma profunda antes de voltar a falar.

— Filha, aí que está a questão. Você mesma disse: não sou eu ou o seu pai que temos que achar algo certo ou errado pra você — ela diz. — E eu sinto muito por só estar te dizendo isso agora. Por mais que estivéssemos distantes, eu achava que você estava bem... Mas na última vez que nos vimos, percebi que você parecia triste. Só que você nunca me dava abertura pra conversarmos.

Sinto as lágrimas começando a escorrer dos meus olhos, e sei que não tem a menor chance de conseguir pará-las agora.

— Mas eu entendo por que você se fechou tanto... e por que já não estava bem há um bom tempo, e apenas imagino como está mal agora, tendo descoberto isso sobre o Alex. — Seus olhos demonstram compaixão. — Mas, filha, eu acho mesmo que, às vezes, situações assim vêm para nos ajudar a mudar o que for preciso pra gente conseguir reencontrar a nossa alegria. E eu faço questão de te apoiar no que quer que você precise fazer pela sua felicidade.

As lágrimas continuam escorrendo sem parar, e não consigo dizer nada, apenas ouvir.

— Então eu te pergunto: o que você quer de fato viver? Porque você tem vinte e nove anos, filha, e não noventa. E, mesmo se tivesse quase cem anos, não teria nenhum problema tentar coisas novas. Enquanto estivermos vivos, Ali, nós sempre temos a oportunidade de renascer.

— Sei disso, mas... eu não tenho certeza do que quero. — Sinto meus ombros caindo. — A sensação é de que eu passei tantos anos só mergulhada em trabalho, em um ritmo tão acelerado, e também estava com o Alex há tanto tempo, que... — Olho para baixo, sem ter certeza de como continuar, e torcendo para que ela entenda.

Mas ela só me observa, atenta, esperando que eu prossiga.

— Que não sei mais quem eu sou sem ele — digo finalmente, e meu corpo parece se contrair enquanto falo, ao mesmo tempo que um peso enorme parece sair das minhas costas. — Como se meu relacionamento, meu trabalho... me definissem. E, sem isso, eu não sei quem sou, quem eu quero ser... nem sei como descobrir, como procurar, muito menos o que vou encontrar.

— Eu sei que é difícil finalizar ciclos sem ter clareza dos que vão começar depois — ela responde, com a amorosidade de sempre no olhar —, mas de uma coisa eu tenho certeza: daqui pra frente, você vai se empenhar para descobrir. E isso, por si só, já é uma decisão muito importante, querida.

Consigo abrir um quase sorriso em meio ao choro. É como se finalmente estivesse entendendo por que fujo tanto de conversas com ela. Minha mãe enxerga as coisas com muito mais clareza do que eu gostaria de admitir e sempre tem conselhos sensatos. Acho que ela tem muito mais em comum com a minha avó do que eu poderia imaginar.

E, como se estivesse lendo minha mente, ela diz:

— Sabe, tem uma história sobre a sua avó que quero te contar há um tempo. Mas preciso que você pegue algo antes.

Engulo em seco e apenas assinto.

— Sabe a caixa que está guardada no seu armário? De lembranças dela?

— Sim.

— Você pode pegar, por favor? Tem algo lá que se conecta com essa história.

Me levanto e vou até o armário, e, assim que pego a caixa, sinto uma dor latente na garganta, tamanha a vontade de gritar de raiva, de tristeza e de todos os sentimentos que guardei desde que tudo aconteceu. Sento na cama com a caixa no colo e fico apenas olhando, sem coragem de abri-la.

— Você nunca mais abriu essa caixa nesses anos todos, né?

— Não.

— Entendo — ela diz. — Mas preciso que você pegue um saquinho de veludo azul-marinho que está dentro dela, querida.

A caixa tem uma estampa de mapa-múndi por fora. Com as mãos tremendo, abro-a com todo cuidado e, em meio a todos os papéis, envelopes, fotos e pastas, consigo encontrar o que ela pediu.

Assim que mostro o saquinho de veludo na câmera, ela diz:

— Pode abrir.

Solto gentilmente o laço e tateio o objeto que está dentro. Quando o retiro, vejo que é um colar dourado que tem um pingente grande, em forma de medalhão, com uma rosa dos ventos prateada no meio. Ao virá-lo, reparo em uma única frase escrita no verso: *Explore your world*. Explore o seu mundo.

— Que lindo — elogio, olhando de volta para minha mãe através do celular.

— Muito, né? — Ela sorri. — Mas tem uma história um pouco triste. Sei que você já está num momento difícil, mas acho importante você saber.

Apenas assinto de novo.

— Sua avó teve um grande amor quando era mais nova, antes de se casar com o seu avô — ela inicia. — A verdade é que, desde muito nova, ela já sonhava em conhecer o mundo. Ela sempre sonhou alto, tinha pensamentos disruptivos, muito à frente do seu tempo. Quando tinha dezoito anos, em uma viagem pra conhecer o litoral no seu último ano de escola, ela ficou encantada com um navio que estava atracado no porto. E mais ainda com um marinheiro especial, que foi quem depois deu a ela esse colar. Eles se esbarraram na frente de uma sorveteria, e então acabaram passando a tarde inteira juntos, conversando por horas e horas sobre lugares, planos, estrelas, ideias... e, nesse dia, tiveram certeza de que nunca mais queriam viver separados. Bem esse tipo de história de filme, sabe? Só que na vida real. O problema é que cada um tinha uma vida completamente diferente. Ela morava aqui em São Paulo, e ele no mar, e só vinha para terra firme três vezes por mês. Ainda assim, eles conseguiram dar um jeito de se encontrar sempre que ele vinha, e sua avó matou muitos dias de aula para poder viver esses momentos. — Ela solta uma leve risada. — Mas ela era muito inteligente, então demorou muito para seus pais descobrirem o que estava acontecendo.

— Ai, meu Deus — digo, já apreensiva pensando na forma como a história vai acabar.

— Pois é. — Ela olha para baixo, respira fundo, e então direciona o olhar para mim novamente. — Nesse meio-tempo, quando ela estava com dezenove anos, seu bisavô descobriu o que estava acontecendo e ficou furioso. Ele já estava combinando com um amigo que ela iria se casar com o irmão mais novo dele... E ela ficou desesperada, porque tinha certeza absoluta de que queria ficar com o marinheiro, que se chamava Pablo. E ela planejou fugir com ele, filha. Estava tudo certo, até que, na noite em que ia partir para encontrá-lo, seu bisavô descobriu. — A tristeza nos olhos da minha mãe é quase palpável. — Ele bateu muito nela e impediu que ela fosse... E depois, bom, você sabe a história. Ela se casou com o seu avô, que não era uma pessoa ruim, mas...

— Ela nunca foi feliz de verdade — digo, com um nó na garganta.

— Sim... não como poderia ter sido — ela diz, suspirando. — Ela sempre foi uma pessoa inteligente, de bem com a vida, e que fez o melhor que pôde com a jornada que teve que vivenciar.

— Mas não viveu a vida que teria escolhido — concluo.

— Sim, meu amor. Assim como a maioria das mulheres da geração dela e de gerações anteriores. E até hoje em dia, também — ela explica. — Por mais que muitos direitos já tenham sido conquistados, muitas mulheres ainda levam vidas que não chegam nem perto do que de fato gostariam de viver... Ainda estamos no processo, né? Eu sonho com o dia em que todas realmente terão poder de escolha sobre suas jornadas. Assim como sei que você sonha com isso. Mas o fato é que muitas pessoas...

— Já podem escolher — interrompo. — E não fazem isso.

Ela sorri e inclina a cabeça.

— Sim, querida. Acho que nós, mulheres, fomos tão condicionadas a agradar a todos a todo momento que isso perdura na nossa alma. E costumamos esquecer que a prioridade deve ser construir uma vida que *nos* agrade. Precisamos lembrar disso o tempo todo. Para honrar o poder de escolha que as nossas ancestrais não tiveram. E escolher a nossa felicidade. Em homenagem a elas. A *ela*.

Percebo uma lágrima escorrendo pelo rosto da minha mãe, e só então me dou conta de que há várias delas descendo pelo meu.

Sem conseguir falar nada, apenas assinto, e decido colocar o colar no pescoço. Olho para ele, sem acreditar que minha avó costumava usá-lo. Que ela sonhava em viajar o mundo com seu grande amor. E que nunca me contou nada disso em meio a tantas de nossas trocas, mesmo que tivéssemos uma ligação muito forte. Provavelmente não quis me deixar triste ou achando que ela não era feliz. E eu sei que éramos, sim, muito felizes em nossos momentos juntas.

Mas fico com o coração partido por saber que ela poderia ter sido *muito* mais realizada se tivesse tido a oportunidade de escolher como de fato queria viver.

Fecho os olhos e aperto o colar com a mão direita, desejando mais que tudo que ela fale comigo nesse momento. Que ela me diga como honrá-la. Que me mostre como posso construir uma vida que eu ame viver. Por ela. Por todas nós.

Assim que solto um suspiro e abro os olhos, algo que já vinha se repetindo acontece de novo, talvez pela quinta vez em menos de três dias. Surge uma notificação na tela do celular. Enquanto leio, não consigo evitar um sorriso em meio às lágrimas.

— Mãe... já sei o que fazer — afirmo. — Te conto daqui a pouco.

— Bem que eu imaginei. — Ela abre um sorriso orgulhoso. — Essa é a minha Alissa.

Assim que eu clico na notificação *"baixou ainda mais: voos para Londres!"* e sou direcionada para o site de passagens aéreas, percebo que a página só tem datas para outubro. Os preços estão realmente incríveis, mas sinto que não posso esperar tanto assim para ir.

Sei que é muito raro surgirem passagens promocionais com datas tão próximas, mas ainda assim, despretensiosamente, mudo o mês para maio... E quase pulo da cama quando vejo que tem uma data de ida no dia 7, e outra no dia 20. E para a volta há uma opção nessa semana e outra no meio de junho. O preço está um pouco mais caro que o de outubro, mas ainda assim está *muito* mais barato do que o normal.

Sei que essas raridades não costumam durar muito, porque pode até ser algum erro no sistema da companhia aérea, então seleciono depressa a passagem de ida do dia 20 de maio e volta em 15 de junho, para dar tempo de programar tudo com calma. Com a respiração acelerada, clico em "reservar voo" e começo a preencher os dados o mais rápido possível, inserindo o número do passaporte e o do cartão, e quando clico em "finalizar a compra"...

Desculpe, esses voos não estão mais disponíveis.

Merda.

Merda, merda, merda.

Deve ter sido algum erro mesmo, mas ainda assim volto na página das passagens de ida em maio e volta em junho. Não tem mais nenhuma volta no mês que vem. Só no dia 10 de maio... Na próxima quarta-feira. E as opções de ida... Só uma. A do dia 7 de maio. Amanhã.

Sinto meu coração acelerando tanto que seguro o colar de bússola para tentar me acalmar. Olho para ele. Penso nela. E sorrio. Porque, por mais que eu saiba que é uma loucura absurda, não vou me perdoar se não tentar.

Olhando para o celular de novo, decido que vou tentar essas datas mesmo, e, se der certo, é porque era pra ser. Sei que vou perder o voo de volta, já que é impossível fazer uma viagem de apenas três dias para a Europa, e porque o melhor dos mundos seria, na verdade, só ir. Pedir demissão e não olhar para trás. Descobrir algum novo caminho durante a viagem e nunca mais precisar lembrar da existência do Alex e do Marco.

Então seleciono as passagens. Adiciono a bagagem despachada, ainda sem acreditar no quão bom está o valor mesmo ao incluí-la. Preencho meus dados. Clico em "finalizar compra". Alguns segundos depois...

Pagamento confirmado. Você receberá um e-mail com os detalhes da sua reserva.

Me levanto em um pulo, jogando o celular na cama.

Meu Deus do céu.

Eu acabei de fazer isso. *Vou embarcar em menos de dois dias.*

Enquanto sinto a ficha caindo, me dou conta de que isso foi *muito* mais que um pequeno momento de coragem. Foi, como minha avó costumava dizer... *um salto de fé.*

E, sim, talvez seja uma loucura completa, porque ainda não faço ideia do que estou fazendo com a minha vida. Mas seguro o medalhão do colar de novo, olho para cima e dou um grito de alegria. E começo a fazer uma dança ridícula de comemoração, que não fazia há tanto, mas tanto tempo, que nem lembrava mais o que era celebrar de verdade alguma coisa.

E então lembro que, antes de dar os próximos passos — que deverão ser rápidos e repletos de coragem também —, preciso fazer algo muito importante.

Pego o celular de novo e vou até o contato do Marco.

Assim que desligo a videochamada, confesso que parte de mim está com vontade de arremessar o celular pela janela. Ainda assim, estou em um êxtase tão grande por isso estar acontecendo de fato que sei que nem o Marco vai conseguir estragar este momento. E também sei *exatamente* para quem preciso ligar agora.

— Ali! Tudo bem por aí? — Sarah diz assim que atende a chamada de vídeo. Ela está no sofá da sua casa, assistindo a algo na televisão, e consigo enxergar a preocupação estampando o seu rosto.

— Tudo. Tenho um convite pra você. — Tento não sorrir muito para conseguir transmitir um ar de mistério. — É mais como uma missão.

— Claro, o que você precisar — ela diz, desligando a TV.

— Ah, vou pegar um voo para Londres em pouco mais de vinte e quatro horas — digo, dando de ombros. — Aí queria saber se você pode me ajudar a arrumar a mala e resolver alguns detalhes.

Ela se levanta do sofá em um pulo.

— Alissa Monteiro Donatti. Você está falando sério? — ela pergunta, com os olhos arregalados.

— Seríssimo. — Seguro o riso.

— Amiga do céu. Que orgulho de você! *Preciso* saber cada detalhe de como isso aconteceu!

— Claro — respondo. — Mas você não respondeu a minha pergunta.

— Se eu vou te ajudar?

Assinto, sorrindo.

— Mas é óbvio! Não precisava nem pedir, né? Só preciso tomar um banho. — Ela está correndo na direção do quarto agora. — Minha cara amiga, eu tenho Sol em virgem na casa 9. Jamais perderia a oportunidade de ajudar alguém que eu amo a organizar uma viagem.

Levanto as sobrancelhas.

— Desculpa, desculpa, parei com o papo astral — ela diz, entrando no banheiro. — Chego em meia hora! — ela exclama.

Desligo o telefone, rindo.

— Como assim, ele não *deixou* você se demitir? — ela pergunta, em cima de um banquinho, pegando a mala na parte de cima do meu armário. — E só te deu vinte dias? Faz três anos que você não tira férias!

— Não é que ele não *deixou* — corrijo. — E, infelizmente, por ser PJ, estar sempre em um ritmo intenso demais e precisando do dinheiro, eu abri mão de todas as minhas últimas férias, então só teria de novo a partir de julho. Então ele *gentilmente* me deixou adiantar vinte dias para este mês, já que estou *tão estressada*, e disse que é o máximo que pode fazer, considerando que eu avisei assim em cima da hora.

— Mas por que você aceitou isso? — ela indaga, enquanto abre o zíper da mala, agora já no chão. — Por que não se demitiu?

— A grande questão é que eu não ia aceitar. Ia me demitir mesmo — explico. — Mas aí ele me garantiu que vai me dar a promoção se depois desses vinte dias eu decidir ficar. O que me deixou com muita raiva, claro, porque eu mereço esse aumento há muito tempo, e só agora que percebeu que vai me perder ele me dá uma data certa.

— Ele é um cretino. E deve estar desesperado só de pensar em te perder. Ele sabe muito bem que sem você essa agência não seria o que é — ela diz. — Mas o que você sentiu quando ele prometeu a promoção? Ficou balançada a ficar?

— Então... não. E é o que mais me dói — confesso. — Eu já quis tanto isso... Mas agora sinto desespero só de pensar em voltar. Só que aí eu lembrei que preciso pagar minhas contas mês que vem, né? Se não descobrir o que realmente quero fazer. Por isso acabei aceitando.

— Tenho certeza de que você vai descobrir. Sua vida vai se transformar nesses vinte dias. — Seu tom é o mais acolhedor possível. — Mas, só pra entender... Você não tem uma reserva de emergência? Se precisasse se manter por uns meses sem trabalhar?

— Não exatamente. — Pego a mala e a levo para a cama, por estar me sentindo meio sufocada no meu closet minúsculo. — Acabei gastando boa parte do meu salário nas parcelas do apartamento nos últimos anos. Falta menos tempo pra terminar de pagar agora, e até tenho um pouco de dinheiro guardado, mas... estou indo viajar para um dos países mais caros do mundo, né?

— É, tem essa. — Ela coloca as mãos na cintura. — Mas você com certeza não vai passar esses vinte dias só na Inglaterra. Inclusive, não esquece de trocar um pouco de euros também, não só libras — ela complementa, balançando um papel que está em suas mãos. — Anotei as quantidades que eu recomendo aqui no checklist.

Olho para os valores para os quais ela está apontando, e então pego a lista para conseguir ler melhor os outros itens:

- PASSAPORTE!
- Nécessaire com produtos de higiene
- Calcinhas + sutiãs + duas trocas de roupa na mala de mão
- Cadeado para a mala — comprar no shopping ou aeroporto
- Rastreador de bagagem para caso a mala seja extraviada (Mercúrio retrógrado pede prevenção)
- Seguro-viagem (pelo mesmo motivo, e porque é obrigatório na Europa)
- Confirmar em qual terminal é o embarque (também por conta de MR)

Abaixo a lista e volto a olhar para ela.

— Amiga, muito obrigada. Os lembretes são ótimos — digo. — Mas, pelo amor de Deus, que preocupação toda é essa com Mercúrio retrógrado?

— Ah, é sempre bom se prevenir — ela reitera. — Especialmente em viagens decididas e organizadas com mais pressa.

— Amiga... — Pego o passaporte e o coloco em cima da cama, junto com os itens que vão na mala de mão e as roupas que já separamos. — Os problemas e as confusões não aumentam durante esses períodos — afirmo, soltando um suspiro. — As pessoas só estão dando mais atenção para essas questões. Tudo em que a gente coloca foco acaba aumentando. Como quando você muda de apartamento e precisa mobiliá-lo, e de repente repara pela primeira vez em mil lojas de decoração que na verdade sempre estiveram por perto.

— Você não está errada — ela observa, e elevo as sobrancelhas, então ela continua: — Mas essas coisas acontecem mais, sim, justamente porque todos os temas associados a Mercúrio estão em foco. Porque, na verdade, quando retrógrado, ele não está de fato andando para trás, e sim mais próximo da Terra. Só parece retrogradar por conta de uma ilusão de óptica. Então nesses períodos nós costumamos ficar mais confusos, porque não estamos acostumados a essa intensidade. E aí temos que ter paciência com dificuldades associadas a tudo o que ele representa: comunicação, aprendizados, raciocínio, meios de transporte, celular, computador... E, consequentemente, ter alguns cuidados básicos, como colocar capinha no celular porque pode cair mais, respirar fundo com as falhas de entendimento, sistemas, eletrônicos e veículos, ter mais cautela no trânsito. E assim por diante. Por isso que tem mais malas extraviadas e também mudanças e cancelamentos de voos nesses períodos. Pode perguntar pra qualquer agente de viagens como têm sido as duas últimas semanas — ela garante.

— Uau — digo, com as mãos unidas. — Obrigada pela incrível oportunidade de participar da sua palestra. — E mordo o lábio para não rir.

Ela apenas meneia a cabeça.

— Sabe o que é pior? — ela começa, enquanto arruma algumas combinações de roupas na cama. — É que, mesmo tentando barrar a astrologia da sua vida, você vai conseguir escapar dos perrengues de MR.

— Ah, é? Por quê? — pergunto, cruzando os braços e tentando disfarçar um sorriso.

— Porque você estará justamente vivendo uma jornada de autodescoberta. Refletindo sobre a vida. Repensando muita coisa. E Mercúrio retrógrado ama isso. É o que quer para todos nesses períodos. Que a gente se permita dar ré, porque antes estava prestes a bater em uma parede caso continuasse indo em frente. E, fazendo isso, se permitindo de fato desacelerar e reorganizar a vida com calma, depois é possível acelerar com muito mais assertividade, enxergando o caminho que a gente realmente quer percorrer. Então o fato é que você pode, sim, passar por alguns perrengues. Mas coisas mínimas. Até porque estou te ajudando a se prevenir com tudo, né? — Ela dá uma piscadela.

— Nesse caso... muito obrigada mais uma vez, minha fada-madrinha astral. — Faço uma reverência formal, ao que ela responde com uma risada. — Mas então, já que o momento é favorável pra repensar as coisas... O que será que Mercúrio acharia de uma mudança no visual? — pergunto, sutilmente tentando mudar de assunto.

— Ai, Deus. — Ela arregala os olhos. — Lá vem.

— Platinar o cabelo — sugiro, segurando o riso.

— Pelo amor de Deus, não — ela implora.

— Nem um pixie cut? — pergunto. — Muito distopia juvenil?

— Com certeza. Clichê demais. — Ela balança a cabeça. — Seu cabelo é maravilhoso assim.

— Bagunçado desse jeito?

— Sim, Ali. Inclusive, eu te proíbo de levar secador e chapinha. Suas ondas naturais te deixam ainda mais maravilhosa. — Ela sorri, tocando meu cabelo de leve. Talvez seja o quinto elogio que ela faz sobre algo na minha aparência ou personalidade na última meia hora.

Dá para perceber que ela está feliz, e não só pelo grito que deu assim que abri a porta e pelo abraço apertado logo na sequência. Suspeito disso também pelo entusiasmo ao colocar em prática o que aprendeu desenvolvendo a estratégia de lançamento de um novo curso sobre viagens, que foi ao ar mês passado e já virou um dos seus favoritos. Por acaso ele trazia como bônus um e-book com dez dicas infalíveis para uma mala compacta, versátil e com looks repletos de estilo. E, por mais que eu não seja expert no assunto, tenho a impressão de que implementamos as dicas de forma impecável.

— Estou amando todas as combinações que fizemos — ela afirma olhando para a cama, que tem tanto roupas neutras como coloridas, algumas delas compradas em uma viagem que fizemos juntas alguns anos atrás. Faz tanto tempo que não as uso que, só de olhar para elas, já me emociono. É como se, antes mesmo de embarcar, já estivesse acessando uma versão muito mais colorida e feliz de mim mesma.

— Eu adorei também — comento. — E acho que estamos finalizando já, né?

— Não sei. — Ela coloca uma mão no queixo. — Sinto que está faltando alguma coisa...

Olho para a cama de novo, e também para os sapatos separados no chão.

— Bom, temos alguns looks mais fitness e outros mais casuais, um tênis branco, uma sandália de dedo, uma flatform, um tênis esportivo...

— Já sei! — ela me interrompe. — Biquínis. Precisamos pegar biquínis! E duas saídas de praia bem lindas.

— Mas não faço ideia se vou pra alguma praia — digo, franzindo o cenho.

— Os europeus não usam biquíni só na praia — ela retruca. — Com o calor começando a voltar, eles se jogam nas praças pra tomar um solzinho.

— Amiga, agora ainda não tá tão quente assim em Londres, não. — Prendo o cabelo em um coque. — E mesmo se estivesse... Acho que eu realmente não vou ter tempo pra isso.

— Ali — ela me repreende —, se tem algo que você precisa aprender, é justamente a relaxar e a desacelerar. Lembra de Mercúrio — ela diz, abrindo a gaveta de roupas de praia e já escolhendo algumas opções. — Você vai levar três biquínis sim, porque sei que você vai acabar indo pra outros lugares além de Londres. E, mesmo se não for a nenhuma praia, vai encontrar um gramado qualquer onde possa se jogar pra pegar um bronze. Entendido?

— Sim, senhora. — Dou risada enquanto pego meus três favoritos dentre os que ela selecionou. — Mas acho que você está superestimando quanta coisa pode acontecer em vinte dias.

— E eu acho — ela diz, agora encostando em mim uma saída de praia vermelha e sorrindo — que você vai se surpreender. Ainda mais levando esses biquínis e looks lindíssimos. — Ela sobe as sobrancelhas duas vezes.

— Para com isso. — Finjo que estou batendo na barriga dela com um dos biquínis.

— É sério! Eu tenho pena dos pobres cidadãos europeus. Não estão preparados pra essa morena sagitariana. — Ela balança a cabeça, com um brilho nos olhos. — Aliás, é uma pena você não me deixar ver a sua astrocartografia...

Me viro para ela com meu melhor olhar de reprovação.

— Nem adianta me encarar assim! É a mais pura verdade — ela afirma. — Vai ser ainda mais avassalador se você tiver alguma linha de Vênus passando por lá. Sabe como é, o planeta do amor...

— Sarah.

— É sério, Ali. Eu não vou te perdoar. A minha Vênus passa na Itália e na Croácia, você tem noção de como ficaria meu Tinder nesses lugares? — ela continua falando, e percebo que evita contato visual comigo para não conseguir ver minha expressão. — Sei que te incentivei a viajar sozinha, mas imagina nós duas juntas nessa viagem? Não sobrou uma passagem promocional pra contar história, e você nem me deixa ver o seu mapa pra te dizer se você tem linhas passando lá. Talvez o amor da sua vida esteja te esperando, mas você não vai saber onde procurar — ela exclama, desolada.

— Sarah... — Seus olhos finalmente encontram os meus. — Eu acabei de descobrir que estava sendo traída e de me separar. Tudo o que menos quero e preciso neste momento é de um suposto amor da minha vida. Sinceramente, agora sinto raiva só de pensar em pessoas apaixonadas.

— Desculpa, eu imagino — ela diz. — E sei, de verdade, que agora deve estar doendo muito. Mas também tenho certeza de que em breve você vai conseguir superar. Imagina se descobrisse só daqui a muitos anos? Pelo menos você ainda tem muito o que viver. Mesmo se tivesse setenta anos, ainda teria. — Ela sorri. — De verdade, eu tenho certeza de que você vai voltar a acreditar no amor um dia.

Tento retribuir seu sorriso.

— Em algum momento, sim — concordo, suspirando. — Mas com certeza não nos próximos vinte dias.

— Por que não? Uma ótima forma de começar a superar uma decepção é tomando um porre e conhecendo alguém interessante — ela diz, e então seu corpo congela por um momento. Ela corrige: — Talvez sem a parte do porre. Só com algum gato europeu venusiano. — Ela sobe a sobrancelha duas vezes de novo. — Não acho que seja uma negação do sofrimento... E sim parte do processo.

— Sei — digo. — E que curso on-line te ensinou isso? — pergunto, segurando o riso.

— A vida, minha amiga. A vida — ela responde, olhando para o além com duas cangas na mão.

— Bom, a minha vida está cansada de ser guiada por homens — afirmo, começando a guardar as coisas na mala. — Meu pai, o Alex, o Marco. Pela primeira vez em muito tempo, estou tomando decisões sozinha, e sinto que escutando o que *eu* quero é que vou entender o que realmente preciso fazer. E não posso deixar que homem nenhum atrapalhe esse processo.

— Não tenho certeza se esse raciocínio está indo para um bom caminho. — Ela inclina a cabeça.

— Mas eu tenho. E vou fazer uma promessa — afirmo.

— Ali. — Ela arregala os olhos. — Por favor, não.

— É isso — decreto. — Não vou ficar com ninguém nesse período. Vou focar completamente em descobrir qual rumo tomar profissionalmente. Sem deixar nenhum homem afetar minhas decisões.

— Mas, amiga — ela diz, passando a mão pelo rosto —, você precisa de um *descanso* profissional! Eu me recuso a aceitar essa promessa. — Ela coloca as mãos na cintura.

— Mas não é você quem tem que aceitar. Deus e o Universo já escutaram — digo, apontando para cima.

— Nem vem tentar falar na minha linguagem pra me convencer — ela diz, apontando para mim e semicerrando os olhos —, muito menos subestimar o meu Urano e Netuno angulares no ascendente — ela prossegue, como se eu soubesse o que isso significa, e complementa: — Eu sou extremamente intuitiva e conectada com a espiritualidade, e estou te falando: essa viagem não vai ser importante só pra sua carreira, e sim pra uma transformação total na sua vida. Uma jornada da essência. Muito mais poderosa do que você poderia imaginar.

— E eu acredito em você — respondo, dando uma leve risada. — Mas isso não me impede de prometer que não vou beber nem ficar com ninguém. Inclusive, essa decisão só tem a contribuir para a minha *jornada da essência*.

Ela me fita por alguns segundos, e então diz:

— Alissa, Alissa. — E meneia a cabeça, agora segurando dois bodies de renda, um vermelho e um preto.

— Acho que eu é que devo dizer: Sarah, Sarah. — Movimento a cabeça na direção das suas mãos. — Pode guardar isso, porque não tem razão nenhuma pra levar lingerie na mala.

— Nem umazinha? — ela pergunta, inconformada.

— Nem umazinha — respondo. — Porque eu vou focada.

— Focada — Sarah repete, soltando um suspiro.

E nada nem ninguém vai me distrair.

Dia 0

DOMINGO, 7 DE MAIO

Vênus entra em câncer, onde ficará por quase um mês.
Trocas acolhedoras, amigos que viram família
e dormir de conchinha é a pedida da vez.

É de se pensar que, depois de dias e dias com tanta coisa dando errado na vida, chegaria um ponto em que os desafios dariam uma trégua e tudo começaria a fluir de maneira mais tranquila.

Mas não. Não mesmo.

Aparentemente, vivo dentro de um eterno looping de eclipses. Me dou conta disso quando reparo que não tem mais quase ninguém esperando para embarcar em frente ao meu portão, e as poucas pessoas que estavam por perto se levantaram e foram embora nos últimos minutos.

E, claro, quando percebo que meu voo deveria sair daqui a menos de uma hora e meia, mas ninguém iniciou a chamada para o embarque ainda.

Me levanto e pergunto para uma atendente da companhia aérea se está tudo bem ou se houve algum atraso, ao que ela responde, com compaixão no olhar:

— Senhora, o embarque deste voo mudou para o portão 130. É um pouco longe daqui, então recomendo que você tente chegar o mais rápido possível.

E é neste momento que começo a correr como se toda a minha vida dependesse disso.

Porque, na verdade, ela meio que depende.

E, como se já não estivesse prejudicada o suficiente, no meio do caminho ainda esbarro em alguém e derrubo metade das coisas da minha mochila — que, é claro, acabei esquecendo aberta.

E quando consigo ver melhor em quem esbarrei...

— Seu embarque mudou de portão? — o viking espanhol me pergunta, parecendo surpreso, mas sereno.

Sinto meu corpo inteiro se arrepiar, e, quando tento falar algo, as palavras parecem se recusar a sair da minha boca. Isso está *mesmo* acontecendo? *Como* é possível que estejamos nos encontrando de novo em tão pouco tempo?

— Sim — finalmente respondo, ofegante.

— Fica tranquila, vai dar tempo — ele diz, seus olhos verdes fixos nos meus por alguns segundos. Não consigo entender a calma na sua voz e no seu semblante. Estaria esse homem sob o efeito de drogas? Teria acabado de sair de uma meditação? Onde é essa sala zen no aeroporto que eu não vi?

— Como você tem tanta certeza? Está no mesmo voo, por acaso? — Semicerro os olhos.

— Bem que você gostaria, né? — Ele sorri de lado.

Abro a boca para responder, mas não sai nenhum som. *Como* lidar com o efeito que ele causa em mim? E como assim ele está *aqui*? Será que é possível que esteja no meu voo?

Balanço a cabeça, tentando organizar os pensamentos, então coloco a mochila nas costas.

— Vamos torcer para que não — digo, prestes a me virar para correr de novo. — Se você me ajudar em mais algum lugar por aí, nem vou saber como retribuir tanta gentileza.

Dou tempo suficiente para uma resposta, esperando inclusive que ele diga algo ousado... mas nem uma palavra sequer sai da sua boca. Ele só mantém o seu clássico meio-sorriso.

Eu *realmente* não canso de me humilhar na frente desse homem.

Para disfarçar a vermelhidão no meu rosto, me viro e sigo em minha corrida, envergonhada demais para dizer qualquer coisa que não seja um "tchau" gritado já ao longe.

Quando finalmente consigo embarcar e me sento na minha poltrona, sinto um alívio tão grande que meus olhos começam a ficar marejados.

Não consigo acreditar em tudo que vivi nos últimos três dias e que estou aqui. *Eu consegui.* Estou prestes a decolar, e vou mesmo viver essa viagem. Parece tão surreal que, mesmo sem saber muito bem o que me aguarda, sinto vontade de gritar de alegria. Mas olho ao redor e concluo que talvez tentariam me medicar caso fizesse isso, então me contento com uma celebração silenciosa. Quando meus olhos passam por minha mochila, que está ao lado dos meus pés, lembro que prometi mandar atualizações para a Sarah, então pego o celular e começo a gravar um áudio:

— Só queria avisar que *estou no avião* — conto, sorrindo em meio às lágrimas. — E, ao contrário do que você sempre diz, o Universo não parecia estar a meu favor, porque tudo que poderia dar errado, deu. Comprei uma mala de mão pequena demais, e só percebi quando estava colocando tudo o que separamos caso a mala maior seja extraviada. Só coube metade do que planejamos. Vou ter que rezar pela piedade mercuriana. — Dou uma risada meio histérica e envio o áudio, então olho para os lados. Tem um senhor me encarando com uma expressão um pouco hostil, mas ele está tirando sua dentadura e reclinando o banco, sendo que daqui a alguns minutos precisará endireitá-lo para a decolagem, então não pode me julgar. Dou um sorriso gentil e me viro para a janela, para ter mais privacidade.

Começo a gravar outro áudio.

— Fora isso, temos o tranquilo fato de que houve um pequeno engano na casa de câmbio. E não foi Mercúrio, porque esse tipo de coisa está sempre acontecendo na minha vida, então o problema definitivamente sou eu. E, sim, eu inverti os valores. Falei libras para a quantidade de euros e vice-versa. E só percebi quando estava prestes a ir para o aeroporto. Pois é: estou embarcando rumo à Inglaterra só com quinhentas libras. O que é bem tranquilo, considerando que é um país *superacessível* — ironizo e envio o áudio.

Então começo a pensar em como resumir as próximas informações. Decido falar rapidamente a que mais me magoou, para não abrir espaço para que me machuque ainda mais.

— Bom, além disso, meu pai me mandou uma mensagem dizendo que estou cometendo um grande erro e que esperava mais maturidade da minha parte. O que, claro, só soma mais uns pontos na minha cota de decepções e razões pra precisar *muito* descobrir o que fazer da minha vida nos próximos vinte dias — digo, prendendo o ar por alguns segundos, então finalizo: — Aí, pra fechar com chave de ouro, esqueci o meu Kindle em casa, sendo que tinha comprado três e-books para ler durante a viagem. Agora vou ter que ler no aplicativo do celular, quando tudo o que mais queria era poder deixá-lo desligado pelas próximas três semanas. Ah, sim, e como cereja do bolo, também quase perdi o voo, porque estava no portão errado. E o pior... — hesito por um instante. Fico na dúvida de como continuar, porque algo parece estar me impedindo de contar qualquer coisa sobre o viking para ela. Como se ele não fosse real, e sim fruto da minha imaginação. Ou, talvez, uma parte minha gostaria que essas memórias ficassem só comigo, por alguma razão. Então conto o episódio mais recente, mas sem a parte mais *interessante*: — Ainda derrubei quase tudo da minha mochila em meio aos oitocentos metros rasos até o portão certo. Mas o que importa é que: aqui estou! E, em alguns minutos, vou finalmente decolar para a minha nova vida. Vou te dando notícias, e aguardo atualizações suas também, viu? — digo, sorrindo, e envio o áudio.

Guardo o celular na mochila e a empurro para debaixo da poltrona à minha frente, e em seguida olho mais para a esquerda, notando a movimentação na parte externa do aeroporto, ainda sem acreditar.

— Eu quase perdi o voo, também — alguém diz ao meu lado, e dou um pulo tão grande que bato o cotovelo na janela. Quando me viro, vejo uma moça que parece ter a minha idade, ou ser só um pouco mais velha. Ela sorri para mim e continua: — É impressionante o tipo de coisa que acontece com Mercúrio retrógrado, né?

Tento esconder com um leve sorriso a minha incredulidade. O que está acontecendo com o Universo para as pessoas só falarem de astrologia nos últimos dias? Será que sou eu que estou atraindo isso? Penso se vale tentar introduzir outro tópico, mas ela parece tão pacífica, tentando tirar um elástico do pulso para prender seu cabelo todo trançado enquanto o segura com as duas mãos, que apenas digo "sim". Ajudo-a a pegar o elástico, e ela sorri em agradecimento e faz um coque no alto da cabeça. Ela fica ainda mais linda, tanto que tenho a impressão de que talvez esteja ao lado de uma celebridade. Sua maquiagem está muito bem-feita, com sombras em tons mais claros, contrastando de forma maravilhosa com sua pele negra. Acho que fico tempo demais apreciando sua beleza, porque ela diz:

— Exagerei muito em colocar os cílios, né? — ela indaga e vira mais o corpo na minha direção. — É que vou encontrar meu marido e queria estar maravilhosa. Estou me mudando para Portugal pra morar com ele. E sabia que não ia conseguir me maquiar no aeroporto, chegando lá. Acho que vou sair correndo do avião e só parar quando estiver abraçando ele.

Sinto uma pontada no coração. A vontade de chorar vem, mas, por alguma razão, dessa vez não demora para ir embora. Fico feliz por essa moça como estou por mim, por ter tido coragem de tomar as iniciativas que tomei nos últimos dias.

E amar, hoje em dia, não deixa de ser um ato de coragem também.

— Não — respondo, meneando a cabeça —, você está maravilhosa. Eu é que talvez esteja meio acabada. Deveria ter passado alguma coisa também, mas é que durmo em posições tortas demais. Não só sujaria a minha roupa como também deixaria o avião em uma situação *bem* ruim.

Ela solta uma risada leve.

— Nossa, como eu queria conseguir dormir. — Ela se ajeita na poltrona, parecendo aflita. — Morro de medo de avião.

— Jura? — pergunto.

— Sim. Tenho pavor. E ainda pareço ser um ímã para turbulências. Antes da decolagem já começo a ficar nervosa. Porque, sabe como é... dizem que é quando tem mais riscos de algo acontecer.

— Bom, você deu sorte grande — anuncio com um sorriso encorajador —, porque eu sou ótima em gerar distrações. Posso ficar conversando com você.

— Muito obrigada. — Ela solta o ar, e percebo que seus ombros relaxam um pouco. — Bom, podemos conversar sobre o que você estava dizendo. Desculpa, mas acabei escutando um pouco da sua história. E você disse que está acabada? Porque eu achei que está maravilhosa e nunca precisaria usar um pingo de maquiagem na vida. Mas está com uma carinha de quem andou chorando mesmo — ela diz, se virando mais ainda na minha direção. — E acho que não foi só por ter trocado dinheiro errado, né?

— Não — respondo, soltando um suspiro —, não foi.

— Não precisamos falar sobre isso, se não quiser.

— Não tem problema — eu a tranquilizo, então olho para baixo, notando que estou mexendo há alguns minutos no cordão da minha calça de moletom, mesmo que o laço já esteja feito. Finalmente me forço a soltá-lo e me viro para ela de novo. — Acho que quanto mais vezes eu falar sobre isso, mais rápido vou superar e encontrar soluções — afirmo, apoiando as costas na janela. — Resumindo: não suporto mais meu trabalho, que eu costumava amar. Comecei a ter crises de ansiedade, porque meu chefe acha que eu sou três pessoas pela quantidade de trabalho que me passa. E anteontem descobri que estava sendo traída pelo meu noivo. Ex-noivo, enfim. Aí decidi ontem de manhã fazer essa viagem, e tive que organizar tudo bem rápido pra conseguir vir, e vou ter vinte dias para fazer essa jornada de autodescoberta. Ah, e meu pai acha que eu enlouqueci e me tratou como se eu fosse uma menina que não sabe o que está fazendo da vida. E o pior? — Sinto minha cabeça caindo para o lado e apoiando no banco. — Talvez ele não esteja tão errado assim.

— Nossa. — Seus olhos estão arregalados. — Uau. Meu Deus. Eu sinto muito... desculpa, qual o seu nome mesmo?

— Alissa — digo. — Você descobriu minha historinha triste antes mesmo de saber meu nome. Pra você ver como anda a minha situação.

— Kira. — Ela estende a mão. — E você descobriu um medo ridículo meu antes de saber quem eu sou também. Estamos quites.

— Não acho que seja um medo ridículo — afirmo, então o piloto começa a falar algo sobre estar prestes a decolar. Ela me olha com tensão. — E pode segurar minha mão sem vergonha alguma. — Estendo a mão direita para ela, que a segura com firmeza.

— Obrigada mais uma vez por isso. E espera só esses cinco minutos aterrorizantes passarem, que já te conto uma história — ela promete, então fecha os olhos, agora apertando minha mão com uma força considerável.

Minutos depois, o avião decola e se estabiliza — e estou começando a pensar que a circulação do meu braço direito ficará sequelada para sempre, quando ela solta delicadamente minha mão e se vira para mim.

— Pronto. Muito obrigada mesmo — ela diz arrumando o cabelo, como se estivesse saindo de um camarim e prestes a começar o próprio show, de tão deslumbrante. E aí, se virando um pouco mais para a minha direção, diz: — Tem algo que eu não costumo contar pra muitas pessoas, mas sinto que preciso te dizer. Sobre meu último relacionamento.

Apenas assinto, virando mais o corpo em direção a ela também.

— Basicamente, era uma relação que estava me deixando cada vez mais infeliz — ela começa —, mas, como eu era muito apaixonada, não conseguia enxergar. Porque não era um namoro claramente horrível, como a gente imagina que os relacionamentos péssimos são, sabe?

— Sim... muitas vezes, por não ser algo extremo, a gente demora pra perceber o que está acontecendo, né? — digo, pensando nas descobertas que tive nos últimos dias.

— Exato — ela concorda. — E aí parece que precisa acontecer alguma situação mais intensa pra gente acordar de uma vez por todas. Como aconteceu com você também. Mas, bom, resumindo bem a história, já fazia um tempo que eu percebia que as coisas estavam estranhas. Ele era muito negativo com tudo e não me dava muita atenção, sabe? Eu tentava ser amorosa, mas ele era sempre muito frio, bem distante mesmo. E eu fui tentando de tudo que você possa imaginar — ela afirma. — Tentei conversar sobre isso. Tentava propor atividades novas juntos. Juro que tentei até ser mais fria também, pra ver se ele perceberia como era ruim e passaria a ser mais carinhoso. Mas nada. Pra você ter uma ideia, cheguei a pensar que talvez não fosse bonita o suficiente... então comecei a me arrumar mais, pra ver se ele prestaria mais atenção em mim. O que é bem absurdo, né? Mas agora eu vejo como era um estado de dependência emocional mesmo.

— Sim... — concordo, sentindo um aperto no coração enquanto imagino quantas mulheres devem estar passando por isso neste exato momento.

— Mas o fato é que não era um relacionamento abusivo propriamente dito, ele não estava me fazendo mal de propósito. Só que, cada vez mais, fui começando a me lembrar de como antes eu era *muito* mais leve, expansiva, bem-humorada. E fui percebendo que, depois que comecei a namorar com ele, fui me anulando cada vez mais. Mas eu tentava me contentar com cada migalha de amor que ele me dava. E tinha *tanta* esperança de que as coisas iriam melhorar. Ficava o tempo todo me esforçando pra ele enxergar o meu valor. Só que ele não via. — Ela balança a cabeça, seu cenho franzido. — Parecia só ver as minhas partes ruins. E estava sempre reclamando, vendo o lado negativo da vida, então era como se a minha alegria não tivesse espaço para existir perto dele. Pelo contrário. Nas pequenas coisas que eu compartilhava com felicidade, ele sempre tinha algo ruim pra dizer, pra criticar... Era como se eu ficasse a todo momento tentando puxar ele pra superfície, sem perceber que na verdade só estava me afundando cada vez mais, sabe?

— Sim. — Reflito sobre a quantidade de situações assim que vivi nos últimos anos com o Alex, sem que me desse conta. — Entendo muito bem o que você está dizendo.

— Mas a grande questão — ela continua — é que ele não era uma pessoa ruim. Tinha várias qualidades também. E eu o amava. E aí a gente sempre acha que deve tentar mais um pouco, que as coisas vão melhorar, né? Até surgir algum choque de realidade. Que, no meu caso, foi quando viajamos pra Portugal — ela relata, e eu sigo prestando atenção em cada palavra. — Na nossa primeira noite, eu insisti pra gente comer em um restaurante de comida japonesa, porque eu amo e estava com muita vontade. E ele reclamou bastante, dizendo que era um absurdo que até em Portugal eu só conseguia pensar em comida asiática. Mas por fim acabou aceitando. E depois, quando a gente estava voltando para o hotel... eu comecei a passar mal. *Muito* mal. Bom, você já deve ter passado por isso, né?

— Sim... horrível — respondo.

— Pois é, foi bem ruim — ela reitera. — Intoxicação alimentar mesmo. Mas acredita que, por pior que tenha sido, isso foi o que me libertou? Justamente porque, até nesse momento, ele conseguiu encontrar razões pra me criticar e me colocar pra baixo, em vez de me amparar. Nem lembro direito de tudo o que ele disse, porque eu estava muito mal mesmo. Mas eu fiquei tão inconformada que falei: "Meu Deus, eu preciso estar na beira da morte pra você me tratar bem?". E sabe o que ele respondeu?

Eu meneio a cabeça, com medo da resposta.

— "Kira, você está sempre na beira da morte." — Ela dá uma risada seca. — Como se eu estivesse exagerando e sempre fizesse isso, e não merecesse receber o mínimo de acolhimento enquanto estava passando mal daquele jeito.

— Meu Deus — digo, quase prendendo a respiração.

— Pois é — ela responde. — Pode parecer mentira, mas juro que é verdade. E, por mais horrível que tenha sido... foi muito importante, sabe? Porque eu fiquei tão chocada que tudo começou a fazer sentido pra mim. Eu tive a mais absoluta certeza de que não, eu não estava sempre na beira da morte. *Pelo contrário*, eu era cheia de vida. Mas estava, sim, morrendo por dentro a cada minuto a mais que passava com ele. E se é pra estar com alguém que só enxerga o pior de mim... e que nem faz um esforço pra tentar ver o melhor. Vale muito mais a pena estar sozinha, né? Porque eu quero poder descobrir as partes mais incríveis de mim mesma, e ajudar a pessoa que estiver ao meu lado a enxergar o melhor de si também. Mas nunca vou conseguir se estiver com alguém que só enxerga o lado ruim da vida. Porque a verdade é essa: não era só comigo. Ele *se* enxergava assim também. Via tudo sempre de forma negativa, densa. Então como comigo poderia ser diferente?

— Não poderia — concluo, soltando um suspiro.

— E como a gente demora pra perceber isso, né? Ou percebe, mas fica tentando se enganar, sei lá — ela diz. — Mas depois disso, eu finalmente entendi que não adiantava insistir, tentar mudar o cerne de quem ele era. Até porque não era por mal que ele agia assim. Fazia parte de tudo o que ele já tinha vivido, da versão de si que tinha construído. E eu não podia me responsabilizar por desconstruir, né? — Ela dá de ombros. — Enfim, terminei naquela mesma noite, em um surto de coragem. E foi libertador demais conseguir fechar esse ciclo. Até porque, acredite se quiser: o mais impressionante aconteceu depois disso. Consegue adivinhar?

— Não sei se sou capaz — confesso, com as sobrancelhas elevadas. — Já estou muito impressionada até aqui.

— Então escuta essa. — Ela dá um sorriso. — Dez dias depois, em Portugal mesmo, conheci meu atual marido. Juro pra você — ela diz, soltando um leve riso. — Ele se ofereceu pra tirar uma foto minha. Na frente de um castelo! Parece coisa de conto de fadas, né? — Ela olha para baixo sorrindo, e me emociono ao perceber o quão feliz ela parece estar.

— E o brilho no olhar dele ao me observar, e ao fazer até as coisas mais simples comigo... me fez ter certeza de que nunca, jamais, devemos nos acomodar a situações e pessoas que nos desvalorizam, mesmo que não seja por mal. Eu quero estar perto de quem tenha alegria, gentileza e bom humor como regra, e não exceção, sabe? E você — ela aponta para o meio do meu peito, coincidentemente tocando no colar da minha avó, que está embaixo do moletom — merece isso também. Por isso, de verdade... eu sei que agora está doendo. Imagino exatamente como você está se sentindo. Sei o que é ver fotos de pessoas apaixonadas na internet, ou ver casais de mãos dadas na rua, e achar que é tudo mentira. Sei como é se questionar se você não fez nada de errado. Se você é suficiente. Se você merece ser amada. E sei o que é não ter vontade de amar mais ninguém... — Ela me olha profundamente. — Mas prometo que, aos poucos, você vai superar isso. E vai voltar a acreditar no amor e ser muito, *muito* amada.

Mordo os lábios, sentindo meus olhos se enchendo de lágrimas. Abro a boca para tentar responder, mas não consigo. Então apenas assinto.

Ela sorri e se inclina para me abraçar, e eu a abraço de volta.

E então, assim que se afasta, algo parece mudar na sua expressão, e ela estica o pescoço, procurando um comissário.

— Agora que já estamos entendidas sobre isso — ela diz —, me diz uma coisa, você sabe se eles vão servir jantar? Porque, assim, estou bem preocupada de oferecerem só o café da manhã e a gente ficar com fome até lá — ela confessa, se virando para mim. — Sou a leonina mais faminta que você vai conhecer na vida.

Por alguns instantes, não consigo parar de encará-la. Fico um pouco em choque, em parte por ainda estar digerindo tudo o que ela me contou, ao mesmo tempo que... algo diferente parece acontecer dentro de mim. Porque não me sinto mal ao escutar suas últimas palavras.

Não sei se é porque ela parece ser uma pessoa incrível, que mal me conhece e que foi tão gentil comigo. Ou porque já vivemos grandes decepções amorosas, então, mesmo que faça menos de uma hora que nos conhecemos, já torço genuinamente para que ela seja feliz. Ou talvez seja também por causa das trocas que tive com a Sarah e o viking nos últimos dias, que fizeram a astrologia voltar para a minha vida sob um novo olhar.

Só sei que...

Espera aí. O viking.

Meu Deus do céu.

O viking. Talvez. Esteja. Neste. Voo.

Como pude me esquecer disso? Acho que fiquei tão distraída com tudo quando entrei no avião que nem lembrei de reparar se ele também entraria. Minha respiração acelera um pouco e, por um minuto, pareço perder o controle do meu corpo. Solto o cinto, me levanto um pouco e começo a olhar ao redor, procurando freneticamente por qualquer sinal de sua presença.

Ele não parece estar em nenhum lugar, nem nos bancos à frente, nem atrás...

Volto a me sentar, sem tanta certeza assim se ter cruzado com ele no aeroporto foi real mesmo ou se pode ter sido uma criação da minha mente. E com certa taquicardia por só agora ter lembrado que ele pode *mesmo* estar aqui.

Balanço a cabeça, tentando esquecer essa possibilidade, já que ele claramente não parece estar em lugar nenhum, e me viro para a Kira de novo. Ela agora está folheando uma revista do avião.

Então, por uma mistura de tudo o que se passou nos últimos minutos e dias, digo as palavras a seguir. Palavras que viram uma chave não só para ela, mas para mim também.

E, talvez, para tudo que vou viver nas próximas semanas, e na minha vida inteira.

— Também estou torcendo pelo jantar — comento. — As pessoas falam tão mal de comida de avião, mas comer é uma das coisas que mais me traz alegria, seja no céu ou na terra. Seria minha Lua em touro? — pergunto, sorrindo.

Nesse momento, ela abaixa a revista e se vira para mim de novo — e não existem palavras que sejam capazes de expressar o quão radiante está a sua expressão.

— Eu *sabia* que tinha muitas razões pra gostar de você. — Ela bate com a revista na minha perna, brincando. — Você não imagina a minha alegria quando encontro alguém que entende de astrologia também.

— Na verdade, eu... não entendo tanto assim. — Meneio a cabeça. — Até que costumava saber bastante. Mas já faz muito tempo.

— Nossa, mas você sabe desde uma época em que se falava menos sobre isso então. Como aprendeu?

— Eu... — Normalmente não conseguiria continuar, mas respiro fundo e digo: — Aprendi com a minha avó. Mas prefiro não falar sobre essa época. Na verdade, não lembro mais de tanta coisa assim.

— Entendo — ela assente, com uma expressão acolhedora.

— Você é astróloga? — pergunto, quase sem ar.

— Não! — Ela ri. — Quem dera. Eu sou fotógrafa. Mas amo estudar astrologia, comecei a me aprofundar mais há um ano, mais ou menos. E me apaixonei tanto que escolhi até a data do meu casamento astrologicamente. — Ela mexe na aliança, sorrindo. — Nos casamos em dezembro do ano passado, com o Sol em sagitário e a Lua em touro, olha só. Acho que está explicado por que me identifiquei tanto com você.

— Isso que você nem sabia que eu sou sagitariana — digo, dando uma cotovelada de brincadeira nela. Não me pergunte o que está acontecendo. As palavras estão saindo da minha boca sem que eu pare para raciocinar sobre elas. É como se algo que estava guardado há muito tempo, misturado com rancor, decepção e tristeza, de repente começasse a emergir com um novo olhar.

— Não acredito! Meu Deus, que sincronia — ela fala. — Amei que você é de signo de fogo também, adoro pessoas desses signos! Gente que tem coragem na vida. E seu ascendente, você sabe?

— Acho que peixes, mas... — De repente, percebo que não estou pronta para contar mais. Ainda é doloroso demais compartilhar isso com outra pessoa. — Não tenho tanta certeza agora. Faz mais de dez anos que vi meu mapa pela última vez — respondo, e sei que, se quisesse, poderia encerrar o assunto por aqui. Mas ela foi tão gentil comigo e fala sobre o assunto com tanto entusiasmo que pergunto: — E o seu?

— Gêmeos — ela diz. — Eu sei, eu sei, por isso que falo sem parar.

Eu dou uma risada alta.

Por mais que ainda tenha minhas resistências... isso está mesmo acontecendo. Estou falando sobre astrologia e rindo. Essa viagem está me transformando mais rápido do que eu poderia imaginar.

— Bom, eu achei tudo o que você falou maravilhoso — digo. — E, além de tudo, você está me ajudando a perder o asco do signo de leão.

— Ah, não — ela diz, segurando o riso e colocando uma mão sobre a boca. — Seu ex é leonino.

Eu dou de ombros.

— E você vai me dizer que não é pra ter aversão a outras pessoas que também sejam, porque tem todo um mapa astral além do signo solar, né?

Ela semicerra os olhos.

— Você sabe muito mais do que está deixando transparecer.

— Como uma boa sagitariana.

— Quem tem Sol em sagitário ama dar palestrinha sobre o que sabe.

— Porque sabemos muito sobre tudo — declaro, dando de ombros.

— Você sabe o que todos os planetas representam então? — ela me desafia.

— Não exatamente — respondo.

Na verdade, talvez tenha uma ideia. Só que não digo isso.

— Então vamos fazer um combinado — ela diz. — Acho que vai bater o efeito dos meus florais e vou conseguir relaxar e dormir agora, então vou te deixar descansar também. Mas se a gente acordar e ainda tiver muito tempo, ou se passar por uma turbulência, vou entender como um sinal pra te ensinar... ou melhor, relembrar algumas coisas sobre astrologia.

— Combinado — digo, assentindo. — Conte comigo pra ter as melhores distrações.

Ela solta uma risada.

— Mas, Alissa, falando sério agora... — Ela me olha de forma intensa. — Não esquece de tudo o que te falei. Tenho certeza de que você está vivendo essa jornada por uma razão, e vai se surpreender de tantas coisas boas que vão acontecer nos próximos dias — ela diz, sorrindo e se ajeitando na poltrona.

— Obrigada, Kira. Isso significa muito pra mim. — Sorrio de volta. — Espero muito que você esteja certa.

Ela segura as minhas mãos.

— Eu sei que estou. É uma das grandes vantagens de ser leonina. — Ela dá de ombros.

Apenas dou risada, então começo a me ajeitar no assento para dormir também.

— Ah, e outra coisa — ela diz, e me viro na sua direção de novo. — Não fica chateada por ter esquecido seu Kindle. — Ela sorri, dando um último aperto reconfortante na minha mão. — Você está indo pra criar a sua própria história.

Dia 1

SEGUNDA-FEIRA, 8 DE MAIO

Lua em sagitário quadrando Netuno em peixes:
Talvez certas distrações aviárias ajudem
a resgatar ferramentas necessárias.

Assim que acordo, tudo está chacoalhando tanto que não sei se ainda estou no sonho em que pilotava um submarino sendo preenchido por água, peixes e corais, ou se é o avião passando por uma turbulência.

Mas o aperto da Kira na minha mão me faz voltar para a realidade, então me sento ereta na poltrona depressa e coloco minha outra mão na dela. Tento ao máximo acalmá-la dizendo coisas como "vai passar" ou "está quase", mesmo sem ter a menor certeza disso.

Quando os tremores começam a diminuir um pouco, ela diz, com a voz bem baixa:

— Fala de qualquer outro assunto, por favor. Me pergunta qualquer coisa.

— Eu... ok, calma. — Começo a vasculhar minha mente, ainda um pouco sonolenta, e me lembro do pedido dela um pouco antes de dormir. — Astrologia? É... planetas? — proponho, sem muita certeza.

— Perfeito! — Ela aperta minha mão com força. — Eu falo um pouco rápido quando estou nervosa, então presta atenção pra não perder nada. Nosso Sol é a nossa essência, mostra o que viemos desenvolver nesta vida, os sentidos em que viemos brilhar. — Mais um tremor do avião, ela respira fundo, então continua. — A Lua mostra nossas necessidades emocionais. Mercúrio, como aprendemos e nos comunicamos. Vênus, o que amamos e nos traz alegria, e o que buscamos no amor, assim como nossos valores e talentos. Marte, como agimos, começamos as coisas, nossos impulsos. Júpiter, em que sentido temos sorte e podemos expandir. Saturno, onde temos medos e bloqueios, mas, ao mesmo tempo, onde podemos nos especializar, ter disciplina, amadurecer. Urano é o nosso lado inovador, revolucionário, humanitário, tecnológico. Netuno fala de arte, ilusões, inspiração, espiritualidade. E Plutão, sobre cura, profundidade, morte e renascimento, transformação, poder. Devo estar esquecendo alguma coisa — ela afirma, com a voz tremendo, em contraponto ao avião, que está mais estável agora. — Fez algum sentido?

— Total sentido — digo, com sinceridade. — Foi um ótimo resumo. Não sou expert nem nada, mas diria que você está indo muito bem nos estudos astrológicos.

— Obrigada — ela diz, soltando o ar devagar e então olhando para os lados. — Obrigada mesmo. Acho que passou agora. Desculpa ter falado tão rápido. E quase ter amputado a sua mão — ela diz, enquanto a solta devagar.

— Não tem problema. — Solto uma risada. — Mas acho que eu preciso muito ir ao banheiro agora...

— Claro — ela responde, sorrindo. — Fique à vontade. Te espero aqui pra gente falar sobre mais definições astrológicas.

— Combinado. — Solto uma leve risada. — Já volto — digo, então pego meu nécessaire na mochila enquanto ela se vira de lado e coloca as pernas na poltrona vazia ao seu lado para que eu consiga passar.

Enquanto caminho até o banheiro, reflito sobre como ela resumiu muito bem a definição de cada planeta. E me questiono sobre o porquê de a minha mente estar começando a completar algumas informações que faltaram. Está sendo surpreendente perceber que, embora não quisesse admitir, eu sentia falta de falar sobre tudo isso. Mesmo assim, balanço a cabeça de leve, me forçando a tentar pensar em qualquer outra coisa.

E então, por alguma razão, meus pensamentos são tomados pelo viking. Sem conseguir me conter, dou mais uma olhada por todos os assentos de ambos os lados, só para ter certeza de que ele não está mesmo neste voo. Obviamente não o vejo em lugar nenhum. Mas *por que* fico tão chateada com isso? O que está acontecendo comigo? Acabei de me separar, pelo amor de Deus. O Alex ainda nem tirou as coisas dele do meu apartamento. Mas pelo menos é a Sarah que vai acompanhá-lo amanhã para fazer isso, então um desgaste a menos para mim. Mas é tão recente que eu devia estar pensando mais nele do que no viking, não? Ou em nenhum deles, ou em nenhuma outra pessoa. Até porque fiz uma promessa *muito* clara de não ficar com ninguém nos próximos vinte dias.

Ainda assim, fico um pouco angustiada ao concluir que provavelmente nunca mais vou encontrá-lo. Não consigo me desconectar dessa sensação, mesmo enquanto escovo os dentes e faço uma versão apressada de skincare. Mas pelo menos consigo restaurar o mínimo da minha dignidade e me sinto mais renovada para encarar as horas que faltam para chegar a Lisboa, onde será a conexão.

Quando olho para o espelho uma última vez antes de sair, sorrio ao reparar no colar da minha avó, que acabou saindo de debaixo do moletom. Seguro-o com carinho e fecho os olhos, lembrando do quanto tenho que agradecer por estar aqui. Pela força que ela me trouxe. E peço que ela continue me ajudando a abrir caminhos e a encontrar a minha felicidade.

Só que, assim que solto o colar e abro os olhos, o avião começa a tremer de novo. Meu cotovelo bate na porta, e preciso me segurar na pia para tentar manter um mínimo de equilíbrio. Consigo guardar minhas coisas de volta no nécessaire, mas estou sendo um pouco jogada para os lados enquanto tento abrir a porta. Ouço a recomendação para que todos voltem aos assentos e afivelem os cintos e tenho vontade de responder para as paredes do banheiro que *estou tentando.*

Quando finalmente consigo sair, esbarro com tudo em alguém que estava saindo do banheiro à frente. O avião continua tremendo, e quase caio para trás e de volta para o banheiro, mas minha cintura é envolvida por mãos que me seguram dos dois lados.

Olho para a frente e um pouco para cima e, por um instante, considero que talvez o avião tenha caído, e por alguma razão me consideraram supermerecedora de ir para o paraíso. Porque, com toda a sua altura e força, o cabelo preso em um coque despojado e um meio-sorriso... quem eu vejo à minha frente é o viking espanhol.

— Ora, ora — ele diz —, se não é a garota mais sortuda da região.

Demoro alguns segundos para perceber que isso é mesmo real, mas um novo chacoalhão do avião me traz de volta. Consigo dar um passo para o lado, me desvencilhando de suas mãos e colocando as *minhas* na cintura agora.

— Você está mesmo me perseguindo, né? — Semicerro os olhos, na tentativa de mascarar o nervosismo. — E tenho certeza de que as filmagens têm que ser sempre nos meus momentos mais humilhantes.

Por sorte, ele parece seguir o jogo, porque sorri e diz:

— Infelizmente, ninguém terá a sorte de assistir a tudo isso. Acho que é só uma coincidência mesmo. — Ele inclina a cabeça. — Ou mais uma surpresa boa do eclipse.

Sinto meu rosto ficando tão vermelho que quase torço para que a turbulência comece de novo para disfarçar.

— Bom, fico feliz que nenhum de nós tenha perdido o voo. — *Alissa, foco na promessa. Foco na promessa. Para longe desse homem, aqui vou eu.* — Boa viagem pra você. — Levanto a mão para um aceno de despedida, mas a abaixo depressa.

Meu Deus. Por que raios fui dar em cima dele no segundo dia em que o vi? Agora fico parecendo uma adolescente sempre que ele está no mesmo ambiente. *Que horror.*

Definitivamente não posso passar mais nem um minuto aqui.

— Obrigado — ele diz. — Pra você também.

Dou um sorriso e logo me viro para o corredor, tentando caminhar com o máximo de confiança possível em direção ao meu assento. Mas fico um pouco abalada quando percebo que, mesmo muitos passos depois, ele ainda está logo atrás de mim.

— O que você está fazendo? — Me viro subitamente.

— Indo para o meu lugar — ele responde, e só agora percebo o quanto ele está mais próximo do que eu gostaria.

— Ah. — Pigarreio. — E o seu lugar é lá na executiva, por acaso?

— Não exatamente — ele responde.

— Alissa? — uma voz diz ao meu lado, e, quando me viro, percebo que cheguei à minha fileira. Kira está olhando para mim, então olha para ele, e depois para mim de novo. Suas sobrancelhas se elevam, e percebo que ela esconde um sorriso.

— Hã... onde estávamos? — pergunto, tentando impedir que ela diga qualquer coisa que piore a situação.

— Eu é que pergunto — Kira diz, colocando as mãos no colo e abrindo um sorriso lentamente.

— Definições — digo, apontando para ela e arregalando os olhos em advertência. — Astrológicas.

Então vou até o meu lugar, esperando que o viking vá seguir até o seu assento, mas, por alguma razão, ele se senta no lugar da ponta da nossa fileira, que estava vazio.

Kira olha para a frente, pigarreia e diz:

— Ok. Vamos nessa.

Semicerro os olhos na direção dele, mas sua reação é apenas cruzar os braços de forma despojada.

Ah, ele quer participar da conversa? Vamos trazê-lo, então.

— Já que decidiu tomar posse de um lugar que não é seu e nos dar a honra da sua presença — começo —, fique à vontade pra contribuir com a *sua* definição de astrologia. — Apoio as costas na janela atrás de mim.

— Será uma honra — ele diz, com um meio-sorriso. — Bom, a astrologia é o estudo das correspondências entre os movimentos planetários e os nossos ciclos aqui na Terra. Como indivíduos e como sociedade.

— Entendi — digo, cruzando os braços também. Pena que não são tão grandes como os dele, então talvez eu não esteja conseguindo transmitir a imponência que pretendia. — E você poderia me explicar como, exatamente, esses planetas que estão a anos-luz de distância conseguem influenciar nossas vidas *aqui na Terra*?

Kira levanta a mão.

— Com licença, vocês... gostariam que eu participasse dessa conversa?

— Claro — digo. — Só gostaria que o Sr. Estatística conseguisse trazer sua ilustre visão de algo que me parece tão abstrato — afirmo, mais para desafiá-lo do que por achar isso realmente. No fundo, gostaria mesmo é de perguntar com quem ele aprendeu essas coisas. Será que tem uma namorada que gosta de astrologia e que o fez entender tudo isso? E por isso não quis me beijar, mas deu outra justificativa para não ficar tão vergonhoso para mim?

Não, ele não tem cara de que esconderia algo assim. Mas, levando em consideração o que acabei de descobrir sobre quem estava ao meu lado por quase uma década... tudo é possível.

Só não sei por que vem uma pontada tão incômoda de ciúme ao imaginar que ele é comprometido. Será que enlouqueci de verdade em algum momento nos últimos dias?

— Com muito prazer — o viking diz. — Mas espero que o apelido que você me deu não seja Sr. Estatística, porque, sinceramente, achei meio decepcionante.

Percebo Kira se ajeitando no assento entre nós, e, quando reparo no seu rosto, ela está disfarçadamente levantando as sobrancelhas para mim de novo. Eu apenas faço uma expressão que diz "não é o que você está imaginando" e também "fique quieta, pelo amor de Deus", se é que minha careta de meio segundo conseguiu transmitir qualquer informação parecida com isso.

Olho mais uma vez para o viking, segurando o riso:

— Não é — afirmo.

— Ufa — ele diz.

— Isso por acaso é uma estratégia pra me enrolar? — Inclino a cabeça. — Ainda estou esperando uma boa resposta.

— De forma alguma. — Ele descruza os braços e arregaça um pouco as mangas do moletom verde-escuro, e eu me esforço para não deixar meus olhos recaírem nos pedaços de tatuagens à mostra. — Na verdade, a grande questão é que os planetas não estão influenciando nada. A correspondência é com os ciclos, e de acordo com o que foi observado durante milhares de anos. Por exemplo: imagine que toda vez que Marte passa pela área do céu que foi definida como correspondente a áries, acontecem guerras ou muito mais conflitos. Todas as vezes, isso se repete com intensidade. Depois de um tempo, passa-se a conseguir prever o tipo de situação que se apresentará mais de acordo com certos trânsitos planetários. E sabe-se que, a cada dois anos, quando Marte passar por volta de quarenta e cinco dias em áries, haverá mais impulsividade de todos os lados, mais possibilidades de incêndios, e assim por diante. Mas são sempre possibilidades, e não algo determinista. Assim como individualmente — ele explica. — O mapa do instante em que uma pessoa nasceu mostra o posicionamento de cada planeta no céu naquele momento. E, de acordo com o que se observou nos últimos milênios, é possível entender como cada área da vida dela tem mais chances de se desdobrar. Não só traços gerais da personalidade, mas como tenderá a se comunicar, a se relacionar, lidar com dinheiro, com sua criatividade, família, carreira; quais paixões e talentos poderá ter. E, de acordo com os ciclos planetários em cada momento, também é possível prever e entender melhor certas transformações que vai vivenciar em cada fase da sua jornada.

Acho que passo alguns segundos só assentindo, chocada demais para dizer qualquer coisa. Então me dou conta de que ele está me encarando enquanto parece esperar uma resposta. Abro a boca e penso em dizer algo irônico, que continue seguindo o padrão de todas as nossas conversas, mas não consigo.

— Preciso admitir que essa é uma definição muito boa. — Solto os braços e sinto meu cenho franzindo. — Ninguém nunca tinha me explicado desse jeito antes.

— Bom... — Ele descruza os braços também e dá um meio-sorriso. — Esse é um dos grandes diferenciais de estar na presença de um aquariano.

— Ah, só podia ser! — Kira diz, assentindo, como se estivesse em meio a um diálogo consigo mesma há muito tempo, mas só agora estivesse falando em voz alta. — Isso está ficando cada vez mais interessante. Bom, ninguém me perguntou, mas sou leonina, então vou dizer minha definição também.

— Óbvio — ele diz, estendendo a mão para a frente, como que abrindo alas para ela.

— Eu gosto de enxergar a astrologia como uma linguagem que ajuda a entender essas sincronias entre o que acontece no céu e na Terra, mas, assim como você disse, não significa que um esteja causando o outro. E sim que ela pode ser uma ferramenta de autoconhecimento muito poderosa, que nos ajuda a entender mais profundamente quem somos e quem ainda podemos nos tornar, em todos os âmbitos da vida. E é justamente por isso que eu gosto muito de enxergar o nosso mapa astral como um mapa do tesouro. — Os olhos dela brilham.

— Gosto desse caminho — confesso, sem conseguir evitar minha aprovação como copywriter.

— Eu também amo — ela afirma. — Porque é exatamente isso. É especial demais, como se fosse um presente mesmo. Você nasce com um mapa mostrando todos os seus desafios e os seus potenciais. Seus talentos, os obstáculos internos e externos que pode enfrentar, os sentidos em que veio evoluir. E, quanto mais você o estuda, mais camadas vai conseguindo desbravar. — Ela me olha sorrindo. — E, claro, mais consegue facilitar seu processo e se realizar, ser quem você veio se tornar e compartilhar com o mundo os seus tesouros. Isso não é incrível?

— Essa visão é muito bonita mesmo, Kira. — Meu tom é de total sinceridade.

— Também adorei sua concepção, leonina — o viking diz.

— Obrigada, adoro ela também. — Ela dá um sorriso orgulhoso, então se vira para sua direita para encarar melhor o viking. — Aliás, essa leonina aqui se chama Kira, muito prazer. — Ela estende a mão para ele.

— O prazer é todo meu. — Ele estende a mão de volta. — Sou aquariano, como você já sabe, e me chamo...

— *Não* — interrompo, com os olhos arregalados.

Kira olha para mim, depois de volta para o viking, que dá de ombros.

— Ela está com essa. Não quer saber o meu nome.

— Bom... — Kira olha para mim. — Podemos continuar falando sobre astrologia então. Saber o mapa astral de alguém é muito mais íntimo do que o nome — ela sussurra, sorrindo de lado.

— Para com isso. — Bato levemente com os dedos no ombro dela. — É só que... bom, é difícil de explicar.

— Sei — ela provoca, com um sorrisinho. — Bom, vou te dar a oportunidade de pensar enquanto vou ao banheiro. Já volto. — Ela se levanta e percorre o caminho entre as fileiras até a parte de trás do avião.

E, nesse momento, é claro que o viking sai do assento da ponta e passa para o dela.

Exatamente ao meu lado.

Sinto um arrepio percorrer meu corpo inteiro.

— Você não espera que eu acredite que seu lugar é na nossa fileira, né?

— Claro que não. — Ele parece estar se segurando para não sorrir. — Na verdade, meu assento é logo atrás do seu.

Arregalo os olhos e lentamente me viro para trás.

É claro que o assento está vazio. E óbvio que devo ter olhado para todos os lados, menos para esse, quando o procurei nas primeiras horas de voo. Ou será que ele estava no banheiro? Meu Deus. O quanto do que falamos será que ele ouviu? Tento repassar cada parte da conversa com a Kira em minha mente, mas trocamos sobre tantos assuntos — e o viking presenciou tanta humilhação nos últimos dias, antes mesmo de embarcarmos —, que concluo que talvez nem faça mais sentido ficar com vergonha dele.

— Mas me parece que você está mudando de assunto... — Ele inclina a cabeça. — Você fica resistindo à astrologia, mas já percebeu que ela não para de voltar, né?

Me recupero da confusão sobre o assento dele e me ajeito na poltrona para não ficar com o rosto tão colado no dele ao virar para o lado e responder:

— Devo culpar o eclipse, Mercúrio retrógrado ou *você* por isso?

— Talvez um pouco de todos? — Ele dá um meio-sorriso.

— Se você que trabalha com números não sabe, quem sou eu pra estimar? — respondo. — Só sei que tenho até pena do pobre do Mercúrio, porque todo mundo tá sempre colocando a culpa nele. Pelo menos agora tem o eclipse pra dividir o fardo.

Ele dá uma risada genuína, e confesso que fico um pouco hipnotizada. Seja rindo, sério ou sorrindo, é impressionante como esse homem parece uma maldita obra renascentista. Quanto mais olho para ele, mais fico inconformada. Ele não deveria estar com a cara amassada depois de tantas horas de voo? Como é possível que fique ainda mais bonito a cada minuto que passa?

Suas palavras interrompem meus pensamentos:

— Pior é que os dois realmente têm a ver com certas questões do passado, ainda mais tendo sido um eclipse lunar — ele conta, apoiando a cabeça de lado no banco. — Mas só as que ainda precisam ser resolvidas de alguma forma. Ou as que têm algo a nos ensinar.

Estou prestes a dizer como isso até que faz sentido quando a Kira aparece no corredor ao nosso lado.

— Onde estávamos? — ela diz, com os olhos brilhando. Ela se senta no assento do corredor, como se o do meio nunca tivesse pertencido a ela. *Pilantra.*

— Estava falando sobre o quanto a astrologia pode ajudar neste momento de autodescoberta. Ainda mais considerando que ela só tem vinte dias de viagem.

— Ah, mas com certeza! Você tem que aproveitar, inclusive, que vai estar em um dos melhores lugares pra isso — ela afirma. — Já ouviu falar na Astrology Shop?

— Deixe-me adivinhar — ironizo. — Uma loja astrológica?

— Exato! Uma livraria astrológica incrível — ela diz, sorrindo. — Você *tem* que ir. Tenho certeza de que vai sentir qual livro precisa comprar. E seria ótimo tentar fazer a leitura de mapa com algum astrólogo ou astróloga também.

Sinto as batidas do meu coração se intensificando só de pensar na ideia.

— Ok, vou pensar sobre isso — respondo.

— Balela — o viking diz.

— O quê? — indago, franzindo o cenho.

— Balela — ele repete. — Quantos por cento de chance de você realmente ir?

— Primeiro, sei que português não é sua língua nativa, mas praticamente não usamos mais a expressão "balela" no século xxi — digo. — E sobre a porcentagem, hã... vinte por cento?

— Alissa! — Kira diz, cruzando os braços. — É sério! Vai facilitar muito sua jornada se você usar a astrologia como ferramenta de autoconhecimento.

— Vocês já me ensinaram muita coisa boa, e tenho certeza de que vou me surpreender com vários aprendizados nas próximas três semanas — respondo e, quando olho para o viking, não posso negar que gostaria muito de me surpreender com mais momentos *com ele*. Mas não posso fazer isso. Preciso me concentrar em *me encontrar*. — Agora, o que eu quero saber é: quanto de chance de *você* voltar para o seu assento? Realmente preciso dar uma descansada de novo se quiser sobreviver às próximas horas de viagem.

Fico encarando seu rosto, à espera de uma resposta, tentando não deixar que qualquer parte do meu corpo encoste no dele. Confesso que espero que ele rebata de alguma forma, ou até dê alguma demonstração de deboche no olhar, mas só consigo ver uma intensidade difícil de explicar. Como se esses dois lagos lindos e profundos, da mesma cor que o seu moletom, estivessem me puxando. Não consigo evitar um olhar rápido para a sua boca, pensando no quão perto já cheguei de ser beijada por ela.

E agradeço demais por ter um encosto de braço entre nós, porque, definitivamente, não consigo me controlar muito bem perto desse homem. Preciso evitá-lo a todo custo, tanto nas próximas horas como durante a conexão — e claro, no segundo voo, se ele também estiver indo para Londres.

— Oitenta por cento — ele responde, por fim, e se levanta. — Só porque vou buscar uma água antes, pra dar um pouco de privacidade pra vocês.

Assim que ele se levanta, não consigo tirar os olhos de seus movimentos, mesmo enquanto ele segue até a parte de trás do avião.

Até que Kira se senta de novo ao meu lado.

— *Sua bandida.* — Ela coloca a mão no meu braço. — Você superou *muito* mais rápido do que eu imaginava! — ela sussurra, mas parece mais um grito disfarçado. — Eu nem precisava ter contado minha historinha triste!

Dou risada.

— Quem superou alguma coisa aqui? — sussurro de volta.

Ela só me fita com os olhos semicerrados, e não consigo esconder um sorriso, porque, dentro de mim, tenho certeza de que algo está começando a mudar. Sinto o vazio começando a ser preenchido de alguma forma. E nem acredito que é com algo bom.

É um alívio sentir que, apesar das circunstâncias, e mesmo sem ter tanta certeza do que me aguarda... Talvez a pressa, a angústia e a frustração estejam começando a dar lugar à leveza.

E isso, por si só, já é um grande motivo para celebração.

PARTE DOIS
URANO & NETUNO

PLAYLIST

Dia 1

Logo depois de ser salva na alfândega britânica justamente pelo homem que estava tentando evitar ao máximo, dentre tudo o que poderia dizer, a única coisa que se passa em minha mente é...

— *Corazón*? É sério? — pergunto, tentando acompanhar suas passadas largas.

Ele segue caminhando rápido, mas percebo que está sorrindo de lado.

— *Você* está falando sério? — ele questiona. — De tudo que acabou de acontecer, você vai enfatizar *isso*?

Dou uma corridinha para seguir seu ritmo e tento segurar uma risada. E concluo que, de fato, se não fosse por ele, eu não estaria caminhando pelo aeroporto de Londres, e sim sendo mandada de volta para o Brasil.

Depois que ele mostrou a comprovação do seu propósito de trabalho na viagem — o agendamento de uma reunião na empresa em que trabalha —, o oficial olhou mais uma vez para toda a papelada, franziu a testa para os seguros-viagem de empresas diferentes, viu os destinos distintos nos passaportes de nós dois nos últimos anos... e, ainda que muitas coisas claramente não estivessem se encaixando muito bem, nos dispensou.

Realmente devo aparentar ser merecedora de piedade, e não posso nem negar. Mas já cansei de agradecer ao viking por me ajudar em todos os lugares, então apenas digo:

— Para a sua informação, eu falo *English very well*.

Ele para subitamente, apoiando as duas mãos no puxador da sua mala de mão.

— Ah, que ótimo pra você — ele rebate. — Então só viajar que você não sabe nem um pouco *well* como funciona. — E sorri de lado.

Fico um pouco desconcertada com a forma como ele está me olhando, então tento arrumar a postura para parecer menos vulnerável com meu conjunto de moletom azul em contraste com suas vestimentas agora formais.

— Estou reaprendendo, assim como muitas outras coisas. — Solto um suspiro, admitindo para mim mesma que ele merece um agradecimento, porque sua atitude de fato me salvou. — Mas, brincadeiras à parte, obrigada mesmo pela ajuda. Não sei como serão as outras pessoas que encontrarei em Londres, mas você com certeza superou a cota de gentileza que eu esperava ao chegar aqui. E nos últimos dias também. Enfim... você entendeu.

— Fico feliz mesmo por ajudar — ele diz, e algo me diz que ele está com pressa para ir a algum lugar, mas ao mesmo tempo parece não querer se mexer.

— Você vai pegar a bagagem despachada? — pergunto.

— Não. Vou direto pra uma reunião que vai começar em... uma hora — ele responde, conferindo o horário no celular. — Você vai?

— Sim.

— E pra onde você vai agora? Não tem mesmo hotel reservado?

— Ainda não — respondo, escondendo um sorriso por perceber uma leve preocupação em sua voz. — Mas não precisa se preocupar. Não vou pegar o mesmo que o seu, nem deixar você presenciar mais cenas humilhantes protagonizadas por mim.

— Não me importaria com isso — ele afirma. — Mas não vou implorar. Se precisar de alguma ajuda, sabe onde me encontrar.

— Sei — respondo, lembrando de quando ele revelou para o agente de imigração o hotel em que em teoria nos hospedaríamos juntos.

— Por favor, quando reservar um quarto, confere o endereço do hotel mais de uma vez pra conseguir chegar em segurança — ele diz. — Você parece ser bem mais afetada por Mercúrio retrógrado do que o restante da humanidade.

— Nada disso — digo. — Já entendi que ele não é um vilão, e sim meu aliado pra repensar muita coisa e descobrir o que realmente quero fazer da vida — afirmo, esperando que alguma força maior escute isso também. — E vou fazer as coisas com mais calma, também. Sei que ele vai preferir.

— Com certeza vai. — Ele dá um meio-sorriso. — Bom, vou indo então, se precisar de qualquer coisa mesmo, é só ligar no hotel ou ir me encontrar. Porque imagino que não vá querer meu contato, né?

— Não — digo, apressadamente. — Obrigada, mas não vou precisar.

— Sei. — Ele ajeita a mala e se vira para a saída. — Se cuida então, tá?

— Você também.

Ele hesita por um segundo, dá um último sorriso e sai caminhando.

E, a cada passo que dá, sinto uma leve pontada no meu coração, a intensidade de cada uma delas aumentando conforme ele se afasta.

Porque só agora pareço estar me dando conta de que esse homem sabe tantas coisas sobre mim, e me ajudou em tantas circunstâncias diferentes... e eu não sei *nada* sobre ele.

Não sei por que ele fala português tão bem, mesmo sendo espanhol.

Não sei exatamente com o que trabalha, ou para qual reunião ele está indo.

Não faço ideia de qual o seu verdadeiro nome.

E não sei se vou ter a chance de descobrir.

Mas, por mais que eu não *devesse* querer descobrir nada disso... por que uma parte tão grande de mim quer esbarrar nele de novo, ou precisar de outra gentileza nos próximos dias?

Por alguma razão, a probabilidade de isso acontecer aumenta muito mais rápido do que eu imaginaria. Porque o meu azar volta a se manifestar assim que me vejo do lado de fora do aeroporto.

Começando pelo táxi, que pego sem perguntar uma estimativa de valor, e só quando começo a ver os números subindo no taxímetro é que me dou conta de que *realmente* deveria ter ido de transporte público. Ainda assim, estou tão exausta que decido não desistir no meio do caminho, então deixo que a taquicardia aumente no decorrer do trajeto. Confesso que quase choro quando chegamos e vejo as cento e cinquenta libras saindo da minha carteira.

E é óbvio que, assim que entro no hotel (que, honrando minha palavra, não é o mesmo do viking), me arrependo de imediato. E nem é porque o quarto que reservei é tão pequeno que no próprio site dizia ser "só para uma pessoa, ou você tem que estar muito apaixonado" (e não estou nem brincando). E sim porque, por mais que eu tenha reservado antes de sair do aeroporto, já que o aplicativo dizia que era o último quarto disponível, Mercúrio retrógrado decidiu me trapacear da mesma forma.

Quando chego à recepção, descubro que uma pessoa estava reservando pessoalmente no mesmo momento em que eu fazia isso on-line, e foi um erro do app ter mostrado que a minha reserva foi concluída. Porque a outra pessoa não só conseguiu reservar primeiro, como já estava até ocupando o quarto.

Sim. O último disponível.

Por que mesmo fui escutar a Sarah sobre *precisar* ficar hospedada em Covent Garden? Ah, é. Porque ela é a expert em viagens, e completamente apaixonada por Londres.

E eu *definitivamente* deveria ter prestado mais atenção quando ela ressaltou a importância de reservar o hotel antes de viajar. Mas foi tanta coisa acontecendo ao mesmo tempo, e fiquei tão confusa com as opções, que queria poder analisar cada uma com calma antes de escolher. Só que calma foi o que *menos* tive nos últimos dias.

E eis que isso aconteceu.

Solto um suspiro, percebendo que não vai me restar alternativa que não seja ir para o mesmo hotel que o viking, porque todos os outros da região ou não têm mais quartos disponíveis, ou estão absurdamente caros.

E é claro que, por ser no mesmo bairro, mas não tão perto assim, acabo tendo que andar alguns quarteirões levando duas malas e uma mochila, e chego tão suada e ofegante que recebo olhares assustados de outros turistas.

Mas a parte boa é que, já que não consigo ser portadora de todo o azar da face da Terra, tudo dá certo neste hotel. Além de ter um último quarto disponível por um preço muito melhor do que o outro, a equipe age de forma infinitamente mais simpática.

O único problema (como se já não estivesse repleta deles) é que, se não quiser pagar uma diária a mais por causa de só algumas horas — e também porque o hotel está realmente cheio, então meu quarto ainda nem estaria disponível — só posso fazer check-in às três da tarde. E ainda são onze da manhã.

Tudo bem. Consigo descobrir algo para visitar nesse meio-tempo. Me sento em um sofá da recepção, respirando fundo algumas vezes, e pesquiso um pouco sobre o que fazer nas redondezas. Por fim, deixo as malas na recepção e saio caminhando por Covent Garden.

E, sim, faço um passeio incrível. Fico emocionada quando chego ao rio Tâmisa. Atravesso para o outro lado e não consigo parar de sorrir ao me aproximar da London Eye, que me encara de volta com toda a sua grandiosidade. Não chego a subir na roda-gigante, mas fico observando por um bom tempo, sem acreditar que estou mesmo aqui. Caminho por toda a margem do rio, sorrindo ao olhar para as pessoas e imaginar suas histórias. Me ofereço para tirar fotos de muitos casais, famílias e também de viajantes solitários como eu, e todos ficam incrivelmente agradecidos com o gesto, mais ainda ao verem que a foto ficou boa (e com o horizonte reto). Meus olhos brilham ao atravessar de volta o Tâmisa, dessa vez pela ponte de Westminster, com o Big Ben me aguardando do outro lado.

Na volta para o hotel, dou uma última olhada para a London Eye antes de perdê-la de vista. Então tiro o colar do pescoço, posiciono o pingente bem no meio da roda-gigante, agora do outro lado do rio, e tiro uma foto. Solto um suspiro ao ver como ficou linda. Então posto nas redes sociais, acompanhada de uma legenda que parece vir do fundo da minha alma:

Vou te levar sempre comigo, aonde quer que eu vá.
Da primavera ao inverno. De janeiro a janeiro.
Eu sempre soube que a sua história não ia acabar.
Ela está se perpetuando pelo mundo inteiro.

Sorrio, coloco o colar de novo e sigo minha caminhada. Almoço em um restaurante no caminho, e, uma hora depois, quando volto para o hotel, finalmente faço o check-in e subo com as malas até o quarto.

Deitada na cama depois de me instalar, começo a ser tomada por uma inquietude incontrolável. Minha respiração acelera contra a minha vontade, e sinto um familiar aperto na garganta. Sei que a sensação de que algo horrível está acontecendo comigo não é real, e entendo que é uma provável crise de ansiedade prestes a vir, mas ainda assim... É agonizante.

Tento respirar bem devagar algumas vezes, mas sem que eu consiga controlar, lágrimas já estão escorrendo pelas laterais do meu rosto. E sei que há razões plausíveis para isso estar acontecendo. Por mais que eu já tenha vivido momentos e tido trocas especiais em tão pouco tempo de viagem, e queira muito conseguir aproveitar o fato de estar aqui, simplesmente não consigo.

Minha respiração segue acelerada, e um desespero incontrolável começa a tomar conta de mim.

Ver pontos turísticos. Museus. Parques. Pessoas. Me pergunto se isso é tudo o que farei aqui nos próximos dias, ainda mais tendo apenas as oitenta libras que me restam, depois de ter pagado duas diárias de hotel, um almoço e um táxi.

A verdade é que, em menos de vinte e quatro horas de viagem, eu já deveria estar planejando minha saída da Inglaterra, porque não faço ideia de como estar aqui pode me ajudar em algo que não seja esvaziar todas as minhas economias.

Quando minha garganta parece se contrair ainda mais e sei que a crise de ansiedade vai só se intensificar, decido tomar um banho, na esperança de que isso vá me acalmar.

Respiro fundo pelo que parecem ser infinitas vezes com a água quente caindo no meu corpo, e, aos poucos, a sensação se esvai, ainda que não completamente. Mas talvez a exaustão esteja tomando conta de mim, porque não sei mais diferenciar o que é preocupação, angústia, tristeza ou só cansaço.

Depois do banho, me deito na cama, seguro o pingente do colar e penso na minha avó. Fecho os olhos e só peço que, de alguma forma, os próximos passos comecem a ficar mais claros, que eu saiba o que raios devo fazer com a minha vida... Até que minha mentalização quase se torna uma oração, uma súplica, um sussurro.

E, mesmo que ainda sejam só quatro da tarde, pego no sono mais rápido do que poderia imaginar.

Quando começo a despertar, percebo que o pesadelo dessa vez foi um pouco diferente.

Não estou no meio de uma perseguição nem pilotando um submarino, avião ou carro futurista, e sim dentro de uma espécie de novela mexicana, com pessoas discutindo. O que é incomum, considerando que costumo ter sonhos muito mais radicais que isso.

Outra distinção é que, assim que abro os olhos, percebo que a briga continua.

Sinto meu cenho franzindo, então me levanto devagar. Minha cabeça está doendo, talvez por ter dormido com o cabelo molhado, ou porque essas pessoas no quarto ao lado não param de gritar.

Assim que desperto um pouco mais, me dou conta de que parece uma novela mexicana porque eles de fato estão falando *espanhol*.

Meus olhos se arregalam, e me aproximo depressa da parede de onde o som está vindo, encostando a lateral da cabeça nela.

— *¿Por qué te comportas como un idiota?* — uma voz feminina grita.

— Lola — ouço um homem dizer, e meu ouvido direito cola ainda mais na superfície ao notar que talvez seja a voz *dele*.

— *No, en serio, ¡no puedo entender! ¿Qué diablos creías que estabas haciendo?*

Sinto minhas sobrancelhas se unindo, e fico com raiva de mim mesma por achar tão difícil entender quando as pessoas falam tão rápido assim.

Por que raios fui fazer aulas de francês em vez de espanhol durante a faculdade? Sério, *por quê*?

Ah, é: porque achei que teria tempo para aprender outros cinco idiomas depois, se quisesse. E queria *muito*. Mas se tem uma coisa que eu nunca mais tive desde que comecei a trabalhar foi tempo, e agora ele também não está exatamente a meu favor.

Ainda assim, não consigo desgrudar o ouvido da parede.

— *Lola, no estás siendo sensata* — a voz masculina diz, em um tom muito mais calmo que o dela, e fico feliz por conseguir entender (aparentemente, consegui adquirir certa fluência assistindo a séries e filmes no idioma).

— *¡No, eres tú quien no está!* — ela grita de volta. — *Y lo peor: ¿por qué me importa tanto? ¡Estoy cansada de insistir! ¡Que rabia quererte tanto y pensar que te mereces algo mejor que esta mierda a la que llamas vida!*

Arregalo os olhos, pensando que talvez esteja me intrometendo demais. Os gritos continuam, mas decido me afastar da parede, lutando ao máximo contra os meus instintos de continuar escutando.

E, como se fosse mágica, alguns instantes depois, o quarto ao lado subitamente fica em silêncio. Não cheguei a ouvir o que eles disseram por último, e fico tão em choque por ter parado de repente que até permaneço imóvel por alguns segundos, com medo de perturbar uma ordem natural que parece ter se instaurado de novo.

Então ouço uma batida de porta bem alta e levo um susto tão grande que quase derrubo o abajur da mesa de cabeceira.

Assim que consigo segurá-lo e deixá-lo firme na superfície de novo, coloco a mão no meio do peito para sentir meu coração, e acabo encontrando o colar da minha avó de novo. Olho para ele com afeto, acariciando o monograma de rosa dos ventos com o dedão. Solto um suspiro e dou um sorriso. Decido que mereço fazer algo especial por mim, porque é isso que ela iria querer que eu fizesse. Então vou passar algo no rosto, colocar uma roupa digna e sair para comer algo, nem que seja uma pizza. Dou uma olhada no celular e descubro que já são sete da noite, então começo a me arrumar.

Coloco um macacão longo bordô e um tênis branco. Termino de me maquiar rapidamente e apoio no antebraço um cachecol off-white, para caso tenha esfriado. Pego minha bolsa, onde guardo o cartão do hotel, rezando para não perdê-lo em algum momento durante a estadia. E, enquanto caminho até a porta do quarto, começo a pesquisar restaurantes próximos daqui no celular.

Só que, no instante em que abro a porta e levanto o olhar, quase derrubo o aparelho ao ver uma pessoa sentada no chão do corredor, apoiada na parede entre a minha porta e a do quarto seguinte.

Acho que devo ter feito algum som estranho, porque a cabeça do indivíduo se move na minha direção no mesmo momento. E é óbvio que se trata exatamente de quem eu estava imaginando.

Um meio-sorriso preenche seus lábios.

— Sabia que você não conseguiria ficar tanto tempo longe de mim — o viking diz.

Como sempre, demoro alguns segundos para reagir à sua presença. Mesmo que esteja sentado no chão, óbvio que ele parece o mesmo deus grego viking de sempre. Dessa vez, está com uma calça cinza-claro e uma camisa de linho azul, também em tom claro. O cabelo está solto, e é menos longo do que eu imaginava, só o suficiente para conseguir fazer o seu clássico coque que usava nas outras vezes que nos vimos. E é o que ele começa a fazer, em uma cena que poderia ser das mais estranhas do mundo, mas no caso dele, parece que está fotografando um editorial para a *Vogue*.

Respiro fundo e decido que não posso mais me comportar como uma adolescente encantada. Até porque sou uma adulta que viajou com uma promessa *muito* clara, e esse homem acabou de ter uma briga significativa com quem só pode ser sua namorada.

— Sabia que uma hora o jogo ia virar — respondo, colocando as mãos na cintura. — E eu que iria te encontrar em alguma situação deplorável.

Ele solta uma leve risada, mas em seguida se força a parar, colocando o indicador à frente da boca e fazendo um "shhh" bem baixinho.

Minhas sobrancelhas se unem, e eu inclino a cabeça.

Ele aponta com o polegar para a porta atrás de si.

Então, sinto uma pequena guerra iniciando dentro de mim.

Porque eu que não deveria fazer nada. Poderia simplesmente dar um tchau silencioso, sair caminhando e comer meu jantar na mais completa paz.

Mas, sem conseguir me controlar, solto um suspiro e estico a mão para ele. Afinal, esse homem me salvou mais vezes do que consigo contabilizar. O mínimo que posso fazer é ajudá-lo em um momento de vulnerabilidade.

Ele pega a minha mão e se levanta, e, quando ficamos frente a frente, digo:

— Suponho que você não tenha feito nada de absurdo ali dentro pra merecer isso.

— Não, de forma alguma.

— Não agrediu sua namorada?

— Óbvio que não — ele responde com o cenho franzido, e sinto uma pontada quando ele não nega que é mesmo sua namorada.

— Nem está sendo abusivo?

— *Alissa* — ele sussurra, e seu tom dá a entender que ele considera essa suposição a mais absurda do mundo.

— Então por que você está preso pra fora do quarto?

— Será que você pode falar mais baixo? — ele pede, sussurrando perto de mim. — Tem uma pessoa realmente brava comigo aí dentro.

Apenas o encaro por um instante, com as sobrancelhas unidas.

— Olha, quem sou eu pra julgar... — Inclino a cabeça. — Mas acho que você precisa seriamente ter uma conversa madura com a sua namorada.

— Ah, você não imagina quantas já tive. — Ele solta um suspiro. — E ainda se fosse minha namorada.

Levanto uma sobrancelha.

— Irmã — ele corrige, com um meio-sorriso.

Sinto o ar saindo do meu corpo bem devagar, então mordo o lábio para evitar que um sorriso escape.

Não. Eu não estou feliz, nem aliviada.

— Vou ser sincera com você: isso ainda não está fazendo muito sentido. — Cruzo os braços. — O que você fez pra deixá-la tão brava, afinal?

— Bom... — Ele encosta o ombro na parede. — Marquei uma reunião importante com meu chefe em Mercúrio retrógrado.

— *O quê?* — Sinto meu cenho franzindo. — *Esse* é o motivo?

— Pois é.

— Você só pode estar de brincadeira.

— Te juro que não — ele diz. — Ela disse que eu precisava pensar a respeito da minha imbecilidade em silêncio. E, em cerca de um minuto, vai abrir a porta se continuar ouvindo a minha voz. E vai começar a gritar de novo.

Coloco as mãos na cintura de novo. Essa é uma das coisas mais absurdas que já ouvi na vida. Só que, por alguma razão, tenho certeza de que ele não está mentindo. E de que eu não tenho como *não* ajudá-lo nesse momento.

— Ela vai te deixar muito tempo aqui? — pergunto, sussurrando também.

— Provavelmente, não. Em no máximo uma hora ela já deve estar mais tranquila. — Ele dá de ombros. — Eu poderia só pegar outro cartão na recepção, mas, sinceramente, quero me poupar do desgaste.

Assinto, refletindo por um segundo. Então surge uma ideia... e não consigo me impedir de segui-la antes de raciocinar melhor.

— Vem comigo — convido, me virando para a porta do meu quarto e a abrindo com o cartão.

Viro para ele, que segue parado no corredor.

— Tem certeza? — ele pergunta, com certa preocupação no semblante.

— Vem logo — digo.

Ele entra devagar, e só agora me dou conta de que esse quarto na verdade não deve ser tão maior assim do que o do outro hotel (vulgo "para uma pessoa, ou você tem que estar *muito* apaixonado"). Talvez seja porque o viking tem um tamanho considerável, então ocupa muito do espaço que antes estava parecendo suficiente para mim. Mas tento não pensar muito no fato de que sua única opção de lugar para se sentar é a minha cama, e no que isso pode significar. Vou até ela e me sento próxima à cabeceira, e sinalizo que ele pode se sentar também.

— Você já jantou? — pergunto, pegando o meu celular.

— Não, por quê?

— Vou pedir uma pizza.

— É sério?

— O quê? Você não gosta de pizza?

— Não, eu gosto, mas... — Ele me olha de cima a baixo e balança a cabeça. — Você está tão linda, e estava prestes a sair pra curtir a noite de Londres... não queria te atrapalhar, Ali. Não precisa mesmo fazer isso.

— Você diz: te ajudar depois que você salvou minha pele mil vezes em menos de uma semana? — Elevo as sobrancelhas, fingindo que seu elogio despretensioso e o fato de ter me chamado pelo meu apelido não mexeram comigo. — É o mínimo, né? Mas você definitivamente me deve uma explicação melhor sobre essa loucura toda.

— Qual parte dela? — ele pergunta, se sentando na ponta da cama, enquanto eu peço uma pizza grande de um lugar que diz ser capaz de preparar e entregar em menos de vinte minutos. Acho improvável, mas decido ter fé.

— Hã... sua irmã estar brava por causa de uma reunião feita com Mercúrio retrógrado? Sei lá, ela me pareceu insatisfeita com bem mais coisas.

Ele dá um riso seco.

— Insatisfeita é... como se diz? — Ele passa a mão no maxilar. — Ah, sim. Um baita eufemismo.

Sinto minhas sobrancelhas se unindo.

— Então ela está *muito* brava porque você queria um aumento, ou algo assim, e Mercúrio retrógrado prejudicou a negociação?

— Não. — Ele dobra um pouco as mangas da camisa, porque claramente está ficando mais quente aqui, e tento disfarçar o quão hipnotizada fico com esse simples gesto. — Eu queria negociar uma mudança na forma como trabalho. Faço consultoria empresarial, tanto em países aqui da Europa como em alguns da América do Sul. Mas a quantidade de consultorias tem sido um tanto absurda, e tenho percebido que preferiria pegar menos projetos, pra poder executar cada um em mais tempo e acompanhar a implementação das melhorias depois. E pra ter mais qualidade de vida, porque, por mais incrível que seja viajar, nessa frequência começa a ficar meio desgastante — ele conta. — E minha irmã talvez esteja frustrada por me ouvir reclamando bastante desse cansaço. E a nossa conversa talvez tenha se exacerbado por isso. E por ela ser ariana e bem incisiva em suas perspectivas — ele explica, com um leve sorriso. — Aí ela disse que acha que eu não vivo direito, que tenho que ter mais tempo pra mim, essas coisas.

— E você acha que ela está certa? — pergunto.

— Ah, acredito que ela talvez tenha um ponto, sim. — Ele dá de ombros. — Afinal, sou aquariano, mas com ascendente em touro, né? — O canto do seu lábio se curva para cima devagar. — É importante ter tempo pra desfrutar da vida. Se não, de nada valem as conquistas.

Não estou pensando em como ele desfruta da vida. Nem no que eu queria desfrutar com ele nessa cama. Definitivamente *não estou*.

Tento disfarçar o efeito que ele causa em mim através de mais perguntas:

— Mas o que aconteceu? Mercúrio retrógrado atrapalhou em que sentido?

— Não sei se foi ele que atrapalhou, mas meu chefe não entendeu muito bem. Deixei tudo bem claro, como esses períodos pedem. — Ele solta um suspiro. — Mas ele disse que eu era seu melhor consultor e só estava precisando de um descanso. E me convenceu a adiantar minhas férias pra recuperar as energias. Então, ao que parece, tenho quase três semanas livres pela frente. — Ele dá de ombros. — E vou começar a aproveitá-las indo depois de amanhã a um workshop de astrologia no qual minha irmã nos inscreveu, e que é a razão pela qual ela veio para Londres. Acabei sendo convidado... ou melhor, obrigado a ir junto — ele conta, franzindo o cenho. — Pensando bem, talvez seja por isso que ela insistiu pra dividirmos um quarto. Assim não tenho como escapar.

Dou uma leve risada, mas então balanço a cabeça. Algo ainda não está fazendo tanto sentido.

— Mas... isso não acabou sendo bom? — pergunto, definitivamente *nada* animada por suas férias coincidirem com as minhas. — Seu chefe te dar férias, já que você estava precisando descansar.

— Mais ou menos... — Ele inclina a cabeça. — Porque, assim que retornar ao trabalho, vou voltar ao mesmo ritmo, né?

Eu é que solto um suspiro agora.

— Ah... entendo completamente — digo. — Mas se não tivesse sido durante Mercúrio retrógrado, você acha que teria sido diferente?

— Eu sou mais do tipo que acredita que certas coisas precisam acontecer, independentemente do momento astrológico... mas minha irmã tem outra visão. — Seu olhar vai para a cama, e ele passa a mão para ajustar uma dobra no edredom. — E ela disse que, se eu tivesse Mercúrio retrógrado no mapa natal, até poderia ter sido mais tranquilo; mas como não tenho, basicamente tudo poderia ter sido diferente se eu tivesse esperado... sete dias — ele explica. — Ou melhor, um pouco mais do que isso. Os dias em que Mercúrio retrógrado começa e termina são os mais complicados, pois é quando está estacionário. Mas enfim. Ela afirma que, se eu tivesse seguido os conselhos dela e deixado essa conversa pra daqui a pelo menos duas semanas, ele teria me escutado e topado implementar algumas mudanças. Mas não temos como ter certeza disso. — Ele dá de ombros.

— Não é você que é aquariano e *super*confia na astrologia?

Ele reclina um pouco o corpo, apoiando um dos cotovelos na cama, e agora me encara de novo.

— Sim. Mas também confio nos meus instintos.

Seus olhos travam nos meus, e fico sem palavras por alguns instantes. Engulo em seco e olho para baixo, tentando pensar em qualquer coisa que possa dizer. Então reparo que esqueci de tirar meu tênis depois que voltamos para o quarto, e essa simples constatação me ajuda a retomar a concentração.

— E lá no Rio... — Tiro o calçado e cruzo as pernas em cima da cama. — Você estava fazendo alguma consultoria? O que se faz em uma consultoria empresarial, afinal? Sempre achei isso um grande mistério.

Ele dá uma risada gostosa.

— Bom, muitas coisas. Mas eu basicamente trabalho melhorando processos, estruturando questões que estejam desorganizadas, otimizando recursos... E, sim, isso envolve muitos números — ele explica, com um leve sorriso no rosto. — Eu estava no Rio há mais de um mês, em uma sequência de três consultorias seguidas.

— Uau — digo. — Imagino como deve ser desgastante.

— Sim, é um pouco — ele confirma, agora com um sorriso triste nos lábios.

E sei que não devia continuar fazendo perguntas, mas fiquei tão consternada por não saber nada sobre ele quando nos separamos hoje cedo que simplesmente não consigo segurar.

— Mas, fora essa questão da correria, você... gosta do seu trabalho? — Observo-o com atenção. — Estou perguntando porque, como imagino que você tenha escutado no avião... estou em uma jornada de autodescoberta profissional. Então ouvir outras experiências pode me ajudar.

Aham. Só por isso. Mas ele não parece se incomodar, porque responde com tranquilidade:

— Ah, eu até que gosto, mas... acho que segui esse caminho mais por comodismo do que por realmente querer, sabe? — Ele se deita de costas na ponta da cama e passa as mãos no rosto de novo. — Mas sei que sou bom nisso. E me traz um retorno que ajuda a manter minha família bem.

— Sua... família? — pergunto, com certo medo da resposta. Ainda mais por estar reparando mais do que deveria em como essa camisa se ajusta *perfeitamente* nele enquanto está deitado.

— Sim — ele confirma, virando o rosto para mim. — Minha mãe, no caso — ele hesita por um instante, e fico na dúvida se vai querer continuar. Fico em silêncio e assinto de forma leve, e algo parece mudar na sua expressão.

Tenho a impressão de que ele não costuma se abrir tanto com as pessoas, mas está disposto a fazer isso agora. Pode ser só por eu ter sido quem cruzou seu caminho depois de ouvir uns gritos da irmã e ser expulso do quarto? Talvez. Ainda assim, fico feliz por poder servir como um ouvido amigo. Ele parece estar precisando.

— O fato é que meu pai... Era uma pessoa complicada. E abandonou a minha mãe quando eu e a minha irmã éramos adolescentes. Mas já nem estava muito presente antes disso... — A tristeza em seu olhar é palpável. — Enfim, o ponto é que ela viveu muitos desafios desde então... E ela tenta esconder, mas sei que passou e ainda passa por dificuldades financeiras. Então sinto que o mínimo que posso fazer é ajudar, sabe?

Abro a boca para responder, mas nesse momento o telefone na mesa de cabeceira começa a tocar. A recepcionista avisa que a pizza chegou, e fico surpresa com o quanto foi rápido mesmo.

— Deixa que eu busco. — Ele se oferece assim que eu desligo.

— Imagina. — Balanço a cabeça. — Não precisa.

— Eu faço questão. — Ele coloca a mão na minha, e é claro que uma corrente elétrica parece percorrer meu corpo inteiro a partir desse simples toque. — É o mínimo que eu posso fazer.

— Se você insiste... — Elevo a mão em direção à porta, como que abrindo alas para ele ir, e ele sorri e solta um rápido "já volto" antes de ir até a porta.

Assim que ele sai, vou até o espelho do banheiro para dar uma rápida conferida na minha situação. Fico aliviada ao confirmar que fiz uma excelente maquiagem, ainda que tenha sido bem rápida. Não seria justo nos esbarrarmos em mais uma situação em que eu estivesse em estado deplorável, principalmente depois de ele ter me encontrado sendo assaltada, esperando na calçada para pegar meu ex-noivo no flagra, correndo para não perder o voo, sendo jogada de lá para cá em meio a uma turbulência, e, claro, a cereja do bolo: prestes a ser barrada pela imigração inglesa. Mas talvez agora a minha sorte tenha começado a mudar, afinal.

Dou uma rápida retocada na maquiagem, e, assim que estou saindo do banheiro, ouço uma leve batida na porta.

Quando abro e me deparo com o viking e o seu clássico meio-sorriso, me pergunto se toda vez que o encontrar vou ficar perplexa assim com a sua presença tão radiante, firme e acolhedora ao mesmo tempo. Esse questionamento surge de forma natural, atrelado a uma estranha certeza de que ainda vou vê-lo muitas vezes. Como se a ideia de ele seguir fazendo parte da minha vida estivesse criando raízes, e desapegar dela já fosse uma missão quase impossível.

Quando ele me entrega a caixa de pizza, minhas reflexões (e possíveis ilusões) são interrompidas e volto à realidade. Olho ao redor do quarto e percebo que não há nenhuma mesa disponível para comermos.

Então levo a caixa até a cama e a abro, e começamos a comer assim mesmo, com guardanapo.

Tento retomar o assunto sobre o qual estávamos falando antes de o telefone tocar:

— Ok, continuando de onde paramos — digo, de forma nada sutil.

— Você comentou que quer muito seguir ajudando sua mãe financeiramente... e entendo demais. Mas existe alguma outra coisa que você acha que gostaria de fazer, se não trabalhasse nessa empresa?

Ele apenas me observa por alguns segundos.

— Alguém já te disse que você faz muitas perguntas?

— Todo mundo — respondo, enquanto encosto na cabeceira da cama —, mas você não pode reclamar. Você pode até ter pago a pizza, mas estou te abrigando no meu quarto. Só estou fazendo as perguntas mais simples, pra ter certeza de que você não é um psicopata e não estou correndo perigo neste minuto.

Ele ri baixinho, com certeza para não ser ouvido do quarto ao lado.

— Quem dera fossem perguntas simples. — Seu sorriso se esvai um pouco. — Ou uma resposta simples, pelo menos. Mas psicopata eu não sou. Posso te contar meu nome, se finalmente me permitir. E mostrar minhas redes sociais, fotos da família, site da empresa, o que quiser ver. Só que no seu celular, claro. Já que o meu está indisponível no momento.

— E se o que você quer é justamente pegar o meu celular? — digo, semicerrando os olhos e tentando segurar o riso. — Ou se livrar dele e se aproveitar de mim?

— Alissa, acredite: a última coisa que eu faria nessa vida é mal pra uma mulher — ele afirma. — E, de qualquer forma, se eu quisesse tentar algo, *você* já estaria se aproveitando de mim neste momento.

Abro a boca para responder, mas as palavras somem. Por alguns instantes, não sou capaz de fazer nada além de encará-lo com a boca um pouco aberta. E noto que ele não se incomoda nem um pouco em causar esse efeito em mim, porque continua:

— E talvez você realmente queira isso, né? — Seu meio-sorriso aparece de novo. — Afinal, eu estava tranquilo no corredor, e você que me convenceu a entrar no seu quarto.

Não consigo conter um sorriso, ao mesmo tempo que meu cérebro parece conseguir voltar a funcionar.

— Olha aqui — começo, limpando as minhas mãos agora —, em primeiro lugar, não sei se jogado no corredor passando fome pode ser considerado tranquilo — argumento. — E em segundo, sem chances de qualquer *aproveitamento* aqui. Não posso ficar com ninguém nos próximos dezenove dias, e não tenho intenção nenhuma de quebrar minha promessa com você.

Ele eleva as sobrancelhas.

— Muito interessante — ele afirma, assentindo. — E por que essa promessa, exatamente?

— Você está desviando o foco da conversa pra mim — digo, fechando a caixa de pizza, por perceber que ele também acabou de comer, e então aponto o indicador para ele —, pra não precisar responder as minhas perguntas.

Ele sorri de lado.

— E qual era a sua última pergunta, mesmo?

— Basicamente, quais as chances de você estar deixando um grande sonho de lado pra otimizar processos e mais processos em infinitas empresas apenas por ser um filho exemplar?

— Ah, sim. — Ele dá uma leve risada, então olha um pouco para o teto antes de responder. — Hum... por volta de setenta por cento.

— E não acha que daria certo se dedicar a esse sonho?

Ele parece refletir sobre o assunto.

— Talvez. — Ele dá de ombros.

Só isso. Talvez.

Percebo que *talvez* eu esteja sendo um pouco invasiva.

— Não tem problema se não quiser falar mais. Eu realmente pergunto bastante — digo, com um sorriso. — Mas fico feliz que você pelo menos tenha algum sonho. Deve ser bom ter um pouco de clareza. Porque aí é só uma questão de conversar de novo com seu chefe depois das suas férias, certo?

— É... não é tão simples assim. Mas quem sabe a vida possa me surpreender, né? — ele diz, com um sorriso. Seus olhos estão conectados aos meus daquele jeito profundo e misterioso, e um leve arrepio percorre meu corpo.

— Estou torcendo por isso. — Sorrio de volta e tento disfarçar ao máximo, inclusive para mim mesma, o efeito que ele causa em mim.

— E as *suas* surpresas? Como têm sido? — ele pergunta. — Já falamos muito dos meus problemas. Agora quero saber de você. Aproveitou suas primeiras horas em terras inglesas?

— Mais ou menos. — Solto um suspiro. — Sendo bem sincera? Fui pra vários lugares, mas acabei ficando muito ansiosa. E já estava sentindo isso no Rio. É bem aquilo que dizem: não adianta fugir de nós mesmos. Não importa pra onde seja a viagem... Nossa bagagem interna vai junto.

— É, mas isso não necessariamente é ruim — ele diz, passando a mão pela barba por fazer. — E você precisa lembrar que é só o seu primeiro dia. As respostas não vêm de uma hora pra outra.

— Eu sei, é que... Eu não tenho a menor ideia de por onde começar. — Passo o guardanapo amassado de uma mão para a outra pela milésima vez. — E de como, em menos de três semanas, vou conseguir descobrir o que fazer da minha vida. Ainda mais com meu dinheiro acabando, sabe?

— Por ter trazido pouco dinheiro vivo, você diz? Você não pode usar o cartão?

— Ah, posso. E tenho euros, também... inclusive quero ir pra outro país em breve pra não ficar perdendo tanto na conversão — digo. — Mas, na verdade, a questão nem é não ter dinheiro, porque eu até tenho um pouco guardado. Mas foi conquistado com muito suor nos últimos anos, sabe? Então o meu medo seria acabar gastando a maior parte dele na viagem e ainda assim não descobrir o que fazer da minha vida.

Ele assente, escutando com atenção. E então diz:

— Eu acho que você precisa se permitir viver o que esses dias terão a oferecer. E se abrir para pessoas e experiências que possam te ajudar, também... — Sua fala é subitamente interrompida por um barulho vindo do corredor.

Uma porta abrindo.

Nós dois arregalamos os olhos.

— *¿Enserio?* — uma voz feminina diz, em tom alto.

Ele se levanta devagar e vai em direção à porta.

— Vou conter um incêndio lá fora — ele diz. — E depois conversamos mais sobre isso, porque acho que posso te ajudar. Mas uma sugestão: você deveria mesmo seguir a dica da Kira e ir conhecer a Astrology Shop amanhã. Acho que você vai gostar.

Então dá um sorriso, abre a porta e a fecha rapidamente logo depois de sair.

Ouço uma voz estridente vindo do corredor:

— *Nicolás Rodríguez.*

E depois a voz do viking (que, além de tudo, ainda precisava ter um nome lindo) responde:

— *Lola Rodríguez.*

E, em seguida, inicia-se mais um episódio da série espanhola exclusiva desse hotel.

Enquanto tiro a caixa de pizza da cama e a levo para perto do pequeno lixo do quarto, começo a dar risada sozinha. E então coloco um pijama, escovo os dentes, tiro a maquiagem e me deito na cama...

Torcendo genuinamente para que o roteiro da *minha* série se desenrole de forma que eu consiga descobrir o que fazer.

Dia 2

TERÇA-FEIRA, 9 DE MAIO

Sol em touro conjunto a Urano:
A conexão com temas que expandam a mente
pode ajudar no início da elaboração de um plano.

Tenho que admitir que, mesmo sabendo que é uma boa ideia, passo boa parte do dia tentando evitar a Astrology Shop. Depois de acordar (um pouco mais tarde que o esperado), passo a manhã em um café, pesquisando diversas programações em Londres enquanto tomo um brunch. Fico cada vez mais aflita ao ver os valores de tudo, pensando no que cada atividade poderia contribuir em minha missão de me encontrar em tão pouco tempo. Então solto um suspiro, me levanto e começo a caminhar até a tal loja, que, convenientemente, fica no mesmo bairro em que estou hospedada.

Assim que chego ao local, preciso admitir que dou um sorriso. Minha avó iria adorar *tanto* estar aqui. E sei que ela ficaria feliz por me ver retomando os estudos nessa área que tanto amava. Passamos tardes e mais tardes conversando sobre astrologia, e ela parecia querer me ensinar o máximo que pudesse por dia. Como se soubesse que não teria muito tempo para isso. Talvez soubesse mesmo, né? Isso foi, inclusive, uma das coisas que mais me machucaram na época. Sinto as lágrimas tentando emergir, mas balanço a cabeça, conseguindo combatê-las.

Não é hora de chorar pelo passado — e sim de permitir que ele me motive na construção do futuro que mereço viver.

Inspiro profundamente e caminho em direção à loja, que tem uma fachada linda, azul-cobalto, com enormes letras em dourado revelando seu nome acima da porta. Assim que entro, descubro que é menor do que eu imaginava, e fico surpresa com quantos livros conseguem caber aqui. As prateleiras estão repletas de títulos organizados por temas, como uma área só com livros sobre a Lua, outra sobre cada um dos planetas, outra sobre casas, outra sobre aspectos e assim por diante. Analisando melhor, descubro que também há partes dedicadas a diferentes vertentes, como astrologia médica, astrologia infantil, astrologia locacional...

Essa parte chama a minha atenção, e pego o livro que está em primeiro lugar. Traduzo mentalmente o título: *Linhas da vida — Como se encontrar usando a astrocartografia*, de uma autora chamada Petra Kaminsky. Começo a folheá-lo com calma, lembrando vagamente do que a Sarah me disse sobre esse tema, quando percebo alguém se aproximando à minha esquerda.

Quando me viro, vejo que é uma moça que parece ter trinta e poucos anos, com cabelo ruivo, ondulado e um pouco acima dos ombros. Ela está olhando para o livro.

— Você quer... ah, sorry — eu me confundo. — Do you want this book? — pergunto, enquanto o estendo na direção dela.

Ela apenas me fita por uns instantes, e fico chocada com a beleza do tom verde de seus olhos. Ainda mais por estar com uma maquiagem mais escura, que os destaca e que combina com o restante da sua roupa preta. Tudo forma um contraste interessante com sua pele, que é bem mais clara que a minha. Ainda que não seja tão mais velha que eu, ela parece querer transmitir isso com sua forma de se vestir e maquiar. A impressão que dá é de que estou de frente para uma bruxa magnética e poderosa do século XXI.

— Brasileira? — ela pergunta, e sinto um alívio preencher meu corpo. Mas não vejo um sorriso aparecer em seu rosto, como costuma acontecer quando encontramos um dos nossos pelo mundo.

— Sim — digo. — Você também?

— Metade — ela responde, então aponta para o livro em minhas mãos. — Você já tem uma base de astrologia?

— Eu, hã... — Olho para o livro, então de volta para ela. Seu rosto perfeitamente moldado parece demonstrar um pouco de impaciência comigo. — Mais ou menos?

— Esse livro é intermediário. O que você está procurando?

— Essa é a grande questão — respondo, soltando um suspiro.

— O que você quer dizer com isso? — ela questiona.

— Ah, basicamente — começo, olhando para o livro, e então de volta para ela —, que eu tenho dezoito dias de uma viagem, digamos, de autodescoberta, antes de voltar para a minha vida caótica no Brasil. Assim, muito caótica mesmo. — Elevo as sobrancelhas. — Por isso eu senti que... talvez esse livro pudesse me ajudar.

Ela assente, e então pergunta:

— E o que você está buscando com essa viagem?

— Hã... um novo caminho profissional? Acho que é principalmente isso.

Ela inclina a cabeça, e entendo que eu talvez não esteja sendo clara. Ou talvez não consiga ser tão assertiva quanto essa mulher. Até o rosto dela transmite objetividade, com seus traços retos e maxilar mais marcado. Ela definitivamente parece não ter dúvida nenhuma na vida.

— Ok, talvez... — tento de novo. — Descobrir o que buscar? Não sei. Alguma resposta eu tenho que encontrar.

— Acho que fica um pouco difícil quando você não tem certeza da pergunta.

Tenho que concordar com ela.

— Tá, já sei. Estou em busca de um propósito mesmo, acho. Não é isso que as pessoas tanto procuram hoje em dia?

— Bom, então já vou facilitar pra você. — Ela apoia um dos ombros na prateleira e cruza os braços, e reparo melhor na sua roupa. Está usando uma regata, mas não é nada despojada. Parece ter ombreira, e a calça cintura alta e o cinto também são pretos. É o oposto de toda a leveza que eu venho buscando nas minhas roupas. Mas, ao mesmo tempo, não posso negar que essa mulher parece ter muitas respostas das quais preciso. — Nós não temos só um propósito. E sim vários, no decorrer da vida. Dependendo do que estamos vivenciando e precisamos aprender e desenvolver em cada fase. Então, eu te pergunto de novo... — Seus olhos não desgrudam dos meus. — O que você está buscando neste momento de vida?

Paro para refletir e fico um pouco envergonhada por ainda não ter uma resposta clara. Será que eu gostaria de poder viver viajando? De me demitir, parar de me sentir presa dentro da Share & Fly? Não viver tendo crises de ansiedade? Ter um dia a dia mais calmo? Descobrir se na verdade ficaria mais feliz fazendo outra coisa que não seja trabalhar como copywriter?

É horrível me sentir tão perdida e isso gerar tanta angústia e confusão que quase se torna uma dor física.

Ainda estou pensando no que responder quando somos interrompidas por uma moça que se aproxima lentamente e coloca a mão no ombro da mulher.

— Petra? — Seus olhos estão arregalados; e a voz, um pouco esganiçada.

— Sim?

— Petra Kaminsky? É mesmo você? — Ela coloca as duas mãos na boca, e lágrimas começam a se formar nos seus olhos.

Sinto minhas sobrancelhas se elevando, especialmente quando olho de novo para o livro em minhas mãos.

— Sim. — Ela sorri. — Quer ir lá fora conversar? — Petra pergunta para a moça.

— Sim! — ela responde, quase gritando, então olha para os lados e continua, em um tom mais baixo: — Por favor.

— Me encontra lá fora já, já? — Petra me convida, indicando a porta com um movimento da cabeça, e assinto, sem nem pensar.

Então as duas caminham em direção à saída, e percebo que estou um pouco boquiaberta. Continuo olhando para elas, curiosa sobre a conversa, enquanto levo o livro até o caixa e o compro. E assim que saio, a moça, que está muito sorridente, me aborda de forma gentil:

— Você poderia tirar uma foto nossa? — ela pergunta. — Assim, de costas, com a loja aparecendo de fundo.

— Claro — respondo. As duas se abraçam e eu faço um lindo registro, que fica bem interessante com o cabelo loiro da moça em contraste com o ruivo da Petra.

— Pode deixar que eu só posto daqui a uns dois meses — a moça promete. — E você... vai dar algum workshop aqui em Londres? — Seus olhos demonstram tanta esperança que até eu começo a torcer por isso.

— Sim. Amanhã. — Petra lhe entrega um folheto. — Consegue ir?

— Meu Deus! Óbvio que sim! — A moça segura o papel como se fosse um recém-nascido.

— Ótimo. Te vejo às duas — Petra diz, com um sorriso. Tenho a impressão de que ela dá poucos cursos, mas que realmente vale a pena esperar.

A moça dá um sorriso de volta, a abraça e se despede de nós.

E então, como se nada tivesse acontecido, Petra se vira para mim e diz:

— Quer tomar um café? — Ela estende o braço na direção para a qual está prestes a caminhar.

— Com certeza — respondo.

Assim que chegamos ao local, que ela claramente já conhecia e escolheu de forma precisa, nós nos sentamos, e ela tira o computador de sua bolsa. Pedimos um café, e ela pergunta:

— Qual o seu nome completo e dia, hora e local de nascimento?

Imaginei que ela fosse querer conversar um pouco antes, mas ela de fato parece preferir sempre ir direto ao ponto.

— Alissa Monteiro Donatti, 26 de novembro de 1993. E nasci uma e três da tarde, em São Paulo — respondo.

— Perfeito. — Observo atentamente enquanto ela acessa um site chamado astro.com e insere os dados. — Normalmente, eu faria isso em um programa profissional de astrologia, mas vou abrir seu mapa neste site, que é gratuito, pra que você se familiarize com ele e possa consultá-lo de novo sozinha outras vezes, se quiser.

— Claro — respondo, assentindo.

Assim que meu mapa astral aparece na tela, ela passa alguns minutos o fitando, depois se vira para mim e pergunta:

— Onde você mora atualmente?

— No Rio de Janeiro.

Ela então acessa uma aba com o nome "Astrologia de localização" e abre uma outra janela, com um mapa-múndi meio diferente. Há diversas linhas coloridas passando por cima dele, algumas verticais e outras formando grandes curvas. Na parte superior e na inferior do mapa, e até nas bordas laterais, há símbolos que representam os planetas na astrologia. Sinto minha testa franzindo enquanto observo a tela, mas consigo identificar que os símbolos parecem estar mostrando que cada linha representa um planeta. Não consigo reprimir a curiosidade para descobrir o que ela está analisando e, principalmente, concluindo.

— Com o que você trabalha? — Seus olhos se conectam com os meus quando ela pergunta.

— Sou copywriter. Redatora na divulgação de cursos on-line e outros infoprodutos — respondo.

Ela dá um zoom na América do Sul, e vejo que há uma linha vermelha passando bem perto do Rio de Janeiro.

— E sua vida é muito acelerada e focada quase só em trabalho?

— Sim — respondo, franzindo ainda mais o cenho.

— E você estava se sentindo muito ansiosa?

— Hã... Como você sabe?

Ela apenas assente e diz:

— Já vou te explicar.

Ela abre o meu mapa natal de novo, um círculo com vários planetas distribuídos dentro, e seleciona algo que faz com que outros planetas surjam ao redor dele, do lado de fora. Apenas fico observando, tentando lembrar dos ensinamentos da minha avó, mas sem tanta certeza do quanto ainda me recordo.

— O que... Meu mapa diz sobre o meu momento? — pergunto. — E sobre o que devo fazer?

Ela se vira com calma para mim e apoia o cotovelo na mesa.

— Você acha que o seu mapa astral vai dizer o que você precisa fazer? Ou que é uma escolha sua?

Bom. Essa certamente não é a resposta que eu esperava de uma astróloga.

Ainda mais porque ela parece não ser capaz de dar respostas, e sim só de fazer cada vez mais perguntas.

— Bom... Eu esperava que ele pudesse ajudar.

— E pode — ela assente devagar. — Mostra muito, sim, sobre você e o seu momento — ela explica. — Mas nunca algo definitivo, ou uma resposta pronta. E sim possibilidades que talvez façam mais sentido. Porém quem escolhe quais delas vai desbravar é sempre você.

— Entendo. Mas você... poderia me contar mais sobre as possibilidades? Eu ficaria feliz em pagar uma consulta — digo, seguindo conselhos recebidos nos últimos dias (e surpreendendo até a mim mesma).

— Estamos aqui pra isso. — Ela entrelaça as duas mãos por cima da mesa. — Bom, esse é o seu mapa natal, certo?

Ela me mostra um mapa circular* que reconheço devido às tantas vezes em que o estudei com minha avó. Não consigo conter um sorriso ao recordar os milhões de pedidos para que ela me explicasse mais e mais. E quase sinto sua presença aqui conosco, ao resgatar esses momentos.

— Sim.

— Ótimo — ela assente e aponta para a tela. — Bom, cada uma dessas casas fala sobre uma área da sua vida, às vezes até sobre mais de um assunto. Vou te mandar uma imagem que explica sobre o que cada uma delas representa. E uma tabela com os signos e seus planetas regentes, também, até pra você ir aprendendo a identificar os símbolos.

Ativo a recepção de imagens no meu celular, e, assim que as duas chegam, visualizo a tabela e o resumo das casas.

Áries	Marte	♂			
Touro	Vênus	♀			
Gêmeos	Mercúrio	☿			
Câncer	Lua	☽			
Leão	Sol	☉			
Virgem	Mercúrio	☿			
Libra	Vênus	♀			
Escorpião	Marte	♂	e	Plutão	♇
Sagitário	Júpiter	♃			
Capricórnio	Saturno	♄			
Aquário	Saturno	♄	e	Urano	♅
Peixes	Júpiter	♃	e	Netuno	♆

* Lembre-se de que você consegue ver o mapa astral e a astrocartografia da Alissa no site: www.omapadosencontros.com.br.

AS CASAS DO MAPA ASTRAL

1. Identidade, personalidade exterior, traços
   da aparência, como as pessoas te enxergam,
   o que te motiva, como você inicia as coisas.

2. Dinheiro, posses, segurança, valores, talentos,
   recursos.

3. Educação primária, meios de transporte, trajetos
   diários, pequenas viagens, irmãos, tios e primos,
   como você aprende e como se comunica.

4. Lar, local em que mora, segurança, família, mãe, raízes,
   ancestrais, suas bases.

5. Lazer, filhos, romance, diversão, projetos criativos,
   confiança, autoexpressão.

6. Trabalho, rotina, saúde física, funcionários, colegas
   de trabalho e bichos de estimação.

7. Relacionamentos mais sérios, casamento, parcerias,
   sociedades.

8. Dinheiro dos outros, heranças, transformações,
   profundidade, sexualidade, morte, capacidade
   de se reinventar.

9. Viagens maiores, exterior, universidade, cursos,
   conhecimentos, filosofia de vida, fé, expansão.

10. Carreira, profissão, imagem social, status, pai, futuro.

11. Amigos, clubes, intelectualidade, projetos em grupo,
    voluntariados, humanitarismo, meio digital.

12. Espiritualidade, reclusão, missão, sonhos, desafios,
    inconsciente, saúde mental.

— De acordo com o dia, horário e local em que cada pessoa nasce, os planetas estarão distribuídos nos signos e nas casas de forma diferente. E, analisando esses posicionamentos, conseguimos compreender as inclinações mais fortes para cada área da nossa vida — ela explica. — O ascendente é sempre essa linha que corta ao lado esquerdo do mapa, e mostra o signo que ascendia no horizonte no momento do seu nascimento. — Ela aponta para o meu mapa. — No caso, o seu é peixes.

— Então eu lembrava certo — conto, sorrindo.

— Lembrava? — ela questiona.

— Sim — respondo. — Eu costumava estudar com minha avó. Ela era astróloga, mas faleceu há dez anos.

— Muito interessante. — Ela esboça um sorriso. — Eu estranharia se você não tivesse tido nenhum contato com autoconhecimento, com todos esses planetas em escorpião.

— Jura?

— Claro — ela confirma. —Você tem Júpiter, Mercúrio, Vênus e Plutão em escorpião, e todos na casa 9. Que é uma casa que fala sobre...?

Olho para a imagem na tela do celular.

— Viagens, ensino superior, filosofia de vida, expansão... E também cursos e conhecimentos — respondo, com os olhos arregalados. — Por isso trabalho com o que trabalho? Tenho que continuar fazendo isso, então?

— Não necessariamente — ela diz. — Veja, uma pessoa com exatamente o mesmo mapa que você poderia trabalhar com autoconhecimento e viajando o mundo, já que também é uma casa de viagens. Poderia lecionar filosofia em uma universidade. Ou ser médica integrativa. Escritora. Poeta. Compositora. Líder espiritual. Professora de ioga. Astróloga. E muitas outras profissões. Seu mapa nunca vai te restringir, e sim apresentar várias opções — ela explica. — E sempre cabe a você escolher quais ressoam mais com as suas vontades, e quais portas vai abrir de acordo com isso.

— Entendi... — Tento absorver ao máximo cada informação.

— Mas, respondendo à sua pergunta, faz sentido que você trabalhe nessa área, sim. Só que isso não significa que seja a melhor entre todas as possibilidades que seu mapa apresenta. A grande questão é: *você* quer continuar nesse trabalho? — Ela me observa de forma incisiva.

— Não — respondo. — Quer dizer, pelo menos não na empresa em que estou. Eu gosto de alguns dos meus clientes, mas... Vivo em um ritmo intenso demais e tenho um chefe que me passa cargas absurdas de trabalho.

— Sim — ela diz. — Aí que está a questão. Começa pelo fato de que você está vivendo em uma linha de Marte MC. — Ela aponta para a linha vertical vermelha que passa bem perto do Rio, inclusive com um círculo bem evidente no meio dela, que quase engloba o estado inteiro.

— E o que é essa bola vermelha?

— É a Zenith. O local onde a energia do planeta está mais forte pra você no mundo — ela explica.

— E isso significa que...

— Morar lá é viver mais acelerada, focada no futuro, e possivelmente ansiosa, mas alavancando sua carreira de forma bem potente, também — ela explica.

— Meu Deus. — Recosto o corpo na cadeira.

— Não é das linhas mais fáceis de se morar, apesar de ser muito interessante profissionalmente. Mas há formas de lidar com isso, caso queira continuar — ela ameniza. — Só que talvez não seja o seu desejo no momento, nem saudável pra você, né?

— Com certeza não. — Solto um suspiro.

Ela assente, e de certa forma me sinto acolhida por haver uma justificativa para tudo o que estou vivendo.

— Outro ponto bem interessante, e que não podemos deixar de lado, é que você está em um momento de muitas reflexões sobre a vida também por estar vivendo o seu retorno de Saturno — ela explica. — Que é quando esse planeta, nos trânsitos planetários atuais, está no mesmo signo em que estava quando você nasceu.

— Uma amiga tinha comentado sobre isso... — assinto devagar. — Mas confesso que não tinha dado muita bola. Tudo isso explica o caos na minha vida, então?

— Um pouco, mas não precisa tão ruim assim — ela diz. — Pra muitas pessoas ele pode ser bem intenso, sim. O primeiro retorno de Saturno começa nos vinte e oito anos e meio, principalmente vinte e nove, e vai até os trinta.

— A famosa crise dos trinta? — pergunto.

— Basicamente isso. — Ela dá um leve sorriso pela primeira vez, e começo a cogitar que talvez seja um pouco sádica. — Eu gosto de resumir o retorno de Saturno como um intensivão de amadurecimento. Questionamos muita coisa sobre nossa jornada, passamos por situações mais desafiadoras e refletimos muito sobre o que realizamos até agora e aonde queremos chegar — ela esclarece. — E os temas em foco vão muito de acordo com o signo e também a casa em que temos Saturno. Que, no seu caso...

Olho para o meu mapa, franzindo a testa até identificar o símbolo dele, e então para a imagem com o resumo das casas no meu celular.

— Casa 12 — digo, franzindo a testa. — Espiritualidade, reclusão, missão, sonhos, desafios, inconsciente, saúde mental — leio em voz alta. — Nossa, é por isso que eu estava tendo crises de ansiedade, então?

— Sim — ela concorda. — Isso e a sua linha de Marte, né? E outras questões que você com certeza estava vivenciando também.

Assinto.

— Então vou continuar vivendo um inferno até dia 26 de novembro — concluo, soltando um suspiro.

Ela começa a girar um dos muitos anéis em seus dedos.

— Não necessariamente. Quanto mais você estuda o posicionamento do seu Saturno e entende o recado dele, e busca ajuda com relação a esses temas, até com terapia, por exemplo, mais seu processo será facilitado — ela explica. — Fora que Saturno fala muito do tempo, do longo prazo, de processos de amadurecimento, então vai ficando bem mais fácil lidar com os temas da casa em que ele está conforme os anos vão passando, principalmente a partir dos trinta. E é quando começa a ficar mais simples estruturar e executar outras questões na nossa vida também.

— Espero que também fique mais fácil escolher o que fazer profissionalmente — desabafo, apoiando o cotovelo na mesa e o queixo na mão.

Ela me observa por um instante. E então fecha o computador.

— Alissa, sendo muito sincera — ela diz, enquanto apoia o cotovelo na mesa também e se vira mais para mim —, você vai ser muito boa no que quer que se proponha a fazer. Mas para ser feliz e estar em paz consigo mesma, precisa entender melhor quem você realmente é. E isso não acontece só com uma leitura de mapa, e sim com a união de diversas atitudes, ferramentas e experiências, e dos aprendizados que você extrai delas. Sua casa 9 pede muito isso, inclusive. Essa constante expansão, foco em autoconhecimento e viagens transformadoras também.

— Será por isso que sempre senti esse chamado bem forte? — pergunto, reflexiva.

— Com certeza — ela concorda. — E é incrível que você tenha atendido a ele ao embarcar nessa jornada. Já parou pra pensar nisso? No quanto você tem que se orgulhar por estar aqui agora?

Apenas assinto. Ela dá um sorriso com o olhar.

— Sua avó teria muito orgulho de você, também — ela diz, e seus olhos recaem sobre o meu colar, que eu nem tinha percebido que estava segurando.

Quando ela volta a fitar meus olhos, finalmente dá um sorriso um pouco maior. Talvez por perceber o quanto eles ficaram marejados por causa de suas palavras.

— Fico muito feliz que você esteja se reconectando com a astrologia... E ela, com certeza, também estaria — Petra afirma. — Vai fazer muita diferença mesmo no seu momento. — Ela se levanta devagar e começa a guardar o computador na mochila. — Só não quero te sobrecarregar com muitas informações hoje. Mas recomendo muito que você leia pelo menos dez páginas desse livro por dia — ela diz, e reparo que está indicando a sacola da Astrology Shop com a cabeça.

— Entendo — assinto, grata por isso, porque não sei o quanto conseguiria absorver se ela trouxesse muito mais informações. Minha cabeça parece estar meio desligada hoje, e sinto que nem um balde de café seria capaz de ligá-la.

Ela coloca dinheiro para pagar nossa conta em cima da mesa, e sinto meu cenho franzindo.

— Espera aí, deixa que eu pago minha parte. — Começo a revirar minha bolsa, um pouco atordoada. — E preciso pagar sua consulta também. Me fala quanto é?

Ela coloca a mão suavemente no meu ombro.

— Isso não foi uma consulta. Só uma pincelada, porque preciso ir. — Ela coloca a mochila nas costas. — Até poderíamos marcar uma consulta completa, ou eu poderia te dar mais sugestões voltadas para o seu âmbito profissional, mas sinto que a sua busca no momento vai muito além disso. E eu posso até facilitar alguns processos, mas confia em mim quando digo que as experiências vividas no decorrer dessa viagem é que vão fazer toda a diferença. E o que você escolher fazer depois dela, claro.

Assinto, querendo mais do que tudo acreditar que serei capaz de tomar boas decisões.

— Muito obrigada, Petra. De verdade. Pelo café e pela consulta express. — Sorrio. — Fez muita diferença mesmo entender melhor tudo isso.

— Por nada. — Sua boca se curva levemente para cima, e tenho a impressão de que ela é muito mais gentil do que deixa transparecer. Principalmente quando complementa: — E fica um convite... — Ela coloca em cima da mesa um flyer igual ao que deu para a moça. — Se quiser ir ao meu workshop amanhã, tenho certeza de que vai te ajudar. Mas a escolha é sua. — Suas sobrancelhas se elevam sutilmente. — O quanto você está disposta a se investigar?

Olho para baixo, e então de volta para ela.

— Muito disposta.

Ela dá mais um sorriso com os olhos e começa a se virar para a porta.

— É o que eu esperava escutar.

Assim que entro no hotel e subo até o meu andar, confesso que fico um tempo parada perto da porta do quarto ao lado... Só para conferir se não tem ninguém precisando de ajuda. Ou se posso desenvolver um pouco mais meu espanhol. Sabe como é.

Mas logo fica claro que ou não tem ninguém, ou seus hóspedes estão em sono profundo. Solto um suspiro, fingindo para mim mesma não estar decepcionada, e abro a porta do meu quarto.

Coloco a mochila em cima da cama e pego o celular para mandar uma mensagem para a outra pessoa que tomou bastante espaço nos meus pensamentos hoje. Ela com certeza merece saber dos acontecimentos do dia.

Alissa: Hello! Tenho atualizações interessantes.

Sarah: Manda.

Dou um sorriso ao pensar em como já estou com saudades dela.

Alissa: Você conhece uma tal de Petra...

Alissa: Kaminsky? Acho que é assim que se escreve.

Sarah: Claro que conheço. Escreve assim mesmo rs.
Quem não a conhece?

Alissa: Hã... Eu? Quer dizer, até hoje. Acabei de tomar um
café com ela.

Sarah: O QUÊ??!!!

Mal tenho tempo de ler sua mensagem e meu celular começa a tocar.
Assim que atendo a chamada de vídeo, encaro os olhos arregalados
da minha amiga e, pelo cenário ao seu redor, percebo que ela está no
banheiro da Share & Fly.

— Você só pode estar brincando.

— O quê? O que eu fiz?

— *Onde* você encontrou a Petra?

— Hã... Na Astrology Shop. Uma livraria astrológica que...

— *Eu sei* o que é a Astrology Shop. Meu Deus, eu sabia que tinha que
ter ido nessa viagem com você. — Ela passa a mão no rosto, parecendo
em evidente sofrimento.

— Ok, esse é o momento em que você me explica o que está acontecendo aqui.

— Não. — Ela aponta o dedo em direção à câmera. — Esse é o momento em que *você* me conta exatamente como foi sua interação com ela.
Cada detalhe.

— Amiga, estou exausta — digo, me sentando na cama. — Você não
precisa de detalhes.

— Ah, eu preciso, sim. Sou virginiana, lembra? E tenho a impressão
de que agora você sabe *muito* melhor o que isso significa.

Solto um suspiro.

— Ok, sim. A encontrei lá na livraria e foi bem incrível. Ela é um amor de pessoa. Meio séria, mas maravilhosa. Falou um pouco sobre o meu mapa e meu momento. E ainda pagou o meu café, sendo que *eu* é que deveria ter pagado o dela. Inclusive, se você não dissesse que ela é de verdade, eu acharia que foi um anjo ou algo assim. Quer dizer, com um look um pouco mais dark do que os anjos devem ter, mas enfim — digo. — Quem é ela, afinal?

— Meu Deus, Ali. Você realmente não tem noção do que acabou de viver. — Ela aproxima o celular do rosto. — A Petra é um *ícone* da astrologia. Das redes sociais. Da nossa geração!

— Sério? — pergunto, encostando na cabeceira da cama.

— Seríssimo — ela diz, entrando em um dos boxes e se sentando na privada fechada. — Ela é super-reservada, nunca fala nada sobre a vida pessoal, mas é tipo uma celebridade astrológica. Ela está sempre viajando e faz workshops em todos os cantos do mundo, mas ninguém sabe onde ela vive mesmo — Sarah explica. — Dizem, inclusive, que ela só passa dois meses em cada lugar, e que nunca repetiu nenhum país, mas sei lá. Ela é tão misteriosa que nem disso nós temos como ter certeza.

— Nossa, hoje uma menina ficou *muito* feliz ao vê-la. Por isso que ela quase desmaiou quando descobriu que amanhã teria um workshop da Petra?

— Meu Deus. Sim. *Sim!* Pelo amor de Deus, diz que você vai participar — ela implora, aproximando o celular ainda mais do rosto.

— Então, eu até queria, mas...

— Mas nada! Não seja maluca. Você esbarrou nela sem nem gostar de astrologia. Não estou conseguindo *acreditar* nisso. — Ela coloca a mão na testa. — Alissa, você não está entendendo o quão sortuda é por ter encontrado essa mulher.

— Pior que estou — respondo. — Mas amiga, o workshop não é muito barato, e minhas libras já estão acabando, aí eu teria que usar o cartão de crédito, e vai cobrar IOF, e...

— Ah, mas por que você não falou logo? — Ela franze o cenho. — Eu te dou de presente. É o mínimo que posso fazer.

— Amiga, imagina... não posso aceitar. Presente de quê? — pergunto, balançando a cabeça.

— De aniversário, ué. Não é todo dia que se completa trinta anos.

— Sarah Nakamura. — Não consigo segurar uma risada. — Faltam seis meses pro meu aniversário.

— *Ano* — ela se corrige. — Eu quis dizer que não é todo ano. E considere também um presente de retorno de Saturno, algo que, aliás, todo mundo deveria fazer, porque a gente merece se presentear diante dos perrengues que passa nessa fase.

Dou uma leve risada, mas sigo balançando a cabeça.

— Amiga, é muito gentil da sua parte, mas...

— Mas nada — ela interrompe. — Se não aceitar e não marcar presença nesse workshop amanhã, nunca mais conte comigo pra nada. Você simplesmente ganhou na loteria no segundo dia da sua viagem e está se fazendo de desentendida.

— Não diria que isso é exatamente uma loteria, mas...

— Depois você vai me dizer — ela afirma. — *E em detalhes.* Vê se não se distrai. Leva caderno. E anota tudo. Leva duas canetas só pra garantir.

Não consigo segurar uma risada.

— Infelizmente, minha memória não é das melhores — digo. — Mas sou muito boa em anotar. Te conto tudo depois.

— Já estou aguardando. — Ela anda na direção da porta do banheiro. — Enquanto crio uma campanha gigantesca aqui. Você me paga, Alissa. Vou querer *muitos detalhes mesmo.*

— Pode deixar — digo. — Obrigada mesmo, amiga.

— Imagina. — Ela dá um sorriso satisfeito enquanto abre a porta. — Aguardo notícias astrológicas. Tchau! — E então desliga a chamada.

E eu sorrio sozinha para o pequeno espaço do meu quarto, meneando a cabeça, sem acreditar em quanta coisa estou vivendo desde que entrei no avião.

O quanto já está valendo a pena ter dado um *salto de fé.*

Dia 3

QUARTA-FEIRA, 10 DE MAIO

*A Lua em capricórnio
sempre favorece o comprometimento,
principalmente com planos, tarefas e estudos
que auxiliem no nosso desenvolvimento.*

Imagine minha surpresa quando, chegando ao prédio onde o workshop aconteceria... um certo viking espanhol (vulgo Nicolás Rodríguez) está bem na frente da entrada.

Ok, ele tinha comentado que faria um workshop de astrologia com a irmã hoje. Eu deveria ter feito a conexão.

Ainda assim, sinto um frio na barriga muito maior do que poderia prever ao vê-lo de pé perto da porta. Ele está conversando com uma moça com o cabelo castanho e ondulado, muito parecido com o seu, inclusive, mas está preso em um rabo de cavalo, e é bem mais longo também. Ela está com roupas esportivas, uma legging cor de vinho, camiseta branca e tênis branco; enquanto ele está com seu clássico coque, uma camisa marrom despojada e calça cru. Mais uma vez, parecendo ter saído diretamente de um editorial de moda.

Finjo não ficar lisonjeada quando reparo no brilho em seu olhar ao me ver.

— Ali! — ele diz, com um sorriso acolhedor no rosto. — Essa é a minha irmã Lola. Lola, Alissa.

— Ah, então *você* que fez parte da trapaça de anteontem com o Nico. — Lola faz uma cara séria, mas em seguida dá um sorriso gentil. — Obrigada por ter cuidado do meu maninho. — E, sem que eu estivesse preparada para isso, me dá um abraço.

— Hã... de nada? — respondo, abraçando-a de volta. Quando a solto, expresso uma dúvida que não sai da minha cabeça: — Vocês dois são espanhóis, né? Como é possível que falem português tão bem assim?

— Nossa mãe é de família brasileira — Nico diz.

— Ah... *tudo* faz sentido agora — digo, e, quando olho para sua irmã, reparo que ela está me observando com certa intensidade.

— Fico feliz por falarmos o mesmo idioma, pra poder me desculpar pelas brigas que você teve que escutar. É a linha de Marte que tenho passando aqui. — Ela dá uma leve cotovelada na minha cintura. — Já sou um pouco impulsiva normalmente, mas você não teve nem a oportunidade de vislumbrar a primeira impressão mais tranquila do meu ascendente em libra. — Ela dá de ombros e aponta com o polegar para o viking. — Esse aqui me tira do sério.

Ele meneia a cabeça.

— Veio para o workshop também? — ele muda de assunto.

— Sim — respondo, sem acreditar que isso está mesmo acontecendo (e tentando não parecer entusiasmada demais na presença dele).

— É o seu primeiro? — Lola pergunta.

— Não é o de vocês? — Inclino a cabeça.

— Do Nico, sim — ela responde. — Mas é o meu segundo. Por sorte, ou incompetência mesmo, ele estava aqui no dia perfeito pra conseguir participar.

— Achei que já tivéssemos conversado sobre isso — ele diz.

— Tá bom, tá bom. — Ela revira os olhos. — Vamos logo, pra ver se você finalmente aprende como parar de se sabotar e começa a viver de acordo com o seu mapa.

Ela se vira e começa a andar para dentro do prédio.

E o *Nico* me olha, dá de ombros e diz:

— Como se ela não me contasse sobre cada pequena e grande descoberta astrológica que realiza na vida.

E eu não consigo segurar um sorriso, animada pelos aprendizados que teremos nas próximas horas. Quem haveria de imaginar?

— Hoje, vamos trocar muito sobre algo que simplesmente mudou o rumo da minha jornada — Petra diz em inglês, na frente da sala. — E eu me apaixonei tanto por essa área da astrologia que fiz dela a minha principal especialização. Através dela, pude ajudar muitas pessoas a impulsionarem seus potenciais e suas trajetórias. — Ela sorri através dos seus enormes olhos, agora com um mapa-múndi repleto de linhas sendo projetado atrás de si. — E chegou o momento de vocês desbravarem os diversos sentidos em que a astrocartografia pode contribuir para as suas jornadas também.

Sinto um arrepio percorrendo meu corpo, sem acreditar que estou mesmo aqui. Dou um sorriso e olho ao redor, reparando em todos que também estão fazendo parte disso. Não são muitas pessoas, apenas quinze. É um clima bem intimista, quase como se fosse um encontro secreto. Estamos posicionados lado a lado, formando um U, que está aberto na parte onde Petra fica.

Nico está ao meu lado direito; e sua irmã, à direita dele; ambos prestando total atenção. Sinceramente, não sei se estou mais surpresa por estar em um workshop de astrologia no meu terceiro dia de viagem ou pelo fato de esse homem estar participando também.

Volto minha atenção novamente para Petra, que parece estar no meio de alguma história ou raciocínio que perdi, e me endireito na cadeira, determinada a extrair o máximo que puder dessa experiência.

— Mas não se enganem, eu não vou fazer isso sozinha. Cada um de vocês vai participar — ela afirma, apoiando-se na mesa atrás de si.

Hoje, ela está usando uma camisa de manga longa preta, uma calça jeans cintura alta e botas de salto pretas. Mais uma vez, impecável em seu estilo bruxa gótica fashionista. Quase chego a sentir saudade dos meus looks mais sérios, mas tem sido incrível voltar a usar cores mais vivas — e estou apaixonada pelo macacão verde que escolhi para hoje (e pela echarpe que trouxe para não correr o risco de passar frio, claro).

Abro meu caderno e preparo a caneta, pensando na Sarah. Não faço ideia do quanto vou absorver, mas certamente vou anotar tudo o que puder.

— Vamos fazer um jogo de perguntas e respostas, porque quero fazer vocês pensarem. Não gosto de passar um monte de informação e deixar todos absorvendo só a metade — ela prossegue. — Então, antes de mais nada: quem sabe o que é astrocartografia?

Lola levanta a mão.

— O estudo dos efeitos da angularidade planetária em diferentes partes do mundo.

— Perfeito. — Ela olha ao redor da sala. — Quem pode explicar isso de uma forma mais simples?

O viking, vulgo Nico, levanta a mão, e Petra aponta para ele.

— Como você ativa diferentes planetas, e partes do seu mapa, viajando. E isso impulsiona certos movimentos e transformações na sua vida — ele diz, e complementa: — Além de ajudar a prever o que você pode esperar ao viajar pra vários lugares do mundo.

— Muito bom — ela diz, e Nico se vira sutilmente para mim, todo orgulhoso.

Semicerro os olhos. Ele dá de ombros e inclina a cabeça, o canto da boca subindo discretamente.

Balanço a cabeça, percebendo que estou me sentindo como uma adolescente de volta à escola, e então me forço a olhar de novo para Petra.

— Isso é algo que eu preciso que vocês guardem — ela anuncia. — Porque a astrocartografia realmente tem potencial para transformar vidas, e quanto mais vocês focarem em absorver o quanto puderem hoje, mais conseguirão mudar a de vocês. — Ela caminha um pouco pela sala. — Mas, para explicar melhor isso, eu vou fazer uma comparação bem interessante usando os trânsitos planetários. Alguém pode me trazer uma definição sobre eles?

Uma mulher de meia-idade levanta a mão e diz:

— As movimentações dos planetas no céu no momento. Cada planeta tem uma velocidade diferente, por exemplo: Júpiter passa um ano em cada signo, Urano passa sete, o Sol passa um mês, a Lua passa dois dias e meio...

— Perfeito — Petra diz. — E o que esses trânsitos fazem com relação ao nosso mapa como indivíduos? Alguém pode me dar algum exemplo?

— Eles ativam certas questões no nosso mapa natal — a moça loira de ontem responde, animada. — Quando um planeta está passando por uma casa do nosso mapa, a energia desse planeta vai influenciar nos assuntos dessa área da nossa vida.

— Poderia dar um exemplo? — Petra pede.

— Sim... — a moça responde, e então pensa por um segundo e continua: — Se uma pessoa tem ascendente em gêmeos, por exemplo, normalmente vai ter peixes na casa 10. Então, quando o Sol está passando pelo signo de peixes, entre fevereiro e março, vai movimentar os assuntos da carreira dela. Ou seja: ajudar a ter uma visibilidade maior, talvez até a receber alguma nova proposta, ou simplesmente dar passos importantes para o seu futuro.

Estou assentindo sem perceber, mas não posso negar que, por mais que estejamos só começando, talvez isso fique um pouco complexo demais para mim nos próximos minutos.

Por sorte, transcrevi no meu caderno o conteúdo das imagens que Petra me mandou ontem. Volto para a página em que coloquei a informação das casas e relembro o significado de cada uma delas, confirmando que esses realmente são os temas da casa 10.

— Isso — Petra responde, apontando para ela, e então cruza os braços. — E alguém pode me dizer com que frequência o Sol passará pela nossa casa 10 nos trânsitos?

— Uma vez por ano — Lola responde, animada —, porque ele passa um mês em cada signo, então faz uma volta inteira no nosso mapa astral no decorrer de um ano.

— Isso mesmo — Petra confirma e se vira para a apresentação para mostrar um mapa com os trânsitos planetários abertos, e consigo visualizar o símbolo do Sol do lado de fora do mapa, bem perto da linha que aponta para cima, que descobri recentemente ser o famoso meio do céu, ou mc, a cúspide (linha) que dá início à casa 10 do nosso mapa. — E, assim que o Sol se aproxima dessa posição, ele traz um impulso na nossa carreira e imagem pública. Ele ilumina o nosso futuro. E, como a Lola disse, todo ano isso vai acontecer, certo?

Todos na sala assentem.

— Mas não adianta querer que isso aconteça antes do tempo, não é? — ela pergunta de forma retórica. — O Sol transitará pela nossa casa 10 sempre naquelas mesmas semanas. Quem tem leão no meio do céu, por exemplo, que normalmente é quem tem ascendente em escorpião, receberá essa ativação entre julho e agosto, todo ano. Quem tem ascendente em touro terá o Sol transitando por sua casa 10 entre janeiro e fevereiro, quando ele passa por aquário. E assim por diante.

Nico inclina o tronco na minha direção, seu braço esbarrando no meu. Um arrepio percorre meu corpo, mas ajeito minha echarpe para disfarçar.

— Isso é muito real — ele sussurra. — Eu tenho ascendente em touro, e fui contratado na empresa em que trabalho em fevereiro, alguns anos atrás. E sempre pego projetos bem importantes nessa mesma época.

— Que incrível — digo. — Se eu tenho ascendente em peixes, significa que o Sol está passando pela minha casa 10... em dezembro? Quando está passando por sagitário?

— Isso — ele diz, observando meu mapa aberto no meu celular, mas com atenção demais para quem só está confirmando uma simples informação.

Não sei se gosto do fato de ele poder descobrir coisas a meu respeito que talvez eu mesma nem saiba ainda... No entanto, acabo não resistindo e empurro um pouco o celular na sua direção, para que ele consiga ver melhor. Afinal, já que ele entende tanto sobre astrologia... depois vou aproveitar para tentar extrair algumas informações importantes. Apenas para aprofundar os estudos, claro.

— Mas e se — Petra continua — você conseguisse fazer algo que é quase como esse trânsito, do Sol no seu meio do céu, a qualquer momento? E se você pudesse acelerar determinada transformação na sua vida se locomovendo no espaço, em vez de esperar que ela aconteça em determinado tempo?

Observo os outros participantes de novo, e todos estão sorrindo, com um brilho no olhar. Sinto um frio na barriga ao perceber que os meus olhos também devem estar assim, ainda que não esteja captando absolutamente tudo que está sendo ensinado. Ninguém ousa dizer nada, porque parece que algum tipo de mágica está acontecendo. É quase palpável no ar.

Então ela continua:

— Existem lugares que podem nos ajudar profissionalmente, ou em uma abertura para o amor, para aprender um novo idioma, ativar mais o amor-próprio... ou qualquer outro objetivo — ela explica. — E isso pode ser feito indo até o local, ou através de ativação remota, sem que nem seja preciso viajar.

Sinto meu coração acelerando e meus dedos doendo, de tão rápido que estou anotando tudo. A sensação é de que minha cabeça vai explodir a qualquer momento.

Mas, surpreendentemente... estou gostando disso.

É claro que mal consigo me reconhecer, e há uma semana daria risada se alguém me dissesse que eu iria parar em um workshop de astrocartografia. Mas está sendo interessante perceber minhas mágoas com a astrologia se dissolvendo cada vez mais... E simplesmente me permitir aprender através do que a vida está trazendo.

— Mas agora quero saber de vocês — Petra diz. — Alguém tem algum exemplo interessante de movimentação na carreira relacionada a uma linha no MC, ou meio do céu?

A moça loira levanta a mão e diz:

— Eu trabalho com moda, tenho uma marca de acessórios femininos — ela conta. — E vim pra cá mês passado, porque tenho uma linha de Vênus MC passando aqui perto de Londres, e também de Paris, Barcelona... E, já na primeira semana aqui, consegui encontrar um lugar que vai revender meus acessórios. E é impressionante o quanto as fotos e os conteúdos que tenho feito aqui têm tido mais alcance e engajamento nas redes sociais também, até comparando com os resultados tidos em outras viagens — ela continua. — E as vendas em outros países também aumentaram bastante nessas últimas semanas por conta disso.

— Muito interessante, Sophia. Sua área de atuação tem muita conexão com Vênus, então essa é definitivamente uma das linhas mais interessantes para expansão na sua carreira. — Petra coloca a mão no ombro da moça com gentileza, depois se vira para o restante da sala: — Mais alguém gostaria de trazer um relato?

— Eu — Lola diz. — E é algo que estou muito feliz por poder compartilhar... — Ela junta as mãos com entusiasmo. — Fazia bastante tempo que já estava insatisfeita com meu trabalho de gestora esportiva, mas foi quando comecei a aprender sobre astrocartografia com você que entendi como poderia ressignificar ele de forma que fizesse sentido para mim. — Ela se vira para os outros alunos. — E, depois de muito tempo de estudo, pesquisa e planejamento, lancei a AstroSports, minha empresa de consultoria astrológica e astrocartográfica para times de futebol — ela conta. — Eu vejo tanto os trânsitos dos atletas, entendendo quem está mais favorecido para ser escalado em cada jogo, como também a astrocartografia de cada um, principalmente quando há jogos em outros países. Assim conseguimos entender quem está com mais chances de brilhar em cada local.

Enquanto encaro a Lola com total admiração, reparo que o Nico dá uma leve risada ao meu lado.

— Não falei que minha irmã era bem apaixonada por astrologia? — ele brinca, e eu apenas respondo com um "uau" sem som.

— E olhem que eu nem cheguei na melhor parte — Lola diz, quase se levantando de tanta alegria. — Eu lancei oficialmente o serviço no mês passado e entrei em contato com alguns times da Europa, mas... nenhum respondeu. Só que, assim que entrei em contato com um time do Chile, imaginando que a linha de Sol MC que eu tenho passando por lá poderia ajudar... adivinhem? — Ela encosta na cadeira. — Responderam poucos dias depois. Fecharam comigo para assessorá-los até o fim do ano, em todos os campeonatos, inclusive na Libertadores, já que a astrocartografia tem muito a ajudar nos jogos que acontecerem fora do Chile.

— Bom saber que você tem feito esse sucesso todo com o Chile... — Petra diz, com os braços cruzados. — Depois vou contar sobre um retiro que farei lá em breve. — Ela olha ao redor da sala. — Pra quem tiver interesse, mando as informações por e-mail ainda esta semana.

— Com certeza, vou querer — Lola diz. — Se por ativação remota já tenho recebido essa ajuda da minha linha do Sol MC, imagina estando lá? — Seus olhos brilham.

— Sem dúvidas, será muito potente — Petra diz. — Todas as linhas de planetas no meio do céu têm o potencial de impactar bastante no nosso futuro, e a forma como isso vai acontecer vai depender da energia do planeta. A Alissa, por exemplo... — Ela eleva a mão na minha direção. — Tem Urano e Netuno no MC aqui em Londres, e é por isso que, de forma inesperada, veio parar em um workshop de astrologia... que talvez traga inspirações e ideias que poderão revolucionar o seu futuro.

Sorrio para ela, que espera alguns instantes para que todos possam absorver cada informação. Não parei de escrever por nem um minuto até agora, porque sempre tive bastante dificuldade em reter conteúdos novos logo de cara. Então minha tática para conseguir assimilar bem as informações em aulas e palestras é sempre anotar o máximo possível, e depois estudar pelo menos mais uma vez usando tudo o que escrevi.

Mas tenho a impressão de que vou ter que reler tudo isso *várias* vezes para ser capaz de entender melhor tanto conteúdo novo.

— Alguém tem alguma dúvida? — Petra pergunta.

Tomo coragem de levantar a mão, e ela assente, indicando que eu prossiga.

— Você deu alguns exemplos sobre o MC... mas tem outras linhas de cada planeta, né? Reparei que tenho várias linhas de planetas no DC aqui na Europa, mas não sei o que isso significa.

— Muito bem observado. Cada planeta tem quatro linhas diferentes passando pelo mundo — ela explica. — E, dependendo de qual delas for, a energia dele vai se manifestar de forma diferente. A Sophia, por exemplo, está em uma linha de Vênus MC. E se ela estivesse em uma linha de Vênus DC?

— Ela poderia encontrar o amor da vida dela — Lola diz, animada.

— Aleluia! Já sei minha próxima parada — Sophia diz, e todos riem.

— Não necessariamente isso vai acontecer — Petra explica. — Mas, de fato, o DC, ou descendente, fala mais sobre relacionamentos, e muitas pessoas vivem histórias de amor nessas linhas, ou logo depois de voltarem de uma viagem para perto delas. — Ela dá um leve sorriso. — Esse é o momento em que sei que todos vão procurar suas linhas de Vênus DC pelo mundo. — Todos dão risada de novo, mas curiosamente estão olhando para seus celulares. — Então vou dar um tempo para vocês navegarem um pouco por seus mapas com calma, e deixar na tela esse slide com mais informações a respeito de cada ângulo: AC, MC, DC e IC.

Planeta no ascendente (AC): a energia do planeta influenciará em você, na sua aparência e na sua personalidade exterior, que é a sua forma de se mostrar para as pessoas. É importante buscar integrar o que esse planeta representa da forma mais construtiva possível em si.

No descendente (DC): a energia do planeta pode ser projetada nos outros ou ser experienciada através das relações. Você poderá senti-la mais presente tanto nas pessoas que estiverem com você na viagem, como também nos indivíduos que conhecer ou encontrar no local.

No meio do céu (MC): a energia do planeta vai se manifestar na carreira e posição na sociedade. Você terá uma imagem pública muito conectada com o que esse planeta representa. Ele impactará mais na sua vida no âmbito profissional.

No fundo do céu (IC): a energia do planeta vai influenciar na sua relação com a sua família e as suas bases. Pode mudar a consciência da sua natureza básica, e também a relação com sua mãe e o que significa "lar" para você. Pode mostrar muito sobre a sua conexão com o local, tanto em termos de cidade e bairro, como da sua própria casa, apartamento ou lugar onde está se hospedando.

Alguns minutos depois, Petra volta a falar, só que, como ainda estou anotando as informações, confesso que começo a me perder um pouco. Ela está explicando algo sobre um tal mapa que gira para um lado ou para outro quando viajamos, e é aí que sinto que talvez não vá conseguir absorver mais nada hoje.

Escrevo "mapa realocado = ?" no meu caderno, e, segundos depois, uma mão grande entra no meu campo de visão. Olho para o lado e noto que Nico está com um sorriso sutil no rosto, enquanto anota algo com calma em meu caderno.

— O que você está fazendo? — pergunto, mas ele continua escrevendo.

Quando termina, ele se vira para a frente e volta a prestar atenção. Então leio o que ele escreveu ao lado da interrogação.

Mapa realocado = Ativamos diferentes partes do nosso mapa e de nós mesmos durante as viagens. E desbravamos novas versões nossas. Nosso mapa natal continua sendo o principal, mas o realocado nos ajuda a entender a experiência em todas as áreas da nossa vida quando estamos em um novo local.

— Nico? — questiono de novo.

Ele se vira para mim, e meus olhos descem para seus lábios sem querer, porque ele está tão perto que... não.

Volto a encarar seus olhos, e espero que os meus estejam reforçando que quero uma resposta.

— É só porque essas informações incompletas me dão um pouco de aflição — ele diz, olhando para meu caderno de novo, então se inclina na minha direção e finaliza mais algumas frases que deixei incompletas, ou não conseguiria anotar as próximas a tempo.

— Sei — digo, mordendo o lábio para não sorrir ainda mais.

Não expresso o quão aliviada fico com sua ajuda, e talvez ele nem tenha ideia do quanto isso significou para mim. Porque, se tivesse me perguntado quanto de tudo isso estou conseguindo entender, provavelmente teria respondido que no máximo sessenta por cento. O sentido parece estar escondido em lugares que não consigo acessar ainda, mas tenho esperança de que, aos poucos, tudo se encaixará.

— Mais alguma dúvida? — ouço Petra perguntando, e levanto o rosto a tempo de ver uma moça erguendo a mão. — Sim?

— Eu considero só exatamente os lugares que a linha atravessa, ou ao redor dela, também? Até qual distância pode ser considerada?

— Por volta de seiscentos quilômetros para cada lado da linha, e algumas pessoas consideram até mais. Mas quanto mais perto, maior será a influência da energia do planeta enquanto você estiver no local — Petra responde. — E, respondendo outra dúvida muito comum, alguém pode me dizer a partir de quantos dias estando no lugar você já começa a perceber sensações e situações associadas ao planeta?

— A partir de três dias, mas às vezes acontece de sentir antes. O ideal é passar pelo menos três, para aproveitar de forma mais efetiva — um moço do outro lado da sala responde.

— Perfeito. E quanto mais dias você passar, mais vai acabar sentindo os efeitos mesmo após a viagem. Eles podem perdurar por algumas semanas — Petra diz. *Meu Deus.* Que interessante. — Alguém tem mais alguma dúvida específica antes de continuarmos?

Outra moça levanta a mão, e Petra aponta para ela.

— E se... Eu não tenho nenhuma linha passando em um lugar? Por exemplo, não tenho nenhuma linha passando por onde moro. Significa que não é o meu lugar no mundo?

— De forma alguma. Você pode ter uma conexão incrível com lugares por onde não tenha nenhuma linha principal — Petra responde. — Só significa que, nesses lugares, você não viverá sob a influência de alguma energia planetária específica, mas isso pode inclusive ser muito bom. Vale lembrar que também temos outras linhas com importância secundária, como os *parans*, que são os cruzamentos entre duas linhas em diferentes partes do mundo, que acabam influenciando na latitude inteira — ela explica. — E também os aspectos e, claro, a forma como fica o mapa realocado no lugar.

Outra mulher levanta a mão, e Petra aponta para ela.

— Uma dúvida que talvez seja meio boba, mas quero muito saber... Qual seria a melhor linha de todas? O lugar mais incrível do mundo para se morar?

— Não existe dúvida leviana — Petra elucida. — Estamos aqui para esclarecer todas, e a sua pode ser a de outra pessoa também. Alguém sabe a resposta pra essa pergunta? — Ela olha ao redor da sala.

Nico olha para ela e depois para a mulher.

— Depende — ele diz. — Qual o principal intuito da pessoa nesse momento de vida? O que ela está buscando?

A moça hesita um pouco, sem entender muito bem, mas Petra assente, parecendo satisfeita.

— Muito bom. — Ela aponta para o Nico. — Sua resposta foi perfeita. Muitas pessoas sempre me perguntam qual o lugar ideal para morarem... E a resposta é simples: ele não existe. Vai depender muito do que o indivíduo estiver precisando nessa fase da sua jornada. — Petra explica. — Por exemplo, as sugestões de locais serão muito diferentes para uma pessoa que queira prosperar mais na carreira, e outra que esteja buscando a cidade perfeita para se aposentar com tranquilidade. E com certeza não haverá só uma indicação de lugar para cada uma, e sim algumas possibilidades que possam ser bem bacanas.

— E as sugestões também vão depender muito de como a pessoa lida com a energia de cada planeta, né? E do mapa dela? — Lola pergunta.

— Exatamente — Petra confirma. — Ótima observação. Por exemplo, se duas pessoas viajarem para suas respectivas linhas de Urano MC. — Ela caminha olhando para nossas mesas. — A experiência de ambas vai ser a mesma?

— Não — uma moça bem nova responde —, porque vai depender de como Urano está posicionado no mapa de cada uma. Então, sim, essa viagem vai contribuir para que as duas inovem na carreira, para que caminhos se abram. Mas a experiência também vai fluir de acordo com o signo, a casa e os aspectos que esse Urano forma. Se no mapa natal está na casa 4, também vai ativar questões familiares. Se está na casa 6, vai mexer com a saúde e rotina. Se está na casa 7, pode mudar a dinâmica das relações, e até surgir alguma nova sociedade ou parceria. Se está na casa 8, pode engatar grandes transformações. E assim por diante...

— Muito bom — Petra assente. — Muito bom mesmo. Agora, vamos conferir alguns exemplos, pra vocês verem como tudo se conecta na prática. Preparados?

No mesmo instante, um "sim" muito animado ressoa pela sala inteira. E assim ela segue, instigando reflexões, trazendo perguntas, mostrando mapas, tirando dúvidas. Fazendo com que todos acreditem que já carregam esses conhecimentos dentro de si. Incentivando para que cada um participe de alguma forma. O pouco conhecimento de um se tornando o de todos os outros à medida que se aprofunda com base no que ela traz de forma leve e assertiva.

Ela ensina de uma maneira que eu jamais tinha experienciado. E olha que eu já assisti a dezenas de cursos on-line, e achei que nada mais conseguiria me impressionar.

Mas, que essa mulher é brilhante, e que essa vertente da astrologia é absolutamente fascinante... eu não posso negar.

— O que você entendeu das últimas horas? — O olhar da Petra é incisivo do outro lado da mesa, e percebo que estou sendo testada no meio de um restaurante de comida japonesa.

Arregalo os olhos.

— Bom... muita coisa.

— É claro. — Ela revira os olhos. — Mas o que mais te marcou?

Sinto uma leve onda de pânico percorrendo o meu corpo. A verdade é que, como não li minhas anotações com calma ainda, é bem provável que tenha absorvido no máximo metade de tudo o que ela falou. Mas posso afirmar com certeza que achei tudo *muito* fascinante.

— Bom — Lola interrompe, salvando a noite —, por sorte, não esqueci de tomar meu remédio hoje, então consegui entender quase tudo. Posso explicar até associando com futebol, se quiserem.

— Remédio pra quê? — pergunto.

— Pro meu TDAH, claro. Senão, minha cabeça provavelmente teria desligado nos primeiros quinze minutos — ela explica. — Quer que eu explique sobre o que significa ir pra cada planeta? Que analogia quer que eu faça? Aproveita que, além de tudo, eu dormi muito bem essa noite.

— Eu gosto quando você explica como se cada planeta fosse uma pessoa — Nico diz, apontando o hashi para ela despretensiosamente.

— Aprendi com ela. — Lola indica Petra com a cabeça, e então solta um suspiro. — Aliás, posso parar de fingir normalidade com o fato de que você está jantando com a gente? De verdade, é uma honra, Petra. Por dentro, estou completamente surtada.

Petra solta uma leve risada.

— Depois de participar de mais de um workshop, você é de casa — ela diz, balançando a mão no ar. — E confesso que me compadeci tanto pela situação da Alissa que ela já é também. Na hora em que entrei na Astrology Shop ontem, por alguma razão, senti muito que precisava conversar com ela. Coisa do meu Sol em escorpião — ela justifica, e todos rimos. — E também tenho uma sensação de que todos vocês deveriam assumir a missão de ensinarem o máximo possível pra ela nesses dias.

— Eu topo — Nico diz, à minha direita, e, quando me viro para observá-lo melhor, seus olhos se demoram nos meus um pouco mais do que o normal.

— Pombinhos, foco na missão — Petra fala, segurando um sorriso. — Nossa, não acredito que acabei de falar *pombinhos*. Enfim. Quem vai sugerir a forma mais inovadora de repassar alguns planetas? Quero ver a criatividade de vocês. Achei que você fosse copywriter. — Ela eleva um pouco as sobrancelhas ao olhar para mim.

— Pera aí — Nico diz, terminando de mastigar e se recostando na cadeira. — Dá pra tirar algo bom daí. Os planetas... — Ele franze o cenho. — Como os experts. Dos lançamentos dos cursos on-line que você divulga — ele sugere, olhando para mim.

A mesa inteira fica em silêncio por um instante.

— Achei a ideia fantástica — Lola diz, assentindo com a boca cheia de comida.

— E eu tenho alguma que não seja? — ele indaga, o canto direito da boca subindo, ao que Lola responde arremessando um pedaço de gengibre nele.

— Confesso que também amei — digo, rindo. — Pontos pro aquariano visionário.

— Não fala essas coisas, Ali — Lola pede. — Ele já é confiante demais.

Apenas dou risada.

— Fiquei curiosa agora — Petra admite —, quero ver como vocês vão executar essa ideia. Por qual planeta vamos começar?

Todos pensam por um instante, e, surpreendentemente, quebro o silêncio:

— Ok, então, nas linhas de Mercúrio... — Reflito por mais alguns segundos, com os cotovelos na mesa e as mãos entrelaçadas. — Pelo que entendi, e pensando em como podemos conectar com o universo dos infoprodutos... Quando você vai pra uma delas, é como se fizesse um curso intensivo pra se comunicar melhor. Ter novas ideias. E até fazer networking, já que os lugares onde temos Mercúrio são incríveis pra gente expandir a mente e entender melhor nossa forma de pensar e de se expressar.

— Olha só. — Nico me dá um olhar de aprovação, junto com um esbarrão leve do seu ombro no meu.

Sorrio e engulo em seco, fingindo que seu toque não fez com que alguns arrepios percorressem meu corpo.

— Adorei — Petra diz, felizmente me distraindo. — E quem seria o expert de Mercúrio, então?

— Acho que seria aquele ótimo palestrante, que tem uma presença forte nas redes sociais, e que é um ótimo vendedor também. Um grande comunicador.

— Nossa — Lola diz. — Amei demais isso. Já te disseram que você é boa em transmitir conhecimentos? — ela brinca, e eu dou risada.

Olho de relance para Nico, que me observa com afeto no olhar.

— E sobre as linhas de Marte... Alguém arrisca? — Petra continua provocando.

— São um intensivão de coragem, assertividade e movimentação. Impossível ficar parado. O expert seria tipo eu. — Lola dá de ombros. — Uma pessoa que trabalha com esportes. Ou até com empreendedorismo e liderança. Podemos aprender muito sobre isso nesses lugares.

— Se sobrevivermos à ansiedade — completo, agoniada só de relembrar o que estava vivendo.

— Tem essa — Lola concorda.

— E às decisões impulsivas — Nico adiciona, dando um quase sorriso para mim.

— Estou gostando de ver — Petra afirma. — E Plutão?

— Intensivão de cura e transformação. Processos intensos, mas que ajudam a resgatar profundamente o nosso poder e ressignificar nossa trajetória — Lola diz.

— O expert seria uma psicóloga, médica ou alguém que trabalha com terapias holísticas, então — proponho. — Ou até sexóloga, já que Plutão tem muito a ver com isso também, né?

— Totalmente — Petra assente para mim.

— Já em Saturno, um envelhecimento precoce básico — Lola diz, e Petra semicerra os olhos em sua direção. — Brincadeira. Quer dizer, se for no ascendente, eu não duvido nada.

— Foco total em estruturar as coisas na vida — Nico diz. — Aprender a dizer não, a estabelecer limites, e a se comprometer mais com as coisas. E se organizar e planejar melhor em todos os sentidos. Bem legal também pra se dedicar mais a projetos a longo prazo, mas... — Ele inclina a cabeça. — As coisas podem acabar acontecendo de forma mais lenta.

— Lenta, mas consistente — Petra complementa. — Saturno proporciona um amadurecimento incrível.

Ela nem nega o quanto é fã desse famigerado planeta... E só posso torcer para que um dia eu também consiga ser. Não vejo a hora de acabar *logo* esse retorno.

— O expert seria um desses que ajudam a estruturar sua vida ou sua empresa, então — Lola propõe. — E a Lua? Algum curso incrível sobre gastronomia? Uma chef? Já até sei quem seria — ela sorri, com um brilho no olhar.

— As experiências gastronômicas podem ser maravilhosas, sim — Petra diz —, mas não só elas. Linhas de Lua são potentes para nos conectarmos mais com as nossas emoções. E para muita cura ancestral acontecer também. Às vezes, mudanças na dinâmica da relação com a mãe, mesmo que ela nem esteja na viagem.

— Que interessante — admito. — Já quero ir com minha mãe para uma linha de Lua agora.

— Lembra que sempre vai depender muito também de onde a pessoa tiver o planeta no mapa dela — Petra diz. — Vai fluir muito de acordo com o tom do signo em que o planeta está. E ativar bastante os assuntos da casa onde se encontra também.

— Por isso que você — Lola aponta para mim com suas unhas pintadas de vermelho — está conhecendo pessoas tão interessantes aqui. Ter Urano e Netuno no MC passando por perto fala dessa conexão com novas possibilidades e sonhos para o seu futuro. Mas no seu mapa natal, você tem eles na casa 11, dos amigos e projetos em grupo. Então claro que os grupos e as amizades são superimportantes nas suas vivências aqui.

— Que incrível — digo, chocada com o quanto ela conseguiu memorizar meu mapa só de ter dado uma rápida olhada em um momento do workshop. — Então, só confirmando pra saber se entendi direito... Pelo fato de ter Marte na minha casa 10, por exemplo. — Sinto meu cenho franzido. — Mesmo se for pra uma linha de Marte no AC, IC ou DC... vai ativar questões de carreira pra mim?

— Exato — Petra diz.

— Você já entendeu muito mais do que imagina — Nico diz.

— Ah, sei. — Eu que dou um leve esbarrão nele com meu ombro dessa vez. — Mas é sério, será que não seria interessante ir pra uma linha de Saturno pra reestruturar minha vida, então?

— Bom, lembre-se de que você já está com uma boa dose de casa 12 este ano, por causa do seu retorno de Saturno — Petra responde. — Ir pra uma linha dele poderia ser interessante para intensificar os aprendizados e a clareza sobre o que seu retorno está te ajudando a enxergar, e seria um ótimo intensivão de amadurecimento, sim, mas... sinto que talvez seja um pouco intenso demais para o seu momento.

— Entendo — assinto. — E concordo com você. Acho que preciso de mais leveza, e não pressão — digo, enquanto coloco uma boa dose de wasabi em alguns sashimis.

Nesse momento, Lola coloca a mão sobre a minha, e, ao virar para ela, percebo que seus olhos estão arregalados.

— Meu Deus, Alissa. Você não passa mal com tanto wasabi?

Não consigo controlar uma risada.

— Eu passo mal se não comer — retruco, ainda sorrindo. Então percebo que Nico está olhando para mim de forma intensa, o canto do lábio suavemente curvado para cima. Volto a olhar para o wasabi e pigarreio. *Como* disfarçar minha vergonha só de lembrar da última vez em que falamos sobre comidas apimentadas?

— Ah, os exageros sagitarianos... — Lola meneia a cabeça.

— Sou mesmo — digo, lacrimejando um pouco enquanto mastigo um sushi. — E junto com a Lua em touro, então... imaginem se eu morasse em uma linha de Lua? Acho que pediria delivery todos os dias, de todos os tipos de comida possíveis. Árabe, italiana, japonesa, indiana...

Todos dão risada.

— Vocês todos — Petra diz, de repente — estão indo superbem nos estudos e aplicando incrivelmente os conhecimentos. Vou contratá-los como assistentes no próximo workshop.

Dou um sorriso genuíno, mal conseguindo acreditar em como esse dia está ficando mais especial a cada minuto que passa. E sem acreditar em como Petra está parecendo tão mais acessível agora. Apesar de a Sarah ter comentado que ela é muito misteriosa, e de ela ser tão famosa no mundo da astrologia, Petra parece ser uma pessoa normal, no melhor sentido da palavra. Alguém que eu poderia — aliás, *adoraria* — chamar de amiga.

Acho que a Sarah vai ter um ataque cardíaco quando receber as atualizações de hoje.

— Prometo que assim que reler tudo pra consolidar melhor tanta informação e terminar de ler o seu livro — digo —, vou ser uma ajudante muito efetiva.

— Tenho certeza de que sim. — Petra recosta na cadeira. — Mas e aí, Ali, já sabe o que vai fazer amanhã? — ela pergunta.

— Nem amanhã, nem nos próximos... dezessete dias. — Dou de ombros. — Aceito sugestões.

— Londres tem programações infinitas pra cada um desses dias — Lola diz, depois de tomar alguns goles do seu suco.

— Ah, mas não vou poder passar a viagem toda aqui — explico. — Meu plano é realmente visitar outros lugares, até porque eu não trouxe tantas libras, e sim mais euros, e não quero perder tanto na conversão... Acho que só devo ficar mais amanhã ou depois aqui, e aí vou pra outro lugar.

Todos parecem refletir por um instante, e então é o Nico que se vira um pouco na minha direção enquanto diz:

— Sabe que tem um lugar — ele pousa os hashis no prato — que é a sua cara, e tem muito a ver com seu Urano e Netuno passando aqui. Chama Word on the Water. Uma livraria em um barco.

— Verdade! — Lola se anima. — É sensacional! E não fica longe daqui. Dez minutinhos até a King's Cross station, e depois no máximo dez minutos andando até chegar nela.

— Vocês estão falando sério? — pergunto, olhando de um para o outro. — Uma livraria flutuante?

— Sim — Nico confirma enquanto assente, sorrindo.

— Que incrível — digo. — Quero muito ir.

— Vai mesmo, é maravilhosa — Lola reitera. — Juro que, se não fosse embora amanhã cedo, super iria com você.

Olho para Petra, tentando não parecer tão suplicante, mas sem conseguir evitar.

— Nem vem — ela rebate. — Já vou estar em outra cidade amanhã.

— Tá bom, tá bom — digo. — Já entendi que é um convite do meu Urano aqui em Londres pra ir sozinha. Lá se vão os amigos da casa 11 que deveriam estar tão presentes aqui.

— Na verdade — Nico diz, enquanto coloca mais água em seu copo —, eu poderia ir com você.

Sinto um frio na barriga imediato.

— Ah... é? — pergunto, sem ter certeza se foi isso mesmo que saiu da minha boca.

— Sim — ele confirma. — Só que a livraria abre a partir do meio-dia, e tenho uma reunião final com um cliente que deve ir até às três. Mas depois disso posso ir. Quer me encontrar lá?

— Eu... Claro — digo. — Acho que vou aproveitar pra fazer outras coisas de manhã, como...

— Dar uma corrida pelo bairro — Lola completa, levantando as duas sobrancelhas.

— E estudar o seu mapa — Petra fala, elevando apenas uma.

— Isso. Depois eu almoço e te encontro lá. — Engulo em seco.

Ele apenas dá um meio-sorriso em resposta, e eu tomo um gole da minha própria água, sem conseguir desgrudar meus olhos dos dele.

Ah, esse Urano...

Quanto mais eu acho que entendo sobre ele, mais ele insiste em me surpreender.

Dia 4

QUINTA-FEIRA, 11 DE MAIO

A Lua em aquário aprecia tudo o que é diferenciado
e revela que algum caminho mais autêntico
talvez esteja pronto para ser acessado.

Conforme desço a rampa até a margem do rio, não consigo parar de pensar que *não dá* para acreditar que esse lugar existe mesmo.

Tenho me surpreendido com mais frequência do que poderia imaginar desde que cheguei a Londres, então nem deveria me chocar mais. Mas é impossível, levando em consideração o que vejo à minha frente.

Um barco totalmente repleto de livros em sua lateral, ancorado logo ao lado da calçada que fica na margem do rio. Tem música saindo de algum lugar da embarcação, e a aura é tão mágica que fica difícil não se emocionar.

— *Increíble* ou não? — Uma voz suave fala, vinda da parte da frente do barco. Solto um sorriso, feliz por ele estar aqui. Tenho que admitir que sua presença torna o momento ainda mais inacreditável. Parece que estou dentro de um filme, de tão surreal. Mas deve ser influência de Urano e Netuno, certo?

— Muito — respondo, enquanto começo a entrar e visualizo ele sentado em uma poltrona bordô. Há um tapete com detalhes em vermelho e bege no chão, e diversos itens de decoração com um ar vintage ao redor: uma máquina de escrever, uma luminária, fotos diversas penduradas no teto, um relógio antigo, plantas, um pequeno lampião, uma coruja. Elementos que parecem ser de outros tempos e lugares, e muito mais do que recordações. São detalhes que nos convidam a pausar, refletir... e sonhar. Desço dois degraus para entrar na parte interna da embarcação e fico impressionada com quantos livros couberam nas prateleiras de madeira que preenchem cada centímetro do lugar. Tem desde clássicos até literatura infantil, e dá vontade de passar horas folheando todos e apenas honrando a oportunidade de estar aqui e viver algo tão fascinante. Volto para a entrada, que fica logo ao lado da poltrona, e me viro para Nico enquanto complemento, sorrindo: — Minha astrocartografia em Londres tem trazido surpresas muito boas.

Ele levanta o olhar, desviando a atenção do livro que estava lendo (*Unseen Poems*, do Rumi) e sorri para mim.

— Na verdade, as escolhas que *você* tem feito têm trazido consequências muito boas — ele afirma. — De alguma forma, você sentiu que precisava vir pra cá. E ter seguido os seus instintos está proporcionando tudo isso. — O canto direito da sua boca se eleva. — Junto com Urano, Netuno e companhias incríveis, é claro.

Solto uma risada leve e me sento em um pequeno sofá de frente para a poltrona em que ele está. Estamos no barco, mas em uma parte mais iluminada da frente, e a entrada para a parte fechada está logo ao lado dele. À minha direita, consigo ver a movimentação na rua. De algum lugar do barco, ouço a melodia de uma música do Hollow Coves começando a surgir. Não consigo evitar mais um sorriso.

— Adoro essa música — conto, fechando os olhos e inspirando profundamente, como se a música tivesse sido a cereja do bolo para sentir que me transportei para uma realidade paralela absolutamente mágica.

— É linda — ele concorda. Abro os olhos devagar, e meu olhar recai no seu. Fico com uma leve sensação de que ele não está falando só da música. Fico um pouco desorientada, ainda que ele não tenha falado nada demais.

— Você... gosta de que tipo de música? — questiono.

— Não tenho tanto o hábito de ouvir música. — Ele tenta responder de forma casual, porém percebo que olha para baixo e limpa uma poeira inexistente na sua calça. Sinto que ele vai parar por aí, mas então seu olhar se volta para mim e se suaviza, e ele complementa: — Mas gosto de música clássica. Me faz muito bem toda vez que ouço.

— Que lindo. Fiquei até com vontade de ouvir mais música clássica — admito. — Bem coisa de aquariano, né?

Espero pelo menos um sorriso, mas ele apenas hesita por um instante, e depois diz:

— Algo nesse sentido. — Ele se ajeita na poltrona, cruzando a perna de forma que o tornozelo fique no joelho da outra perna. Ele está tão lindo nesse cenário que quase pego o celular para tirar uma foto, mas obviamente me seguro. — E você, tem um tipo de música favorito? — ele pergunta.

— Não gosto tanto de restringir o gênero... algumas são indie folk, outras não — respondo. — Mas, basicamente, gosto de músicas como essa. Que te dão a sensação boa de estar viajando de carro, olhando pela janela e refletindo sobre a vida, sabe?

— Acho que você vai precisar ser mais específica que isso — ele diz, e fico feliz por ter conseguido tirar uma quase risada dele. *Por que raios estou feliz por isso?*

— É difícil de explicar — continuo, tentando focar na conversa. — Depois posso te mostrar algumas outras. Música mexe muito comigo... — Olho para a calçada à nossa direita. — Uma vez, fiz a campanha de um curso de branding que trazia muito sobre nosso lado mais sensorial. A expert, Nilma, dizia que é muito interessante criar uma playlist que tenha a ver com cada projeto que estamos desenvolvendo. E sei que parece loucura, mas depois disso comecei a criar uma playlist secreta para cada cliente na agência. Me ajuda a me concentrar e me conectar com os projetos deles — conto. — Acho que preciso sentir que estou totalmente imersa em algo pra dar o meu melhor, e a música me ajuda nisso.

— Não acho que seja loucura. A música faz muita diferença mesmo — ele diz, olhando para as pessoas passando pela beira do rio. Como sempre, ele parece querer dizer mais do que sai pela sua boca.

Penso em perguntar mais, mas não quero forçar. Então pego meu celular e clico na playlist que criei e que mais tenho escutado desde que comprei a passagem promocional. Por alguma razão, ela pareceu ser uma prioridade.

Quando estou prestes a mostrar o celular para que ele veja algumas das músicas, ele se levanta da poltrona e se senta ao meu lado. Meu corpo inteiro paralisa por um segundo, e então, percebendo o olhar dele por cima do meu ombro, ouço sua voz perguntando:

— Você criou uma playlist pra viagem, né?

Não consigo evitar um sorriso.

— Sou tão fácil assim de desvendar?

— Não. Eu é que tenho um mapa bom demais em prever as coisas. — Ele dá de ombros.

— Ah, tá. — Dou uma cotovelada nele, rindo.

— Mas posso te ajudar a ter ideias ainda mais inovadoras. — Ele diz, talvez sem perceber que colocou a mão no meu cotovelo e não tirou tão rápido assim. Fico com vontade de continuar encostando nele. De pedir que ele não saia mais de perto de mim. — E se você pensar em uma música pra cada lugar que conhecer durante a viagem? — sugere.

— Acho uma ideia incrível — admito —, mas não sei se vou chegar a ir pra tantos lugares assim.

— Vinte dias é bastante tempo — ele argumenta, inclinando sutilmente a cabeça. — Você pode se surpreender.

— Bom, só de estar aqui já estou me surpreendendo — respondo. — E olha que ainda nem decidi pra onde vou depois.

Ele se mexe do meu lado, se virando mais para mim.

— Nenhum insight com a ajuda da sua astrocartografia?

— Ah, vários — respondo, suspirando. — Mas ainda não sei qual país escolher.

— Quais está cogitando?

Olho para o meu celular, tentando não ficar feliz demais por notar o quão curioso ele parece estar.

— Bom, são mil opções, tenho praticamente todos os planetas passando aqui na Europa, mas quase todos no descendente. Então a energia se manifesta mais nas pessoas que encontro e nos relacionamentos do que em mim, né?

— Sim — ele responde. — Mas isso não é de todo mal, dependendo do planeta. — Ele sorri de lado. — Quais são as opções sem ser no descendente?

Pego o celular, entro no navegador e abro o meu mapa astrocartográfico.

— Bom, tenho Saturno no meio do céu na Ucrânia e em Moscou.

— E você acha uma boa opção? — Seus olhos estão fixos em mim e indecifráveis, porém tenho a impressão de que ele está se divertindo e me testando ao mesmo tempo.

— Nesse momento, com certeza não. — Solto um suspiro. — Inclusive, até falamos sobre Saturno ontem, né? E concordo com a Petra, acho que agora preciso mais de algo que me ajude a enxergar novas possibilidades do que integrar disciplina e comprometimento na minha carreira — respondo. — E eu poderia acabar passando por alguma restrição na viagem, ou as coisas acontecerem de forma mais lenta... e no momento estou com um pouco de pressa.

Consigo ver a aprovação do meu raciocínio em seu sorriso.

— E que outra opção você tem? — ele pergunta.

— Bom, tenho essa linha de Lua no ascendente bem perto de Madri. Passa bem perto de Granada também, e outras cidades no sul...

Ele observa a tela do celular e dá zoom no sul da Espanha.

— São lugares incríveis também — ele diz. — Mas acho que eu deixaria essa pra conhecer em uma *road trip* um dia. E quando estiver querendo engravidar ou algo assim.

— Quê? — Me viro para ele subitamente. — Como assim?

— Ah, acontece muito de mulheres engravidarem em suas linhas de Lua, principalmente no ascendente. E você ainda tem Lua exaltada em touro, e também tem a casa 5 em câncer...

— E o que isso tem a ver?

— Bom, quando você vai pra um planeta, não ativa só a energia do planeta, ou a casa e o signo em que ele está no seu mapa astral, mas também a casa que é regida por ele. E como a Lua rege câncer, e você tem câncer na casa 5...

— Que fala sobre filhos. Meu Deus. — Encosto no sofá, me arrepiando só de pensar na possibilidade de engravidar nesse momento. Tenho muita vontade de ser mãe um dia, mas não nas circunstâncias atuais, em que não estou nem dando conta da *minha* vida.

— É, isso e outros temas também. Criatividade, autoexpressão, hobbies, paixão. Mas realmente poderiam aumentar as chances de uma gestação. Caso houvesse tentativa, claro.

Seguro o riso, sem olhar para ele, para que não perceba o quanto devo estar vermelha. Deixo meu olhar percorrer todos os livros à minha frente enquanto reflito sobre o que ele acaba de me ensinar.

— Acho que nunca vou conseguir superar a dimensão dos seus conhecimentos astrológicos — digo, tentando mudar de assunto.

— Se você morasse parte do tempo com a Lola, conseguiria — ele retruca, rindo. — Mas deveria é se aproveitar de tudo que tenho a oferecer, isso sim. Tem mais opções fora essas?

Olho de novo para o celular.

— Bom... agora chegamos nas linhas DC. — Continuo a navegar pelo meu mapa — Primeira alternativa: algum desses locais por onde passam as linhas de Marte e Plutão no descendente.

— Bom... — ele hesita por um instante. — Não são lugares que recomendaria tanto ir sozinha, ou de forma não tão bem planejada — ele diz.

Olho para ele, surpresa.

— Por quê? Por causa dos países por onde elas passam? — pergunto.

— Não... é que essas duas linhas juntas, no descendente, podem acabar representando mais violência e alguns perigos, especialmente considerando que a energia dos planetas vai se manifestar mais nas atitudes de pessoas que você encontrar no local. Para uma mulher sozinha, infelizmente pode ser um pouco mais complicado — ele explica.

— Nico, Nico. Você não devia ser um aquariano de mente aberta? — ironizo, mas estou achando fofo ver o quão preocupado ele parece estar comigo. — Eu passei muitos anos vivendo colada em uma linha de Marte. Acho que eu saberia lidar, né?

— Também acho — ele responde, pausadamente. — Se fosse só Plutão, ou só Marte... Com certeza, sim. Mas as duas juntas... sei lá. Não acho uma boa ideia. Eu não recomendaria para a minha irmã, por exemplo — ele continua —, mesmo ela sendo ariana e regida por Marte. Então não indicaria pra ninguém com quem me importo.

— Entendi — respondo, com um sorriso se formando em meus lábios. Tento disfarçar olhando de novo para o celular.

— E acho que você não precisa dessa energia no momento — ele complementa. — A não ser que estivesse bem acompanhada, claro.

Olho para cima, e ele está me encarando com um olhar penetrante.

Então lembro que Marte e Plutão são os regentes de escorpião. E que esse signo se conecta com muitos temas que são tabus, inclusive sexualidade. E locais por onde ambos passem, e no descendente ainda, podem, sim, proporcionar um *aprofundamento* em certas relações.

Mordo o lábio para segurar um sorriso e tento manter a expressão o mais séria possível enquanto digo:

— Ah, agora entendi sua preocupação. São lugares profundamente perigosos, levando em consideração a minha promessa?

— Com certeza — ele assente, os olhar descendo até meus lábios por um instante, e então retornando para os meus olhos. Fico um pouco sem ar e me forço a desviar a atenção para baixo, olhando de novo para o celular.

— Então essa Vênus passando aqui na Itália e Suíça, nem pensar, né? Quantos por cento de perigo minha promessa correria? — pergunto, brincando.

— Hmmm... uns setenta por cento — ele entra no jogo. — Mas não são opções ruins, considerando que você vive em uma linha de Marte. Seria bom ter uma dose de Vênus, pra variar.

— Não sei se quero me reconectar com lembranças que tenho da Itália — respondo, com um aperto no estômago.

Ele me encara por alguns segundos, e percebo que, apesar de estar curioso, não quer me forçar a contar mais. Então prossigo:

— E essa de Sol e Nodo Norte na Grécia? Li no livro da Petra que o Nodo Norte fala bastante sobre os caminhos que mais fazem sentido para a nossa evolução, e que muitas vezes reflexões e situações bem importantes podem surgir durante e depois dessas viagens. Parece ser um combo ótimo pra autodescoberta.

Ele se aproxima e olha para o meu mapa inteiro por um instante, e em seguida amplia a região da América do Sul para ver em mais detalhes.

— Você nasceu em São Paulo, né? Viveu muito tempo lá?

— Sim, até entrar na faculdade — respondo.

— Bom, então já morou por muitos anos perto da sua linha de Sol. E a de Sol MC, que você tem no Brasil, é uma das mais incríveis para iluminar o que você realmente deseja para o futuro, se reconectar com sua essência e abrir caminhos na carreira também. Então não teria tanta necessidade de ir para uma de Sol DC, ainda que ter a do Nodo Norte junto seja incrível — ele explica. — Mas claro que essas ilhas a oeste da Grécia são maravilhosas... então acho que vai muito da sua intuição também.

— Você já foi? — pergunto.

— Já. Acho que você iria amar Zakynthos. Tem uma das praias mais lindas do mundo. Aqui. — Ele dá zoom e aponta no mapa.

Considero a possibilidade por um instante. E então um pensamento me surge, e, sem que consiga controlar, acabo exteriorizando em voz alta:

— Pra onde *você* vai depois daqui?

— Vou visitar minha mãe — ele responde. — A Lola já foi hoje, eu vou amanhã à tarde.

Sinto meu coração apertando.

— E imagino que você não viva nas redondezas de Madri, né? — chuto.

— Não. Nasci em Barcelona, mas cresci em Menorca, cercado por água. Para a alegria da minha Lua em peixes. — Ele sorri.

— Onde fica? — pergunto.

— É uma ilha na costa espanhola, uma das baleares. Ibiza acabou ficando mais famosa, mas garanto que Menorca é a mais acolhedora.

— Vou ver se tenho algo interessante passando nessa região... — Olho para meu mapa de novo.

— Júpiter — ele diz, assim que vê a linha cor-de-rosa passando perto dali. — Não passa exatamente em cima de lá, e sim a quase trezentos quilômetros para oeste, bem ao lado de Ibiza. Mas até seiscentos quilômetros nós sentimos a influência, às vezes até um pouco mais... então poderia ser muito bom, sim.

— É? Por que você acha que seria bom? — indago. — Você tem Júpiter passando por aqui, não tem?

— Sim — ele confirma —, mas no ascendente. Todas as linhas de Júpiter são ótimas pra nos conectarmos com nossa sabedoria interior. Expandir a mente, pensar em novas possibilidades, conseguir ter uma abertura maior para a felicidade.

— Mesmo sendo no descendente?

— Com certeza — ele assente. — Talvez você consiga acessar tudo isso através das pessoas que encontrar lá, das conversas que tiver. Mas é um lugar ótimo pra você, principalmente considerando que Júpiter é seu regente.

— Sério? — pergunto. — Existe algo mais significativo em viajar pra um dos nossos planetas regentes?

— Com certeza. Ajuda a trazer bastante clareza sobre quem você é e o que deseja. E é interessante porque Júpiter rege tanto o seu Sol e seu meio do céu em sagitário como também seu ascendente em peixes. Por isso que, ainda que seja no descendente, com certeza será bem poderoso pra você — ele explica. — Então recomendaria demais ir para Nodo Norte ou Júpiter mesmo. Mas você precisa sentir o que seus instintos apontam.

Assinto olhando para o celular.

— Vou refletir com calma hoje à noite — concluo. — Mas, se eu for para Menorca, prometo que escolho um voo mais tarde, pra te poupar de pegar mais um comigo.

— Eu não me importaria nem um pouco de pegar mais voos com você.

Sinto uma eletricidade percorrendo meu corpo inteiro, mas tento disfarçar.

— Bom, se eu for... é porque minhas libras estão acabando e preciso urgentemente gastar meus euros — brinco.

— Porque a União Europeia tem poucas opções de países — ele afirma, com um canto da boca um pouco curvado para cima.

— A astrocartografia deu uma afunilada. — Tento não sorrir demais. — Mas agradeço ao aquariano tão solícito que me ajudou a chegar nas melhores opções.

Então me viro de forma que ele não consiga mais ver meu celular e sigo o que os meus instintos estão apontando. Talvez seja uma decisão impensada, e é muito provável que eu esteja um pouco iludida por essa linha de Netuno. Contudo, sem pensar demais a respeito, simplesmente abro o aplicativo de busca de passagens aéreas.

Porque o fato é: tivemos muita sorte de nos encontrarmos tantas vezes por acaso. E não posso admitir isso em voz alta, mas não quero de forma alguma correr o risco de não esbarrar nele de novo. Ele me pergunta, ensina e instiga tanto, e eu ainda sei tão pouco sobre ele. Quero muito ter a oportunidade de perguntar mais — e de mergulhar outras vezes nos seus olhos verdes, que parecem desvendar tanta coisa em mim.

Por isso, decido criar a minha própria sorte. Mas não quero contar para ele ainda, para não criar falsas expectativas às quais nem eu sei se vou conseguir corresponder.

— Bom, hoje à noite decido com calma entre Grécia e Espanha. E se escolher a Espanha, vou pensar com carinho se vou para Ibiza ou Menorca.

— Uma escolha verdadeiramente difícil. Só lembre de ter cuidado com os excessos de Júpiter, se for para Ibiza.

— Não se preocupe, não tenho a intenção de beber — respondo, sabendo que ele não se refere só a isso. — Mas acho que já sei para qual destino estou mais inclinada a ir.

— Gosto do seu jeito decidido — ele diz.

Elevo as sobrancelhas.

— Eu? Nossa, me acho a pessoa mais indecisa do mundo.

— Não acho que você seja indecisa, e sim estratégica — ele diz.

— Estratégica — repito, saboreando a palavra e o elogio. — Gostei. Vou manter isso em mente — assinto devagar. — Até porque tem tudo a ver com meus quatro planetas em escorpião, né?

— Totalmente — ele assente também, os olhos presos nos meus.

Fico hipnotizada por um instante, mas em seguida desvio o olhar, para evitar que minhas feições entreguem o que estou sentindo.

— Bom, vou torcer pra você escolher Menorca e a gente se esbarrar por lá — ele diz. — Nem que seja só pra você me contar qual a música perfeita para a ilha em que cresci. Vou adorar saber sua escolha.

Sinto minha respiração desacelerando. E então crio forças para responder, mas com muito menos palavras do que realmente gostaria de usar:

— Se eu for, prometo que vou pensar em uma — digo, sorrindo. — A partir do minuto em que desembarcar.

Ele sorri de volta, e sinto seus olhos verdes presos nos meus de novo. E penso que talvez deva torcer para que Menorca seja grande o suficiente para não nos esbarrarmos por lá, porque não sei quantas vezes mais consigo encontrar esse homem sem querer *muito* quebrar minha promessa.

PARTE TRÊS
JÚPITER

PLAYLIST

Dia 6

SÁBADO, 13 DE MAIO

Um dia de Lua em peixes
e muitos aspectos envolvendo Vênus:
Ah, os conselhos profundos, os flertes duvidosos
e as grandes emoções que sentiremos...

— Que cara de preocupada é essa, minha querida? — uma mulher pergunta em português ao meu lado, e quase derrubo toda a água do meu copo em cima da mesa de café da manhã da pousada aconchegante que escolhi para ficar aqui em Menorca.

Consigo segurá-lo a tempo, e meu olhar vai imediatamente até a direção da voz. Olhos castanhos estão me fitando, rodeados por traços gentis de alguém que parece ter pelo menos o dobro da minha idade.

— Posso sentar aqui? — ela pergunta, indicando a cadeira do outro lado da mesa.

— Claro — murmuro, terminando de mastigar o pão que estava comendo.

Olho ao meu redor, desconcertada, tentando entender de onde essa senhora surgiu. Na verdade, não consegui compreender muito bem nada que aconteceu desde que acordei, e até mesmo antes disso. Porque o sonho de hoje foi um dos mais estranhos que já tive, e olha que eles não costumam me surpreender.

O fato é que não havia ação, apenas passividade. Eu estava em um barco, e acordava como se estivesse despertando dentro do sonho. E então não sentia nada, nada mesmo, exceto *muito* enjoo. O barco balançava de um lado para o outro sem parar, até que comecei a ficar tão tonta e enjoada que corri até a beirada para vomitar.

Nesse momento, acordei. Para o meu desespero, ainda enjoada.

Rapidamente, peguei o celular, já abrindo o aplicativo de acompanhamento do meu ciclo menstrual, e senti meu corpo inteiro gelar no mesmo instante.

— O que tanto te preocupa, estando em um paraíso como esse? — A senhora recosta na cadeira, e sinto um peso sair dos meus ombros só de olhar para ela. Ela usa uma saída de praia azul mesclada com verde, e seus cabelos são completamente brancos, contrastando lindamente com a pele bronzeada.

E sim, preciso admitir: realmente estamos no paraíso. Olho para o ambiente de novo, e a verdade é que até o local de café da manhã dessa pousada já é incrível. É possível ver o mar no horizonte, há vegetação por todos os lados, e o céu está sem uma nuvem sequer.

E essa senhora parece ser a pessoa mais de bem com a vida que já conheci, e olha que ainda nem trocamos mais do que três frases. Mas meus pensamentos sobre essa ser a minha meta de autenticidade e leveza são interrompidos por lembranças da última meia hora.

— Olha — começo —, eu gostaria de dizer que é só um mal-estar... — Recosto na cadeira também, bebendo um gole d'água, e coloco o copo de volta na mesa. — Mas, sendo bem sincera, o que me preocupa é que posso estar grávida do meu ex-noivo, que peguei com a amante há exatamente uma semana. Então, sim... — Dobro e desdobro um pequeno guardanapo na mesa talvez pela milésima vez. — Eu diria que estou *bem* preocupada.

Ela assente, encarando meu rosto com certa profundidade em seu olhar.

— Bom, isso seria uma merda mesmo — ela afirma.

Essa é a última coisa que eu imaginaria saindo da boca dessa senhora, então, sem que consiga me controlar, solto uma risada tão alta que as pessoas nas mesas ao redor lançam olhares letais em minha direção.

— É. Seria — assinto, depois de me recompor. — Não sei nem o que estou fazendo da *minha* vida. Imagine ter um bebê nesse momento?

— Ah, as crianças sempre vêm na hora em que precisam vir, e não quando achamos que estamos prontos. — Ela olha para o horizonte, e então de volta para mim. — Mas acho que você não deveria se preocupar tanto antes de ter certeza. Quer que eu vá com você até a farmácia comprar um teste?

— Agradeço... — digo, meio desconfiada com a sua disposição, afinal ela literalmente acabou de me conhecer. — Mas com certeza você tem coisas mais interessantes pra fazer aqui — concluo e dou risada.

— Ah, indo com você já aproveito pra pegar uma carona até alguma praia depois — ela propõe, se espreguiçando. — Mas também sei como é se sentir perdida como você está no momento, querida. Então pode contar comigo.

— Obrigada — assinto devagar. — Gostei da sua sinceridade, aliás — admito.

— E eu, da sua. — Seus olhos doces se fecham um pouco quando ela sorri.

Não consigo evitar sorrir de volta. E então decido tentar mudar um pouco o assunto.

— Você está de férias aqui? Mora no Brasil mesmo? — pergunto.

— Não. — Ela apoia o cotovelo na mesa e o queixo na mão. — Moro na Suíça há muitos anos, mas sempre venho pra cá. Adoro esse lugar — ela conta. — Inclusive, você chegou há pouco tempo, né?

— Sim, ontem à noite.

— Ah, que maravilha! Você precisa ir logo a alguma das praias mais lindas. São tantas! Não há tempo a perder.

— Ah, é? — pergunto, me forçando a soltar o guardanapo. — Qual você recomenda?

— Bom... — Ela passa a mão pela boca, olhando para o horizonte. — Cala Macarella e Cala Macarelleta são minhas favoritas — ela responde. — E normalmente são muito cheias, mas como ainda é maio, talvez tenhamos sorte. Só que não podemos demorar. — Ela se levanta com uma rapidez impressionante para sua idade. — Ah, e tem farmácia no caminho, aí podemos comprar o seu teste.

Sinto meu corpo gelar. Abro a boca para responder, mas só consigo perceber o quanto minha garganta ficou seca de novo.

Já ela, mais uma vez, não espera uma resposta:

— Te vejo no saguão em meia hora?

— Claro — respondo, e ela sorri, satisfeita.

Quando ela começa a se virar, seguro levemente o seu braço.

— Eu acho que você nem me disse seu nome.

— Ah, sim. — Ela sorri. — Helena Atman. E o seu?

Acho um pouco estranho ela dizer o sobrenome também, mas decido fazer o mesmo:

— Alissa Donatti.

— Lindo nome — ela diz. — Te vejo lá, Alissa.

Ela se vira e sai caminhando, e eu só consigo pensar em como tenho tido sorte com as surpresas e pessoas que venho encontrando nessa viagem.

Só espero que possa continuar afirmando isso daqui a uma hora.

Assim que saio da farmácia, caminho com convicção até o carro que aluguei ontem no aeroporto. Ao alcançá-lo, abro a porta do motorista e imediatamente me jogo no assento. Fecho os olhos, sentindo o coração cada vez mais acelerado, mas me forço a respirar fundo, e o mais devagar possível.

Sinto a mão dela repousando na minha.

— Não conseguiu fazer, né?

Solto um suspiro.

— Não.

Fui até o banheiro da farmácia e fiquei encarando a embalagem, mas simplesmente não consegui. É desesperador demais pensar em um resultado positivo aparecendo.

Como é possível ter um bebê dentro de mim nesse momento? E do *Alex*?

Sonho de verdade em ter um filho ou filha em algum momento. Mas, meu Deus... não nessas circunstâncias. Muito menos *desse* homem.

Foi tão aflitivo apenas pensar em fazer o teste que não consegui nem abri-lo. Então o guardei de volta na bolsa, sorri despretensiosamente para a moça no caixa, como se devesse qualquer tipo de explicação para ela, e praticamente corri até o carro.

— Bom, você pode fazer depois. Não é como se tivesse alguma razão pra ter pressa. — Ela dá de ombros. — A não ser, é claro, o estacionamento de Cala Macarella, que lota bem rápido. Então recomendo que você sofra por antecipação enquanto dirige, por favor.

Solto mais uma risada alta. *Meu Deus*. De onde essa senhora surgiu? E como o Universo pôde mandar uma pessoa tão perfeita para esse exato momento da viagem e da minha vida?

Olho para ela com afeto, imaginando como seria incrível viver isso com minha avó. Seguro o pingente de rosa dos ventos com carinho. E percebo que, assim como em Londres... ainda sinto como se ela estivesse aqui comigo, agora duplamente.

Essa mulher não é minha parente, mas, no fundo, estamos todas conectadas. E foi justamente isso que me deu forças para embarcar nessa viagem.

Ela coloca a mão na minha de novo e diz:

— Minha querida, saia um pouco da sua cabeça. Coloque uma música alta, abra o teto retrátil e cante. E acelere, pelo amor de Deus, porque eu não gosto de lerdeza.

Solto outra risada, sigo seus comandos e começo a acelerar, fingindo que não me importo por não ter a mínima ideia de onde minha vida vai parar.

— Não falei que era um absurdo de linda? — ela pergunta, e eu apenas sigo boquiaberta.

E o fato é que é difícil continuar presa na mente quando se está em um lugar tão maravilhoso como esse.

A água é a mais turquesa que já vi. É possível avistar alguns barcos, e a *sombra* deles no fundo do mar, de tão translúcido. Fora que as *Calas* são chamadas assim por serem praias em formato de U, com paredões lindos nas laterais, e ainda totalmente rodeadas por uma incrível vegetação verde, em contraste perfeito com os tons de azul do mar. É a coisa mais linda que já vi na vida.

E, enquanto fazemos a caminhada de Cala Macarella até Cala Maca-relleta, praia vizinha que fica apenas a uma pequena trilha de distância, Helena segura em meu braço e não para de falar.

— Você não quer tirar uma foto sua? — ela questiona.

— Não, a paisagem já é perfeita por si só — afirmo.

— Besteira — ela protesta. — A gente deveria tirar uma.

Meneio a cabeça.

— As pessoas estão sempre tão focadas em registrar tudo, e o meu trabalho envolve tanto o trabalho de criadores de conteúdo e infoprodutos, que acho que só quero poder viver os momentos em presença, o máximo que puder. Não sinto necessidade de mostrar isso pra ninguém — explico.

— Justo — ela diz, sorrindo ao contemplar a vista que acompanha a trilha. — Não importa quantas vezes venha pra cá, nunca me canso dessa beleza.

— É surreal mesmo. Agora entendo por que você ama tanto esse lugar. — Sorrio para ela. — Mas a Suíça também é bem linda, não? — pergunto. — Você passa a maior parte do tempo lá ou viajando?

— Um pouco de tudo, minha querida — ela conta. — Eu adoro o dinamismo. Por isso que às vezes ainda gosto de viajar sozinha. Mas na maioria das vezes vou com meu marido, e algumas ainda fazemos com os nossos filhos também.

— Ah, que incrível. — Percebo o tom de surpresa da minha voz. Por que eu tinha a impressão de que essa senhora não tinha uma família? — Você não tinha comentado que tem filhos. Qual o nome deles?

— Serena e Jasper — ela responde, com afeto no olhar. — Meus bebês que agora já não são bebês. Mas sempre vou tratá-los como se fossem — ela admite, e dou risada. — Agora que eles estão crescidos e com seus próprios filhos, meu marido e eu acabamos viajando mais entre nós, mas tentamos fazer pelo menos uma por ano com todos juntos. E eu preciso de pelo menos uma sozinha por semestre, pra conseguir ter saudade.

Dou uma leve risada e sinto uma energia boa permeando todo o meu ser só de ouvi-la. Ela é tão diferente de todas as pessoas idosas que conheço. Mas imagino que minha avó também seria assim, caso estivesse viva. Na verdade, tenho certeza disso.

— Isso é incrível, de verdade. Fiquei muito feliz por te conhecer, é admirável ver quantos tabus está quebrando ao simplesmente viver desse jeito. — Aperto sua mão com carinho. — As mulheres já são tão julgadas quando viajam sozinhas, e mais ainda quando são mães, que admiro sua coragem por seguir viajando solo na sua idade. Lembro de uma frase que me marcou muito uma vez... "Um pai ficar meses fora a trabalho é heroico; uma mãe, se fica uma semana fora, é uma irresponsável" — cito.

— Tamara Klink. Adoro ela. — Helena sorri. — E é bem isso. Que bom que as pessoas estão quebrando cada vez mais esses estigmas — ela afirma. — E que bom também que você decidiu fazer uma viagem sozinha. É a sua primeira?

— Sim — digo. — Espero que seja a primeira de muitas.

— Com certeza serão muitas. — Ela sorri e se vira para a frente.

Finalmente chegamos e estamos prestes a pisar na areia, e fico quase sem ar ao me deparar com tamanha beleza. É ainda mais incrível do que a Cala ao lado, e faz sentido o nome Macarelleta, porque ela é um pouco menor. Mesmo que ainda seja primavera, a areia está preenchida por diversos guarda-sóis, cangas coloridas e pessoas em roupas de praia.

Andamos até uma parte mais vazia, estendo minha canga e nos sentamos nela. Abro de novo minha bolsa (que basicamente é a mesma para todos os passeios, já que não trouxe uma de praia; mas agradeço à Sarah por ter me obrigado a trazer biquínis) e pego o livro da Petra, que fiquei lendo no aeroporto e no voo de ontem e já estou quase no fim.

Ele parece chamar a atenção da Helena, que o observa, intrigada.

— Gosta de astrologia? — ela pergunta, passando a mão pela capa de mapa-múndi.

Hesito por um segundo, soltando um suspiro.

— Pode-se dizer que sim — respondo. — E você?

Ela se ajeita um pouco na canga para conseguir tirar sua saída de praia, e vejo que está com um maiô branco lindo.

— Não tem como não gostar depois que se passa mais de dez minutos estudando. — Ela sorri. — E eu tive alguns anos de vida pra isso. Do que mais está gostando nesse livro?

Sorrio de volta, mas demoro para responder. Por mais que esteja amando a leitura, e que tenha aprendido tanto nos últimos dias... não quero contar nada sobre isso para ela. Quero ouvir o que *ela* tem a dizer.

Ela parece infinitamente mais sábia que eu, e sempre prefiro ouvir as pessoas em vez de falar sobre o que já sei. Só assim aprenderei algo novo.

— Estou gostando bastante, mas quero muito saber mais de você. Não sei quando vou ter a oportunidade de te encontrar de novo nesse mundo, então imagine que sou sua aprendiz. — Apoio a cabeça na mão esquerda e me viro para ela. — E que estamos em um quadro de tv... Sabedorias de Helena. O que você tem para compartilhar?

Ela dá risada.

— Minha querida, não é porque sou velha que sou uma pessoa sábia. — Ela pega um pouco do meu protetor na minha bolsa e passa em seu rosto. — Uma coisa e outra até sei, mas, sendo muito sincera, todo mundo tem algo a ensinar. Quando estamos bem atentos, todos ao nosso redor são professores.

Ela coloca um pouco de protetor na minha mão livre, e começo a passar também.

— Concordo — digo, espalhando só com a mão direita, e provavelmente deixando várias partes do meu rosto brancas demais. — Mas, sei lá, se você tivesse que passar seus principais conselhos existenciais. — Faço um movimento grandioso com o braço para ilustrar a amplitude da coisa. — Por exemplo: como se realizar na vida? O que realmente importa? Qual o segredo para ser feliz? — pergunto, com uma voz de apresentadora, e ela começa a rir de novo.

Eu me pego pensando em como queria que *um certo viking* estivesse aqui agora, para me responder o quão bem estou usando essa energia de Júpiter no DC. Provavelmente diria que pelo menos noventa por cento.

— Ah, isso é mais simples do que parece. — Ela se deita de costas e estende os braços para cima. — Vou te contar enquanto bronzeio minhas axilas, e espero que isso não diminua a minha credibilidade.

— De forma alguma — afirmo, segurando o riso e amando cada vez mais essa mulher.

— Bom, a meu ver — ela começa —, o segredo é sempre ter algum objetivo que nos mova. Que traga mais entusiasmo para viver. Pode ser um objetivo nobre, que assumimos como uma missão em alguma fase da vida ou na nossa jornada inteira... ou simplesmente alguma meta que nos ajude a sair da cama nos dias de mais preguiça, mesmo.

Solto uma leve risada.

— Faz todo sentido — digo. — E é bem isso que está me faltando no momento, mas pelo menos estou focada em descobrir.

— Essa é a sua meta do momento, então. E isso é muito importante. Mas não é a única coisa. — Ela agora vira um pouco de lado e apoia o rosto na mão também. Talvez tenha ficado muito entusiasmada com o papo para continuar pensando no bronzeado. — Você não pode só focar no objetivo, senão vai viver constantemente frustrada, achando que não alcançou o suficiente — ela explica. — A grande chave é equilibrar a motivação para realizar algo com a capacidade de enxergar todos os milagres que já fazem parte da sua vida. — Ela me encara profundamente. — E sei que as pessoas banalizaram a gratidão, *e muito*. Mas é porque não enxergam o que *de fato* é a gratidão. Acham que é algo superficial, quando na verdade é fundamental. Não temos como ficar felizes com nada que conquistarmos no futuro se não formos gratos e encantados pelo que já temos no presente. Esse é o segundo dos meus três ingredientes secretos para a felicidade.

— É um ingrediente e tanto — afirmo, realmente amando a conversa.

— Obrigada, acabei de formular. — Ela olha para o céu e acaricia o próprio cabelo, e eu dou um sorriso.

— E qual seria o terceiro? — pergunto.

— Ah, com certeza levar a vida menos a sério — ela diz, agora ajeitando a alça do seu maiô, que estava um pouco fora do lugar. — Acabamos colocando um peso tão grande nos nossos dias... E aí não só esquecemos que tudo é um grande milagre, mas também que, no fundo, é apenas um jogo pra evoluirmos. E ele será tão leve e divertido quanto quisermos.

Inclino a cabeça.

— Eu concordo, mas... acho que é mais fácil dizer isso quando temos tantos privilégios — digo. — Nem todos conseguem fazer essa escolha. Tem pessoas que literalmente não têm o que *comer*.

Ela passa a mão pela areia ao lado da canga.

— Ah, minha querida, mas esses ingredientes com certeza são pra quem tem um mínimo de privilégios, né? — ela explica. — E é justamente nessas pessoas que eu penso toda vez que começo a reclamar demais. Em cada pessoa que está passando pelas coisas mais difíceis que se possa imaginar. — Ela começa a desenhar um círculo na areia. — Não significa que eu não possa sofrer ou me acolher com relação aos meus problemas, por parecerem menores. Mas sim que é importante colocar em perspectiva, sabe? E, a meu ver, o mínimo que posso fazer para honrar cada uma delas é isso: dar o meu melhor e ser feliz. Percorrer minha existência com amor e entrega, e buscando ser próspera, também, não só por mim, mas por elas. Para poder ajudar o máximo de pessoas no meu caminho — ela diz, enquanto desenha outro círculo na areia.

Meu coração se aquece cada vez mais à medida que ouço suas palavras, e também com o sol suave que alcança nossas peles. E me emociono ao constatar que isso tranquilamente poderia ter saído da boca da minha avó. Sei que era a forma como ela procurava percorrer sua jornada, e fico feliz por estar lembrando de tanta coisa que ela me transmitia desde que decidi embarcar nessa viagem. Desde *antes* da escolha, na verdade.

— Obrigada mesmo por compartilhar isso comigo — digo, encarando suas feições tão gentis. — Vou levar essa reflexão para a vida.

Ela assente, sorrindo.

— Fico muito feliz, querida. Porque é nisso que realmente acredito. — Ela agora para de mexer na areia e se deita de costas de novo, talvez por ter cansado depois de muito tempo na mesma posição. Olho para o local em que estava mexendo e reparo que ela parece ter desenhado o número *100*, mas pode ser alguma outra coisa que não entendi muito bem.

Então me viro para a frente de novo e me apoio nos dois cotovelos. Observo o mar por alguns segundos. E meu olhar recai sobre a minha barriga.

É surreal *demais* pensar que talvez tenha um ser aqui dentro. Não consigo deixar de lado o leve desespero que toma conta de mim com essa possibilidade, por mais que me sinta culpada só de admitir isso para mim mesma. Mas, depois de ouvir cada uma das palavras de Helena, tenho certeza de que, se for mesmo real, eu vou ser capaz de lidar com isso da melhor forma possível.

Parecendo ler meus pensamentos, ela diz:

— Lembre-se sempre disto, Alissa: todo mundo que conhecemos está passando por problemas, pareçam eles maiores ou menores que os nossos. Na maioria das vezes, não temos a mínima ideia das batalhas que cada

um está enfrentando. — Ela começa a abrir e fechar os braços na areia.
— E nós passamos por fases em que temos obstáculos dos mais diversos,
sim. Na verdade, eles nunca acabam, né?

— Exato — concordo. — Parece que só vão mudando de forma.

— E vão mesmo — ela afirma, e parece estar fazendo aquele desenho
de anjo na neve, só que numa versão primavera-verão. — Mas, veja bem:
se a gente enxergar a vida como uma eterna sucessão de problemas para
resolver, vai ficar bem complicado viver. Então, eu prefiro enxergar tudo
como uma grande oportunidade para evolução. Ou ficaria bem difícil de
tolerar algumas merdas.

Começo a rir alto, especialmente com o fato de que agora ela está ro-
lando na areia.

No meio do papo mais jupiteriano e filosófico que eu já tive na vida.

— O que você está *fazendo*? — pergunto, me endireitando.

— Arranjando uma razão forte o suficiente pra entrar no mar — ela
admite, com o corpo repleto de areia. — Você tem noção de como essa
água é gelada agora em maio?

Sorrio tanto que minhas bochechas doem.

— Não — respondo, meneando a cabeça. — E, pelo amor de Deus,
nem quero confirmar.

Ela se levanta devagar e dá alguns pulinhos desajeitados.

— Se eu tiver um piripaque dentro da água, encontra um salva-vidas
bonitão pra me ajudar. — Ela dá um passo em direção ao mar, mas então
se vira para mim de novo e complementa, cochichando: — Não conta
pro meu marido que eu falei isso.

Dou risada de novo e observo enquanto ela caminha até a água.

Olho ao redor e me pergunto o que se passa na cabeça de cada uma
dessas pessoas deitadas ou sentadas em suas cangas. Quais desafios estão
vivenciando? Quais são suas maiores alegrias? Será que elas têm sonhos?
Medos? Frustrações? Coragem?

Concluo que muitas certamente são bem mais destemidas que eu,
pelo simples fato de estarem fazendo topless. O que as pessoas fazem
bastante nessa praia, diga-se de passagem. Assim que reparo nisso, lembro
da Sarah e sorrio ao perceber que, como ela previa, não só estou lendo
um livro de autoconhecimento, como também conversando *muito* sobre

isso, enquanto tomo sol em meio a esse quase verão europeu. Olho para o meu biquíni branco, que coloquei com a óbvia intenção de parecer mais bronzeada do que de fato estou, e concluo que minha amiga ficaria muito orgulhosa se soubesse que, além de tudo, também fiz um topless.

Para tomar coragem, olho de novo para as mulheres fazendo isso com total naturalidade na praia inteira. Então respiro fundo e solto o laço nas minhas costas e atrás da minha nuca. Com uma vontade quase incontrolável de cobrir os seios, lentamente coloco a parte de cima do biquíni na canga ao meu lado.

Consigo manter a calma e espero alguns segundos, respirando bem devagar, e fico surpresa ao perceber a vergonha se dissipando e a sensação de liberdade tomando conta de mim. Até porque, quando olho ao redor de novo, fico ainda mais certa de que ninguém parece se importar.

É curioso como os tabus ficam enraizados em nós, mesmo em lugares que não os têm.

Tomo um pouco de sol sentindo essa leveza boa por alguns minutos, e então decido me deitar de bruços para tentar dormir um pouco.

Assim que me acomodo, fecho os olhos. Sorrio ao escutar as risadas e conversas à distância. Ao sentir o sol aquecendo minha pele. E ao me permitir simplesmente aproveitar esse momento.

Não sei quanto tempo dormi quando sinto uma mão no meu ombro.
— Ali? — uma voz suave diz.
Abro os olhos devagar e levo alguns segundos para enxergar quem está do meu lado. Até porque... não pode ser.

Seria um sonho, ou é realmente o Nico-deus-grego-viking, com a cabeça inclinada e... *segurando meu biquíni?*

— O que você está *fazendo?* — Me levanto em um sobressalto, cobrindo os seios.

— Acho que as palavras certas, no caso, seriam *muito obrigada* — ele provoca, enquanto o estende em minha direção —, já que ele estava começando a voar para longe quando o peguei.

Semicerro os olhos em sua direção.

— Você *definitivamente* está me perseguindo — acuso, pegando o biquíni e ficando de costas para ele.

Encaixo a parte da frente nos meus seios e começo a tentar amarrar sozinha, porém a parte que não estou conseguindo segurar começa a voar de um lado para outro.

Meio segundo depois, sinto suas mãos pegando as cordinhas de cima. Ele lentamente dá um laço atrás da minha nuca, e um arrepio desce pelo meu corpo todo.

— Bom, eu te disse que cresci aqui e que ia voltar pra casa — ele relembra. — Você que não resistiu e veio atrás, e nem adianta dizer que foi por causa dos seus euros. — Mordo a boca para segurar um sorriso, que se esvai assim que ele pega as cordinhas nas laterais do meu corpo e começa a fazer o laço atrás das minhas costas. Acabo fechando os olhos, gostando mais do que deveria da sensação das suas mãos na minha pele, e então sinto seus dedos deslizando até o meu ombro esquerdo. — E sabe, eu sei que já salvei sua pele algumas vezes por aí... Mas realmente não precisava ter me homenageado desse jeito.

— O quê? — pergunto, me virando para ele.

Apesar do meu movimento, sua mão continua no meu ombro, e seu polegar apenas desce devagar em direção à minha escápula. Olho para baixo, percebendo o momento em que seus dedos passam levemente em cima da tatuagem da constelação de aquário. Então ele os tira e se senta na areia ao meu lado.

Ainda olhando para a tatuagem, respiro fundo e dou um sorriso triste. Ele percebe.

— Ela é linda. — Ele se inclina para trás e se apoia no cotovelo esquerdo, mantendo o corpo virado para mim.

— Obrigada — digo. — E obrigada por me ajudar mais uma vez. — Começo a procurar a saída de praia na minha bolsa, para poder me deitar de novo e usá-la como travesseiro. — Mas não me conformo que você sempre me encontra nos piores momentos.

Ele dá uma leve risada.

— Quem sabe um dia vou fazer parte dos melhores?

Bato de leve com a saída de praia nele.

— Você definitivamente precisa de cantadas melhores.

Ele dá um sorriso encantador, e tento não ficar encarando demais. Até porque, com ele sem camisa, fica difícil não deixar meu olhar recair para o restante do seu corpo, com suas tatuagens enigmáticas que tanto combinam com ele. Então decido me deitar e olhar para o céu... até para não me deixar abalar pelo quão perto de mim *ele* está deitado.

— Você poderia me ajudar com isso, então — ele diz ao meu lado.

— No que, exatamente? — pergunto.

— A melhorar meus flertes — ele responde, e aquela familiar corrente elétrica percorre o meu corpo. — E acho que posso te ajudar com algo em troca.

— Ah, é? — Ajeito melhor o corpo na canga e me viro sutilmente para ele.

Ele passa a mão pelo maxilar, e juro que tento não reparar, mas não sei o que fica melhor nele: a barba por fazer ou esse cabelo quase cacheado quando está solto. E também quando está preso. De qualquer jeito que ele quiser usar. *Inferno.*

— Bom, você passou por uma decepção amorosa recente — ele constata.

— Certo — confirmo, tentando me concentrar.

— E não teve a oportunidade de sair ainda. Ver gente. Reaprender a flertar — ele argumenta. — Talvez isso seja importante, nesse momento. Pra facilitar a superação do término.

— E quem disse — retruco — que eu já não superei?

Ele inclina a cabeça.

— Talvez porque faz uma semana que tudo aconteceu?

Apenas o observo por alguns segundos. Tinha até esquecido que fazia tão pouco tempo, mas acho que talvez seja estranho confessar isso, então digo:

— Tudo bem. — Dou de ombros. — Talvez ainda esteja, sim, um pouco magoada.

— O que é normal — ele diz, elevando as sobrancelhas —, mas acho que é muito válido apostar em uma experiência mais jovial, pra te ajudar a espairecer.

Assinto, segurando o riso.

— E, como um bom aquariano de alma humanitária, você se candidata pra me acompanhar, é isso?

Ele dá um sorrisinho.

— Sim. Já até sei o lugar perfeito — ele afirma. — Mas só como um guia local, é claro.

— É claro — reafirmo, cobrindo o sol com as mãos para conseguir enxergá-lo melhor.

— Por causa da sua promessa — ele continua. — E porque seria muito perigoso.

— Perigoso? — Solto uma risada involuntária.

— Sim... — Ele se senta e apoia os cotovelos nos joelhos. — Você está muito vulnerável. Ia se apaixonar por mim.

Não consigo segurar outra risada enquanto me sento também, um pouco mais longe dele, mas virada para sua direção.

— Impossível. — *Muito possível.* — Eu não acredito mais no amor. Traumatizada pelo ex, lembra? — Aponto com as duas mãos em minha própria direção. — Quando ficar com alguém de novo, será totalmente casual. Só pelo prazer.

Ele vira o rosto em minha direção, e eu quase desejo não estar frente a frente com ele, porque seus olhos estão fazendo aquela hipnose comigo de novo.

— O perigo é justamente esse. — Seu olhar se aprofunda no meu. — Descobrir que existem pessoas capazes de te fazer sentir muito mais do que você imaginava ser possível.

Minha risada para por completo.

Ele acabou de dizer isso mesmo?

Sinto uma pontada no meu baixo-ventre e prendo a respiração por um segundo. Com poucas palavras, ele certamente já me despertou mais vontade do que senti a vida inteira. Mas não posso admitir isso em voz alta, então apenas engulo em seco e digo:

— Você — aponto em sua direção — está mesmo precisando de ajuda com suas cantadas.

Ele eleva as duas mãos com as palmas para cima.

— Tô te falando. Preciso de você tanto quanto você tem precisado de mim.

Meneio a cabeça.

— Tá, espera um pouco. — Pego o celular. — Só preciso ver uma coisa.

— Sem pressa. — Ele sorri e vira o rosto para o mar.

Abro as fotos mais recentes que tirei, só para fingir que estou conferindo algo muito importante. Como se minha agenda estivesse repleta de compromissos inadiáveis, além de conversar com uma senhora muito sábia e bem-humorada, que vai retornar do mar a qualquer momento para voltarmos juntas para a pousada. E, claro: ter que descobrir se tem um bebê do tamanho de um grão de açúcar no meu útero neste momento. O que, por mais otimista que eu esteja tentando ser, me causa taquicardia só de pensar.

Fora que, além disso... eu realmente tenho a intenção de continuar levando minha promessa a sério. Não só pela promessa em si, mas pela *razão* pela qual a fiz.

Não acho que encontrar respostas nessa viagem dependa de seguir a promessa, apesar de sentir que isso pode ajudar. Mas meu ponto é: passei os últimos dez anos vivendo sob a influência de homens. *Sempre* me diminuindo para caber nas expectativas que tinham de mim. Invalidando o que eu sentia, de acordo com o que eles achavam melhor seguir. Recebendo ordens, projetos, cobranças, limitações e traições. E agora, que tenho a oportunidade de viver esses dias estando completamente livre... vou limitar minhas experiências a um homem de novo?

Fecho os olhos por um instante e seguro o colar da minha avó, desejando ter um conselho dela nesse momento. Porque, dentro de mim, tenho uma certeza de que, se sair com ele hoje... talvez não haja mais volta. Sei que tem algo acontecendo entre nós. Está óbvio que ele também sente algum tipo de atração por mim. Mas será que estou disposta a deixar de lado a minha busca para desbravar o que quer que seja isso? Será que é possível conciliar ambas as coisas?

Me viro para ele, que não parece estar com nenhum tipo de expectativa. Está contemplando o mar, ainda com os cotovelos apoiados nos joelhos. Sinto um frio na barriga ao olhar para o seu perfil. Mas de um jeito *bom*.

Enquanto mexo no colar e o observo, começo a lembrar de todas as vezes que nos encontramos nos últimos oito dias.

No quase assalto. Na calçada. No apartamento. No aeroporto. No avião. Na Imigração. No hotel. No workshop. No restaurante. Na livraria no barco. E aqui.

A verdade é que esse homem não fez nada além de me ajudar desde que nos conhecemos. Foi absolutamente gentil a todo instante. Apoiou a ideia de comprar a passagem para Londres e me incentivou em diversos movimentos que se mostraram tão importantes desde o começo dessa trajetória.

E o fato é que, se eu estiver mesmo grávida, não sei mais quantos momentos despretensiosos vou ter até o instante em que todas as decisões passarão a ser pensadas nesse provável ser que está se desenvolvendo aqui dentro. Por mais que minha menstruação só esteja dois dias atrasada, sei que há grandes chances de ser real, porque essas alterações de ciclo nunca acontecem comigo.

E sinto que mereço viver pelo menos mais algumas horas sem pensar nisso, e simplesmente vendo o que pode fluir ao dar mais um *salto de fé*.

Coloco o celular na canga.

— Ok, eu topo — digo, e ele se vira para mim de novo. — Mas é sério, não posso ficar com ninguém. Só vou porque realmente estou precisando espairecer.

— Claro — ele assente devagar, os olhos grudados nos meus. — Combinado, então. Você sabe onde fica a Cova D'en Xoroi?

— Acho que sei — respondo, tentando parecer tranquila. — Fica pertinho de onde estou hospedada. Estava pensando mesmo em ir lá, parece ser lindo.

— É ainda mais do que parece nas fotos. Você vai amar — ele diz, enquanto se levanta. — Te busco no seu hotel ou nos encontramos lá?

— Te encontro lá — respondo.

Tudo o que eu puder fazer para que pareça *menos* um encontro.

— Perfeito. — Ele tira um pouco de areia da bermuda verde, que cai bem *até demais* em seu corpo. — Te vejo na entrada. Costuma ter um pouco de fila lá, então melhor a gente chegar umas sete e meia, pra pegar o pôr do sol. Ele acontece por volta das oito e meia nessa época.

— Combinado. — Sorrio e me inclino para trás, me apoiando nos cotovelos. — *Hasta luego.*

— *Hasta pronto.* — Ele dá o seu clássico meio-sorriso e caminha em direção à saída da praia, meus olhos acompanhando cada passo dado até lá.

Assim que ele sai de vista e me viro de novo para o mar, consigo avistar a Helena, que está sorrindo e acenando. Quando percebe que a vi, ela faz um joinha, cheia de entusiasmo no olhar.

E eu só dou risada e meneio a cabeça, sem acreditar.

Quando o vejo na fila, ele está tão lindo, com sua calça e camisa de linho em tons terrosos, que fico um pouco desconcertada.

Assim que ele me vê olhando demais e sorri, tento disfarçar, perguntando:

— Por que você está sempre com essas roupas estilosas demais, parecendo que está em um editorial de moda?

Ele inclina o rosto.

— Se preferir, posso tirá-las.

Sorrio, assentindo devagar enquanto penso em uma avaliação para sua primeira cantada.

— Setenta por cento. Um pouco incisiva demais, mas pode funcionar bem. — Um sorriso orgulhoso toma seus lábios, e então, de forma inesperada, ele dá um passo para encurtar o espaço entre nós... E me abraça. E, preciso confessar: me deixar envolver pelos seus braços é simplesmente uma das melhores sensações que já tive. Deslizo as mãos por suas costas devagar, abraçando-o de volta, e fecho os olhos ao encostar a cabeça no seu peito. Sentir seu perfume amadeirado e o calor do seu corpo em contato com o meu chega a ser perigoso, de tão viciante. *Merda*. Assim que ele se afasta, lembro que preciso focar na nossa missão da noite, então complemento: — Já estamos começando, então?

— Alguma razão pela qual precisaríamos esperar? — ele questiona.

Engulo em seco.

— Nenhuma — constato. — Mas já adianto que as notas serão melhores se conseguir envolver astrologia na cantada. Acho que quanto mais cafonas, melhor, até pra ficar menos perigoso.

— Gosto desse caminho — ele assente. — Acho que vamos alcançar novos níveis de inovação.

— Também acho — concordo. — Daqui a pouco, vamos poder dar um curso on-line só de flertes astrais — complemento, enquanto caminhamos na fila.

— Eu não duvido nada. — Ele sorri, e tenho que me segurar para não entrelaçar meu braço no seu ou manter qualquer outro tipo de contato físico enquanto andamos. Ainda mais depois de ter sentido como é ser abraçada *de verdade* por ele. Como é possível não querer *mais*?

Tento me distrair com a leve conversa que conduzimos no decorrer da fila e, no minuto em que entramos... não consigo acreditar na beleza desse lugar.

De novo.

Ele apenas me observa, e sei que com certeza estou boquiaberta enquanto caminhamos Cova D'en Xoroi adentro, descendo os degraus com vista para o mar. Estamos a mais de trinta metros do nível da água, literalmente dentro de uma rocha enorme, e cada detalhe desse lugar é impressionante. Do lado esquerdo, as escadas, o paredão de pedra em cor clara, os lounges incríveis, os caminhos em parte ao ar livre, em parte por dentro de grutas. E, à direita, o infinito. O mar azul em um tom mais profundo, o sol caindo e transformando o céu em uma mistura impressionante de cores, a música ao vivo vindo de uma direção mais ao fundo desse lugar tão mágico.

— Não consigo acreditar — confesso, querendo olhar para todos os lados ao mesmo tempo.

— Muito mais lindo do que qualquer foto consegue retratar, né?

— Sim — digo, me apoiando no corrimão de madeira.

Fico apenas observando a vista por alguns minutos, até que ouço o som de uma notificação no meu celular.

Assim que o pego, vejo que é uma foto sendo enviada para mim por AirDrop.

Uma foto minha.

— *Você* é que está parecendo estar em um editorial de moda. — Ele sorri. — E personificando muito bem Júpiter, pra quem só deveria estar experienciando a linha através das pessoas aqui. Essa cor fica muito bem em você.

Sorrio ao olhar a foto, porque preciso concordar: também estou me amando com esse macacão longo laranja, ainda mais com o bronzeado que já consegui pegar hoje. E olha que *nunca* imaginei que voltaria a usar cores intensas assim tão cedo. Nem que me sentiria tão eu mesma com elas.

— Vai ficar injusto pra mim, desse jeito — digo. — Talvez eu demore um pouco pra engatar nas cantadas. Esse lugar está me deixando meio sem palavras.

— Agora você já sabe como eu fico — ele apoia as costas no corrimão — toda vez que estou com você.

— Para com isso. — Bato de leve com a bolsa off-white nele, rindo. — Me dá uma chance aqui, estou enferrujada. Segura uns quinze minutos... preciso aquecer — peço, enquanto continuamos descendo as escadas juntos. — Vamos falar sobre qualquer outra coisa. *Esse lugar.* Não acredito que você cresceu nessa ilha. Você é *muito* abençoado.

— Bom, você já sabe um pouco sobre a minha infância, então não diria que fui *tão* abençoado assim...

— Ah, sim — assinto. — Mas você deve ter tido momentos felizes também, né? Você vinha muito aqui?

— Eu vinha bastante, sim, em algumas épocas. — Chegamos a um andar em que há alguns lounges com tecidos off-white mesclados à madeira clara, e um bar, do qual nos aproximamos. — A entrada que pagamos dá direito a um drink. O que vai querer tomar? — Ele me mostra o cardápio com as opções.

— Hã... uma água, por favor — eu falo.

Ele assente e dirige-se ao barman:

— *Dos aguas, por favor.*

E, assim que o homem entrega as garrafas, ele não diz mais nada. Tomamos alguns goles enquanto descemos mais um lance de escadas, agora nos aproximando ainda mais da música. Passamos por um túnel no qual há algumas grutas menores com bancos de pedra e partes abertas com uma vista maravilhosa. É inacreditável que esse lugar exista mesmo, e que consiga surpreender a cada passo enquanto adentramos ainda mais seus espaços.

Chegamos ao lugar de onde a música está vindo, e há uma quantia considerável de pessoas dançando, sorrindo e em êxtase, assim como eu, por estarem aqui. Um homem e uma mulher estão cantando ao vivo juntos, bem no meio do maior espaço coberto, que ainda assim tem vista para o mar e para a escadaria e os outros andares.

Caminhamos até a extremidade mais próxima do mar, onde podemos observar tanto a vista como a banda. Quando me viro para Nico, vejo que ele está cumprimentando algumas pessoas à distância, inclusive a dupla que está cantando, que parece muito feliz ao vê-lo.

— Você *definitivamente* foi muito feliz aqui — afirmo, sorrindo, assim que ele se volta para mim. — E deve ter trazido *muitas* meninas pra conhecer esse lugar também.

— Bom... algumas — ele admite, apoiando as costas no corrimão e cruzando os braços. — Mas faz bastante tempo. E nenhuma que eu quisesse tanto quanto você.

Dou risada e balanço a cabeça.

— *Você*... — Coloco o indicador no meio do seu peito. — ... nem está me dando a chance de reagir aqui. Se fosse uma competição, eu já teria perdido faz tempo. — Encosto na beirada também, ficando na mesma posição que ele.

— Ali, algo que você precisa entender... — Ele me olha de relance e continua: — É que não tem o que perder aqui. Não sei se você reparou nos mais de dez homens que já estão hipnotizados por você. — Ele movimenta a mão em direção ao espaço à nossa frente. — Se não, eu te dou a notícia: você nem precisa se esforçar. Eles que tragam as melhores cantadas do mundo pra ver quem vai se destacar.

Escondo um sorriso só de pensar nele *reparando* no que acabou de dizer. E no quanto esse fato pareceu incomodá-lo.

— Como se *você* tivesse qualquer dificuldade em atrair olhares. — Olho para o lado, e ele está tão lindo, com o cabelo em seu coque usual, que sinto uma pontada de ciúmes só de pensar em todas as mulheres que já passaram pela vida dele. E as que ainda passarão também.

Fico esperando alguma resposta, mas ele não diz nada, porque, assim que uma nova música começa a tocar, ele fecha os olhos e sorri.

Don't stop searching until you find
Don't give up on your great life...

Por mais que nunca tenha ouvido antes, fico hipnotizada ao notar sua alegria ao ouvi-la. Ele abre os olhos novamente, e percebo um brilho diferente tomando conta do seu rosto.

Acompanho seu olhar e vejo que está direcionado para o casal de cantores. E, enquanto cantam, eles estão sorrindo de volta para ele, cheios de afeto no olhar.

Don't stop looking
Search within
Make your soul glow in happiness...

E quando me viro para ele de novo...
Ele começa a cantar também.

Have a great life...
Don't stop searching until you find
Seek until you find your way
You were born to live the greatest life that you may

Minha boca começa a literalmente se abrir sozinha, porque não consigo acreditar que, além de tudo, ele ainda canta bem *nesse nível*. Enquanto meu corpo se movimenta junto com a música, observo como todas as pessoas também se deixam envolver pelo ritmo e pela leveza dessa melodia tão linda.

Só quando todos batem palmas e eles começam a introduzir a próxima é que eu pergunto:

— O que foi *isso*?

— O quê? — Ele ainda está com um sorriso no rosto.

— O que acabou de acontecer. *Meu Deus.* Você canta *muito* bem — constato, com vontade de pedir que ele nunca mais pare de cantar na vida. — Não era você que nem *ouvia* música?

Ele solta uma leve risada.

— Bom, eu costumava ouvir. — Ele dá de ombros. — E cantar, compor e tudo o mais.

Coloco as mãos na cintura.

— Essa música que eles cantaram...

— Sim — ele responde. — Fui eu que compus. São meus amigos.

Meneio a cabeça, boquiaberta.

— Nico. *Esse* é o seu sonho que você está deixando de lado?

Ele se vira para o mar, apoiando as mãos no corrimão de madeira.

— Talvez — ele diz. — Olha isso.

— Você está fugindo do assunto — protesto, me virando também, mas então finalmente vejo a vista e... — *Meu Deus*. Que coisa mais linda.

O sol está começando a se pôr, deixando a vista inteira em um inacreditável tom de laranja. Em sua jornada até chegar ao mar, o sol parece deslizar pela beirada de uma rocha enorme à direita, que completa a paisagem como uma moldura. Observamos em silêncio por alguns minutos, enquanto, aos poucos, o céu vai escurecendo e ao mesmo tempo sendo tomado por diversas cores novas.

Não resisto e tiro meu colar, me preparando para fazer o registro de mais um cenário especial com ele, mas dessa vez com essa paisagem inacreditável de fundo.

Quando o coloco de volta e me viro para o Nico de novo, demoro um instante para achá-lo, até perceber que ele acabou de entregar seu celular para alguém.

Assim que se aproxima de mim de novo, ele diz:

— Quero tirar uma foto com você.

Fico um pouco sem reação.

— Ah, claro, você... prefere de frente ou de costas, pra dar enfoque na paisagem?

— Ah, eu preferiria te beijando.

Sinto meus olhos se arregalando.

— É brincadeira, Ali. — Ele sorri. — Pode ser de frente mesmo. — Então passa o braço direito pela minha cintura, e, mesmo que eu esteja com uma flatform que me deixa um pouco mais alta, fico um pouco na ponta dos pés para abraçá-lo de volta.

Torço para que estejamos contra a luz o suficiente para a foto não registrar o meu rosto, porque não faço ideia se consegui sorrir ou se ainda estava com uma expressão surpresa demais. Assim que me solta, Nico agradece a moça que fez o registro, pega o celular de volta e diz:

— *Corazón*, você definitivamente precisa treinar suas reações. — Ele guarda o celular no bolso. — Não pode fazer essa cara de assustada toda vez que alguém flertar com você. E precisa falar alguma coisa pra flertar de volta também.

— Ai, meu Deus. — Passo a mão na testa. — Não sei se consigo... acho que estou enferrujada demais.

— Não está, não. — Ele cruza os braços, e agora está bem na minha frente, então não tenho muita escapatória, com o mar e o fim da pista logo atrás de mim. — Tudo é treino. Vai, pensa em alguma e só solta pra mim.

Cruzo os braços também, refletindo por alguns instantes. Olho para o lado, para baixo, e então de volta para ele.

— Nico, eu acho que simplesmente não sou tão boa com as palavras.

— Alissa — ele fala pausadamente —, você *trabalha* com palavras.

— Eu sei, mas com palavras muito bem pensadas e então *escritas*, e *para os clientes* — explico. — Só que pra falar sobre mim, ou flertar... sei lá, acho que talvez eu seja melhor com olhares? — Balanço a cabeça. — Não sei, faz muitos anos que não preciso passar por isso. Que coisa difícil ser solteira.

— É mais fácil do que você imagina. — O canto da sua boca se curva para cima. — Mas vamos testar os olhares, então. Vou me afastar alguns metros, e você manda um olhar sedutor.

— Tá — concordo, apreensiva. — Vamos lá.

Ele assente e vai até o outro lado da pista. Começa a me observar de longe, e então vai passando pelas pessoas e se aproximando aos poucos. Semicerro os olhos em sua direção, dou um meio-sorriso e arrisco morder um pouco os lábios.

Quando ele chega à minha frente, estaria mais do que pronta para agarrá-lo, caso isso não fosse apenas um teste, quando ele diz:

— Ali. — Ele segura levemente o meu braço. — Parecia que você estava tendo um AVC e prestes a cair no mar.

Começo a rir descontroladamente, e ele faz o mesmo.

— Meu Deus. — Tudo isso é tão absurdo que nem consigo ficar com vergonha. — Eu sou um caso perdido.

— Não é, não — ele afirma. — Vamos tentar de novo. O segredo é dançar despretensiosamente, como se nem soubesse que estou aqui.

Então, de repente, ele dá uma olhada convidativa, só que bem sutil.

— Ok — digo. — Não pode ser tão difícil.

— Não, você já está pegando o jeito — ele diz, sorrindo, então se afasta de novo.

Começo a dançar da forma mais natural possível, até "Drops of Jupiter", do Train, começa a tocar — simplesmente uma das minhas músicas favoritas da vida.

Now that she's back in the atmosphere
With drops of Jupiter in her hair...

Cubro a boca com uma das mãos e sinto uma súbita vontade de começar a chorar. Então olho para ele e começo a dar alguns pulos de alegria.

Enquanto o casal continua cantando, fecho os olhos e abro os braços, permitindo que meu corpo se deixe conduzir pela melodia que marcou a época mais feliz da minha vida.

— Ok — uma voz diz logo ao meu lado —, foi um pouco mais entusiasmada do que o esperado, mas...

— Não — interrompo, dessa vez segurando o seu braço —, é que eu amo muito essa música. Costumava cantá-la, e "Hey, soul sister" também, com a minha avó... A gente cantava alto juntas, com tanta emoção que ficava até sem voz. Não acredito que eles estão cantando bem essa — falo, sentindo meu coração expandir como há tempos não acontecia.

Ele dá um sorriso genuíno.

— Que incrível. Também amo essa música.

Ele me olha profundamente e, antes que eu possa dizer qualquer coisa, passa os dois braços ao redor da minha cintura, aproximando nossos corpos até que fiquem colados um ao outro.

Sem pensar, levo minhas mãos aos seus ombros. E, apoiando a cabeça entre seu peito e pescoço, permito que ele me conduza em uma dança envolvente, nostálgica e acolhedora, que torna *este* um dos momentos mais felizes da minha vida.

Ele me gira, como se estivéssemos no meio de uma valsa, e não uma música de pop rock, e não consigo conter uma risada.

— Então quer dizer que, além de tudo, você dança? — digo no seu ouvido, assim que nos aproximamos de novo e continuamos dançando abraçados. — Tem alguma coisa que você *não* faça bem?

— Não. — Ele me deixa cair para trás por um segundo, apoiada em seu braço, e então me traz de volta para perto de si. — Mas você pode descobrir por conta própria, se quiser.

Dou risada, mas logo o abraço de novo, para que não consiga ver minha expressão. Ele continua movimentando nossos corpos, e está fazendo isso de forma tão perfeita que sinto minha respiração desacelerando... E aquela eletricidade percorrendo minha pele em todos os lugares em que estamos nos tocando.

— Essa foi boa. Muito boa — admito, com uma das mãos subindo um pouco até a sua nuca.

— É? Tipo quantos por cento? — Ele se afasta sutilmente para poder me olhar.

— Uma quantia bem perigosa. Prefiro não responder.

Ele apenas dá o seu clássico meio-sorriso e me abraça de novo, movimentando nossos corpos por mais alguns segundos. E então sua boca se aproxima perigosamente do meu ouvido, e ele diz:

— Não precisa responder com palavras.

Sinto um arrepio percorrendo meu corpo todo e fecho os olhos para tentar racionalizar, mas não consigo. Não tem como impedir o que vai acontecer a seguir.

Ele se afasta alguns centímetros, me observando de forma intensa. Atrás dele, o infinito. O céu em uma cor que eu nem imaginava ser possível.

Não sei mais se estamos dançando ou flutuando. Não faço ideia do que está acontecendo ao nosso redor agora. Só consigo escutar a música, mas como se estivesse vindo de dentro, e não de fora de nós...

And tell me, did Venus blow your mind?
Was it everything you wanted to find?

Quando meu rosto está a poucos centímetros de distância do dele, só consigo olhar para a sua boca, que nunca esteve tão próxima da minha. Uma das suas mãos, que estava ao redor da minha cintura, vai até o meu rosto, e estou prestes a fechar os olhos e permitir que nossos corpos percorram esses centímetros que faltam...

Quando um pequeno grande desastre acontece, e em menos de três segundos.

Ao mover sua mão que estava na minha cintura para me abraçar mais, ele esbarra na alça da minha bolsa, fazendo com que ela escorregue do meu ombro. E, em algum momento na última hora, abri o zíper dela para guardar a água e acabei esquecendo de fechar. Então, no mesmo instante em que a bolsa vai parar no chão, absolutamente tudo que está dentro dela acaba indo junto.

Inclusive o teste de gravidez.

Você precisa ser uma garota de *muita* sorte mesmo para, em meio a um dos momentos mais mágicos da sua vida, ser surpreendida do jeito que eu acabei de ser.

Até demoro para acreditar que isso está acontecendo, mesmo quando já estou dentro da cabine do banheiro e segurando o teste.

Talvez esteja fingindo que não é comigo. Que é um filme ao qual estou assistindo. Ou só um pesadelo.

Mas não. É a minha vida mesmo.

E desperto para a realidade quando ouço uma voz vindo do lado de fora da cabine, mais perto do que eu gostaria que estivesse:

— Ali. Estou bem aqui — ele diz. — Pode fazer, nós vamos ver juntos.

Sim. É isso que você está imaginando.

Um homem que me conhece há menos de dez dias, que nem chegou a me beijar, e que acha que eu flerto parecendo que estou tendo um AVC. Esse homem está me apoiando enquanto faço um teste de gravidez em um dos bares mais famosos de Menorca. Um bar em uma porra de uma caverna, com a vista mais linda que você possa imaginar.

E eu estou segurando o maldito teste com a mão tremendo tanto que nem sei se vou conseguir acertar o xixi.

— Nico. — Minha voz está trêmula também. — Melhor você sair do banheiro.

Não era para ele estar aqui. Não era para *eu* estar fazendo isso aqui. Mas, depois que guardamos o teste e todas as outras coisas que caíram no chão, contei para ele o que estava acontecendo. Ele perguntou o que eu preferia fazer. E, mesmo que o certo fosse ir para a pousada e fazer isso sozinha, eu disse que queria fazer logo. Que precisava descobrir de uma vez por todas, então faria no banheiro daqui mesmo.

— Acho melhor você ir embora... — sugeri, mas ele deve ter notado no meu olhar que eu estava sugerindo o oposto do que realmente queria.

— Eu preferiria ficar e te apoiar neste momento — ele respondeu. — A não ser que você prefira que eu vá. Você que manda.

Eu apenas balancei a cabeça, lutando contra a vontade incontrolável de abraçá-lo.

E agora aqui estamos. Combinamos que ele esperaria na mesinha do lado de fora do banheiro, mas ele *com certeza* passou pela porta, porque sua voz está próxima demais.

Olho para o teste em minhas mãos, sem acreditar. Parei de tomar pílula há um mês, porque tinha decidido colocar DIU, mas ainda ia marcar o procedimento. Tento me lembrar do momento em que talvez tenha engravidado nessas últimas semanas, mas elas foram tão malucas que não tenho certeza se há muitas chances de isso ser real. De estar esperando um filho do Alex.

Meu Deus do céu. Passo a mão livre no rosto, com a outra ainda tremendo enquanto seguro o teste. Como deixei isso acontecer?

O mais louco é que, apesar do enjoo hoje cedo, não *sinto* que esteja grávida. Não tem nada tão diferente no meu corpo, além de um inchaço normal dessa fase do mês. Será que deveria estar sentindo algo mais? Não sei.

A única coisa da qual tenho certeza é que minha menstruação *nunca* atrasa. E isso é o que mais está me desesperando.

— *Que estás haciendo?* — ouço uma voz feminina perguntar e arregalo um pouco os olhos.

— *Mi novia* — ouço Nico dizer — *no está bien.*

— *Puedes esperar afuera* — a voz responde.

Ele se aproxima da porta e fala com a voz mais baixa agora:

— Ali. Não quero te pressionar, mas... pensei em uma estratégia — ele diz. — De repente faz o teste, e aí coloca dentro da sacola que está na sua bolsa. E então me encontra aqui fora. Tenta não pensar muito. Só faz e vem. Tá?

Fecho os olhos e respiro fundo.

— Tá. Tudo bem.

Ouço suas passadas se afastando, e finalmente abro o teste e o faço. Evitando ao máximo olhá-lo, faço o que o Nico sugeriu.

Saio da cabine, lavo as mãos e, enquanto estou saindo do banheiro, já o vejo de pé ao lado da pequena mesinha.

Seus olhos demonstram tanta compaixão que sinto meu nariz começando a arder e as lágrimas surgindo.

Ele abre os braços e, antes que eu consiga pensar, ando rápido até ele e me deixo envolver pelo abraço mais acolhedor da minha vida.

— Minha vida vai acabar — digo, encaixando meu rosto entre seu ombro e pescoço.

— Não vai, não — ele diz, no meu cabelo. — Sua vida está só começando, Ali.

— Eu definitivamente não estou preparada pra ser mãe — afirmo, me afastando um pouco para poder olhar para ele.

Ele inclina a cabeça e solta um suspiro.

— Achamos que não estamos preparados para a maioria das coisas na nossa vida — ele diz, tirando uma mecha de cabelo do meu rosto. — Mas a verdade é que ficamos prontos durante a jornada, né?

— Meu Deus. — Eu o abraço de novo. Sinto que são os últimos momentos em que vou poder simplesmente sentir o conforto desse abraço e tudo o que ele poderia representar. Antes de tudo mudar. — Desculpa *mesmo*.

— Como assim?

— Por estar tendo que passar por *isso*. Por não ser uma noite leve e cheia de cantadas e risadas.

— Mas foi. — Ele faz um leve cafuné no meu cabelo com uma mão enquanto mantém meu corpo próximo ao dele com a outra. — Mas, bom, você tem Júpiter em escorpião. Não dava pra esperar só expansão e alegria sem um toque de profundidade e transformação, né?

Solto uma leve risada, mas ainda sinto as lágrimas escorrendo pelas minhas bochechas. E provavelmente sujando sua blusa com uma mistura de toda a maquiagem borrada no meu rosto.

— É — concordo. — Mas, sei lá, depois de tanta intensidade na última semana... nos últimos anos, na minha vida. Eu só queria uma trégua, sabe? E se isso for mesmo real...

— Ali, não adianta sofrer tanto assim antes de saber — ele diz, com a voz suave. — Aliás... é muito provável que já esteja pronto.

— Socorro — suplico, abraçando-o ainda mais forte.

Ele encosta a bochecha na minha cabeça.

— Você prefere ver sozinha? Ou vemos juntos?

Dou uma fungada enquanto penso.

— Acho que juntos — digo, então me afasto um pouco e começo a abrir a bolsa.

Minhas mãos tremem incontrolavelmente enquanto pego o teste dentro da sacola e fecho os olhos de forma involuntária.

Ele está bem entre nós, mas não consigo me forçar a olhá-lo. Só pergunto em voz alta:

— Notícias boas ou ruins?

— Hoje, são ótimas — ele afirma.

Abro os olhos rapidamente, e ainda mais lágrimas começam a cair, mas agora de alívio, assim que confirmo o resultado. Viro a cabeça para o céu e fecho os olhos, sorrindo e soluçando. Coloco o teste de volta na sacola e a levo para o banheiro, onde jogo no lixo e lavo as mãos mais uma vez. Quando me olho de relance no espelho, percebo que meu rímel segue intacto e, por um milagre jupiteriano, continuo bem bonita, ainda que bastante abalada com os acontecimentos dos últimos trinta minutos.

Quando saio do banheiro, meus olhos se conectam com os do Nico de novo. Ele me encara com uma mistura de doçura e acolhimento, e sorrio em meio às lágrimas, enquanto caminho de volta em sua direção.

— Obrigada por isso — digo, abraçando-o de novo, como se o gesto pudesse me proteger de qualquer outro desafio que a vida venha a trazer. — Por tornar esse momento um pouco menos desesperador.

— Por nada — ele diz, me abraçando de volta e fazendo aquele leve cafuné de novo.

Respiro fundo, conseguindo me acalmar aos poucos, saio devagar do abraço e digo:

— Acho que preciso *mesmo* ir pra casa agora.

— Pra casa?

— Pro hotel — corrijo, soltando uma leve risada. — Desculpa.

— Sem problemas. — Ele sorri de lado. — Acontece que... eu realmente não queria que você ficasse só com uma experiência conturbada como memória de um dos meus lugares favoritos de Menorca.

Balanço a cabeça.

— Não sei se consigo ficar mais tempo hoje, Nico, eu...

— Não, hoje não — ele me interrompe com cuidado. — Mas... acho que preciso te levar pra *outro* dos meus lugares prediletos amanhã. Uma praia menos turística, mas muito incrível, chamada Cala Pregonda.

— Ah — assinto devagar, refletindo. Mas é óbvio que tudo o que mais quero é dizer sim. Quando eu conseguiria dizer não para esse homem? — Eu... acho que iria gostar disso.

Ele dá um meio-sorriso.

— Anota seu número aqui... — Ele estende o celular. — Que te mando o endereço da minha casa. É caminho pra lá. Você me busca, e aí eu dirijo, já que estou sendo seu guia turístico oficial aqui.

— Combinado. — Pego seu celular e anoto o meu número.

Ele me puxa devagar pela mão e começamos a caminhar em direção à escada. Mas, assim que subimos alguns degraus, ele me olha de relance e diz:

— Sabe no que eu estava pensando aqui?

— No quê? — pergunto.

Ele me encara por um instante, e sou capturada de tal forma por seus olhos verdes e profundos que quase tropeço na escada.

Ele segura levemente meu braço, me ajudando a retomar o equilíbrio, e responde:

— Que tivemos outra notícia muito boa hoje.

— Ah, é? — indago, tentando digerir o quão surreal é tudo o que estou vivendo. — E qual seria?

— Bom, você com certeza já tem uma música escolhida para Menorca, né?

Olho para ele de novo, ainda um pouco desassociada desse momento, e inclino a cabeça.

Ele limpa uma lágrima perdida na minha bochecha.

— "Drops of Jupiter" — ele diz, os cantos da boca se curvando devagar.

Eu apenas sorrio de volta.

Dia 7

DOMINGO, 14 DE MAIO

Com Marte em trígono com Netuno,
alguma conexão até poderá se aprofundar;
mas é importante escolher com consciência
em quais águas você deseja mergulhar.

— Que cara de apaixonada é essa, minha filha? — Helena pergunta, se sentando na cadeira à minha frente.

Tomo alguns goles de suco e pouso o copo na mesa de café da manhã.

— Acho que eu cometi um grande erro — digo, soltando o peso do corpo no encosto da cadeira.

— Esse suco está com uma cor bem duvidosa mesmo. — Ela faz uma cara atordoada enquanto o observa.

— Não. — Dou risada. — Um bem pior do que esse. Basicamente, uma promessa antes dessa viagem. De que eu não poderia ficar com ninguém. — Já me sinto tão íntima dessa senhora que conto o que está me incomodando sem nem titubear.

— Que coisa mais burra de se fazer antes de vir para o quase verão europeu, minha querida — ela opina, com o cenho franzido. — Tantos espanhóis bonitos pra beijar.

Dou outra risada alta.

— Nem me fale. — Solto um suspiro. — E o pior é que é mesmo um espanhol. No dia 5 de maio, bem quando aconteceu um bendito eclipse, foi quando o conheci. Não faz nem dez dias, mas é óbvio que já estou meio apaixonada, e me sentindo muito burra por isso — explico.

— Porque a promessa teve uma razão, e é algo em que eu preciso mesmo focar: descobrir o que fazer da minha vida nessa viagem. Me encontrar.

Ela franze o cenho.

— Mas querida... De onde você tirou que não é possível se apaixonar e se encontrar ao mesmo tempo? — ela questiona. — As pessoas que entram no nosso caminho fazem parte do nosso processo de autodescoberta.

— Você tem um ponto — admito.

— Claro que tenho — ela afirma, dando de ombros. — Que bom que você me escuta mais do que os meus filhos.

Não consigo segurar uma risada. Mas então continuo:

— A única coisa é que... eu sinto muito medo por conta de coisas que já vivi no passado. Sou muito intensa em tudo. Mergulho profundamente no trabalho, nos relacionamentos, nas experiências. Tenho receio de acabar mais me perdendo do que me encontrando se entrar nisso tão rápido. Até porque... sei lá se ele está sentindo o mesmo que eu, né? Enfim. Acho que são muitos traumas do meu passado. Muita coisa voltando agora...

Encaro-a, esperando uma resposta. Uma solução. Qualquer coisa.

— Se você tivesse que se dar um conselho agora, com relação a tudo o que me contou. O que diria? — ela pergunta.

Solto um suspiro, refletindo.

— Diria que é possível curar certos traumas enquanto continuamos vivendo — arrisco. — E que podemos decidir o quanto deixaremos nosso passado nos influenciar, se estivermos conscientes.

Ela assente.

— Sim... O processo nem sempre é tão rápido quanto gostaríamos, mas vale a pena focar em construir o futuro que realmente desejamos viver — ela diz, e então olha para o horizonte por um instante. Depois se vira para mim de novo e complementa: — Mas é claro que é sempre válido fazer algumas perguntas para si mesma. — Ela coloca o cotovelo em cima da mesa e apoia o queixo na mão. — Ele te atrapalhou de alguma forma?

— Não... — Meneio a cabeça. — Até agora, só ajudou.

— Te desrespeitou?

— Não, pelo contrário.

— Então por que você está criando problemas onde não tem, se estamos vivos justamente pra ter experiências, nos divertir e evoluir?

Um sorriso toma meus lábios ao ouvir suas palavras, mas acabo soltando um suspiro ao recostar na cadeira.

Quem dera fosse tão simples assim.

Fico surpresa ao perceber o quão perto do meu hotel é a casa do Nico. Assim que chego no sobrado de muro branco, ele já está esperando do lado de fora e, quando se aproxima da minha janela aberta, tento não transparecer que estou um pouco sem ar só de vê-lo com sua bermuda verde e camisa off-white.

Se ele percebeu algo, decide não demonstrar, porque em um segundo já está abrindo a minha porta e dizendo:

— *Buenos días.* — Ele estende a mão na minha direção.

Franzo a testa.

— O que você está fazendo?

Ele inclina a cabeça.

— Te convidando a sair pra se acomodar no banco do passageiro — responde. — Eu que vou dirigir até lá. Seu guia turístico, lembra? E terá muita coisa interessante pra mostrar em quarenta minutos.

— Mas eu adoro dirigir — retruco, só para provocá-lo. — E você pode ir me indicando o caminho.

— Por que você às vezes quer ser mais aquariana que eu? — Ele apoia a mão na parte superior do carro, me observando com curiosidade no olhar.

— Porque é divertido ver você sendo todo certinho.

— Um cavalheiro, você diz, né? — Ele eleva as sobrancelhas.

— Isso, com certeza — respondo, recostando no banco... E tentando não pensar no quão cavalheiro ele *realmente* foi ontem.

— Me deixa te mostrar do que mais eu sou capaz, então. — Ele estica a mão na minha direção de novo, e um arrepio percorre meu corpo.

Olho para a sua mão virada para cima e reparo em alguns calos. Balanço a cabeça devagar e digo:

— Não vou te dar mais notas pelas cantadas. Hoje você vai precisar me oferecer mais do que isso — protesto, tirando o cinto e pegando na sua mão.

— Você pode começar me contando por que tem tantos calos nas mãos, sendo que trabalha no computador e fazendo reuniões. — Me levanto e saio do carro, colocando as mãos na cintura. — E contando mais alguns fatos sobre você, já que praticamente só falamos sobre mim nos últimos dias.

— Bom, acho que você esqueceu uma das minhas maiores especialidades. — Ele apoia a mão no carro de novo, dessa vez ficando *muito* próximo de mim. — Que é responder às suas infinitas perguntas.

Seguro um sorriso.

— É o que vamos ver. — Dou a volta no carro e me sento no banco do passageiro, fechando a porta quase ao mesmo tempo que ele. — Mas é sério: por que você tem mãos de aventureiro, se é claramente um mochileiro gourmet?

Ele solta uma risada enquanto dá partida no carro.

— Gourmet? O que te fez pensar isso?

— Hã... Seu ascendente em touro e seu trabalho de nerd?

Ele balança a cabeça, com um sorriso lindo no rosto.

— Eu posso trabalhar dando consultoria, mas também sou meio fanático por atividades ao ar livre... como escalada e caiaque, por exemplo. — Ele dá uma rápida olhada para mim. — Você claramente precisa estudar mais sobre o meu mapa astral.

Eu é que solto uma risada agora, e em seguida começo a assentir, conforme uma ideia me ocorre.

— Ótima ideia. — Me animo e já pego o celular. — Temos quarenta minutos só pra isso. Qual a chance de passarmos esse tempo todo só falando sobre seu mapa, e você finalmente começar a se abrir mais?

Ele dá de ombros.

— Eu diria que... cinquenta por cento. — Os cantos dos seus lábios se curvam devagar. — Você vai ter que tentar a sorte.

A essa altura, já estou com o site de astrologia aberto, então apenas pergunto:

— Data, hora e cidade de nascimento, por favor.

Ele solta um suspiro.

— Você não vai me dar alternativa, né?

— Claro que não — respondo. — Você já sabe até as linhas que tenho passando na Europa inteira. O mínimo que pode fazer é me deixar testar meus conhecimentos astrológicos com seu mapa.

— Que desculpa ótima pra deixar seus planetas em escorpião investigarem tudo a meu respeito — ele brinca.

— Também — admito, dando de ombros. — Mas preciso mesmo ver se estou conseguindo aprender alguma coisa com o livro da Petra.

— Ah, com certeza está.

— Então passa os dados.

— Ok, Sherlock. — Ele dá seta para a esquerda e entra no que parece ser a estrada principal que nos levará a Cala Pregonda. — Oito de fevereiro de 1989. Onze e cinquenta e seis da manhã. Barcelona.

Insiro os dados e gero o mapa dele no site.

— Muito interessante — digo, olhando para sua mandala astrológica.

— Você vai precisar dizer mais do que isso se quiser provar que está aprendendo alguma coisa.

— Obrigada pelo ambiente livre de pressão.

— Você não viu nada.

Solto uma risada involuntária.

— Nico. — Bato com o celular de leve no ombro dele. — Pelo amor de Deus. Cinco por cento. Essa abordagem não vai funcionar.

— Desculpa. Tentei agradar seus planetas em escorpião, mas esqueci do ascendente em peixes — ele diz, sorrindo. — Mas me diz: qual abordagem *você* adotaria pra ler meu mapa?

Seguro ao máximo o sorriso que tenta se espalhar pelos meus lábios e fito o celular por alguns instantes.

— Bom... — Analiso a imagem à minha frente. — Como já sabia, você tem ascendente em touro, mas achei incrível descobrir que também tem Júpiter dentro da casa 1... E bem pertinho do ascendente.

— O que significa que...

— Você não só transmite uma imagem... comprometida, firme e estável, tem bom gosto na hora de se vestir e gosta de começar as coisas de forma determinada, pelo fato de o ascendente falar sobre a energia de inícios na nossa vida, mas também precisa da energia jupiteriana em si.

— E isso explica...

— As suas piadas ruins? — brinco.

— Ah, Ali. — Ele balança a cabeça. — Se eu fosse um cliente, estaria muito, muito decepcionado.

Dou risada.

— Tá bom, tá bom. — Continuo olhando para o mapa. — Esse Júpiter dá uma boa quebrada no quão cabeça-dura você poderia ser com o ascendente em touro. Por isso você tem bom humor, é bem expansivo, sábio e também bastante... vistoso, digamos.

Ele me encara e levanta uma sobrancelha.

— Alto e sensual, você diz?

— Não. — Meneio a cabeça. — Simplesmente meio... grande.

— Ah, Ali. Você não faz nem id...

— Não ouse — interrompo.

Ele dá de ombros.

— Estou só aqui esperando a casa 2.

— Sei. — Não consigo parar de sorrir. — Bom, se aprendi bem, a casa 2 fala sobre finanças e valores, e você tem gêmeos nela. Isso mostra que pode ter mais que uma fonte de renda ou vários projetos acontecendo ao mesmo tempo... E também uma facilidade pra ganhar dinheiro com projetos envolvendo comunicação?

— Impressionante assertividade.

— E também... tem quíron em câncer dentro dessa casa. — Sinto minha testa franzindo. — O que pode representar algum tipo de ferida envolvendo suas finanças, talvez relacionada à sua família... ou, mais especificamente, sua mãe.

Olho de relance para ele e percebo que seu maxilar se enrijeceu.

— Correto.

Pigarreio.

— Bom, já a sua casa 3 está em câncer, e quem tem esse posicionamento costuma ter uma relação muito afetiva com irmãos, tios, primos e vizinhos... No seu caso, principalmente com sua irmã, acho. Especialmente porque a Lua, planeta regente de câncer, está em peixes. E como está na casa 11, revela que ela não só é sua irmã, mas também uma grande amiga. E que compartilha muitos dos seus ideais e... é um pouco dramática, também?

— O eufemismo do milênio — ele complementa, agora mais relaxado, e eu dou risada.

— Mas achei muito interessante, porque essa casa 3 também explica por que você se expressa de forma bem acolhedora, mesmo tendo um mapa um tanto quanto... frio, né?

— Uma observação muito pertinente — ele diz, enquanto coloca no rosto o óculos de sol que estava pendurado na camisa.

— Confesso que estou orgulhosa por você não ter feito nenhuma piada sobre como não é frio, e sim quente.

Ele esboça um sorriso.

— Viu só? Quantos por cento de orgulho do meu esforço?

— Uns... setenta por cento — respondo. — As cantadas anteriores estão atrapalhando sua pontuação.

Ele solta uma leve risada e diz:

— Sou apenas um inocente homem esperando você falar do meu fundo do céu.

Meneio a cabeça, me forçando a parar de encarar seu perfil (lindo demais) e voltando para o seu mapa (que com certeza estudarei melhor hoje à noite).

— Bom, seu ic, cúspide que dá início à casa 4, está em leão. O que faz total sentido por você ter crescido em uma ilha bastante ensolarada... E provavelmente tendo uma mãe bem criativa, alegre e solar? Mas como tem o Sol, regente de leão, em aquário, sua noção de lar acaba sendo diferente da de outras pessoas, e sua configuração familiar também?

— Isso mesmo.

— E esse Sol, que rege a sua casa 4, ainda está na casa 10... Então você acaba levando muito trabalho pra casa?

— Muito. — Ele solta um suspiro. — E eu viajo e passo semanas em outras cidades, por precisar atuar presencialmente dependendo da empresa, mas em outros projetos consigo fazer as consultorias de casa — ele adiciona. — Então faz total sentido.

— Oba — assinto e continuo. — Bom, já a sua casa 5... hã, também está em leão, em vez de em virgem. E depois a 6 já está em libra. É isso mesmo? Acontece isso de pular um signo?

— Sim, e na verdade são dois — ele explica. — Virgem e peixes, porque as casas opostas sempre estão no mesmo grau. Então esses dois signos estão interceptados pra mim.

— O que significa...

— Que é mais difícil pra mim lidar com eles. E com tudo o que eles representam. Como se eu não tivesse tido auxílio do ambiente em que cresci pra desenvolver isso em mim. Não que não tenham oferecido — ele conta. — Mas é como se não fosse exatamente o que eu precisava receber pra desenvolver isso, ou outras coisas fossem mais importantes... Então acabo tendo uma dificuldade maior com essas questões.

— No caso, essas questões são as energias dos signos que estão interceptados? Virgem e peixes, então?

— Isso — ele responde. — Questões como organização, rotina, saúde... E também sensibilidade, sonhos, conexão espiritual.

— E o seu lado artístico? — complemento, olhando para ele.

Ele endireita um pouco o corpo.

— Sim. Mas é interessante que, no meu mapa realocado aqui, eles não ficam mais interceptados. Por isso, estando aqui, fica mais fácil de lidar com tudo isso.

— Que bom saber — assinto. — E fico me perguntando se ter aquário e leão em mais de uma casa do seu mapa natal significa que você tem mais dessas energias em si... Ainda mais tendo leão na casa 5 também... é algo supercriativo e explica seus hobbies bem solares, né?

— Sim — ele responde, ainda um pouco sem expressão. — Gosto bastante de atividades ao ar livre.

Percebo que ele está evitando entrar mais a fundo no tema criatividade, então sigo na minha interpretação:

— Bom, sua casa 6 em libra é muito interessante, porque pede... um trabalho, equipe e rotina que fluam de forma harmoniosa? E também bem inovadora, já que Vênus, regente de libra, está em aquário?

— Você aprende mais rápido do que imagina.

— Ah, você não faz ideia de quantas vezes estou lendo cada página do livro — confesso. — Alguma coisa tenho que entender.

Ele franze um pouco o cenho.

— Por que lê tantas vezes cada uma?

— Ah, porque é difícil pra mim absorver as coisas na primeira vez que leio. Sempre tenho que desenvolver umas estratégias meio diferentes de estudo. Normalmente com associações ou exemplos — explico —, então me ajuda muito mesmo poder treinar com seu mapa. Obrigada por isso.

— Obrigado você, é sempre ótimo ter uma nova perspectiva — ele diz. — Ainda mais sabendo que estamos chegando na casa 7.

Em um piscar de olhos, já me percebo olhando para baixo, vidrada no seu mapa por alguns instantes antes de continuar.

— Tendo seu descendente em escorpião... e considerando que a casa 7 fala muito sobre o que se procura nas relações... Eu diria que você busca uma conexão mais profunda e que tem que tomar cuidado com relacionamentos tóxicos ou que evidenciem traços autodestrutivos, seus e da pessoa. Quanto mais foco em autoconhecimento, melhor para a relação. É isso?

— Bom, faz muito tempo que não entro em um relacionamento. — Ele me olha rapidamente e direciona o olhar para a estrada de novo. — Mas faz sentido sim, principalmente porque essa casa também fala de sociedades. E tenho que ficar bem vigilante para as parcerias durante cada projeto não caírem nesse modo mais destrutivo. Escorpião também fala de certas disputas de poder, então procuro ficar bem consciente com relação a isso.

Assinto, cada vez mais impressionada com o quanto esse homem entende sobre astrologia.

— Bom, e sua casa 8... tem sagitário, e também Urano nela, assim como... Saturno? Não tenho certeza, esse Saturno está logo antes da cúspide da casa 9. Considero ele na casa 8 ou 9?

— Em que grau ele está mesmo?

— Grau nove de capricórnio, e sua nona casa está no grau dez.

— Ah, pode considerar que já está na casa 9 então. A poucos da próxima cúspide já pode considerar que está na casa seguinte.

Inclino a cabeça na direção dele.

— Ainda não consigo acreditar que você sabe de tudo isso.

— Eu sou bem diferenciado mesmo. — Ele dá de ombros. — É esse Urano na casa 8. Meu regente me trazendo não só inteligência, mas também profundidade.

Dou risada, meneando a cabeça.

— Bom, muito interessante ter sagitário na casa 8 porque... Te ajuda a se interessar por filosofia e por esses temas mais profundos? E as viagens te ajudam nas transformações de vida? E você é bem... expansivo no sexo? — pergunto, sem saber por que me permiti entrar nesse tema, e sinto meu rosto queimar.

— Você prefere que eu te responda ou que eu...

— Não — interrompo, colocando a mão no braço dele. Ele dá um meio-sorriso, e me surpreendo quando ele tira a mão do câmbio e gentilmente captura a minha, entrelaçando nossos dedos e apoiando na sua coxa.

Engulo em seco, sem saber muito bem como agir. Mas segurar na sua mão é uma das sensações mais acolhedoras e sensuais que já experienciei. Não faz sentido nenhum, e ao mesmo tempo faz todo o sentido do mundo. Como muitas coisas nesse homem.

Respiro fundo e desbloqueio a tela do celular, voltando a encarar seu mapa e tentando ao máximo me concentrar.

— Sua casa 9 é interessante... porque você transmite a imagem de superviajante, tendo Júpiter no seu ascendente. Mas com capricórnio na casa 9, e Saturno bem na cúspide que dá início a ela... as viagens têm que ser bem planejadas pra você, e normalmente são a trabalho, né?

— Isso — ele responde, acariciando minha mão com o dedão. Fecho os olhos e respiro fundo, tentando focar novamente no celular.

— Você também... Tem Netuno e Mercúrio em capricórnio, ainda dentro dessa casa. Então as viagens são muito inspiradoras pra você, te ajudam a se conectar com seus sonhos e sua espiritualidade, e a ter novas ideias e fazer conexões — afirmo, e então elevo as sobrancelhas. — Nossa, acho que sou muito boa nisso. Será que minha vocação é ser astróloga e com essa brincadeira de leitura de mapa você me ajudou a ter clareza sobre isso já no sétimo dia da minha viagem?

— É o que vamos descobrir com as três casas que faltam. — Ele aperta de leve minha mão, e me distraio com os efeitos que isso causa no restante do meu corpo.

Mas respiro bem devagar de novo para me concentrar e foco em continuar a análise.

— Bom, tendo aquário na casa 10, e ainda com Vênus bem no meio do céu, o que tem tudo a ver com tecnologia, inovação, e finanças... faz sentido um trabalho que envolva otimização de processos e recursos — afirmo. — Mas, se é que estou interpretando certo, também tenho a impressão de que Vênus pode falar de uma notoriedade com relação aos seus talentos como cantor e compositor. Ainda mais sendo regente do seu ascendente em touro, né?

Me viro para ele, esperando por uma resposta, mas, pela primeira vez, ele não diz nada. Apenas engole em seco.

Não sei se ainda está pensando no que dizer, porém decido não pressionar.

— O Sol está dentro dessa casa também, mostrando que você brilha muito na carreira. Parabéns! — brinco, e ele esboça um sorriso, o que faz com que eu respire mais aliviada. — E sua casa 11 está em aquário, mas com a Lua e o Nodo Norte em peixes dentro dela, mostrando que... Você tem amigos diferenciados e inovadores, mas também amorosos e empáticos? E que faz muito sentido focar sua energia em projetos envolvendo grupos, e também... Questões artísticas?

— Você está indo muito bem — ele diz, assentindo, e fico mais feliz do que imaginaria com seu feedback.

— E, por fim... Sua casa 12 está em áries, mostrando que... sua conexão espiritual te energiza? Te ajuda a ter forças pra começar coisas na vida? Ser assertivo?

— E que me conecto muito com Deus e exerço a minha espiritualidade através do movimento — ele complementa. — E, tendo Marte em touro também dentro dessa casa... Meus momentos perto da natureza me nutrem muito, especialmente depois de passar um período trabalhando com muitas pessoas, fazendo muitas entrevistas durante os processos de consultoria etc. Ajudam na minha saúde mental também.

Não consigo segurar um sorriso.

— Que incrível ver como tudo se aplica na prática, ainda mais com alguém que já entende bem seu mapa. — Solto sua mão para mexer no celular. Acabo me arrependendo, mas não tenho coragem de pegá-la de novo. — E sua astrocartografia? Posso ver?

— Claro — ele responde, me olhando de relance.

Entro na parte de astrologia locacional do site e seleciono o mapa dele. Fico feliz ao perceber o quanto essas linhas no mapa-múndi fazem muito mais sentido hoje do que faziam há uma semana, antes de ler o livro quase inteiro da Petra em cada momento livre dos últimos dias.

— Nossa, sua linha de Júpiter no ascendente passa super perto daqui — comento, surpresa. — A de Vênus também.

— Sim. Elas se cruzam bem perto. Acho que por isso gosto tanto desse lugar... E sempre acabo tendo surpresas boas aqui.

— Imagino — digo, com um pouco de ciúme ao pensar em *quantas* surpresas ele deve ter tido ao longo da vida. Que loucura é essa que está acontecendo comigo? Eu nem sequer beijei esse homem ainda. E *nem posso* beijar.

Começo a navegar em outras partes do mundo, para me distrair.

— Olha só... Você sabia que tem uma linha de Lua no ascendente passando bem entre São Paulo e Rio?

— Sim — ele responde. — Por isso que estar lá sempre mexe tanto comigo. E as pessoas vindas de lá também.

— Como assim? — Sinto minha testa franzindo.

— Por ativação remota. — Ele me encara com diversão no olhar. Impressionante como ele gosta mesmo de falar sobre isso. — Você nasceu no Rio ou em São Paulo?

— São Paulo. E sua linha de Lua passa a... uns trezentos quilômetros de lá.

— Olha só. Super dentro da orbe. Então estar com você ativa essa linha pra mim, sem que eu precise estar lá pra isso — ele explica. — E olha que interessante: eu nasci na sua linha de Júpiter, e você na minha linha de Lua. Por isso só te trago alegria e te faço rir, e a sua presença sempre me emociona. — Ele dá um meio-sorriso.

— Para com isso. — Esbarro meu ombro no seu, rindo. — Acho que eu já chorei mais na sua frente do que na da maioria das pessoas que conheço.

— Bom, já falamos sobre seu Júpiter e outros planetas serem em escorpião...

— Chega de preconceito com eles — digo, semicerrando os olhos em sua direção.

— Eu amo seus planetas em escorpião. — Ele franze o cenho. — Não te disse que gosto de profundidade? — ele pergunta, enquanto estaciona o carro.

Na verdade... *Eu* que disse isso sobre a casa 7 dele.

Engulo em seco.

Abro a boca para responder, mas ele diz:

— Chegamos. Você só vai levar a bolsa ou tem mais algo no porta-malas?

— Não, só isso mesmo — respondo.

Só a bolsa e uma grande dúvida existencial: O que estou fazendo da minha vida, e por que estar perto desse homem parece tanto ser a resposta para grande parte dos meus problemas...

Sendo que claramente é o que pode vir a causá-los?

— Você realmente é *bem* aquariano — afirmo, olhando para o caminho à nossa frente.

— Por que eu sinto que isso não foi um elogio? — Nico pergunta.

Meneio a cabeça, sorrindo. Estamos há vinte minutos na trilha, e já estou exausta. Em que momento uma corredora como eu ficou com um condicionamento ruim assim? Realmente não faço ideia, mas diria que a exaustão psicológica dos últimos tempos pode ter um grande papel nisso.

— Ah, esse lugar só é bem... diferente — constato.

Ele balança a cabeça.

— Se você quisesse mais uma das praias turquesa e clichês, saísse com um turista. Tendo crescido aqui, o mínimo que posso fazer é te levar a um lugar mais interessante — ele afirma. — E menos lotado também.

— Vou confiar em você, então — cedo, tentando não demonstrar o quanto já estou encantada com esse local. A trilha envolve uma vegetação bem baixa ao nosso redor, assim como uma areia um pouco mais escura e muitas pedras. Passamos por outras praias, mas ele indica que precisamos seguir andando para chegarmos na parte mais bonita de Cala Pregonda.

E, passados poucos minutos a mais de caminhada, finalmente consigo entender do que ele estava falando. O lugar em que acabamos de chegar é mais do que bonito. É quase *irreal*. O mar não é inteiro cristalino como o das outras praias... E sim uma mistura entre partes mais claras e escuras, e com pedras enormes irrompendo para a superfície, como se fosse um cenário de outro planeta. É realmente maravilhoso, e fico surpresa que quase não haja turistas aqui, só algumas pessoas que parecem ser locais.

Ele deve perceber que estou admirada com o cenário, porque está me encarando com um sorriso no rosto. Sem jogar na cara, sem me provocar, só parecendo genuinamente feliz ao perceber meu encanto.

Me viro para ele, colocando as mãos na cintura.

— Ok, esse lugar é maravilhoso — confesso. — Mas o que quero saber é: chances de deitarmos em algum lugar pra descansar um pouco pegando um bronze?

— Hmmm... sessenta por cento — ele responde. — Depois de um mergulho.

Volto a caminhar na direção do mar, mas balanço a cabeça.

— Nem pensar — afirmo. — Detesto água gelada, e infelizmente sua ilha tem das mais frias que já senti.

— *Corazón*... — Sinto sua mão tocando na minha e me viro para ele. — Às vezes, é preciso se entregar a certos momentos com coragem. — Ele tira a sua mochila e a camiseta e gentilmente pega a bolsa no meu ombro e a coloca no chão. E eu talvez esteja hipnotizada demais pelo seu toque para perceber *o que está acontecendo*. — E nada como uma água gelada pra ajudar a liberar os medos do passado e abrir espaço para o futuro — ele propõe, com uma das suas mãos deslizando pela minha cintura.

Antes que eu consiga reagir, ele agacha rápido, e sua outra mão passa atrás dos meus joelhos. E, quando vejo, ele está me carregando no colo, em direção ao mar.

— *Nicolás Rodríguez, não* — digo, mas ele continua andando. — É sério, eu tenho horror a água gelada, e...

De repente, estamos dentro do mar. Meu corpo inteiro parece paralisar, e tenho certeza de que estou congelada e indo dessa pra uma melhor. *Ou pior.* Mas os movimentos dele me fazem perceber que ainda estou viva. Ele continua comigo no colo, me movendo em círculos ao redor do seu corpo, e aos poucos sinto minha capacidade de agir retornando.

E depois do choque inicial... sinto um alívio mesclado a uma quase euforia, orgulho e entusiasmo. Como o sentimento que tomou conta de mim depois de ter comprado a passagem para Londres. Uma certeza de que sou capaz de sair da minha zona de conforto, e do quanto isso pode ser maravilhoso.

E de que posso fazer essa escolha sempre que for necessário.

— Não vai tentar me afundar como vingança? — ele pergunta, me colocando de pé.

— Não — respondo, permitindo que meu olhar mergulhe nos seus olhos verdes. — Meu Júpiter em escorpião é muito mais sábio do que vingativo.

Ele dá um meio-sorriso.

— Bom saber — ele diz, passando o braço ao redor da minha cintura (e proporcionando novas descargas elétricas pelo meu corpo). — Mas não quero que você continue tremendo assim. Vem se secar no sol. — Então me conduz até a areia.

Pegamos a canga grande que está na minha bolsa e a esticamos juntos. Então eu tiro a saída de praia, com um pouco de vergonha do quanto meu biquíni vermelho talvez esteja chamando atenção... principalmente pela forma como seus olhos se demoram no meu corpo, ainda que ele tente disfarçar logo em seguida. Ele abre sua mochila e pega um pacote de algum snack e o estende na minha direção.

— Pra mim? — Encaro-o, incrédula.

— Sim. Você ia começar a sentir fome já, já.

Me sento na canga e olho para o pacote. São chips de batata-doce... com tempero picante.

Ele se senta ao meu lado, apoiando os braços nos joelhos.

— Como... você sabe? — pergunto, com o cenho franzido.

Ele dá de ombros.

— Bom, eu nasci pra enxergar à frente do tempo. — Ele me encara por um longo instante e complementa: — E os seus desejos não são tão difíceis assim de antecipar.

Seus olhos ainda estão fixos nos meus, e sei que ele quer dizer muito mais do que as palavras que saíram da sua boca.

E tudo que eu *mais* quero é poder encurtar a distância entre nós e beijá-lo.

Inspiro profundamente e olho para baixo, tentando disfarçar o efeito que ele sempre causa em mim. Foco toda a minha energia em abrir o pacote do snack, e fico feliz por perceber o quanto realmente estava precisando disso.

De canto de olho, reparo que Nico ainda está me encarando, e com suavidade na voz ele diz:

— Posso fazer uma observação?

— Claro — respondo.

Ele se deita na canga, coloca as mãos atrás da cabeça e vira um pouco pra mim.

— Você foi realmente muito bem na interpretação do meu mapa. Estou impressionado.

— Ah. — Sinto meu rosto corar. — Na verdade, acho que fui bem básica, mas já é alguma coisa, né?

— Não — ele diz. — Na verdade, conseguir simplificar dessa forma é extraordinário. Você precisaria de pelo menos alguns meses de estudo, talvez até anos, pra conseguir analisar assim tão rápido, e não dias. E, há menos de uma semana, você nem gostava de astrologia, pelo que me lembro.

— Não é que eu não gostava — eu o corrijo. — É que... Eu carregava algumas mágoas com relação a ela. Mas de fato já tinha uma base do que aprendi alguns anos atrás... com a minha avó.

Nico assente devagar.

— Ela era astróloga?

Apenas assinto, começando a sentir um aperto na garganta.

— Não precisamos falar sobre isso, se você não quiser.

— Não... Eu quero. — Solto um suspiro. — Só é um pouco difícil pra mim.

Nico assente, e então olho para baixo, reparando em como estou amassando mil vezes o pacote vazio do snack. Guardo-o em uma sacola plástica que estava na minha bolsa e me volto para ele de novo.

— Bom, ela era minha melhor amiga — começo. — A gente era muito conectada em tudo. Desde que me lembro, eu vivia na casa dela, porque ela era simplesmente... interessante, sabe? Eu adorava fazer coisas artísticas, e ela sempre me ajudava a inventar alguma coisa. — Sorrio ao lembrar. — Fossem colagens, pinturas, estilização de roupas antigas, composição de músicas, cozinhar... Ela sempre dizia que tentar coisas novas é o segredo para a felicidade e para uma mente saudável. E domingo era nosso dia sagrado. A gente sempre passava o dia fazendo algo diferente. Em uma semana era algo que fosse ideia dela, e na outra, alguma sugestão minha — conto, e ele assente, sorrindo. — Então, conforme fui crescendo, ela também foi introduzindo a astrologia. E aí minha adolescência passou a ser regada pelos sabadastros, os nossos sábados astrológicos. A cada semana, ela me ensinava algo novo... E sugeria que eu treinasse durante a semana. Se em um sábado ela me explicasse mais sobre a Lua, durante a semana eu focava nas partes dos livros que explicavam tudo sobre ela: Lua nos signos, nas casas, fases lunares, aspectos da Lua com os planetas... E aí, durante a semana mesmo, eu já ia contando o que mais amava ter aprendido, porque muitas vezes ia pra casa dela depois da aula. Enfim, era algo muito mágico mesmo. Porque foi como se ela estivesse me ensinando um idioma que só nós duas usássemos, ainda mais naquela época... Eu sentia que minha língua materna não era só o português, mas essa linguagem astral também.

Olho para o Nico, esperando que diga algo, mas ele apenas eleva o corpo devagar e se senta na minha frente, com um sorriso doce no rosto. Então continuo:

— Bom, aí quando eu fiz dezoito anos e prestei vestibular, ela que me ajudou a escolher jornalismo. Cogitei fazer algo mais artístico, mas meu pai não apoiou, e eu percebi que, entre tudo o que eu amava criar, escrever era a minha atividade favorita.

"Como eu também tinha o sonho de viajar para muitos lugares, senti que ser jornalista poderia abrir muitas portas. Quando passei na Federal do Rio, acabou sendo a melhor opção, porque na época ficaria bem pesado pros meus pais arcarem com uma faculdade particular. Eu fiquei com o coração bem apertado, porque não queria ficar longe da minha avó, até tentei convencê-la a se mudar pra lá também, mas ela disse que estava na hora de voar, e que eu estava preparada pra isso. E que ela também precisava focar em algumas outras coisas. Na hora não entendi muito bem... depois caiu a ficha de que ela já devia estar doente na época, só que não me contou."

Minha respiração fica um pouco entrecortada, e sinto a mão do Nico repousando na minha. Só nesse momento me dou conta de como estou tremendo. Respiro fundo e continuo, sabendo que, se não disser tudo de uma vez agora, provavelmente nunca mais vou contar.

— Menos de um ano depois, veio a notícia. Ela estava com câncer. Fiquei tão abalada que quase tranquei a faculdade pra ir morar com ela e estar perto durante todo o tratamento. Mas ela não deixou, e até hoje me arrependo de não a ter contrariado. Pelo menos teríamos tido mais tempo juntas... — Meneio a cabeça, segurando o choro. — Eu estava estagiando na época, e gastava praticamente todo o meu salário indo quase todo fim de semana de ônibus pra São Paulo. Comecei a ir mal nas provas, pois não tinha forças pra estudar e não conseguia prestar atenção em nada durante as aulas. Mas fui a auxiliando durante o tratamento, e ela procurava me acalmar, inclusive por meio da astrologia. Dizia que estava passando por um momento mais intenso mesmo, tanto nos trânsitos como nas progressões, mas que entender melhor o que estava acontecendo ajudava a lidar com tudo. E que a astrologia até ajudou a ter um diagnóstico bem cedo, porque ela também era especialista em astrologia médica, que ajuda muito a agilizar certos diagnósticos, e enfim... fomos ficando bem esperançosos. E, de fato, alguns meses depois, o câncer entrou em remissão. Juro que foi um dos dias mais felizes da minha vida — conto, lembrando da emoção. — Eu e minha mãe estávamos com ela na consulta, e, logo depois, fomos para um estúdio de tatuagem. Foi quando eu fiz essa aqui.

Olho para a constelação de aquário no meu ombro, e Nico volta seu olhar para ela também. Então ele passa os dedos da sua mão livre suavemente através das linhas e dos pontos que representam o próprio signo.

Fecho os olhos, sentindo o acolhimento desse gesto... E me preparando para contar o final. O final da minha esperança, da minha alegria e da minha relação com a astrologia.

— Uma semana depois disso... Juro, *uma* semana — digo. — Eu já estava no Rio quando recebi uma ligação. Da minha mãe.

Começo a tremer de novo e a sentir um pouco de falta de ar. Nico aperta um pouco a minha mão, e sei que está tentando me dar forças para continuar.

— Minha avó estava indo de carro visitar uma amiga no litoral e sofreu um acidente — conto, com a voz baixa. — Não vou entrar em detalhes porque é doloroso demais, mas ela morreu na hora. Depois de *meses* de tratamento, depois de finalmente se curar... — Balanço a cabeça, segurando o choro. — Meu mundo caiu, e minha vida pareceu literalmente acabar também. Parecia uma piada de mau gosto do Universo, sabe? E da própria astrologia. Por que ela não previu algo assim? Como ela pôde não saber que, sei lá, o dia estava perigoso? — Sinto uma lágrima caindo. — E ainda fiquei com raiva de mim mesma por estar com raiva dela, em vez de só ficar triste, sabe?

"Então passei a canalizar todo esse rancor para a própria astrologia. Porque talvez ela não fosse tão assertiva assim. Porque senão ela teria sido capaz de prever, e não viajaria, né? Ou, se havia algum trânsito intenso demais no mapa dela... será que ela já sabia que morreria de um jeito ou de outro, e não quis me contar? Isso pareceu tão horrível quanto a outra opção. Me senti tão traída, tão confusa, tão angustiada, tão deprimida... que precisei me fechar pra tudo isso. Na verdade, me fechei para a vida em si. Não conseguia sair da cama. Nem sei se foram dias, semanas ou meses. Fiz terapia, mas não adiantava muito. Sei que talvez deveria ter tentado outra terapeuta, mas na época era tudo muito nebuloso. Meus pais me levaram num psiquiatra, que indicou remédios que eu fingi que tomaria, mas não tomei. Era como se eu não quisesse melhorar. Eu não queria viver em um mundo sem ela.

"Então um tempo se passou, meus pais achavam que eu estava melhor... mas a verdade é que comecei a me anestesiar de todas as formas que pude. Com bebida, drogas, eu saía pra festas várias vezes por semana, e de manhã nem lembrava direito do que tinha feito, enfim... não sabia o que fazer comigo mesma. Eu lembro que, quando um novo ano começou, a minha colega de apartamento na época decidiu sair, e a Sarah, uma moça um ano mais nova, mas também do jornalismo, entrou no lugar e acabou virando minha melhor amiga. Ela acompanhava meu ritmo, mas ao mesmo tempo eu percebia que ela tentava cuidar de mim e me ajudar a não exagerar tanto, sabe? No fundo, acho que meus pais nem tinham ideia de metade do que eu estava fazendo, mas perceberam que a situação estava bem ruim quando eu tive que ser hospitalizada, e... enfim.

"Várias outras coisas aconteceram, mas, resumindo, a gente fez uma viagem pra Bonito entre amigos da faculdade, e foi quando eu conheci o

Alex. Ficamos juntos depois disso, e ele acabou ajudando muito para que aos poucos eu saísse daquela situação. Meus pais, obviamente, ficaram bem aliviados e gratos pelo relacionamento. Conforme fui melhorando, voltei a estagiar e até fui efetivada como redatora em uma revista de turismo. Depois, a Sarah me indicou na Share & Fly, agência em que ela trabalhava, e, bom... agora, tantos anos depois, eu descobri o que Alex estava escondendo de mim há sabe-se lá quanto tempo, e, naquele momento, pareceu que todas as memórias e os sentimentos que eu vinha tentando anestesiar voltaram de uma vez."

Assim que termino de falar, estou até com a boca seca. Enquanto pego a garrafa de água na bolsa, evito o olhar dele, com um pouco de vergonha de ter me aberto tanto assim.

Ele coloca a mão no meu queixo com delicadeza, e inclina meu rosto até que eu encare o seu.

— Ali. Obrigado por ter compartilhado isso comigo — ele diz com suavidade, e as barreiras que eu queria criar ao meu redor começam a se desfazer de novo. — Posso te dar um abraço?

Assinto, sentindo as lágrimas voltando. E então me inclino em sua direção, me deixando envolver completamente pelos seus braços. O encaixe é tão perfeito que é quase como se alinhamentos planetários estivessem acontecendo. Como se algo que estivesse fora de órbita antes pudesse voltar para o curso certo neste exato instante.

Ele continua me abraçando, e sei que está me dando a oportunidade de escolher quando vamos nos desvencilhar. Não faço ideia se saio depois de dez segundos ou um minuto — só sei que, quando faço isso, as lágrimas não estão mais caindo. E sinto que, ao mesmo tempo que há tanto o que dizer e agradecer por esse gesto... não existe nada que eu precise falar para expressar isso. E é muito especial perceber que ele *entende*. Ele *me* compreende.

E eu não sabia que precisava sentir esse acolhimento incondicional até ter tido a oportunidade de viver tudo isso.

— Sabe — ele diz, passados alguns instantes, os cotovelos apoiados nos joelhos. — Acho muito bonito o quanto você está se permitindo revisitar tanta coisa que fez parte dessa época da sua vida. Tenho percebido cada vez mais que, pra gente entender mais sobre o nosso futuro, é fundamental fazer as pazes com muitas questões do passado. — Ele olha para o horizonte, e depois de volta para mim. — Tenho a impressão de que fazia tempo que você não falava sobre isso... E se permitir conversar sobre todas essas questões pode ser muito curativo, né?

Assinto, sentindo suas palavras me acolhendo e nutrindo, junto com cada raio de sol dessa manhã sem nuvens. A sensação é tão boa que quase consigo deixar de lado o incômodo por ter me exposto demais.

— Preciso confessar — começo, torcendo para que ele não repare na mudança de assunto — que já tinha achado sua casa 3 em câncer bem acolhedora na teoria, mas na prática ela vem me surpreendendo cada vez mais. Deve ser por causa da Lua em peixes também.

Ele dá um leve sorriso, mas então diz:

— Ali... — Ele tira uma mecha de cabelo do meu rosto e a coloca atrás da orelha, e então seus olhos se conectam intensamente aos meus. — Você sabe que não precisa fazer piada toda vez que quiser amenizar um tema difícil, né? Não comigo, pelo menos — ele complementa. — Eu amo as trocas sarcásticas com você, mas também amo as conversas profundas. Não precisa negar uma parte de quem você é por achar que ela não vai me agradar.

Fico sem reação por um instante. E então, a cada segundo que passa, sinto que consigo integrar um pouco melhor cada palavra dita.

— Obrigada por isso — digo, assentindo. — É a primeira vez que me abro sobre esse assunto em muito tempo. E acho que fiquei um pouco envergonhada por ter falado tanto assim. É que... Por alguma razão, sempre tenho a impressão de que vai ser a última vez que vamos nos ver, então posso ser totalmente sincera com você — confesso, mas me arrependo um pouco assim que as palavras saem da minha boca.

— Entendo. — Ele apoia o cotovelo na areia atrás de si e se vira para mim de novo. — E fico feliz que consiga ser sincera comigo. Pelo bem do seu Sol em sagitário, espero que consiga ser cada vez mais, com todos. — Ele sorri. — Principalmente, consigo mesma.

Tento me segurar para não dar um sorriso grande demais, e já me pego mergulhando profundamente em seus olhos quando ele complementa:

— E, claro... espero que não seja a última vez que a gente se vê.

Continuo conectada ao seu olhar, mas permaneço em silêncio.

Parte de mim quer responder, mas meu coração está batendo mais alto do que qualquer palavra que poderia sair da minha boca. Nenhuma delas conseguiria expressar o quanto também quero isso.

Muito, mas *muito* mais do que qualquer mapa poderia prever.

Assim que saímos de Cala Pregonda, dirigimos até Ciutadella, o centro turístico de Menorca, onde passeamos um pouco e almoçamos. Em metade do tempo, estamos rindo. Na outra, estou me emocionando, e até com as coisas mais simples. Em algum momento, descobri que hoje a Lua está em peixes, e, sendo meu ascendente e a Lua do Nico, fez total sentido com os acontecimentos do dia. E é engraçado porque, por tanto tempo, passei a associar peixes a ilusões. Culpei meu ascendente por sentir tudo tão intensamente, mas hoje, com a Lua nesse signo e com tanta coisa sendo ressignificada dentro de mim, tenho a impressão de que finalmente entendi a razão pela qual ele remete à esperança. E aos nossos sonhos, também, porque parece mesmo que estou vivendo um.

Minha vontade é seguir nesse encontro o dia inteiro, mas acabo achando que é melhor não, até por causa da promessa... então digo que preciso voltar para o hotel para resolver algumas coisas durante a tarde.

Como busquei o Nico na ida, estamos voltando para a casa da mãe dele. Passamos o caminho inteiro conversando com calma, e, nos minutos finais, um silêncio tranquilo se instaura. Do tipo que não gera incômodo, e sim conforto. Paz. Uma sensação de preenchimento que há tempos eu não experienciava.

Quando já estamos chegando na rua da casa, olho com ternura para a mão dele na minha, em seguida subindo o olhar para seu perfil. Ele me observa de relance e sorri.

E então, ao se voltar para a frente, algo estranho acontece. Seu maxilar se enrijece por alguma razão.

Quando me viro, curiosa, para entender o que está no seu campo de visão, percebo que há uma mulher parada na frente da casa.

Ao voltar a observá-lo, reparo que ele engole em seco.

— Ali — ele diz, e o carro desacelera —, temos um problema. — Ele pigarreia. — Acho que... preciso da sua ajuda com uma coisa.

— Pode falar. — Eu me prontifico.

— Minha mãe fica preocupada demais comigo. Fala que sou muito fechado para o amor, que só penso em trabalho, e também que foco demais em cuidar dela e acabo não me abrindo para relacionamentos — ele diz. — Em um impulso pra deixá-la mais tranquila, há alguns dias eu disse que estava conhecendo alguém especial. Só que... ela meio que entendeu que eu estava namorando. E eu não tive coragem de negar...

— E você não sabia que eu viria — complemento.

— Isso — ele confirma, e agora estamos a menos de cinquenta metros da casa. — Então, desculpa te pedir isso, mas...

— Pode contar comigo — eu o interrompo, dando um leve aperto em sua mão. — É o mínimo que posso fazer por você, né? — Espero que ele ria um pouco, mas ele parece tenso demais para isso. — Qual o nome dela?

— Cristina — ele responde, enquanto estaciona o carro.

Então ele abre o vidro, e um rosto reluzente entra pela sua janela.

— Ah, Alissa — ela diz sorrindo —, que alegria finalmente te conhecer!

Passo uma hora tendo uma das experiências gastronômicas e antropológicas mais interessantes da minha vida. Mesmo já tendo almoçado, sou obrigada a provar muito mais comidas típicas do que imaginaria que Menorca poderia ter, e minha quase sogra, que descubro ser geminiana, apresenta sua casa aconchegante com muito entusiasmo. Lola está passando uns dias aqui também, e parece mais séria por alguma razão, mas acaba não conseguindo segurar algumas risadas. Já Nico fica tão nervoso que parece estar prestes a desmaiar a qualquer momento — o que, preciso confessar, faz com que meu coração se aqueça um pouco mais.

— Algo que ainda não entendi — Cristina diz, em seu português perfeito, já que sua mãe era brasileira — é por que você está ficando em hotel, e não aqui.

— *Madre.* — Nico passa uma das mãos pelo rosto, e eu seguro com carinho a sua outra mão, embaixo da mesa de madeira, enquanto solto uma leve risada. Estamos só nós três na sala no momento, porque Lola saiu para atender uma ligação.

— Na verdade, não queria atrapalhar vocês — invento. — Ainda mais por estar com os planos tão em aberto, sem saber exatamente quanto tempo vou ficar aqui.

— Ah, mas por isso mesmo — ela insiste, pegando a jarra de suco e servindo mais no meu copo. — Pra que ficar gastando com hotel? Por que não vem ficar conosco a partir de hoje?

Meu corpo congela um pouco, mas tento disfarçar.

— Na verdade, já paguei pelas diárias dos próximos dias e estava planejando ir para o próximo país logo em seguida — minto. — Como tenho pouco tempo para me encontrar... sinto que preciso otimizar ao máximo esses vinte dias de viagem, sabe?

— Tão rápido? — Ela arregala os olhos verdes, iguaizinhos aos do Nico, e percebo como ela combina com o cenário atrás de si, com seu vestido azul-turquesa e seu jeito alegre e geminiano de ser. O ambiente também é lindo, quase todo branco, com muitos detalhes em madeira e alguns quadros e objetos em azul. — Pra onde você vai, querida?

— Ah, então... — Ajeitando-me na cadeira, me viro sutilmente para Nico com os olhos um pouco arregalados.

— A Ali ainda não decidiu — ele diz, claramente entendendo meu pedido de ajuda. — São muitas opções interessantes na astrocartogra-fia dela.

— Mas nenhum pra onde esteja mais inclinada? — ela pergunta, o olhar transitando do Nico para mim.

— Bom... confesso que estava pensando um pouco na Suíça — digo, com sinceridade. — Entre todas as possibilidades aqui na Europa, me parece ser o mais interessante pra ir agora.

Nico aperta de leve a minha mão, e me viro para ele.

— Vênus DC? — ele pergunta, elevando um pouco as sobrancelhas, o cabelo preso no seu coque casual, e a camisa off-white caindo tão bem no corpo dele que sinto um impulso maior do que o normal de abraçá-lo e não soltar nunca mais.

— Você decorou a minha astrocartografia? — pergunto, semicerrando os olhos.

— Não — ele responde. — Só tenho uma memória *muito* boa. — Sorrio, balançando a cabeça, e ele complementa: — Você deveria falar com minha irmã. — Ele indica Lola, que está entrando na sala de novo, com a cabeça. — Ela vai pra Suíça em breve.

— Ah, sim — Lola assente. — Vou voltar pra Lucerna amanhã.

— Voltar? — pergunto, inclinando a cabeça.

— Isso. — Ela se senta ao lado da mãe. — Moro lá com a minha namorada.

— Você devia ir e ficar na casa delas — Nico diz e pigarreia. — Já que... vou ter que ficar aqui mais alguns dias. — Ele então toma um gole de suco.

— Nico, Nico. — Viro mais o corpo na direção dele. — Você está tentando ficar de olho em mim através de uma espiã familiar?

— Não. — Ele coloca o copo de volta na mesa e também se vira para mim, dando um meio-sorriso. — Só garantindo que você vai ter todo o amparo possível. E que não vai quebrar sua promessa — ele fala mais baixo. — Pode ficar mais difícil em uma linha de Vênus.

— Sei. — Não consigo conter um sorriso.

— É sério que vocês vão ficar flertando na nossa frente? — Lola pergunta, cruzando os braços, e a mãe deles ri. — Contanto que vocês concordem em parar de ser tão melosos em público, não tem problema ficar na minha casa, Ali. Amaria te receber.

— Muito obrigada — digo, rindo. — Ainda estou decidindo, mas muito bom saber. Obrigada mesmo. — Sorrio para ela, que dá uma piscadela de volta. — Hum, gente, acho que preciso ir ao banheiro. Fica pra esse lado? — pergunto, apontando para a cozinha.

— Sim, claro. — Cristina sorri e se levanta. — Vem comigo.

Ela me acompanha até o lavabo, que é meio escondido da sala, já que sua porta fica logo depois que viramos uma curva em direção à cozinha.

— Ah, acho esse banheiro tão apertado — ela comenta. — Pode ir no do quarto, que fica no final desse corredor. — Ela sorri apontando para a direção mencionada e volta para a sala de jantar. — Vocês dois vão ou não me ajudar com a louça?

244

Eu ia responder que não me importo de ir nesse, mas como não deu tempo de dizer, apenas dou risada, percebendo o quanto dela existe tanto na Lola como no Nico.

Só que, logo que entro no banheiro, algo estranho acontece. Ouço os passos da Lola e Nico se aproximando, e então a voz da Lola perto da porta, como se não quisesse ser ouvida por mais ninguém, pois está falando baixo... E porque ela parece estar bem brava.

— *¿Qué carajo, Nico?* — ela pergunta. — O que você pensa que está fazendo?

— O quê? — Ouço a voz do Nico dizer. — Do que você está falando?

Me esforço ao máximo para entender o espanhol rápido que eles falam.

— Não se faça de idiota — ela retruca. — Decidiu posar de bom namorado agora? Que merda você está fazendo? Não sabe que ela acabou de se separar?

— Claro que sei.

— E está levando ela pra mil lugares incríveis pra fazer ela se apaixonar por você, e depois deixá-la?

Seguro minha respiração e começo a sentir meu corpo inteiro travando.

— Lola. Não é isso... — ouço Nico dizer.

— Ah, o que é, então? Vai namorar com ela de verdade? Pedir em casamento um dia? Ou ficar alguns meses e terminar? Ela já sabe que você desistiu de namorar há anos? — Sua voz está indignada. — Mas que merda, Nico. Eu gostei muito da Alissa. Queria ser amiga dela. Mas vai ser mais uma que não vai olhar na minha cara depois, de tão magoada...

Fecho os olhos. O buraco se abrindo no meu peito é tão grande que era de esperar que algumas lágrimas fossem acompanhar sua abertura. No entanto, pareço não ter mais lágrimas disponíveis esse mês, de tantas decepções que me fizeram gastá-las. E é difícil conseguir sentir luto por algo que nem sequer chegou a existir.

Mas isso não impede que venha a dificuldade de respirar. A mão começando a tremer. A garganta apertando. E não dá nem para colocar a culpa na Lua em peixes, porque eu é que claramente tenho o dom de seguir me decepcionando.

Tento respirar fundo algumas vezes, esperando que as vozes se afastem, deixando que muitos minutos se passem.

Nem faço ideia de quantos.

Não sei se eles se dão conta de que eu escutei ou se ainda acham que eu estava no banheiro do fundo. E acho que estou tão anestesiada que não faço ideia de como se desdobram as próximas interações com todos eles, até o momento em que digo que preciso ir.

Pela primeira vez, não sinto nada ao abraçar Nico. Ou, pelo menos, finjo para mim mesma que não senti.

Ele me observa com o cenho um pouco franzido, e a Lola grita um "tchau, Ali!" de longe, dizendo que precisa atender outra ligação.

Já a Cristina diz que vai me acompanhar até o carro, e, antes que eu abra a porta, sua voz me para:

— Ali. Queria só trocar uma palavrinha com você. — Eu me viro lentamente para ela, tentando não entregar nada através da minha expressão.

Ela pega nas minhas mãos e diz:

— Querida. Desculpe estragar a encenação, que foi ótima, aliás. — Ela solta um riso leve. — Sei que vocês dois não são namorados. Não sou tão boba assim. Mas... — Ela aperta um pouco minhas mãos. — Precisava te dizer que fiquei muito feliz por te conhecer. E que eu realmente amaria ter você como nora.

Assinto, segurando um pouco o ar e querendo mais que tudo que algum cometa colida com Menorca neste exato momento, mas ela continua:

— Não deixe o Nico saber que eu te disse isso, mas a verdade é que ele se preocupa demais comigo desde muito pequeno, sabe? — ela diz, e percebo que está escolhendo com muita cautela suas palavras. — Mas o que ele não percebe é que eu sei me cuidar muito bem, e que não adianta ele querer ficar ocupando um papel que não precisa ser dele. Enfim... toda família tem suas questões, né? — Ela me encara profundamente. — Mas eu senti que precisava te dizer isso. E espero que você possa dar uma chance pra ele.

Solto o ar devagar, mas meu coração continua acelerando cada vez mais.

— O que te faz pensar que eu é que tenho que dar uma chance pra ele?

Ela solta minhas mãos e suavemente coloca uma mecha do meu cabelo atrás da orelha.

— Ah, querida, porque ele com certeza está interessado em você. É a primeira vez que vejo ele com alguém, e que ele me diz que tem uma namorada, em muitos e muitos anos. Entende o que eu quero dizer?

Apenas assinto, com a garganta doendo e a boca seca.

Antes que eu consiga dizer qualquer coisa, ela me dá um abraço, que sinto que nós duas estávamos precisando muito receber. Ao mesmo tempo que a abraço de volta, fecho os olhos com força. Porque tudo o que mais queria era acreditar nisso. Acreditar *nele*.

Só que, independentemente do que ouvi dela, da Petra, da Helena, da Kira, e de tudo o que venho aprendendo esses dias... a dor é muito grande. E ela parece ter voltado com uma força inimaginável agora. A dor da traição. Da perda. Da desilusão.

Justo depois de ter me aberto tanto hoje... Ouvir da boca da própria irmã do Nico que ele sempre faz isso com outras mulheres dói demais. E fica difícil desvincular isso de todo o restante que estou vivendo, porque ele estava sendo um bálsamo em meio a esse momento tão angustiante. *Ele* estava me ajudando a me reencontrar. A superar a traição, as crises, a frustração.

E por mais que eu já tenha compreendido melhor tantas coisas na teoria... A verdade é que leva tempo para digerir e superar na prática. A lembrança de tudo o que vi e vivi não machuca só emocionalmente. O trauma é quase físico, visceral.

Um homem que estava comigo há dez anos preferiu estar com outra mulher.

Por que eu deveria me enganar achando que alguém que conheci há dez dias estaria interessado por mim de verdade? Esse questionamento se repete em minha mente de forma incessante.

E sei que nada disso é racional, mas a possibilidade de sofrer uma decepção assim de novo é angustiante demais. A ideia de me permitir sentir e viver essa intensidade crescente e não ser recíproco.

E sim, por alguns dias eu me deixei levar. Acreditei que era genuíno. Mas Júpiter, dentre tantos ensinamentos, também me ajudou a enxergar a verdade. E nada como a realidade nua e crua para me libertar e me guiar de volta para o meu principal objetivo.

247

Quando chego ao hotel, sei que preciso encontrar a Helena. Torço para que ela não esteja em nenhuma praia, e sim tomando sol na piscina perto da área onde é servido o café da manhã.

Mas nada.

Procuro no corredor dos quartos, na área comum, na recepção... até pergunto se a moça que está no balcão tem ideia de onde ela pode estar. Mas ela diz que não sabe, e que ela talvez já tenha feito check-out com o recepcionista que estava lá de manhã. Fico com taquicardia assim que as palavras saem da sua boca.

Volto para o meu quarto com a respiração e os passos tão acelerados que sei que devo levar um tempo para me acalmar. Seguro o pingente de rosa dos ventos enquanto respiro fundo algumas vezes e percebo meus batimentos aos poucos voltando ao normal. Me deito na cama e pego o celular, me entregando ao impulso de conferir se chegou alguma nova mensagem. Surpreendentemente, encontro uma da minha mãe.

> **Celina:** Filha, estava organizando algumas caixas antigas e encontrei algumas coisas suas que quero muito te mandar depois. Mas também achei uma mensagem linda que sua avó escreveu na época em que estava em tratamento, e não sei se você chegou a ver depois que tudo aconteceu...

Vejo que há uma imagem abaixo da sua mensagem e a abro sem hesitar, sentando-me para ler cada palavra com total atenção.

> *Querida Alissa,*
> *Um recado do qual gostaria que você se lembrasse sempre.*
> *Se tem uma coisa que eu posso sugerir é: vá viver.*
> *Vá atrás da sua verdade. Da sua cura. De novas possibilidades.*
> *Não se permita estagnar.*
> *Quando passamos muito tempo sentindo que há algo errado, é porque há.*

E ninguém poderá nos dar a resposta do que é se nós mesmas não dissermos sim para essa busca.

Eu busquei fora, dentro, por toda parte. E sei que essa busca não vai terminar. O resultado dela não é apenas uma solução. Nunca deixaremos de ter desafios, angústias, superações. Tudo isso faz parte da vida, e sim, minha querida, a vida é muito desafiadora às vezes. Não é porque temos um emprego, comida, roupas para vestir, que não podemos nos frustrar. Que não devemos querer mudar.

A única constante na vida é a mudança. E quando dizemos não para isso, estamos dizendo não para o princípio básico da nossa existência. Para o principal ingrediente da nossa evolução.

Por isso, por favor, vá viver!

Não pare de se movimentar.

De tentar, errar, aprender, ensinar.

Estamos aqui para isso.

A vida na Terra nada mais é do que um grande experimento.

E, para se permitir criar e recriar constantemente... não há melhor lugar.

Fico tão emocionada lendo que volto ao início, absorvendo cada palavra de novo.

Sem que consiga me conter, começo a chorar. E então a sorrir.

Não lembro se cheguei a ler isso na época em que tudo aconteceu, porque algumas memórias acabaram se tornando um borrão em minha mente, tamanha foi a dor. Mas é incrível ter a oportunidade de acessar algo tão lindo, e que também ajude na missão de resgatar memórias e aprendizados tão preciosos que ela me transmitia.

E ter recebido isso agora é simplesmente surreal. É como se fosse uma última troca com a Helena, que acabei não tendo a oportunidade de vivenciar. E um amparo profundo da minha avó, que já tenho sentido através da presença do seu colar comigo, e agora pude receber também por meio das suas palavras.

Ouço uma notificação chegando no celular e só então percebo que estou o abraçando junto ao peito. Assim que desbloqueio a tela, agradeço minha mãe pela partilha, e então descubro que a nova mensagem que chegou é da Lola.

Lola: Oi, Ali. O Nico me passou seu número. Só queria dizer que, se quiser ir pra Suíça, pode mesmo ficar em casa, viu? É em Lucerna, uma cidade bem localizada pra visitar vários lugares lindos. Se conseguir encontrar um voo bom, pode ir amanhã mesmo. Eu vou logo cedo também. Eu e a minha namorada vamos pra um retiro da Petra no Atacama na próxima quarta, mas fique à vontade pra ficar lá em casa quanto tempo quiser. Bjs!

Assim como a carta da minha avó, leio outra vez. E depois outra, e então mais uma, até que me forço a deixar o celular de lado.

Respiro fundo, e, ao soltar o ar, sinto um peso enorme saindo de mim. Uma certeza de que tudo está acontecendo como precisa acontecer. Uma paz no coração por saber que não há como perder algo que nem chegou a ser meu.

Mas posso fazer a escolha de pertencer cada vez mais a mim mesma. E ninguém vai me impedir de percorrer as trajetórias mais incríveis para isso.

Desbloqueio o celular de novo, procuro minha conversa com a Sarah e começo a digitar.

Alissa: Preciso de um conselho.

Sarah: Virginiana prestativa: a seu dispor.

Sarah: Desculpa, não consigo me controlar agora que você se abriu mais para a astrologia.

Sarah: Mas ok. Parei. Manda.

Alissa: Engraçadinha. Ok. Então... se eu quero fugir de alguém que está me fazendo querer quebrar minha promessa, mas não vale que eu a quebre... muito loucura ir bem pra uma linha de Vênus?

Sarah: SABIA QUE IA TER ALGUMA LINHA DE VÊNUS.

Sarah: Ok, vamos lá.

Sarah: Sua Vênus é em escorpião, sagitário ou capricórnio?

Alissa: Como você sabe que é em um dos três?

Sarah: Porque ela não costuma ficar muito longe do Sol. Assim que começa a se afastar demais, já fica retrógrada.

Mando uma foto do meu mapa para ela e digito:

Alissa: Escorpião.

Sarah: Finalmente recebendo este precioso mapa.

Sarah: Uh, interessante. Você tem praticamente mais escorpião que sagitário no mapa.

Alissa: No aguardo da eficácia virginiana.

Sarah: Tá. Ok. Bom, talvez fosse mais perigoso estar lá *com* ele do que sem ele. Essa Vênus em escorpião é bem 🔥. Então… grandes chances de encontrar outra pessoa com quem quebrar sua promessa. Tome cuidado.

Sarah: Ou não.

Alissa: Para de tentar me levar pro mau caminho.

Sarah: Jamais.

Alissa: Obrigada pelas infos. Love you!

Sarah: Também te amo (e aguardo notícias calientes 🔥).

Dou risada e balanço a cabeça enquanto deixo o celular na mesa de cabeceira.

Decido ir tomar um banho, para então focar em encontrar a passagem mais barata possível para ir para a Suíça amanhã mesmo.

Não tenho interesse algum em quebrar minha promessa, *mas* não custa nada descobrir se os suíços podem ser mais cativantes do que imagino...

Ainda que eu ache muito difícil encontrar alguém mais interessante do que um *certo* espanhol que não sai da minha cabeça — mas que estou mais do que decidida a retirar dela.

PARTE QUATRO
VÊNUS

PLAYLIST

Dia 8

SEGUNDA-FEIRA, 15 DE MAIO

Ainda que a retrogradação de Mercúrio acabe hoje,
muitas reflexões ainda não chegaram ao fim.
Tenha paciência com questões que ainda estão clareando...
não é preciso ter tanta pressa assim.

— Antes de mais nada — Lola diz, em inglês. — Um brinde ao fim de Mercúrio retrógrado.

Segurando a taça, solto uma risada alta.

— Vocês são realmente *muito* apaixonadas por astrologia — digo, brindando com as duas.

— Você não faz *ideia.* — Mia eleva a sobrancelha, quase tão loira quanto seu cabelo, e complementa: — Até os ingredientes do meu restaurante são escolhidos usando astrocartografia. E o pior é que *dá certo.* Não dá nem pra ficar com raiva da Lola.

— Primeiro — Lola diz —, que ninguém fica com raiva de mim. Eu é que passo raiva com as pessoas. E segundo... — Ela pousa a taça na mesa. — De fato, a astrocartografia tem se provado impressionante. Não só os ingredientes, mas temos pratos de diferentes nacionalidades no restaurante dela. E adivinha? Os da culinária de certos países fazem muito mais sucesso do que outros.

— Já sei — digo. — Os dos lugares bons para expansão de carreira na sua astrocartografia? — pergunto, olhando para Mia.

— Sim! Comida francesa e também espanhola, por conta do meu Júpiter MC... — Ela olha com carinho para Lola. — O prato da Indonésia também é um sucesso, e minha linha de Sol MC passa por lá. Mas a que faz mais sucesso é a culinária turca, por causa da minha Lua MC, que passa pertinho de Istambul. É o prato que mais sai no restaurante. Estamos nos aprofundando na culinária africana, também, porque várias linhas bacanas passam por países de lá, e em breve vamos começar a fazer alguns testes — ela conta, animada, enquanto faz os preparos na cozinha aberta. Ela já colocou a racleteira e todos os ingredientes (batatas, cebolas pequenas, picles) na mesa de jantar, cada um em um potinho diferente, e agora está terminando de posicionar os pedaços de queijo raclette em uma tábua de madeira.

— Isso é *muito* incrível mesmo — digo, recostando na cadeira. — Vocês são criativas demais.

— Obrigada! E sim, depois te mostro o quanto até a nossa sinastria é sensacional — Lola diz, ajeitando seu clássico rabo de cavalo. — Mas voltando ao tema inicial... Fim de Mercúrio retrógrado! — Ela eleva a taça novamente. — Muitos insights e clareza podem vir nos próximos dias. E você ainda está em uma linha de Vênus, hein? Que delícia!

— E na presença de uma anfitriã com ascendente em libra — digo, relembrando do que ela me contou no dia em que nos conhecemos, enquanto elevo a taça na direção dela e tomo mais um gole.

— E a Mia ainda é taurina! Acredita? — Lola sorri. — Nada melhor do que falarmos sobre assuntos venusianos. E comermos bem — ela diz, pegando o primeiro pedaço de queijo e o colocando na racleteira, onde imediatamente começa a derreter. — Pode colocar um pra você também, Ali. Aí já pega alguns ingredientes e coloca no seu prato. Depois você põe o queijo por cima.

Faço o que ela indica e, ao saborear um pedaço de batata, depois de cebola e então de picles, todos com queijo raclette derretido em cima, sinto que talvez tenha transcendido o espaço-tempo e na verdade esteja hospedada diretamente no paraíso.

— Meu Deus — digo. — *Meu Deus.* É *muito* bom. Por que eu nunca tinha comido isso? E por que o fondue é que ficou mais famoso? Não faz sentido *nenhum.*

As duas dão risada.

— Sério, *perfeito demais.* Como posso querer comer qualquer outra coisa na vida depois disso?

— Esse é o efeito que a Mia causa nas pessoas — Lola diz. — Isso que nem é uma receita complexa. Você vai ver o que te aguarda nos próximos dias. — Ela levanta as sobrancelhas duas vezes.

— Bem que eu senti — começo — que estava em presença de uma chef suíça muito famosa.

— Para com isso — Mia diz, sorrindo e colocando queijo derretido em uma batata no seu prato. — E espero muito que minha comida faça jus à sua presença, Ali! É uma honra ter você aqui. Ouvi falar muito bem da namorada do Nico.

Quase engasgo com um pedaço de batata, e ela dá risada.

— É brincadeira! — Mia diz, terminando de mastigar. — Fiquei sabendo que foi só encenação. Mas seria incrível se fosse verdade...

Fico um pouco sem reação e, antes que consiga me controlar, direciono meu olhar para Lola, para estudar sua expressão. Ela parece bem mais tranquila do que se mostrou na casa da mãe deles ontem. Apesar de lembrar de cada uma das suas palavras, consigo relaxar um pouco ao vê-la demonstrando serenidade.

— Começamos os assuntos venusianos com tudo, né? — ela brinca, me tranquilizando ainda mais. — Ali, já vou avisando que a Mia é bem casamenteira. Tanto que conseguiu segurar essa ariana agitada aqui. Com Marte e Mercúrio em áries, e Lua em gêmeos ainda.

— Mas a Vênus em touro é conjunta ao meu Sol, né? — Mia diz, dando a mão para Lola. — Era pra ser, baby.

— Depois de um raclette desses, o que quer que você diga que é pra ser, eu acredito — brinco, e elas riem. — Já estou aqui manifestando um dia me casar com alguém que goste de cozinhar também.

— O Nico adora — Mia diz, e agora ela é que eleva as sobrancelhas duas vezes.

— Ah, mas não chega nem perto de cozinhar bem como você — Lola diz, tocando de leve o nariz dela com o indicador. — Seu trabalho é surreal, meu amor.

Mia dá um beijo na mão da Lola com afeto, mas em seguida solta um suspiro.

— Só preciso que mais pessoas saibam disso... — Mia desabafa. — Estamos tentando pensar em novas estratégias pra divulgar o restaurante, mas está sendo um pouco difícil. Talvez tenha a ver com o fato de termos começado isso durante Mercúrio retrógrado... espero que agora as coisas comecem a fluir melhor.

Eu me viro para ela, surpresa.

— Eu posso ajudar — proponho. — É literalmente o meu trabalho. E vocês estão sendo tão generosas de me receber aqui... seria um ótimo jeito de retribuir.

— Tá falando sério? — Mia arregala os olhos. — Eu adoraria trabalhar com você, mas obviamente preciso te pagar por isso. Sei muito bem quanto custa um serviço desses, e essa estadia aqui não é nem perto do suficiente pra pagar!

— Não. — Balanço a cabeça. — Vocês estão me ajudando tanto, me chamando pra cá, me deixando ficar aqui com vocês. Seria um prazer.

— Bom — diz Lola —, vamos ter que discutir os valores, mas tenho um pressentimento de que você é a pessoa certa pra montar essa estratégia, Ali.

— Temos um combinado, então. — Sorrio para as duas.

E volto meu foco de novo para esse sublime raclette, mas no mesmo instante meu celular apita, indicando uma nova mensagem.

Nico: Elas já estão te enchendo de comida?

Não consigo impedir um sorriso de se espalhar pelos meus lábios.

Alissa: Sim. E ensinando sobre ativações planetárias gastronômicas.

Nico: Se existe melhor forma de fazer ativação remota, desconheço.

Assim que leio, solto uma risada. Mas também fico com raiva de mim mesma. Quero parar de responder. Não quero fazê-lo se achar engraçado. Por mais adolescente que isso pareça... preciso que ele pense que eu também não me importo tanto assim.

Mas *não consigo*. Talvez seja por causa dessa linha de Vênus. Ou talvez seja a romântica incurável que habita em mim e está mais insuportável ainda sob a influência dessa localização.

Então, digito mais uma:

Alissa: Se eu comer raclette em toda oportunidade que tiver futuramente, será que minha linha de Vênus vai ficar constantemente ativa?

Nico: Com certeza. Bem ativa e muito, muito feliz.

Dou um sorriso, mas logo em seguida solto um suspiro. É impossível não lembrar do que a Lola disse ontem e de todo o potencial que essa situação tem de me deixar mal. Não só por causa dele, mas também porque, ainda que seja muito especial estar aqui, e que elas sejam muito gentis... lá no fundo, não tenho ideia nenhuma do que estou fazendo. O que estou buscando, afinal? De que forma essa linha de Vênus *realmente* vai me ajudar?

Lola coloca a mão no meu braço.

— Tudo bem, Ali? — Enxergo pura gentileza no seu olhar.

— Tudo. — Tento dar um sorriso. — Só estou um pouco... preocupada com tudo, sabe?

Ela assente e pergunta:

— Mas tem algo específico que esteja te deixando assim?

Reflito por um instante.

— Lá em Londres — começo —, a Petra falou algo que me marcou muito... sobre ter diferentes propósitos em fases distintas de vida — explico, e Lola assente. — Mas tem me frustrado muito não conseguir identificar bem o meu neste momento. Parece que estou perdida em todos os sentidos, sabe?

Lola assente de novo e diz:

— Mas, Ali. — Ela coloca a mão sobre a minha. — Você está fazendo essa jornada justamente pra se encontrar.

— Eu sei, mas... E se eu não encontrar nada? — pergunto, aflita.

— Impossível. — Lola ri, e, quando olho para Mia, ela dá um sorriso encorajador.

Me viro de novo para a Lola.

— É sério — reitero.

— Ali... — Lola segura a minha outra mão por cima da mesa. — Eu acho que você tem uma tendência a buscar grandes respostas, como se tudo o que você é e faz já não tivesse valor. E *tem* — ela afirma. — Aliás, ainda que vá nos ajudar com a divulgação do restaurante... sinceramente, você deveria se permitir desfrutar mais da vida nesses dias em Vênus. Com calma — ela continua. — Inclusive, aproveita pra tomar um banho de banheira pra relaxar um pouco depois que a gente tiver feito o nosso passeio de hoje. Se é que vamos ter forças, depois desse almoço. — Dou uma risada baixa, e ela continua: — Mas, sério, se permita simplesmente ficar encantada pela beleza da Suíça e deixar que isso te ajude a enxergar a *sua* vida com mais beleza e harmonia, sabe?

— Sim... — assinto devagar.

— E lembra que Vênus também pode te ajudar muito a se conectar com seus talentos — Mia diz, animada.

— Mas com calma — Lola diz. — E olha que é uma ariana te dizendo isso. Não é todo dia que você vai me escutar proferindo essas palavras.

— Nada como uma taurina na vida dela — Mia diz, sorrindo, enquanto coloca mais raclette para derreter.

Lola ri e então se levanta, vai na direção de Mia e dá um abraço nela.

— Tenta se permitir simplesmente viver o que esses dias terão a oferecer — ela sugere, me encarando de forma incisiva, mas amorosa. — Acho que eles vão te fazer muito bem.

— Vou tentar. Prometo que vou — digo, soltando outro suspiro.

Mesmo sem ter a mínima ideia de como farei isso.

Assim que saímos de casa, estou focada em dedicar o restante do dia ao objetivo de desacelerar. Não é lá uma missão tão simples, considerando que a Lua está em áries no momento — e é por isso que, ainda que eu e Lola tenhamos chegado hoje de manhã, elas não quiseram esperar até amanhã pra já fazermos uma programação ao ar livre.

Primeiro, nós vamos para um lago bem famoso, chamado Blausee, e fico completamente encantada com cada detalhe do lugar. A água é azul-claro e há uma floresta ao redor, e cada cantinho do local é tão incrível que ele quase parece conter algum tipo de magia. Tiro algumas fotos do colar da minha avó com os cenários de fundo, escrevo um pouco em um bloco de notas que carrego na bolsa, e sigo me deslumbrando com o quanto a Suíça é impressionantemente linda.

Depois, pegamos o trem de novo e vamos para um lago menos conhecido pelos turistas e mais pelos locais, o Lungern, e preparamos um piquenique de fim de tarde com vários ingredientes que elas trouxeram. Nos sentamos em uma parte dele que parece uma pequena ilha, pois de todos os lados conseguimos observar as águas, também azul-cristalinas, do lago. Só há outros dois pequenos grupos além de nós, e sinto uma paz quase que sobrenatural. Entre a comida e a paisagem, fico tão encantada com cada detalhe que parece que estou o tempo todo dentro do cenário de um filme.

Mas não consigo desapegar da sensação de que está faltando um personagem.

No instante em que isso me ocorre, recebo uma mensagem.

Olho para baixo, e *claro* que é dele.

Ele mandou print de uma foto de nós três juntas, sorrindo, que provavelmente Lola ou Mia postaram agora há pouco. E uma mensagem logo abaixo:

Nico: Queria estar com vocês.

Meu coração aperta e seguro a respiração por alguns instantes a mais do que deveria. Mas permito que seja só isso. Consigo me conter e não responder.

No decorrer da tarde, tive vontade de mandar fotos de diversas situações, indagando sobre mil porcentagens diferentes — nossa brincadeira de sempre. Inclusive, nesse momento mesmo olho para o lado e sinto o impulso de mandar um registro do piquenique, perguntando qual é a chance de que eu vá sair da Suíça com uns bons quilos a mais.

Mas não posso. Então respiro fundo e me forço a deixar o celular de lado.

E, ao voltar a conversar com as meninas, elas me surpreendem com um presente: um caderno lindo, que simplesmente tem uma rosa dos ventos desenhada na capa. Lola comenta que o viu em uma loja no aeroporto e que na mesma hora lembrou do meu colar, então não pôde deixar de comprar. Mia comenta que linhas de Vênus são ótimas para recebermos presentes e para desbravarmos vários talentos e ideias especiais, e que o caderno poderia acabar ajudando no meu processo de autodescoberta.

Fico emocionada demais com o presente, e, minutos depois, já começo a escrever nele. E então tomamos o sol gostoso da tarde. E comemos queijos, pães e frutas. E, algumas horas depois, já estamos na casa das duas novamente.

Depois de um dia tão movimentado, e tendo passado *muitas* horas em aeroportos e trens, tenho certeza de que mereço aquele banho de banheira. Com direito a água bem quentinha, espuma e hidromassagem.

E é curioso, porque algo tão simples acaba sendo uma das experiências mais especiais da minha vida. Tento acalmar a mente e foco em perceber, com total consciência, cada centímetro da minha pele que está em contato com a água. Observo a textura da espuma. Como ela se transforma conforme movimento as mãos e pernas sutilmente. É como se cada pequeno gesto, cada detalhe, cada sensação, fosse a perfeita expressão de uma poesia em terceira dimensão.

Consigo respirar devagar e profundamente. Sinto-me em casa. Não só na Suíça, nesse apartamento ou nessa banheira, mas no meu próprio corpo. Como não me sentia há muito tempo. Na verdade, como talvez nunca tenha me sentido na vida.

Estou de olhos fechados e entregue a essa sensação de perfeito pertencimento quando escuto o som de uma notificação no celular.

Seco as mãos e o pego. Estou tão relaxada que não me abalo ao descobrir quem a enviou.

Nico: Tudo bem por aí?

Observo cada letra com calma, e noto que algo singelo me preenche. Uma certeza, tão súbita quanto serena, de que ele se importa.

Uma intuição sutil de que ele talvez esteja sentindo o mesmo que eu.

E uma vontade surpreendente de não tentar me impedir de sentir isso.

Então, antes que consiga pensar muito bem no que estou fazendo, tiro uma foto da minha vista no momento: minhas pernas em meio às espumas abundantes.

Nada sensual demais. Apenas seguindo a minha intuição e transmitindo a sutileza mesclada ao poder desse momento.

Não sei se ele vai conseguir captar o que estou sentindo. Nem sei o que, exatamente, eu quero que ele entenda. Só sei que abro a nossa conversa e, junto com a foto, escrevo:

Tudo. :)

E, sem pensar duas vezes, envio.

Dia 9

TERÇA-FEIRA, 16 DE MAIO

Hoje, Júpiter entra em touro, um local de mais sossego,
expandindo o nosso senso de merecimento,
e também certo apego.

Estou sentada no gramado com vista para o castelo, admirando a inacreditável cor do lago Brienz, quando Lola pergunta:

— Você não vai querer uma foto com o castelo? Fica linda sentada nesse banco, ou em pé mesmo.

— Sim, esse é o melhor lugar, as fotos ficam perfeitas — Mia concorda com um sorriso doce.

— Ah, não. — Balanço a cabeça. — Já tirei foto dele.

— Mas você não tirou nenhuma foto *sua*. — Lola franze a testa.

— Ah, eu não ligo muito pra isso. Não sinto que eu fico muito bem nas fotos — explico. — E também não faço questão de postar.

— Ali... — Lola me encara com as mãos na cintura. — Para de ser louca. Essa é uma ótima forma de trabalhar a energia de Vênus. Você precisa *se ver* nas fotos. Precisa saber que você *sabe* posar. E enxergar o quanto você é magnética, poderosa, sensual — ela explica. — E sim, dei uma estudada extra no seu mapa astral.

Solto uma risada. Ainda estou pensando no que dizer quando Mia coloca a mão no meu braço.

— E não só isso, Ali — ela diz, com suavidade. — É muito especial ter esses registros de recordação. Não para os outros, mas pra você mesma poder acessar depois. Lembrar mais claramente de como estava se sentindo, dessa versão sua que você desbravou aqui, e ter certeza de que você pode acessá-la sempre que precisar. É mágico ter essas lembranças de diversas partes nossas e do quanto elas podem nos apoiar a todo momento.

Sorrio, assentindo devagar, completamente encantada com essa forma de enxergar a fotografia.

— Mia, isso é muito lindo mesmo — digo, e então observo mais uma vez o castelo espetacular no meio do cenário. Respiro fundo e volto a olhar para elas, decidindo seguir o conselho: — Tá bom, então. Vamos tirar. Mas me passem umas dicas, por favor. Não faço ideia de como posar.

— Não se preocupe, nós vamos te ajudar. — Mia me posiciona, e as duas começam a me dirigir.

— Isso, vai se mexendo e eu vou capturando — Lola diz. — Olha para o além, depois para o castelo, isso. Agora pra mim. Faz uma séria. Agora sorrindo. — Ela está sorrindo também. — Isso. Ai, maravilhosa. Bronzeadíssima! Esse tom de rosa foi feito pra você! Meu Deus, que *glow*. Você está brilhando. *Brilhando*. E fica tranquila, não é suor. A luz daqui gosta de você. Ela *te ama*. Acho que a Suíça quer você pra sempre aqui. Você não acha, Mia?

— Com certeza. — Mia ri, e eu também solto uma risada alta, sentindo que as duas estão levando a missão "linha de Vênus" um pouco a sério demais.

Só que, quando olho as fotos, fico surpresa com o quanto realmente estão bonitas. Com o quanto *eu* estou linda. E é tão estranho para mim dizer isso que sinto vontade de chorar... porque é muito surreal perceber há quanto tempo não parava para me admirar.

Olho cada uma delas com carinho, e algo que nunca havia ocorrido antes acontece: me apaixono por *todas*. Mesmo as despretensiosas, as na pose errada, meio torta ou com a boca aberta.

Amo cada detalhe em mim e no cenário.

Amo o quão despojada estou, com uma regata, shorts e tênis.

Amo o bronzeado que simplesmente se instalou em mim, como se sempre tivesse habitado a minha pele.

Amo o meu cabelo, agora já passando dos meus ombros, e voltando a ter movimento. Amo as suas ondas e a liberdade à qual elas remetem.

265

Amo que essa versão de mim condiz com quem eu quero me tornar cada vez mais.

E o quanto sinto que finalmente estou ficando pronta para sê-la.

— Acho que você deveria dar um mergulho — Lola sugere, depois que estamos há uns quinze minutos tomando sol na beira do lago.

Me viro para ela, com a mão na testa para conseguir enxergar melhor, e suspeitando que talvez ela tenha enlouquecido.

— Não *mesmo*. — Balanço a cabeça. — Detesto água gelada.

E, sinceramente... se tem algo que *não* quero fazer nesse momento, é me mexer. Chegamos nesse lugar há menos de meia hora, depois de continuar caminhando pela beira do lago Brienz, e eu não poderia estar mais apaixonada por Iseltwald, essa pequena vila suíça. O lounge que escolhemos para passar algumas horas oferece tanto os sofás e pufes para quem prefere descansar como caiaques para quem quer remar nesse lago lindíssimo — ambas as opções com o bônus dessa vista perfeita para o castelo.

— Ok. — Lola solta seu cabelo para arrumá-lo, e em seguida o prende em um rabo de cavalo de novo. — Andar de caiaque, então.

Apenas recosto de novo no meu pufe e digo:

— Estou finalmente encontrando paz na minha linha de Vênus, e vocês — aponto para elas — estão querendo perturbá-la.

As duas riem.

— Maaaas é uma Vênus em escorpião, né... — Lola argumenta, inclinando a cabeça. — Tem que fazer pelo menos uma atividade na água, poxa. E você não vai nem se molhar.

— E a gente faz um vídeo bem poético seu, pra você postar com um dos textos lindos que com certeza está escrevendo esses dias... se quiser, claro — Mia sugere, com seu olhar doce e persuasivo.

Solto um suspiro.

— Vocês são terríveis e maravilhosas na mesma medida — constato.

Lola e Mia sorriem, vitoriosas, e em menos de três minutos eu me vejo alugando um caiaque, entrando na água com ele e começando a remar.

No mesmo instante, já me sinto grata por ter aceitado a provocação delas. Uma paz profunda toma conta de mim a cada remada, conforme escuto o barulho suave da água e avanço em direção a uma ilha bem pequena, que fica a cerca de cinquenta metros de distância da beira do lago.

Olho para a esquerda e observo o castelo, que fica visível a todo momento, porque está em uma espécie de cabo, uma parte do continente que avança para dentro da água. Parece mesmo o paraíso, porque o tom de azul do lago é tão turquesa, e é tão surreal que haja um castelo em meio a essa água cristalina que mal posso acreditar que esse lugar existe e que estou aqui.

É um privilégio tão grande, e é tão maravilhoso que, mesmo em meio a tantas incertezas, eu possa estar vivendo tudo isso, que começo a me lembrar de tudo o que a Helena disse, especialmente porque ela contou que mora aqui na maior parte do tempo. Será que ela disse Lucerna, quando perguntei em que cidade vivia? Agora não consigo me lembrar.

Só sei que, sem que eu consiga me controlar, meus pensamentos me levam até a memória de um certo viking espanhol. Solto um suspiro e admito para mim mesma que talvez esteja perdendo a oportunidade de viver algo que estava sendo muito incrível, por não ter simplesmente falado com ele sobre o que aconteceu. Tanto para entender melhor o que a sua irmã disse, como também para compreender o que significa para ele isso que tem rolado entre nós dois.

Porque, no fundo, sei o que a *minha* intuição está indicando.

Sei que a atração por ele foi imediata quando nos conhecemos no Rio, mas o que tenho sentido nas nossas trocas desde então vai muito além disso. Nunca pensei que conseguiria me conectar tanto com alguém em... o quê... duas semanas de convivência? Talvez nem isso. Mas parece que o conheço há muito mais tempo, como se fosse um reencontro, de tão familiar que é cada interação entre nós, e a própria *presença* dele.

Respiro fundo e, enquanto solto o ar, tomo uma decisão: assim que sair do caiaque, vou mandar uma mensagem de verdade, e não só em tom de provocação.

Vou tentar ter uma conversa normal. Sem rancor. Sem elevar minhas barreiras de novo.

Assim, se o objetivo dele for só algo casual, se ele não se importa tanto assim, se isso realmente for só mais um jogo... Eu vou descobrir e me esforçar ao máximo para expulsá-lo dos meus pensamentos.

Bem convicta da minha resolução, decido dar a última volta na pequena ilha e voltar para a beira do lago.

Só que, quando estou terminando de circulá-la, percebo que tem outro caiaque vindo na minha direção.

E seguro a respiração no momento em que percebo *quem* está nele.

Sim: um viking espanhol navegador.

Ele tem uma expressão que não consigo desvendar como gostaria, porque de repente meus olhos estão um pouco marejados (contra a minha vontade, claro).

Conforme ele se aproxima, tento me lembrar de voltar a respirar. Nem sei mais como se faz para *falar*, pelo amor de Deus. Meu choque está tornando impossível formular qualquer raciocínio.

Isso está mesmo acontecendo?

— Oi — ele diz, desacelerando e parando o caiaque ao meu lado (e tornando o cenário ainda mais extraordinário).

— O que... — Meneio a cabeça. — Você está fazendo aqui?

— Ah, surgiu um projeto de última hora em Lucerna e tive que vir. — Ele dá de ombros.

— Jura? — pergunto, franzindo o cenho.

— Não, Ali. Estou de férias, lembra? — Seus lábios se curvam devagar, e me esforço ao máximo para não os encarar por tempo demais. — É que eu só conhecia a Suíça no inverno, e minha irmã fala que o país muda completamente dependendo da estação. Então vim pra dar uma chance para a primavera e encontrar a Lola e a Mia pra irmos juntos para o retiro da Petra daqui a uns dias, porque resolvi ir também. — Ele coloca a mão no bolso do seu short marrom. — E claro, pra te entregar isso.

Ele estica a mão na minha direção e passa algo para mim, e quase perco meu remo tentando não derrubar o que quer que seja. Quando consigo olhar bem, descubro que é um pacotinho com um snack — dessa vez, contendo um mix de castanhas-de-caju, castanhas-do-pará e cranberry.

Meu coração acelera, e acho que minha expressão boquiaberta talvez esteja entregando completamente o quanto esse tipo de cuidado mexe comigo. *Comida* mexe comigo. Mas ele sabe disso. Ele *sabe* da minha Lua em touro. E não vai me manipular.

— Ok. — Pouso o pacote de snack no meu colo. — Agora fala sério.

— Estou falando muito sério. — Seu sorriso se amplia. — Só peço desculpas por ele não ser apimentado. Pelo menos é bem mais nutritivo que os últimos.

— Nico.

— Ali.

— Você veio até a *Suíça* praticamente sem motivo nenhum?

— Eu considero meus motivos muito válidos. — Ele dá de ombros. — Ver um dos países mais lindos do mundo todo florido... e alimentá-la, cuidar de você. — Seus olhos se prendem nos meus. — Tem muito a ver com a minha linha de Vênus passando aqui. E, pelo que me lembro... com a sua, também, né?

Meu coração começa a martelar ainda mais forte no peito, e queria muito poder dizer que é só por causa do exercício físico. Mas tento disfarçar entrando na brincadeira.

— Então não bastou confiar em uma espiã familiar? Você precisou vir me vigiar por conta própria, pra eu não quebrar minha promessa?

Ele revira os olhos.

— Vou me dar o direito de não comentar. — Seguro uma risada, e ele estende a mão na minha direção. — Pode comer. Eu fico com seu remo.

Seguro um sorriso e balanço a cabeça, incrédula. Mas então passo o remo para ele, abro o snack e como. Na companhia de um espanhol perigosamente solícito, no meio de um lago azul-claro, e com vista para um castelo.

E você pode me dizer: está vendo, Alissa? Talvez esse seja o seu próprio conto de fadas, afinal.

Mas eu te perguntarei: será mesmo?

Porque, assim que termino de comer, e o Nico, com uma expressão de divertimento, se alonga para me passar meu remo de volta, eu também me estico em sua direção.

Só que talvez um pouco demais, já que em um segundo estou no próprio paraíso, e no seguinte estou completamente submersa na água mais fria que já senti na vida.

E, antes que eu consiga entender como isso aconteceu, e em meio ao desespero por não ter a menor ideia de como vou fazer para não perder o remo, o caiaque, e talvez a minha própria vida, ouço alguém saltando na água ao meu lado.

269

E então sinto meu braço sendo segurado, minha cintura sendo envolvida, e meu corpo sendo abraçado e levado para a superfície.

Assim que estamos com o rosto acima da água, ofegantes, me dou conta de como estou abraçando-o intensamente. Estou tremendo, um pouco em choque, mas ao mesmo tempo sentindo de novo que partes de mim há muito tempo adormecidas estão finalmente acordando. Me afasto um pouco, me esforçando para nadar e raciocinar ao mesmo tempo. E quando o Nico me encara, ele não diz nada, mas seu sorriso está tão lindo e seu olhar é tão hipnotizante que quase começo a mudar de opinião sobre água gelada.

Dou um rápido mergulho, tanto para arrumar o cabelo como também para tentar quebrar o feitiço, e digo:

— Olha, estou voltando a me sentir um pouco enganada pela astrologia. — Balanço a cabeça. — Eu realmente não deveria ter que passar por isso em uma linha de Vênus.

Ele dá uma risada alta e pega o remo, que estava começando a se afastar de nós dois.

— Bom, quem mandou esperar um conto de fadas, tendo Vênus em escorpião? — Ele coloca o remo em cima do meu caiaque. — Toda essa vista do castelo já foi bem mais do que o esperado.

— Você... — Aponto para ele, ainda tremendo um pouco. — Definitivamente decorou o meu mapa astral.

— Não. — Ele balança a cabeça, aproximando-se de novo, seus olhos completamente mergulhados nos meus. — Só tenho uma memória *realmente* boa.

Sorrio de lado, meneando a cabeça.

Ele sorri também, ainda me hipnotizando com o seu olhar.

E então ouvimos uma voz vinda da borda do lago, a poucos metros de nós:

— Olha, desculpem estragar o clima... — Lola está com o celular na mão e um sorriso malicioso no rosto. — Mas eu estava filmando *bem* na hora que vocês caíram. E ninguém vai me impedir de postar.

— Quem aluga um carro na Suíça, sendo que tem trem pra todo lugar aqui? — pergunto para Nico, depois de abrir a porta e me sentar no banco do passageiro.

— Que tal você só agradecer pela carona? — ele questiona, do banco do motorista.

Reviro os olhos, segurando um sorriso.

— Eu poderia muito bem ter ido de trem. Já estava me programando pra isso, pra ir aproveitar os próximos dias em Interlaken — argumento. — Mas sim, obrigada. É um prazer desfrutar da sua companhia em mais uma etapa da minha intensa jornada de autodescoberta.

— O prazer é todo meu — ele afirma e me olha de soslaio antes de voltar a se concentrar na direção. — Mas, sobre os trens... Eles são ótimos mesmo. Só aluguei o carro pra evitar muitas baldeações, por serem poucos dias. Não tenho tempo a perder.

— Você está de férias. — Sinto minha testa franzindo. — E em Vênus. Pra que tanta pressa?

— Minha Vênus é em aquário, né? — Ele dá de ombros. — Preciso estar sempre um passo à frente.

Dou risada, balançando a cabeça, e conversamos sobre um pouco de tudo até chegarmos.

Assim que estacionamos perto do hostel, ele abre sua porta, sai e dá a volta no carro para abrir a minha.

— O que você está fazendo? — pergunto.

— Te tratando como você merece? — ele retruca.

Um arrepio percorre meu corpo e me forço a me levantar. Nico fecha a porta e eu falo um "obrigada" apressado.

Eu me viro para o hostel e estou prestes a começar a andar quando sua voz me para.

— Ali... — Giro o corpo devagar na sua direção. — Estou elaborando algo que preciso te falar, mas não consegui encontrar a melhor forma ainda. Posso te acompanhar?

Sinto um frio na barriga.

— Claro — respondo, e andamos juntos na direção da entrada.

Caminhamos em silêncio até a recepção e eu faço check-in. Pego o cartão que abre a porta do quarto e explico para a recepcionista que o Nico só está me acompanhando e já vai embora. Em seguida, vamos até o elevador e, assim que entramos juntos, pressiono o botão do segundo andar.

Ficamos em silêncio por um minuto. Cogito se esse é o melhor momento para compartilhar o que *eu* venho sentindo nos últimos dias. Para perguntar se isso é só uma brincadeira ou se ele tem sentido algo minimamente parecido com o que tem emergido dentro de mim. Ou se...

— Ali — ele interrompe meus pensamentos —, acho que o que eu mais preciso te perguntar...

Assinto, deixando-o à vontade para continuar.

— Aconteceu alguma coisa... na casa da minha mãe? Que tenha te deixado desconfortável? Quer dizer, desculpe mesmo ter feito você fingir que era minha namorada... — Ele passa a mão pelo cabelo, desarrumando um pouco seus quase cachos. — E também não sei o que minha mãe te falou...

— Na verdade — eu que interrompo agora —, sua mãe é maravilhosa, Nico. E amei de verdade conhecê-la, ir na casa dela.

Ele assente, e, quando a porta do elevador se abre e andamos em direção ao meu quarto, tomo coragem para falar sobre o que vem me atormentando. Assim que chegamos na porta, respiro fundo, me viro para ele e digo:

— Mas tem, sim, algo que me deixou um pouco chateada — admito. — Acho que você e sua irmã não perceberam, mas eu estava no banheiro mais próximo de vocês quando tiveram uma... conversa. Sua irmã te pressionando um pouco a não me enganar, porque você aparentemente não namora, alguma coisa assim — digo, e ele arregala um pouco os olhos.

— Ali, isso não...

— Não precisa se explicar. — Eu levanto as mãos, balançando a cabeça. — Porque eu sei que nem deveria estar pensando muito nisso, já que realmente não posso ficar com ninguém. Mas não consigo entender muito bem o que está acontecendo aqui. — Ele abre a boca para responder, mas não deixo, tomada por um súbito arrependimento do rumo que a conversa está tomando, mesclado com vergonha por estar me expondo tanto. — E queria te dizer pra não se preocupar em me passar a mensagem certa. Ou achar que essa apresentação para a sua mãe possa ter me iludido, ou algo assim. — Pigarreio, tentando esconder o nervosismo. — Sei que isso é só uma brincadeira com data pra acabar.

Um desapontamento passa de relance por seus olhos. Ou talvez seja o que eu quero acreditar que vi?

— É isso que você acha? Que é uma brincadeira com data pra terminar? — ele pergunta.

Tento decifrar a mensagem que seu olhar está tentando transmitir. E então assinto.

— Sim — respondo. — Uma sagitariana e um aquariano. Não à toa somos tão bons nas provocações, né?

Ele semicerra os olhos.

— Poderíamos ser bons em muitas outras coisas juntos.

Solto uma risada alta.

— Tá vendo? Você... — Coloco o indicador no meio do seu peitoral. — ... fala de mim, mas está sempre transformando os assuntos sérios em piada também.

Ele abre a boca para responder, mas somos interrompidos pelo som de uma porta se abrindo. Assim que olhamos para o lado, um homem que parece ter a nossa idade está saindo do banheiro. Seu traje? Apenas uma toalha enrolada na cintura. Ele dá um sorriso conspiratório para nós dois e caminha até a porta do que provavelmente é o seu quarto e entra.

Fico com vontade de rir, e Nico apenas solta um suspiro e diz:

— Já entendi que você está sob promessa e não quer nada sério comigo. — Abro a boca para interrompê-lo, o coração martelando com força dentro do peito conforme percebo que talvez tenha me expressado de forma completamente diferente do que gostaria, mas ele continua: — Mas tem certeza de que não quer mesmo dormir na casa da Lola e da Mia? Você está compartilhando o quarto com o quê, cinco pessoas?

Balanço a cabeça, sorrindo.

— Como aquariano, imaginei que você fosse mais aberto a novas amizades — brinco. — E Lucerna é incrível, e amei ficar com sua irmã e a Mia, mas aqui em Interlaken estou muito mais perto de vários lugares que quero conhecer.

Seu olho parece brilhar ao escutar minhas palavras.

— Interessante você dizer isso, porque acabei de ter uma ideia aqui... De uma surpresa que acho que você vai amar — ele afirma. — Vou pegar um quarto aqui também. Me encontra lá embaixo às nove pro café da manhã, pra eu te levar pra uma experiência *bem* aquariana.

— Ah, não. — Balanço a cabeça. — Pra ser sincera, eu prefiro que você já me conte o que é. Realmente não gosto de surpresas.

— Não *mesmo*? — Ele franze o cenho.

— Não — afirmo.

Ele apenas inclina a cabeça.

Solto um suspiro.

— Ok, não é que eu não goste — explico. — É que as pessoas não costumam acertar nas surpresas, e isso me deixa meio aflita. Porque não sei como reagir quando elas me dão a coisa ou fazem algo que consideram especial e eu não gosto. E tenho um pouco de dificuldade em lidar com a ideia de desagradar. — Reflito por um instante. — Mesmo que eu é que esteja sendo desagradada. Enfim.

— Na verdade — ele diz, descruzando os braços e apoiando uma mão na parede atrás de mim —, eu tenho uma teoria.

— Como sempre — afirmo, e ele ri.

— Talvez — ele me encara daquele jeito profundo, como se estivesse desvendando absolutamente todos os segredos da minha alma — as surpresas que você recebeu até hoje tenham sido muito pequenas ou superficiais em contraponto ao que sua energia sagitariana e escorpiana precisaria.

— Talvez — concordo, encostando na parede e cruzando os braços enquanto o encaro. Ainda assim, ele está próximo demais, e sinto uma necessidade urgente de distraí-lo do efeito que está causando em mim. — Mas você, meu caro Nico, está fazendo o romântico na nossa linha de Vênus. — Elevo uma sobrancelha. — E não está nem conseguindo disfarçar.

Ele se aproxima ainda mais de mim.

— Não vai ser romântico — ele diz, quase sussurrando. — Será uma aventura *increíble*.

Já perdi as contas de quantas vezes ele mencionou algo sobre meu mapa astral e fez análises certeiras, como se realmente me enxergasse de verdade. Talvez ele nem se dê conta disso. Mas *eu* estou percebendo — e gostando — *muito* mais do que imaginaria. E preciso muito disfarçar o quanto isso mexe comigo, então apenas digo:

— Tá bom. — Dou de ombros, soltando as mãos ao lado do corpo. — Vamos ver o quão boas podem ser as suas surpresas.

Ele apenas dá um meio-sorriso, se aproxima de novo e dá um beijo na minha bochecha. Só que, antes de recuar, percebo que vira um pouco o rosto para o meu pescoço. Ele hesita por um segundo, como se quisesse beijá-lo, mas então se afasta bem devagar, os olhos presos nos meus durante todo o percurso.

Um arrepio percorre meu corpo inteiro, e, antes que eu consiga relembrar como respirar, ele se vira e vai embora, me deixando sem ter certeza nenhuma do que pensar.

E é nesse momento que percebo que talvez essa linha de Vênus vá complicar muito mais as coisas do que eu poderia imaginar.

Dia 10

QUARTA-FEIRA, 17 DE MAIO

A Lua em áries traz uma dose de emoção e coragem;
mas depois da sua entrada em touro,
talvez seja necessária uma pausa
e uma nova abordagem.

Enquanto a van balança e o suíço explica em inglês as instruções do voo de parapente que faremos em menos de uma hora, mal consigo acreditar que isso está mesmo acontecendo.

Minha mente só consegue repetir sem parar uma palavra da frase que ele acabou de dizer.

— Nico. — Viro-me para ele, que está sentado no banco à minha esquerda. — Por acaso ele disse "vomitar"?

— É. Algumas pessoas ficam enjoadas com as piruetas.

— O quê?! — Arregalo os olhos. — Ele vai dar piruetas?

— Só se você quiser.

— Eu *não* quero. Me jogar do topo de uma montanha já é uma aventura de bom tamanho.

Ele dá uma risada baixa.

— Confia em mim. — Ele segura minha mão e a aperta. — Você vai *amar.*

E, nesse instante, decido tomar essas palavras como um mantra: vou amar. Vai ser incrível. Vou apreciar cada detalhe. Cada momento. Cada emoção.

E é isso o que faço.

Quando a van estaciona e visualizo a área de onde saltaremos, com todos os parapentes no gramado e suas asas em tecidos de tons vibrantes e encantadores, sorrio. Enquanto o instrutor que vai comigo prende o equipamento no meu corpo, dou alguns pulos de entusiasmo. E, quando vemos a primeira dupla saindo correndo e então ficando suspensa no ar, voando rumo à imensidão de Interlaken abaixo de nós, involuntariamente prendo a respiração.

Me viro para o lado, o corpo rígido de tanta ansiedade, e descubro que Nico está olhando para mim. E sei o que ele está dizendo com o olhar. De alguma forma, estou começando a desvendar.

Sei que ele sabe que estou aterrorizada, mas entusiasmada na mesma medida. Sei que ele consegue me ler tanto quanto tenho começado a lê-lo. E que, mesmo me conhecendo há duas semanas... Ele acertou na surpresa. Mais do que qualquer outra pessoa já acertou, durante a minha vida inteira.

Meus pensamentos são interrompidos assim que o instrutor, preso atrás de mim e controlando o parapente, fala para eu me preparar. Minha respiração acelera absurdamente, e tenho a impressão de que meu coração vai sair voando pela boca a qualquer instante.

Só que, quando estamos nos preparando para correr, ouço a voz do Nico:

— Ali, estou indo logo em seguida, e vamos tentar voar perto de vocês.
— Me viro para ele e constato que nunca o vi com um sorriso tão amplo.
— Aproveita cada minuto! — ele grita, e agora sua voz já está longe, porque estamos correndo, correndo, correndo, e a adrenalina está tomando conta do meu corpo inteiro, e meu coração definitivamente vai acabar voando antes de nós.

Assim que nossos pés saem do chão, fecho os olhos e dou um grito, abrindo os braços, sem acreditar na sensação de liberdade que está tomando conta de mim. No momento em que abro os olhos de novo, tenho certeza de que eles nunca estiveram tão arregalados na vida. Minhas mãos vão imediatamente até a boca. Não consigo acreditar que estou voando nesse lugar. Essa vista... meu Deus! É *inacreditável*.

Agora, não estamos vislumbrando só o horizonte e algumas montanhas ao fundo, e sim uma mistura entre nuvens, um céu azul perfeito, as montanhas, e Interlaken, a cidade entre lagos, sendo vista inteira. E estamos tão no alto que ela parece pequenina, uma cidade de contos de fadas, com seus lagos ainda mais turquesas e absurdamente lindos quando vistos de cima.

Meu nariz começa a arder e meus olhos ficam marejados... E, instantes depois, sem que consiga me controlar, começo a chorar copiosamente.

Acho que o instrutor percebe, porque pergunta se estou bem.

— Nunca estive melhor em toda a minha vida — respondo, em inglês.

Ele dá risada e pergunta se quero dar piruetas.

— Nem pensar — afirmo, e ele ri de novo.

E então, dentre todas as partes dessa vista encantadora que meus olhos poderiam desbravar, tudo o que mais quero é achá-lo. Porque o que torna essa experiência ainda mais maravilhosa é justamente saber que estou vivendo isso com ele.

E, no instante seguinte a esse pensamento, assim que viro o rosto para a direita, eu o vejo. Ele está de braços abertos, e sei que acabou de conseguir me ver também, porque dá um sorriso enorme e grita:

— ALIIIIIIIIIIII! — Então vira a cabeça para cima e fecha os olhos, completamente tomado pela magia dessa experiência.

Não consigo responder, apenas dar risada, e chorar, e rir de novo, e então chorar mais um pouco, de tanta emoção.

Nossos instrutores parecem perceber que mesmo nesse momento queremos continuar próximos, ou talvez o Nico tenha falado algo para o dele, porque o tempo todo no restante do voo nossos parapentes estão perto um do outro; tão perto quanto provavelmente podem ficar. Às vezes até nos afastamos, quando passamos por uma nuvem, por exemplo, mas rapidamente voltamos a ficar próximos.

E então vamos descendo, descendo, descendo, e vejo um sorriso radiante no rosto do Nico toda vez que viro para olhá-lo, e sei que ele está observando o mesmo em mim.

Não sei se me apaixono mais pela sensação de liberdade, pela vista, pela adrenalina, ou por estar fazendo isso com ele...

Só sei que quero me sentir viva assim para sempre.

Assim que pousamos e nos soltamos do equipamento, não consigo me controlar: saio correndo e dou um abraço nele.

Ele me abraça de volta, afundando o rosto no meu cabelo, e volto a ter uma clara sensação de ainda estar flutuando.

— E aí? — Ele se afasta e me olha com afeto. — Aprovado?

— O quê? — Coloco as mãos na cintura. — Quero saber quando vamos de novo. Disseram que é ainda mais lindo no inverno, mas não acho que isso seja possível.

— Vamos ter que descobrir. — Ele dá de ombros, sorrindo.

Lola e Mia, que nos esperaram dando um passeio por Interlaken, caminham até nós.

— Que lindinhos, esses dois — Mia diz, com um sorriso no rosto. — Parece que estou assistindo a um dos meus doramas favoritos.

Dou risada, e Lola pergunta:

— Você não vai mesmo nos dar a honra de sua presença em Lucerna?

Balanço a cabeça, rindo.

— Não, vou passar mais uma noite no hostel, pra aproveitar mais dos arredores de Interlaken amanhã — respondo. — E acho que vou embora daqui a pouco pra descansar, porque meu corpo está pedindo... *mas* vocês podem ter o privilégio de um almoço comigo, se quiserem — eu brinco. — Depois vou voltar pro hostel.

Nico abre a boca para dizer algo, e sei que talvez queira rebater a ideia de eu ficar aqui e não na casa delas, mas Mia fala primeiro:

— Eu conheço o restaurante *perfeito* pra essa despedida. — Ela une as mãos na frente da boca, animada. — E dá pra gente ir a pé! Vamos lá.

Caminhamos até o local, que é tão charmoso quanto cada cantinho desse país, e eu, obviamente, como raclette pela milésima vez, em meio às risadas e conversas com os três. Nico está sentado do meu lado, me observando com um brilho no olhar, mas tento ao máximo não me deixar levar pelo efeito que ele causa em mim. Quando estamos nos preparando para pagar a conta, ele diz:

— Eu pago pra você.

— Imagina. — Balanço a cabeça. — Você já deu o melhor presente da minha vida hoje.

Ele pensa em insistir, mas percebo no seu rosto o instante em que acaba deixando para lá.

— Fico muito feliz que tenha gostado — ele diz, sorrindo, e entrega seu cartão para o atendente para pagar a sua parte. Enquanto isso, abro a bolsa para pegar minha carteira, mas acabo demorando um pouco para encontrá-la. Solto um suspiro e procuro o celular para iluminar o interior da bolsa e facilitar o processo.

Só que, ao vasculhar a mesa em busca dele, também não o encontro. Minhas mãos vão rapidamente para o bolso da minha calça, e só então lembro que estou de legging. Tento pensar onde posso tê-lo colocado, e levo alguns instantes para perceber que não o vejo há um tempo.

Procuro de novo na bolsa, mesmo sabendo que nenhum dos dois está nela, e meu coração já está martelando tão alto no meu peito que não consigo escutar meus próprios pensamentos. Começo a tirar todos os objetos da bolsa e colocá-los em cima da mesa, até que Nico coloca a mão na minha e pergunta:

— Ali, tudo bem?

— Não — respondo. — Não consigo achar minha carteira nem meu celular.

Lola e Mia olham para nós, ficando a par do que está acontecendo.

— Quando você mexeu nele pela última vez? — Lola pergunta.

Franzo o cenho tentando lembrar, mas a verdade é que não faço a menor ideia. Sei que eles falaram para deixarmos nossos pertences aqui embaixo, mas lembro de ter colocado a carteira e o celular na doleira, e pensei que seria melhor levá-los comigo.

— Meu Deus, acho que eu levei a doleira com celular e carteira pro voo — digo, arregalando os olhos.

Era tudo de que eu precisava. Em meio ao dia que estava se tornando um dos mais felizes da minha vida, descobrir que meu celular, cartão, dinheiro e documentos voaram pelo céu de Interlaken, e estão em algum lago perfeitamente turquesa neste momento.

Acho que estou tremendo um pouco, porque Nico segura meus dois braços com delicadeza e diz:

— Calma, Ali. Estamos com você e vamos resolver isso. — Seus olhos estão conectados com os meus. — Você lembra de estar com a doleira enquanto o instrutor te preparava para o voo?

Respiro fundo, tentando lembrar.

— Não tenho certeza, parece que tudo está se misturando na minha cabeça — digo. — Nem tenho certeza se deixei a doleira aqui embaixo antes de a gente entrar na van, mas não lembro de estar com ela na hora de voar.

— Quando você deixou sua bolsa com o pessoal antes de entrar na van, você lembra de ter dado mais alguma coisa? — Lola pergunta. — Nossa, Ali, devíamos ter chegado antes pra poder ficar com as coisas de vocês. — Ela parece estar um pouco nervosa também, e isso me deixa ainda mais desesperada.

— Calma, gente. Se ficou com o pessoal do parapente, eles guardaram — Mia diz. — Vamos pagar a sua parte aqui, e passamos lá.

Assinto, aflita, e, assim que eles terminam de acertar, saímos do restaurante. Nico me abraça de lado e caminhamos todos juntos em direção ao local onde os instrutores ficam esperando todos os pousos.

Encontramos uma pessoa da empresa que fez nosso voo, e, quando explicamos a situação, ele manda uma mensagem no grupo dos funcionários perguntando.

Enquanto esperamos que ele tenha alguma resposta, começo a me entregar de vez ao desespero. Lá se foi a paz da linha de Vênus. Lá se foi a alegria que tomou conta de mim nas últimas horas, e o restante da viagem também.

Tanto meu cartão de crédito como todo o dinheiro que me restava estava guardado lá, e olha que já não era muito. Mas pelo menos eu tinha alguma perspectiva.

Agora, um vazio completo se apresenta à minha frente e na minha mente. A grande ironia? Vênus *também* fala de finanças.

Mais uma vez, respiro fundo, dessa vez fechando os olhos e segurando o colar da minha avó, rezando, mentalizando, pedindo todo tipo de ajuda que puder se apresentar nesse momento.

Instantes depois, o funcionário da empresa nos chama. Ele está em uma ligação, mas dá um sorriso e faz um joinha, indicando que recebeu uma resposta positiva da pessoa que estava procurando dentro da van.

Sinto tanto alívio que minhas pernas parecem ceder e preciso me sentar no gramado por um minuto. Nico abaixa ao meu lado, segurando minhas costas, e fico emocionada com o gesto, porque estou me sentindo fraca, com tontura e com um pouco de cólica.

— Sabia que ia dar certo — Lola diz, se sentando no gramado também. — E, se não tivesse dado... poderíamos contratar alguém pra uma horária.

— Horária? — pergunto.

— Sim — ela assente. — É uma técnica da astrologia em que você faz uma pergunta, abre o mapa desse minuto em que a pergunta foi feita, e esse próprio mapa responde — ela explica. — E é bem assertivo.

— Que incrível — digo. — Mas todo tipo de pergunta?

— Sim, mas de preferência algo mais específico, e não subjetivo — ela diz. — O mapa até mostra o tempo que algo deve levar para acontecer também. As pessoas usam mais para encontrar coisas perdidas. É muito eficaz, e impressionantemente preciso. Mas precisa ser feito com um astrólogo ou astróloga muito responsável e especialista nessa técnica, claro.

Assinto, refletindo sobre o quanto isso é incrível, principalmente considerando quantas situações graves podem ser solucionadas com o auxílio dessa técnica. Porém não consigo dizer nada, porque de repente minha cólica começa a aumentar demais... E, na mesma hora, entendo o que deve estar acontecendo.

Vou até o banheiro e, se já estava aliviada há alguns minutos, fico ainda mais ao descobrir que meu ciclo finalmente chegou. Depois de toda a jornada em Menorca, e agora esse susto... talvez seja meu corpo sinalizando que está na hora de me permitir descansar um pouco.

E por mais que ainda haja muito que eu gostaria de conhecer aqui, e que estivesse focada em não cair em certas tentações perigosas para a minha promessa, não consigo me imaginar indo para um hostel nesse momento. Ainda que seja um hostel suíço.

Assim que encontro os três de novo, esperamos meus pertences chegarem voando (mas seguros) com um dos instrutores. No instante em que ele me entrega a doleira, agradeço mil vezes, segurando o choro de alívio para não passar ainda mais vergonha.

Quando estamos caminhando até o carro alugado do Nico, respiro fundo e digo:

— Se o convite ainda estiver de pé... Eu topo ir pra casa da sua irmã.

Ele dá um sorriso pretensioso.

— Sabia que uma dose de adrenalina ia te ajudar a raciocinar melhor. Dou um leve tapa no seu bíceps.

— Uma dose de pânico, você quer dizer, né?

— Sim. — Ele se aproxima e me abraça de lado. — Mas deu tudo certo. E acho que você precisa de um pouco de descanso agora.

— É — digo, soltando o ar devagar. — Com certeza preciso.

— Como você está com cólica — Lola diz, da porta do quarto de hóspedes —, não preciso me preocupar com vocês dois manchando nossa roupa de cama fazendo indecências, né?

— Lola! — Mia grita da sala.

Ela olha na direção de sua namorada, e então de volta para nós:

— Ué, sempre melhor deixar tudo alinhado. — Ela dá de ombros. — É a linha de Vênus dos dois. Um perigo pros nossos lençóis novinhos.

Nico e eu damos risada, e digo:

— Não se preocupe, eles estão a salvo. Não estou nem conseguindo me mexer. — Para provar meu ponto, tento, com muita dificuldade, me ajeitar no travesseiro. Mas um mínimo movimento incomoda meu corpo inteiro, então volto a ficar o mais estática possível.

— Sei — Lola diz, com um meio-sorriso que parece até demais com o do seu irmão. — Bom, apesar dos riscos, é ótimo vocês dois estarem no mesmo quarto. O Nico faz uma massagem muito boa, já me salvou muitas vezes em dias de cólica e dor no corpo. E imagino o quanto você deve estar precisando nesse momento.

Sinto meu rosto corando, mas Nico apenas assente e diz:

— Concordo. E, não é por nada não, mas essa realmente é uma das minhas muitas habilidades — ele confirma, virando para mim. — Quer?

— Claro — respondo, ciente de que não deveria aceitar, mas aceito mesmo assim. — Quem sou eu para rejeitar uma massagem em plena linha de Vênus?

Ele dá um leve sorriso, e, enquanto começa a caminhar até mim, Lola também sorri, satisfeita, e logo em seguida sai do nosso campo de visão. Ele passa com calma por cima do colchão de ar no chão e se senta no sofá-cama em que estou deitada.

— Pode virar de bruços — ele diz e, assim que me viro, já começa a massagear minhas costas, meus braços e até minhas pernas. Mesmo estando tão exausta e com tanta dor, sinto arrepios percorrendo meu corpo todo conforme suas mãos passam por cada centímetro da minha pele. Depois do que parecem ter sido incontáveis minutos, ele chega até meus pés e diz: — Vou massagear alguns pontos aqui agora. Pode mudar de posição, se quiser.

— Meu Deus — digo, me virando de lado e fechando os olhos. — Não é possível. Quais as chances de você ter feito um curso de massagem, ou de... reflexologia?

— Bom, pode-se dizer que... trinta por cento — ele responde. — Não chegou a ser um curso, mas prestei consultoria para uma rede de spas uma vez e recebi muitas massagens durante o processo. Acabei aprendendo algumas coisas.

— Interessante — assinto, sendo tomada por um súbito ciúme ao imaginar cada mulher que já o massageou no passado. *Sortudas*. Mas preciso disfarçar meu incômodo, por isso completo: — Você realmente aprende rápido.

E só então percebo o quanto isso vai abrir margem para...

— Você não faz nem ideia — ele interrompe meus pensamentos.

Balanço a cabeça, dando risada.

— Você é terrível — digo —, mas sua massagem é maravilhosa. Obrigada, de verdade.

— Foi um prazer. — Ele continua fazendo um carinho gostoso no meu pé agora, e eu fecho os olhos, sentindo mais arrepios subindo pelas pernas.

Sem que eu consiga controlar, meu olhar acaba indo até a sua boca, depois novamente para os seus olhos... E então pigarreio, desviando a atenção para minha mala.

— Será que você poderia pegar um remédio pra mim, por favor? — peço, dobrando um pouco as pernas para tirar os pés do seu colo. — A massagem foi ótima e ajudou demais, mas ainda estou com bastante cólica.

— Claro — ele se prontifica, se levanta e vai em direção à mala.

Só que, quando chega ao lado dela, seus olhos recaem na escrivaninha do quarto, e percebo que ele se demora olhando meu caderno aberto.

— O que é isso? — ele pergunta.

— Nada — respondo, querendo conseguir me levantar rápido para pegá-lo.

No entanto, estou com cólica demais para isso, então ele o alcança antes. Seu corpo se vira na minha direção, mas seus olhos seguem grudados nas páginas abertas.

Mesmo com dor, me esforço para sentar na cama.

— São só algumas palavras soltas — me apresso em dizer.

Ele balança a cabeça.

— Isso não são palavras soltas. É uma poesia?

— Não... — reluto. — Na verdade, é uma música.

Ele eleva o rosto, me encarando com um brilho no olhar.

— Alissa — ele fala, e meu coração dá um pequeno salto só de ouvi-lo me chamando assim —, isso é incrível. Não sabia que você gostava de compor.

— Ah, não é nada demais. — Eu balanço a cabeça. — Você poderia guardar, por favor?

Ele fecha o caderno, mas diz:

— Você sabe que não precisa ter vergonha de mostrar pra mim, né?

Seguro um sorriso.

— Sei — respondo. — É só que não está pronta ainda... Por enquanto são realmente palavras soltas. Mas quem sabe você não me ajuda a terminar de compor um dia desses?

Espero que ele dê risada ou devolva alguma provocação, mas só consigo reparar no seu maxilar enrijecendo.

Ele fica em silêncio por um instante, olhando para o caderno fechado.

— Quem sabe — ele diz, deixando-o de volta na mesa. — É aqui que está seu remédio? — Ele aponta para a mala.

Tento não me incomodar com o fato de ele ter fugido do assunto. Com certeza deve haver alguma razão mais profunda para ele negar a mera possibilidade de resgatar seu talento com relação à música, mas decido não insistir no assunto hoje.

— Sim. — Me deito de novo por causa da dor. — Está num nécessaire com diversos remédios. É a única cartela que está fora da embalagem.

— Ok. — Ele começa a mexer na mala, mas agora não consigo mais vê-lo.

— Achou?

— Hum... não — ele responde. — Acho que procurei no nécessaire errado, porque encontrei... outra coisa.

— O quê? — pergunto, me sentando de novo.

E então fico completamente desacreditada com o que surge no meu campo de visão.

— Para quem está sob promessa... — Um sorriso malicioso estampa seu rosto. — Você veio bem preparada — ele constata, olhando para o body vermelho rendado em suas mãos.

— Gente. — Cubro a boca com uma das mãos. — Não era pra isso estar aí. — Franzo o cenho, tentando juntar as peças.

Então a ficha finalmente cai. Sorrio e balanço a cabeça, sem acreditar. *Ah, Sarah.* Que pilantrinha.

— Foi uma amiga minha que colocou — explico. — Mas... mesmo se tivesse sido eu... — Cruzo os braços. — Por que eu precisaria usar com outra pessoa? Poderia compor um look noturno ou colocar sozinha, simplesmente pra me sentir poderosa.

Ele assente devagar, com um leve sorriso se esparramando pelos seus lábios.

— Claro que sim — ele concorda, enquanto coloca o body de volta na mala. — E, inclusive, preciso dizer... estou achando que você já integrou muito bem os aprendizados da sua astrocartografia aqui.

— Ah, é? — Elevo as sobrancelhas.

— Sim. — Ele está com um brilho diferente no olhar. Alguma coisa que ainda não consigo desvendar.

— Nico. — Inclino a cabeça, semicerrando o olhar. — Que cara é essa?

Ele fecha a mala e se levanta, e, assim que nossos olhos se encontram de novo, seu sorriso se amplia.

— Nada demais... — Ele caminha até a porta. — Mia, Lola, conseguem vir aqui?

— O que está acontecendo? — questiono.

— É só que nós temos uma ideia pra compartilhar... — Nico diz enquanto Lola e Mia param na porta.

— Ali, nós amamos a estratégia de divulgação que você criou pro restaurante — diz Mia. — E estamos chocados que você elaborou tudo ontem à noite lá no hostel... Ficou incrível!

— Fico muito feliz! Senti uma grande inspiração e aproveitei pra colocar tudo no papel... — conto, meio desconfiada, sem saber aonde isso vai dar.

— A gente adorou. E achou a maneira perfeita de pagar: o retiro da Petra! — exclama Lola, superanimada.

— O quê?! Gente, não — reluto. — Um retiro desses deve ser caríssimo, muito mais do que o valor do meu serviço. Além disso, nem tenho como pagar a passagem — digo, incrédula, com o coração martelando no peito.

— Isso faz parte do pagamento, ué. O retiro e a passagem — explica Mia.

— Imagina... Realmente não posso aceitar, gente. — Balanço a cabeça.

— Pode e vai, Ali! — Mia insiste. — Se tem algo que você tem que levar de aprendizado de uma linha de Vênus é o quanto precisa se permitir receber. O quanto *merece* ser presenteada. Não fica pesado dividindo entre nós três. E tenho certeza de que a vida vai nos recompensar.

— Ela *já* te recompensou renovando todo o planejamento estratégico da divulgação do seu restaurante — Lola reitera, olhando para Mia e dando um leve esbarrão no ombro nela. — O que custaria até mais do que vamos pagar na passagem e na inscrição dela no retiro. — Ela olha de novo para mim. — Espero que Vênus te ensine a valorizar o seu trabalho, Ali. Tudo o que você oferece pro mundo tem *muito* valor.

Emocionada, sinto meus olhos se encherem de lágrimas. Parece absurdo, mas ao mesmo tempo... faz sentido? O Universo e essas pessoas maravilhosas estão me dando um presente valioso, e sinto, no fundo do meu coração, que devo aceitar, por mais que fique sem graça e ainda tenha dúvidas de que mereço tanto.

— Gente... Eu não sei nem como agradecer. É *muito* incrível que vocês estejam fazendo isso por mim. — Sorrio, emocionada.

— Você merece tudo isso e muito mais, Ali — diz Nico, com um sorriso amplo, e sinto meu coração acelerar de novo.

— Nossa, preciso então correr em alguma loja e comprar algumas roupas, porque acho que no deserto faz bastante frio, né? — Sinto meu cenho franzindo. — Tenho que me organizar, ver como posso fazer pra trocar dinheiro e...

— Calma. — Lola ri. — Eu posso te emprestar algumas roupas, já estava com a mala quase pronta e sempre levo roupas demais. E a gente ajuda você com as questões mais práticas, inclusive com sugestões de apps em que você consegue fazer um cartão virtual pra compras internacionais, até pra não precisar ficar dependendo tanto de trocar dinheiro físico. Mas agora acho que precisamos celebrar. Amanhã embarcamos todos juntos pra um retiro maravilhoso!

— Tá bem! — concordo, também rindo, mas meio nervosa. — Nossa, não tô nem acreditando. Tudo que tenho vivido tem sido tão maravilhoso... E a linha que tenho de Mercúrio MC passando por lá deve contribuir pra reflexões ainda mais incríveis, né?

— Com *toda* certeza — Nico diz, transmitindo toda a confiança e acolhimento do mundo em seu sorriso.

Animada, mando uma mensagem para Sarah:

Alissa: Você não adivinha o que aconteceu...

E, mesmo com o nervosismo, sinto que mal posso esperar para começar essa próxima fase da jornada.

Dia 11

QUINTA-FEIRA, 18 DE MAIO

Lua em touro conjunta a Urano:
Confie nos redirecionamentos da vida
e entregue-se à execução de um novo plano.

— Ainda não acredito que estamos fazendo isso — digo, recostando no banco do avião.

Lola se vira no assento da frente para olhar para nós.

— Fale por você, minha cara Alissa. Eu tenho esperado por um retiro da Petra há anos. — Ela apoia o queixo nas mãos entrelaçadas. — Nem acredito que nosso momento chegou.

— Não é isso, é que... nunca vou cansar de agradecer vocês. — Sorrio, emocionada. — Estou muito animada pra chegar lá!

— Eu também. Tenho certeza de que surpresas incríveis nos aguardam — Nico afirma, no banco à minha direita.

Uma aeromoça surge no corredor ao nosso lado oferecendo bebidas e se detém um pouco ao olhar para nós dois.

— *Was für ein wunderbares Paar!* — ela diz, com uma expressão alegre.

— *Danke* — Nico responde, sorrindo de volta.

Sorrio também, tentando disfarçar que não entendi nada, e aceito uma água. Assim que ela se afasta, pergunto:

— O que foi isso?

Ele dá de ombros e diz:

— Não tenho certeza se ouvi direito. Acho que *wunderbar* é maravilhoso. Será que teve coragem de dar em cima de mim com uma mulher dessas ao meu lado?

Seguro o riso e estou prestes a dar uma porcentagem baixa como nota para a sua cantada quando Mia se vira para nós de novo.

— Significa isso mesmo — ela conta, com sua expressão doce de sempre —, mas na verdade ela disse "que casal maravilhoso". — E então dá um sorrisinho conspiratório e se ajeita no assento de novo.

Sinto meu rosto corando instantaneamente e já penso em como tentar disfarçar.

— *Wunderbar* — assinto. — Gostei dessa palavra. Vou começar a usar pra tudo.

— Deveria, mesmo. — Nico aproxima um pouco o rosto do meu. — Você certamente deixa tudo mais *wunderbar*.

— E você — chego ainda mais perto e sussurro: — merece vinte por cento nessa. Por que tenho a impressão de que você está piorando, em vez de melhorar?

— Hum... será mesmo? — ele pergunta, agora mais próximo do meu ouvido, então se afasta alguns centímetros e olha de relance para a minha boca.

Fico sem reação por um instante, e ele percebe. E parece gostar, porque seus lábios se curvam lentamente para cima.

Tentando ignorar a contração no meu baixo-ventre, rebato:

— Espero *muito* que sua linha de Júpiter no IC, e também o *paran* de Vênus DC com Plutão IC, te ajudem nessa missão.

— Olha só. — Ele eleva as sobrancelhas. — Entendendo sobre *parans*, já? Nem eu sei tanto sobre eles ainda.

Dou de ombros.

— A Petra falou sobre eles no workshop, e depois li mais sobre no livro dela. São cruzamentos entre linhas, e a união dessas duas energias influencia na latitude inteira, né? Não são tão poderosos quanto as linhas principais, mas são muito importantes também.

— Estou impressionado. — Ele sorri de lado.

— Uma aluna dedicada, né? — Recosto no assento. — Ou, em *astrologuês*: honrando meu *stellium* em escorpião na casa 9.

— Que bom que você tem um voo inteiro pra continuar estudando, então. Até porque esse retiro é mais avançado — ele diz, se arrumando melhor no assento também. — Acho que vai ser perfeito pra você. — Ele vira o rosto na minha direção. — Pra nós.

Seus olhos se prendem nos meus de novo, e, por alguns instantes, fico hipnotizada em cada detalhe do seu rosto. A barba por fazer, o maxilar definido, o cabelo preso no coque de sempre... e os olhos verdes e profundos. Assim que chego neles, reparo que ele talvez esteja preso no mesmo feitiço que eu, porque está respirando bem devagar e um pouco mais próximo do que antes.

E sei que poderia encurtar essa distância e permitir que meus lábios finalmente toquem os seus. É tudo o que eu mais quero. Mas também sei que esse não é o momento (e muito menos o lugar) para isso.

Sinto que ele percebe o exato instante em que o feitiço se quebra... porque solta um suspiro, parecendo se forçar a desviar o olhar para o chão, e pega uma almofada de pescoço que estava presa em sua mochila.

— Mas agora — ele encaixa a almofada na sua nuca — preciso dar o descanso que meu ascendente em touro merece.

Ele acomoda a cabeça e simplesmente fecha os olhos, prestes a dormir em um assento que mal reclina, e mesmo assim emitindo uma sensação de conforto tão grande que tenho vontade de subir o descanso de braço entre nós e me apoiar nele. Ou abraçá-lo. Ou... mais do que abraçar. *De novo.* Por um instante, vejo a cena acontecendo diante de mim, e preciso piscar algumas vezes pra ter certeza de que não está ocorrendo de verdade.

Merda.

Balanço a cabeça e me viro para a janela, tentando me distrair com algo que me ajude a liberar os pensamentos intrusivos, mas eles não chegam nem perto de ceder. E não consigo deixar de me perguntar: O quão perigoso é esse aumento exponencial da atração, e também de algo muito mais profundo, que estou sentindo por Nico Rodríguez — ainda mais indo para a linha de mais um planeta em escorpião?

Eu diria que não menos do que três dígitos de preocupação.

PARTE CINCO
MERCÚRIO

PLAYLIST

Dia 12

SEXTA-FEIRA, 19 DE MAIO

Lua nova em touro em sextil com Marte:
Tomar consciência do que merecemos viver
e do que não vamos mais aceitar
é uma verdadeira arte.

— Não estou acreditando nisso — Kira diz, com um sorriso contagiante no rosto, enquanto corre na minha direção.

Quando ela me envolve em seus braços, estou tão perplexa que levo um segundo para devolver o abraço.

— Como assim? — Quando nos afastamos, seguro seus ombros com delicadeza e olho para ela, intrigada. — O que você está fazendo aqui?

Ela olha para trás, para um homem de cabelo curto e escuro que está se aproximando até parar ao seu lado. Então abre ainda mais o sorriso, o que deixa seu rosto perfeitamente maquiado ainda mais lindo.

— Bom, dias depois da minha mudança, iríamos começar a planejar a lua de mel, que combinamos de fazer alguns meses depois do casório. Mas o Diogo, meu marido... — Ela move a mão em sua direção, e ele sorri para mim. — ... acabou preparando uma surpresa: nos inscreveu no retiro! — Seus olhos brilham ainda mais. — E não consigo acreditar que você também veio!

— Meu Deus, que incrível — digo, admirada. — Parabéns pela melhor surpresa da história das surpresas de lua de mel. — Estendo a mão para o Diogo.

— Obrigado. — Ele me cumprimenta e continua, com seu sotaque de português de Portugal: — Sempre dando o meu melhor para agradar minha leonina.

Dou uma risada alta.

— Ela com certeza merece. — Olho com carinho de volta para Kira, sentindo uma alegria inexplicável por reencontrar alguém que me inspirou tanto logo no meu primeiro dia de viagem. Ou melhor: no avião, antes mesmo de ela começar de fato.

— E você, pelo visto... — Os olhos dela recaem sobre Nico, que está conversando com Petra, e então retornam para mim. — Decidiu seguir a viagem... em boa companhia? — ela pergunta, em um tom levemente conspiratório.

Balanço a cabeça, segurando um sorriso.

— Olha, não sei nem como começar a te explicar tudo o que está acontecendo.

— Fica tranquila. — Ela me abraça de lado, e começamos a andar juntas. — Vamos ter bastante tempo nos próximos dias.

Estou prestes a concordar quando percebo que minha bolsa está se embolando um pouco entre nós por causa da caminhada. Só que, quando paro e olho para baixo para tentar arrumá-la, Kira também está se afastando um pouco para ver o que está acontecendo. E, com os movimentos das duas acontecendo ao mesmo tempo, é óbvio que a alça acaba escorregando do meu ombro e a bolsa cai.

Um *clássico* na minha vida.

Abaixo para pegá-la e resgatar alguns objetos que acabaram caindo no chão, e Kira faz o mesmo. E claro que suas mãos rapidamente capturam meu caderno, movimento que é acompanhado por seus olhos se arregalando.

— Nossa, que lindo! — Ela olha encantada para a capa de bússola dourada, e em seguida de volta para mim. — Então é aqui que você está escrevendo sua história? — ela pergunta, sussurrando.

Dou risada, meneando a cabeça.

— Ah, não chega a ser isso. É só um caderno com algumas ideias soltas e início de composições — explico, meus olhos buscando os de um certo viking, que agora está muito mais perto de nós. — Só estou esperando o Nico me ajudar a terminar alguma delas.

— Vejo que seu Mercúrio já começou bem incisivo. — Ele eleva um pouco as sobrancelhas.

Dou de ombros.

— Meus planetas em escorpião não brincam em serviço — retruco.

— Estamos vendo — ele diz, pegando uma caneta que também estava no chão e me entregando, demorando-se um pouco além do necessário no movimento.

Dou um sorriso que espero estar sendo bastante sutil para ele, e em seguida acabo olhando de relance para a Petra — e algo que quase remete a um sorriso parece passar pelo seu rosto também.

Ela rapidamente disfarça, como se nada no mundo fosse capaz de encantá-la tanto assim — o que começo a suspeitar que talvez não seja tão verdadeiro —, e então se aproxima de nós enquanto diz:

— Fico feliz que todo estejam animados, porque vamos começar de forma fenomenal. Deixem as coisas de vocês no quarto compartilhado, mas já preparem uma mochila. — Ela passa os olhos por nós quatro. — Porque hoje nós vamos acampar no meio do deserto.

Assim que absorvo suas palavras, quase derrubo a bolsa de novo.

— O quê? — pergunto, com um frio na barriga. — Hoje, já?

Ela assente, com os olhos brilhando.

— Prepare-se para algumas aventuras bem interessantes, Ali — ela diz, colocando a mão no meu ombro. — E para a parte da sua jornada em que tudo finalmente começa a se encaixar.

Nas horas seguintes, os outros participantes do retiro vão chegando ao hostel, e preparamos nossas mochilas com todos os itens que levaremos para o acampamento. Sou apresentada a todos eles, e inevitavelmente esqueço todos os nomes logo em seguida, mas me perdoo porque, afinal, são mais de dez pessoas, então minha memória horrível não é a única culpada.

Pegamos a van que nos leva até o local do acampamento, e, assim que chegamos, já fico apaixonada pelo cenário, que tem algumas árvores e cactos ao redor, e a vista incrível das montanhas e dos vulcões à distância — a paisagem inacreditável que nos acompanha a todo momento aqui no Atacama. Enquanto na Suíça eu tinha a impressão de estar em um conto de fadas, aqui parecemos ter pousado em outro planeta... Ainda mais com essa luz incrível de fim de tarde, que ilumina a montagem das barracas e o preparo da fogueira.

Assim que ela é acesa e há cadeiras formando um círculo ao seu redor, a equipe começa a preparar o jantar, e Petra nos chama para nos sentarmos e darmos início à primeira atividade do retiro.

Não consigo deixar de notar que Nico naturalmente se senta na cadeira ao meu lado — mas, para não demonstrar minha felicidade exacerbada toda vez que ele está próximo, assumo de forma convicta a missão de evitar encará-lo demais (o que é bem difícil, considerando o quão bonito ele fica com essas roupas esportivas de frio).

— Sejam muito bem-vindos e bem-vindas à Jornada Atacama — Petra interrompe meus pensamentos, e todos nos voltamos para sua presença magnética (e, como sempre, vestida toda de preto). — É aqui, com a vista do céu mais estrelado que todos nós já vimos, que vamos desbravar muitas partes preciosas de nós — ela continua, do outro lado da fogueira. — Durante o preparo do jantar, cada um vai se apresentar, mesmo que já conheça outros integrantes. Depois de comermos, vamos ter uma atividade com um morador local, que vai nos levar a uma pequena caminhada conforme conta mais sobre as estrelas e constelações, conectando com as histórias do seu povo. É uma experiência extraordinária, porém tão fascinante quanto congelante — todos riem —, então recomendo que se agasalhem bem. A fogueira até ajuda a esquentar, mas entre ela e o momento em que estivermos dentro dos nossos sacos de dormir na barraca, temos uma lacuna grande de tempo.

Todos assentem, e é quase palpável a alegria de cada um por estar aqui.

— Vocês talvez tenham notado — ela continua — que todo mundo aqui já tem uma boa noção de astrologia. E mesmo quem é mais iniciante já tem um nível interessante de conhecimento, graças a influências próximas bastante apaixonadas. — Ela passa o olhar por Diogo, marido da Kira, depois por Mia, e, por último seus olhos verdes (bem marcados pela maquiagem, como sempre) recaem sobre mim. — Esse retiro foi feito especialmente para quem já participou de pelo menos um workshop ou consulta comigo e está em processo de lapidação de projetos que envolvam astrologia ou astrocartografia. Por isso, vocês vão perceber que todas as atividades terão um tom mais vocacional, e algumas delas serão inclusive diferentes entre vocês, a depender do objetivo de cada um.

Sigo prestando atenção, sentindo um frio na barriga ao perceber que não faço ideia do que me aguarda nos próximos dias, mas tendo certeza absoluta de que estou *muito* animada para o que está por vir.

— Para começar, vocês vão se apresentar, não dizendo nome e profissão apenas, mas trazendo tudo o que sentirem que querem compartilhar. Vocês é que vão construir muito desse retiro. E quero incentivar que ajudem uns aos outros, que tragam ideias e, principalmente, que estejam abertos às transformações que podem acontecer nos próximos dias. — Ela percorre o círculo inteiro com o olhar. — Pode ser que tenham vindo pra cá com uma intenção e descubram que essa viagem, na verdade, está acontecendo por razões muito maiores. Por isso, quanto mais abertura tiverem, melhor — ela explica. — E assim termino o discurso, que espero francamente que tenha sido o maior dessa viagem, porque quero ouvir *vocês* falando muito mais.

Todos riem, e, antes que eu consiga começar a ficar ansiosa pensando no que vou dizer, as apresentações se iniciam.

Fico surpresa com o quão extraordinário é o trabalho de cada uma dessas pessoas, e a forma como elas conseguiram usar a astrologia para levá-lo além.

Como boa ariana, a Lola começa contando sobre seu projeto com times esportivos, e que pretende planejar como expandi-lo durante o retiro, aproveitando que está em sua linha de Sol MC. Mia fala na sequência, explicando mais sobre seu restaurante e a vontade de torná-lo cada vez mais incrível e reconhecido. Em seguida, apresentam-se Andrea, geminiana e pedagoga especializada em astrologia infantil; Camilla, canceriana e nutricionista comportamental; Kira, nossa única leonina do grupo (para sua felicidade), que está em transição de carreira para se tornar fotógrafa; Liz, que é virginiana e realiza consultorias empresariais; Victória, que é libriana e psicóloga focada em relacionamentos; e Diogo, marido da Kira, que é escorpiano e psiquiatra. Fico fascinada com o quanto todos acabaram encontrando formas de tornar seu trabalho ainda mais incrível com a ajuda da astrologia e da astrocartografia. Descubro que existem lugares que podem ajudar no tratamento de distúrbios alimentares, na melhora de conflitos nos relacionamentos, no planejamento empresarial para minimização de desgastes e aproveitamento de fases com maior potencial de expansão, e até para a melhora de questões voltadas para a saúde mental, algo que Diogo explica melhor durante sua apresentação.

Enquanto o ouço, acabo lembrando de como eu estava ansiosa morando em uma linha de Marte e no quanto fui sentindo uma melhora gradativa desde que saí de lá... E fico emocionada ao pensar em como esses conhecimentos podem, literalmente, salvar vidas.

Olho para Nico e descubro que ele está me observando também. Sorrio, e ele sorri de volta. Sei que ele sabe no que estou pensando, sem nem precisarmos dizer nada. E me pergunto se é normal sentir esse nível de conexão com alguém que se conhece há tão pouco tempo.

Seria a locomoção no espaço, de fato, capaz de abrir uma espécie de fenda temporal, trazendo experiências e conexões tão intensas que anos parecem ter se passados em semanas? Talvez. Sinto que certas coisas não são tão impossíveis quanto eu imaginava antes. E, ouvindo os últimos relatos, tenho ainda mais certeza disso.

Sinto uma esperança cada vez maior no mundo conforme Renan e Oliver, outro casal, se apresentam em seguida. Oliver, capricorniano, trabalha prestando consultorias financeiras e está se especializando em astrocartografia para poder sugerir os locais mais interessantes para abertura de empreendimentos, compra de imóveis, aquisição de franquias, e assim por diante. Mas ele relata que prosperou tanto nos últimos anos que ele e Renan, que é sagitariano e escritor, estão dedicando boa parte do tempo ajudando jovens em comunidades, para que tenham mais clareza de onde faz mais sentido direcionarem sua energia. A roda inteira dá gritos de alegria quando eles relatam que estão prestes a fazer a renovação de seus votos de dez anos de casados em Fernando de Noronha, onde um tem uma linha de Lua passando e o outro, uma linha de Vênus.

Quando chega a minha vez, tento ao máximo resumir o que aconteceu no Brasil e que me levou a embarcar nessa viagem, a forma como conheci Petra, e o quanto essa jornada tem sido inspiradora.

— Mas, apesar de estar tudo muito incrível... sinto que chegou o momento de focar mais em pensar no que vou fazer profissionalmente — explico. — Sei que não quero apenas me demitir e procurar outro emprego no Rio, mas também estou bem confusa com relação a outras possibilidades... E o tempo está passando, e estou um pouco aflita por não conseguir chegar a nenhuma resposta concreta. Então esse será meu objetivo aqui no retiro.

Recebo muitos sorrisos de apoio, e em seguida chega a vez do Nico.

— Alguns dirão que fui obrigado a mergulhar na astrologia por ter uma irmã ariana bastante insistente. — Todos riem. — Mas, como aquariano, não posso negar que acabei me interessando de verdade pelo tema. Hoje tenho um trabalho fixo em que dou diversas consultorias empresariais por ano e, mesmo sabendo que a astrologia poderia ser utilizada, não sei se a minha empresa teria abertura para isso. E também não acho que um enfoque astrológico seria o meu caminho. Eu tenho... — Ele pigarreia. — Algumas questões não tão bem resolvidas no passado que me fizeram desistir de um sonho... E acho que estar aqui talvez possa ajudar. É isso.

Todos sorriem e assentem, mas eu sou tomada de novo pela sensação de que certas questões que ele viveu no passado devem ter sido bem dolorosas mesmo, para que ele tenha tanta dificuldade assim de mencioná-lo.

Depois do Nico, é um pisciano chamado Romeu que se apresenta, e seu relato é um dos que mais me deixa impactada.

— Acho que sou o mais velho do grupo, com meus cinquenta e três anos. — Ele ri. — Mas o que vocês não sabem é que passei boa parte desse tempo na cadeia. Fui preso por tráfico de drogas e, sinceramente, não tinha muita esperança de que minha vida iria muito além disso. Só que, logo depois de ser solto, graças a uma amiga, conheci o trabalho da Petra. Consegui marcar uma consulta com ela, sem nem ter como pagar, mas graças a Deus ela aceitou fiado. — Todos dão risada. — Ela me recomendou evitar certas linhas, que poderiam tornar mais difícil ficar longe dos vícios e escolhas destrutivas. E, descobrindo o quanto eu era apaixonado pelo mar, recomendou que eu fizesse cursos de formação em mergulho, e sugeriu três lugares no mundo que me ajudariam a ter sucesso nesse caminho... E isso mudou a minha vida. — Ele engole em seco por um instante, e, mesmo com a luz suave da fogueira, é possível ver que está lacrimejando. — Hoje, eu tenho uma metodologia autoral chamada Mergulhe em si. São mais que batismos de mergulho, são experiências de autoconhecimento. E desculpem por me estender, é que eu me emociono de verdade com isso... porque, se eu não tivesse tido esse direcionamento, provavelmente já estaria preso de novo. Graças a esses conhecimentos, eu mudei completamente minha trajetória. — Agora meus olhos estão cheios de lágrimas também, e basta um olhar ao redor para perceber o quanto todos estão emocionados. — Obrigado, Petra. É uma honra estar aqui. Nunca vou cansar de agradecer o que você fez por mim e segue fazendo por tantas pessoas.

Assim que ele termina de falar, sinto minha admiração e gratidão pela existência da Petra aumentando tanto, uma alegria tão grande por estar aqui, que meu primeiro impulso é me virar para Nico para lhe agradecer também. Mas, assim que o faço, ele também está se voltando para mim para dizer algo.

Ele aproxima um pouco o rosto do meu, e eu faço o mesmo.

— O quão acertada foi a decisão de virmos pra cá? — ele pergunta, sussurrando.

Tento disfarçar o sorriso que toma minha boca ao perceber como ele se refere a nós, quase como se fôssemos um casal.

— Pelo menos oitenta por cento — respondo. — E olha que é só o primeiro dia.

É claro que, como me inscrevi de última hora (por sorte, consegui a última vaga do retiro), só havia uma última barraca disponível, e as outras já estavam ocupadas em sua capacidade máxima. Obviamente, só para complicar ainda mais a minha situação... eu e Nico tivemos que dividi-la.

E sei que nem deveria me preocupar. Afinal, fica impossível fazer qualquer coisa em uma barraca no meio do deserto, tendo apenas sacos de dormir individuais, com uma temperatura de zero grau lá fora e várias pessoas acampadas a menos de dois metros de nós.

Ainda assim, quando estamos tirando as camadas de roupas de cima, já que só precisamos ficar com a calça e blusa térmicas dentro do saco de dormir, nossos olhos se encontram, e aquele clássico arrepio percorre meu corpo. É como se estivéssemos sendo transportados para outro espaço-tempo, em que talvez nós dois tiremos as roupas por *outra* razão.

Tentando não pensar tanto nisso, foco em colocar as peças ao lado do saco de dormir conforme as tiro, até que, quando estou apenas com as roupas de segunda pele, prestes a entrar no saco para me proteger do frio, sinto meu corpo congelando antes da hora.

Porque, ao me virar para Nico, descubro que ele não parou nas camadas de cima... e fico hipnotizada conforme ele tira a camiseta que estava usando por baixo de tudo. Acho que ele percebe que estou um pouco em choque, meu olhar claramente preso em cada detalhe que consigo enxergar com a pouca luz disponível, porque parece estar segurando um sorriso ao dizer:

— Não estava com uma térmica por baixo, então vou colocar agora a que trouxe — ele explica. — Desculpe, mas vou ter que tirar a calça também.

— Ah. — Quase digo que ele não precisa de forma alguma se desculpar, mas consigo me segurar a tempo. — Fique à vontade, eu... posso fechar os olhos.

Seus olhos me provocam à meia-luz.

— Não precisa fechar, se não quiser.

Engulo em seco.

— Nico...

— Ali — ele diz, enquanto tira a calça, os olhos grudados nos meus.

Tento ao máximo focar em seu rosto, para evitar tudo o que está acontecendo abaixo dele.

— Você é terrível — constato, por fim, balançando a cabeça e entrando no meu saco de dormir. — Coloca logo as térmicas, senão você vai congelar.

— Temos outras formas de nos manter aquecidos... — ele brinca, enquanto coloca as peças, com certeza já prestes a congelar caso ficasse sem elas por mais que alguns segundos.

— Vinte por cento — digo, rindo. — Seus flertes estão cada vez piores, e ainda podem te matar de hipotermia. Entra logo nesse saco de dormir.

Ele também dá risada, mas não se demora para entrar.

Poucos instantes depois, fico aliviada ao sentir meu corpo relaxando conforme finalmente começa a esquentar de novo... E é incrível me dar conta de que meu coração também está mais aquecido do que nunca. Nossos olhos se encontram, agora não se provocando, e sim com afeto. E percebo que, por mais que esteja em um lugar que jamais imaginaria se me perguntassem duas semanas antes, e em uma barraca, que não é exatamente a estadia mais confortável do mundo... sou tomada por uma extraordinária sensação de lar. De que *qualquer* lugar pode se tornar um lar. Principalmente dependendo da companhia.

Mesmo sabendo que é uma mudança meio brusca de assunto, decido compartilhar o que estou sentindo.

— Sabe que... acho que eu nunca tinha tido essa sensação antes — digo, encarando seus olhos em meio às sombras —, de estar no lugar certo, com as pessoas certas, no momento perfeito. É até difícil de explicar.

— Eu nunca tinha sentido isso com tanta intensidade também — Nico diz, e seu tom de voz agora está carregado de ternura. — Como se a gente precisasse viver isso, né?

Assinto.

— E tudo que vivemos até hoje serviu pra nos trazer até aqui.

— Exatamente — ele concorda.

— É incrível demais ver o quanto todas essas pessoas acreditam no que fazem — digo, lembrando das apresentações na fogueira —, no impacto que o trabalho delas causa no mundo. E como está alinhado com o mapa delas... Quando a gente passa tanto tempo trabalhando, é difícil ter tempo pra pensar no porquê de fazer o que fazemos, né? Eu estava vivendo de um jeito que, sinceramente, só queria sobreviver mais um dia. Mas essa viagem, e estar aqui... está me ajudando a enxergar que é possível escolher, e não só ir reagindo à vida.

— E você tem percebido o que quer escolher? — ele pergunta.

— Não exatamente — confesso —, mas acredito que Mercúrio MC vai me ajudar.

— Com certeza, vai — ele concorda. — Mas você tem se sentido ansiosa com isso?

— Não muito... E é até estranho não estar tão desesperada, apesar de ter razões para estar. Eu sempre tive tanta pressa, sabe? — admito. — Não tinha tempo pra nada. E, por mais que nessa viagem tudo esteja acontecendo tão rápido... sei lá, parece que cada dia carrega um infinito de possibilidades.

— Você está bem filosófica para quem não bebeu nem uma taça de vinho.

— É sério! — Não consigo segurar uma risada.

— Eu sei que é. — Sinto a respiração dele saindo devagar. — E fico feliz por estar vivendo isso com você. Tenho certeza de que muitas coisas vão clarear nos próximos dias. — Ele pausa por um instante, e sei que tem mais algo que quer dizer, mas parece se segurar.

— Para nós dois. Com certeza também há uma razão pra você estar aqui. Que não seja só me acompanhar, claro — tento quebrar o clima.

— Eu certamente não estaria aqui se não fosse por você — ele diz, com convicção. — Assim como não teria vivido muita coisa incrível que aconteceu nas últimas duas semanas. Inclusive, parece que te conheço há muito mais tempo que isso... — ele confessa.

— Também sinto isso... Mais do que você imagina. — Dou um sorriso meio apaixonado, que por sorte ele provavelmente não consegue ver. — Até porque... parando pra pensar, você foi o único que esteve comigo em todas as partes da viagem até agora, né? — E eu *amaria* que continuasse em todas que estão por vir. Essa parte não sai em voz alta, mas... acho que ele sente.

Porque sua mão começa a se mover na direção do meu braço que está para fora do saco de dormir, e engulo em seco quando ele começa a passá-la suavemente por ele, indo do meu pulso até o meu ombro. Ainda que seja por cima de uma camada de tecido, sinto minha pele se arrepiando completamente por baixo da blusa. Sua mão continua se movendo até chegar à minha nuca e, quando ele a segura, não consigo evitar fechar os olhos. O momento carrega tanta intensidade, e ao mesmo tempo tudo está tão silencioso, que consigo ouvir nossas respirações começando a ficar ofegantes. Quando o encaro novamente, não consigo enxergar tanto quanto gostaria, devido à escuridão ao nosso redor. Ainda assim, tenho a impressão de que somos capazes de ver tudo. Tudo que sentimos desde a primeira vez que nos encontramos, toda a eletricidade entre nós agora e todas as possibilidades em relação ao que ainda seremos. Consigo ver quando o canto da sua boca se curva devagar e quando seu rosto começa a se aproximar de mim sutilmente.

Ele dá tempo para que eu possa pará-lo, o que obviamente não faço.

Então seus lábios se aproximam ainda mais, quase encostando nos meus, e chego a sentir o calor da sua boca atraindo a minha, a energia magnética que sempre nos permeia finalmente entrando em ação.

Mas ele para o movimento e fecha os olhos ao encostar a testa na minha. E então solta um suspiro.

— Nico? — sussurro. — O que estamos fazendo aqui?

Ele espera um instante, e então diz:

— Esperando, desesperadamente, o dia 27 de maio.

— E esse dia porque...? — Olho para ele franzindo o cenho.

Ele apenas sorri de lado. E então eu entendo: é quando a promessa acaba. O dia vinte da jornada.

Fecho os olhos, mordendo o lábio para esconder um sorriso, e ao olhar para ele de novo pergunto:

— E o que te faz pensar que estaremos no mesmo lugar nessa data?

— Bom... — ele se ajeita no saco de dormir. — Eu não tenho a mínima intenção de sair de perto de você.

Sinto minha alma se aquecendo de forma tão intensa que tudo o que eu mais queria era poder abraçá-lo e nunca mais soltar a partir deste momento. Mas... estamos em sacos de dormir. E eu ainda tenho oito dias de promessa.

Então digo:

— Estou lisonjeada, mas ao mesmo tempo envergonhada. — Seguro o riso enquanto falo. — Porque vou ter que sair de perto de você em menos de um minuto, por culpa da minha bexiga.

Ele solta uma risada gostosa.

— Está perdoada. Pode ir.

— Confesso que estou quase desistindo por medo de ser atacada por uma cobra. Ou algo pior.

— Você vai sobreviver — ele afirma.

— Não sei, não — respondo, me sentando e pegando um casaco.

— Qualquer coisa, dá um grito — ele diz, com um meio-sorriso no rosto. — Já estou expert em te socorrer.

Assim que saio de detrás da árvore escolhida, voltando para a barraca, vejo que ainda tem alguém perto da fogueira. Não consigo enxergar bem quem pode ser, então decido andar até lá.

A poucos metros de distância, sorrio ao identificar os cabelos quase tão vermelhos quanto o fogo à sua frente.

— Confusa com o fuso? — pergunto, quando chego ao seu lado. Petra levanta o olhar.

— Você está? — Ela recosta na cadeira, elevando as sobrancelhas. Balanço a cabeça.

— Por que você sempre devolve as perguntas, em vez de respondê-las? — pergunto, cruzando os braços.

— Força do hábito. — Ela dá de ombros. — E as pessoas gostam de falar sobre si mesmas.

— Nem vem — protesto, me sentando na cadeira ao seu lado. — Todo mundo adoraria saber mais sobre você. Mas sei que esse enigma sobre seu jeito de viver faz parte do encanto. Uma das razões pelas quais as pessoas te amam.

— Ah, é? — Ela cruza os braços, com certo divertimento no olhar. — Conta mais. Por quais outros motivos você acha que as pessoas gostam tanto de mim?

— Hum... porque você é misteriosa e ao mesmo tempo fascinante. — Coloco os pés na cadeira e abraço os dois joelhos. — E ainda lindíssima e super gente boa, além de ser uma professora incrível?

— Bom, obrigada. — Ela ri baixinho, e me sinto orgulhosa por ter feito Petra, a maga poderosa, ficar um pouco tímida. — Mas acho que não. Não só por isso, pelo menos.

— Por que, então? — Inclino a cabeça.

— Bom, primeiro porque estou vivendo a minha verdade. Faço o que quero. Vou para onde sinto que preciso ir — ela afirma. — E as pessoas quase sempre estão presas na forma que os outros escolheram para elas viverem, então ficam fascinadas com quem consegue fazer diferente.

— Faz sentido — assinto. — E isso com certeza é muito cativante. Mas o que eu tenho me perguntado é... Isso realmente faz sentido pra *você*?

— Claro que sim. — Ela franze as sobrancelhas acima de seus olhos perfeitamente maquiados de preto. — Por que não faria?

— Não sei... pelo que entendi, você não volta mais pra países por onde já passou, né?

— Isso.

— E passa, o quê... no máximo dois meses em cada lugar?

— Mais ou menos isso, sim — ela responde, agora também com uma das pernas próxima de si e com o cotovelo apoiado nela.

— E sempre faz algum retiro assim? — pergunto, sabendo que posso estar sendo muito invasiva, mas tendo uma sensação de que quero poder conversar com ela. Por *ela*. Não sei com quantas pessoas ela consegue, de fato, se abrir. Porém tenho a impressão de que ela precisa mais disso do que imagina.

— Não, às vezes só workshops. Mas eu gosto dos retiros — ela conta, olhando para a fogueira. — Gosto de trazer grupos pros lugares e conhecê-los junto com eles, e de ter esse olhar de encanto para tudo. Por saber que não vou mais voltar, me entrego completamente.

Assinto, olhando para a fogueira também.

— Mas... E quando acabarem os países?

Ela se vira para mim de novo.

— São cento e noventa e três países, Ali.

— Eu sei, mas mesmo assim, vai chegar uma hora que eles vão acabar, não? — Reclino na cadeira de novo, observando com atenção suas reações. — E imagino que tenham lugares para os quais você sonha em voltar. Eu, por exemplo, acabei de voltar da Suíça, Espanha e Inglaterra e mal posso esperar para retornar um dia.

Por mais escuro que esteja, tenho quase certeza de que consigo vê-la engolindo em seco, agora olhando para a fogueira de novo. Alguns segundos se passam sem que ela responda, e sinto que eu talvez tenha sido um pouco inconveniente demais. *Pra variar.*

— Mas sei que você deve ter alguma boa razão pra isso. Sei que, como boa escorpiana, você tem tudo sob controle. Mas, sei lá... Só senti que precisava te dizer que você não precisa *sempre* estar no controle. E que, por mais que todo mundo ache isso incrível... talvez estar sempre em movimento seja algum tipo de prisão para você. Sei lá, é o que eu sinto. — Dou de ombros. — Tive a sensação de que precisava te falar isso.

Ela se vira para mim devagar e sustenta meu olhar por alguns segundos. Eu a encaro de volta com suavidade, tentando, de alguma forma, demonstrar que ela pode confiar em mim. Que quero poder ajudá-la tanto quanto ela tem me ajudado.

— Sim — ela assente devagar —, tem lugares para os quais eu tenho vontade de voltar. — Seu olhar está mais sério do que nunca. — Mas certas coisas nos marcam de tal forma que não conseguimos ressignificar assim tão rápido. — Ela se vira novamente para a fogueira.

— Entendo — digo, refletindo sobre o que poderia tê-la marcado tão intensamente. E compreendo em um nível mais profundo que muitas vezes (talvez na maioria delas) não fazemos ideia do que o outro está vivendo. Até algo aparentemente mágico, como viver constantemente viajando o mundo, talvez na verdade seja só uma tentativa de esconder feridas... feridas profundas demais.

Espero um pouco para ver se ela vai dizer mais alguma coisa, mas ela continua apenas fitando a fogueira, que está se extinguindo cada vez mais. Sei que isso significa um encerramento da conversa, então não quero ser mais invasiva do que já acabei sendo sem querer.

No entanto, tem uma última coisa que minha intuição aponta que eu diga, então faço isso:

— Eu sinto que você — eu me levanto, dando um passo na sua direção e colocando a mão no seu ombro — vai conseguir em menos tempo do que imagina. — Dou um sorriso suave. — E acho, inclusive, que vai se surpreender.

Ela vira o rosto de novo em minha direção, o cabelo ruivo curto emoldurando seu rosto anguloso de forma perfeita.

— E acho que falta pouco pra você perceber — digo, tirando a mão e dando um passo para trás — que vale a pena direcionar para si mesma um pouco de toda essa energia que você dedica pra ajudar os outros.

Ela continua me encarando com a seriedade de sempre, mas percebo um quase lacrimejo nos seus olhos verdes e profundos. Contudo, nem um segundo depois, o que quer que tenha surgido já desaparece enquanto ela se levanta devagar e diz:

— Você está tremendo. — Ela coloca as mãos nos meus braços. — A fogueira já praticamente apagou. Entra com o corpo inteiro no saco de dormir, tá? Vai ficar ainda mais frio nas próximas horas.

E então ela faz algo que eu nunca, nunca mesmo imaginaria: me dá um abraço. Um abraço que dura alguns segundos, que fico muito feliz por retribuir, e que eu sei — simplesmente sei — que significa mais do que qualquer palavra poderia dizer.

Quando nos afastamos, reparo que seus olhos trazem um brilho diferente, um que poderia facilmente se tornar um rio de lágrimas, se tivesse oportunidade. Mas ela não abre margem para isso.

— Bom descanso, Ali. — Um quase sorriso passa por seus lábios, e ela caminha em direção à sua barraca.

Eu a observo por alguns segundos e, quando me dou conta do quanto realmente estou com frio, me apresso em direção à minha também.

Não fico surpresa ao ver que Nico já está dormindo, então procuro ser o mais silenciosa possível ao fechar a barraca e entrar no meu saco de dormir.

Assim que estou aconchegada, reparo que ele está virado na minha direção, então observo-o por alguns instantes, admirada com a beleza de cada detalhe do seu rosto. Mas, pela primeira vez em dias, não consigo passar tanto tempo pensando nele, ou em nós, ou na minha própria jornada.

Só consigo refletir sobre o quanto buscamos tanta ajuda e soluções de quem trabalha com autoconhecimento... e nem paramos para pensar que essas pessoas também são seres humanos, que estão sempre travando as próprias batalhas internas.

Seguro o meu colar, e, por alguns minutos, converso mentalmente com a minha avó, pedindo que ajude Petra em sua jornada como se ela fosse sua neta também.

Esta noite, todas as minhas orações vão para que ela possa, um dia, achar a sua verdadeira felicidade. Onde quer que ela esteja esperando para ser encontrada.

Dia 13

SÁBADO, 20 DE MAIO

Com Marte entrando em leão, não há escapatória para a criatividade.
E, oposto a Plutão em aquário e quadrando Júpiter em touro,
o chamado é para que tudo seja feito com intensidade.

O roteiro inteiro da viagem é uma surpresa, mas algo que realmente não esperávamos era o *quão* apaixonados ficaríamos por cada parte deste deserto.

Hoje, conhecemos um dos lugares mais lindos, Piedras Rojas, logo pela manhã. As pedras em tons avermelhados contrastando com águas claras fazem jus ao nome do lugar, fora as montanhas e os vulcões de tirar o fôlego ao fundo o tempo inteiro, que fazem o cenário parecer de outro planeta. Se já estou boquiaberta com as paisagens em menos de vinte e quatro horas aqui, nem imagino o que nos aguarda nos próximos dias.

O que faremos nas próximas horas está prestes a ficar claro agora, depois que saímos de uma pizzaria em que almoçamos na rua principal de San Pedro, chamada Caracoles. Parei para fazer carinho em um cachorro muito fofo (dentre os vários e enormes que habitam essa cidade), quando Petra nos chama.

— Vocês lembram que comentei — ela se vira para nós na rua, e todos formamos um pseudocírculo para ouvi-la — que vocês vão aprender de formas não tão convencionais neste retiro, certo?

Todos assentem, e ela sorri com o olhar enquanto gira um dos muitos anéis nos seus dedos.

— Ótimo. Porque, agora que já expliquei sobre planetas na sombra, de forma teórica, enquanto íamos para Piedras Rojas... vou passar um exercício especial pra vocês. Em dupla. — Ela eleva um pouco as sobrancelhas. — De acordo com as minhas percepções do que cada dupla está precisando integrar. Como contei pra vocês, e de acordo com o próprio Jung, aquilo que não está bem integrado em nós, o que insistimos em negar, acaba se manifestando do lado de fora de forma cada vez mais intensa. Por isso, a atividade de cada dupla vai ajudá-los a se familiarizarem mais com as energias do planeta que estiver sendo um pouco negado.

E então, dupla a dupla, ela explica quais serão os exercícios, e fico com um frio na barriga conforme percebo que eu e um certo viking espanhol estamos prestes a sobrar por último.

— Ali e Nico, vocês terão uma missão intensa. — Ela finalmente se volta para nós, com a postura perfeita de sempre. — Principalmente você, Ali, está precisando muito integrar mais as energias de Marte. Por isso, o trekking do Licancabur aguarda vocês amanhã de manhã. — Ela se vira sutilmente e aponta para o vulcão atrás de nós, e meus olhos se arregalam no mesmo instante.

Balanço a cabeça devagar, um pouco boquiaberta.

— Petra do céu...

— É brincadeira — ela interrompe, colocando a mão em meu ombro, que imediatamente cai de alívio.

— Pelo amor de Deus. — Solto o ar de uma vez. — Não tenho coração pra isso. — Dou uma risada nervosa, mas Nico está rindo de verdade ao meu lado. Meus olhos recaem sobre Kira, que está a alguns metros de nós, e ela também está com os olhos arregalados, a mão com as unhas longas e perfeitamente pintadas posicionadas acima de seu coração. *Ufa*, ela diz, sem que saia nenhum som.

— Não que eu ache que vocês não conseguiriam — Petra diz, cruzando os braços —, mas você realmente já teve uma boa dose de Marte nos últimos anos. No momento, sinto que está precisando mais de Vênus, Netuno... E do Sol. — Seu lábio se curva sutilmente para cima. — Por isso, quero propor uma tarefa que vai ser bem importante para ambos. — O olhar dela transita do meu rosto para o do Nico. — A ideia é que vocês criem algo juntos; algo que ajude as pessoas a aprenderem sobre astrocartografia, ou se encantarem por ela, mas de uma forma diferente.

— Como assim, diferente? — pergunto, franzindo o cenho. — Como se os planetas fossem personagens, ou experts dos cursos, como brincamos lá em Londres?

— Não. De uma forma mais artística, dessa vez — ela diz, com um ar conspiratório. — E já tem um táxi esperando logo ali. — Ela indica uma rua perpendicular à sua direita. — Pronto pra levar vocês para um lugar que com certeza vai inspirá-los.

Nico e eu nos olhamos, e achei que ele estaria com o semblante meio perdido também, mas o que encontro é um brilho diferente em seu olhar.

E então, quando me viro para Petra de novo, ela já está saindo de perto de nós, caminhando em direção ao hostel, e noto que todos os outros já se dispersaram também.

Só que, segundos depois, já um pouco distante, ela grita:

— Quero que me surpreendam, hein?

— Você combinou isso com a Petra? — Nico pergunta, assim que nos sentamos no banco de pedra. Lá no horizonte, a vista é do Licancabur, rodeado pelos outros vulcões do Atacama e amparado pela cordilheira dos Andes. Uma verdadeira obra-prima da natureza.

Já atrás de nós, a poucos metros de distância, tem uma criação do homem que, surpreendentemente, é um dos locais mais interessantes a serem conhecidos quando se vem para cá: a Libreria del Desierto.

— Não combinei. — Olho para a pequena livraria repleta de *ediciones* locais, e então de volta para ele. — Quem me dera ser assim íntima dela. — Dou um leve sorriso. — Por quê? Você se recusa a escrever uma poesia ou compor uma música comigo?

— Ali... Você sabe que isso é difícil pra mim.

— Na verdade... — Puxo as duas pernas pra perto do peito, virando mais na direção dele. — Não sei. Porque a gente já falou sobre mil assuntos, e, ainda assim, não sei praticamente nada sobre a sua história de vida. Você não acha isso um absurdo?

— Bom, não tenho uma grande história de vida a ser contada — ele diz, dando de ombros. — Então não acho absurdo. Acho intencional.

— Porque você é aquariano e quer focar no futuro, e não no passado?

— Alissa, meus parabéns. — Ele coloca a mão no meu joelho. — Você já poderia estar guiando este retiro.

— Muito engraçadinho. — Abaixo os joelhos e me afasto alguns centímetros dele no banco, para que o contato físico não tire meu foco. — Mas não vou aceitar não como resposta. Você tem Júpiter ic aqui, e Júpiter rege a sua Lua em peixes. Tudo aponta pra sua história e ancestralidade. Não aceito menos do que saber tudo.

— Investigação completa, né? — Ele eleva as sobrancelhas. — Bem Mercúrio em escorpião.

— Exatamente, bonitão. Pode contar. — Recosto no banco e cruzo os braços.

Espero que ele vá dar uma risada, mas em vez disso se vira devagar para a frente e começa a observar o Licancabur com muita atenção.

E então concluo que, ok, talvez seu passado seja mais doloroso do que eu imaginava. Já entendi que o problema era com seu pai, mas não vou insistir para saber exatamente o que aconteceu.

— Nico, desculpa — digo, agora me aproximando e colocando a mão no seu ombro. — Não queria forçar nada. Podemos fazer qualquer outra coisa criativa... não precisa ser uma música.

Ele aproxima sua mão da minha de forma sutil e entrelaça nossos dedos. Com a outra mão, começa a fazer carinho no dorso da minha, e, quando me dou conta, nós dois estamos observando esse movimento acontecendo.

— Não precisa se desculpar. — Ele segue olhando para baixo. — Eu sei que levo a maioria das situações com tranquilidade, fazendo piada... Só que esse assunto é complexo pra mim. Mas talvez realmente esteja aqui pra começar a curar isso. E eu sei que posso conversar com você. — Ele levanta o olhar até encontrar o meu, e assinto.

Ele solta minha mão e se vira completamente para mim, subindo os dois pés para o banco de pedra e apoiando os cotovelos nos joelhos. Parece estar elaborando a forma como vai dizer o que precisa expressar. Passados alguns segundos, finalmente diz:

— Lembra de quando te contei, lá na Word on the Water, que eu gostava de música clássica?

— Sim. — Sorrio ao lembrar de um dos lugares mais mágicos da viagem.

— Então... isso era algo muito especial na minha família — ele relata. — Escutávamos todos juntos, quando eu e a Lola éramos pequenos. A música fez parte da minha vida desde que nasci, e, por muito tempo, tive certeza de que sempre estaria presente — ele prossegue, e eu sorrio imaginando a cena dele com a irmã pequenos ouvindo música clássica. — Meu pai era músico, e por muito tempo foi também meu grande ídolo.

Assinto, ainda que não fosse o que estava imaginando. Não sei por que, mas pensei que seu pai tinha o proibido de seguir o caminho da música ou o obrigado a escolher uma carreira mais tradicional, algo assim.

— Quando eu tinha por volta de nove anos, já começamos a compor juntos. A melodia da música que meus amigos tocaram lá na Cova D'en Xoroi, inclusive, foi feita por ele — ele conta. — Mas eu que criei a letra um tempo depois.

— Era muito linda — digo, sorrindo.

— Era mesmo — ele assente, sério. — Mas essa história não seguiu um caminho tão bonito assim. — Ele olha pra baixo por alguns instantes, e então seu olhar encontra o meu de novo. — Eu via meu pai como um modelo a ser seguido. Carismático, criativo, amado por todos... Eu ia em todas as apresentações da banda que ele tinha. Quando ele estava viajando para se apresentar em outros lugares, ficava ansioso esperando que voltasse e contasse as histórias, e que me ensinasse cada vez mais.

"Mas o que eu não percebia era o quanto minha mãe ficava sobrecarregada nesses momentos. E, mais do que isso: o quanto ela chorava escondida de nós. A Lola não vai lembrar disso, porque ela era muito pequena na época, então não foi tão impactante para ela quanto foi pra mim, quando descobri o que realmente acontecia na nossa família. Quando meu pai viajava, e mesmo enquanto estava em Menorca, ele gastava tudo que ganhava em bebida, traía minha mãe, e foi passando cada vez menos tempo em casa... Foi devastador me dar conta de que alguém que eu tanto admirava na verdade era uma grande decepção. E me senti ainda mais traído por descobrir isso só na adolescência, quando ele simplesmente nos abandonou de vez e deixou minha mãe com dívidas a pagar. Até então, ela escondia tudo de nós, porque não queria que tivéssemos uma visão ruim dele."

— Nico. — Balanço a cabeça, incrédula. — Meu Deus... Eu sinto muito mesmo.

Coloco a mão no seu braço, e ele apoia sua outra mão na minha, entrelaçando nossos dedos de novo.

— E sabe o que era pior? — Ele fecha os olhos por um instante. — Eu me orgulhava de ser tão parecido com ele. Já tinha até formado uma banda com amigos e estava prestes a começar a me apresentar com eles também. Só que, depois que descobri isso... não pude deixar de me perguntar: o *quão* parecido com ele será que eu sou? Porque se somos tão semelhantes em tantos sentidos, eu posso ter uma inclinação não só para a música, mas para todo o resto também. Falhas de caráter absurdas como as que ele tinha.

— Nico. — Seguro seu braço com leveza. — Mesmo só te conhecendo há duas semanas, tenho certeza que você não é assim.

— Você não tem como saber... e eu também não. — Ele balança a cabeça. — Então eu preferi nunca arriscar. Foi algo que me marcou muito, Ali. Muito mesmo. Eu via o quanto minha mãe sofria. E fiquei com raiva demais vendo como ela ficou devastada quando ele nos deixou, mesmo levando em consideração tudo o que fazia ela passar. Alguns anos depois, ele morreu, e eu nunca tive a chance de confrontá-lo como pretendia, mas... Eu poderia escolher como viver a minha vida. Por isso que não quis, de forma alguma, fazer as mesmas escolhas que ele.

— E por isso optou por uma carreira totalmente racional, e não artística — termino o raciocínio.

— Sim. Desfiz a banda, e na época o Alejandro e a Carmen, que estavam cantando lá em Menorca, seguiram sozinhos. Dei de presente a eles aquela composição, porque gostava muito da música para permitir que ela fosse completamente esquecida. — Ele dá um sorriso triste. — Cursei administração, comecei a trabalhar cedo e passei a ajudar minha mãe com as contas e com tudo o que precisasse. Ter uma carreira estável, ainda que envolvendo muitas viagens, me pareceu o caminho mais seguro... evitando a música a qualquer custo, porque assim eu realmente sinto que estou evitando todo o resto que acompanhava a personalidade dele.

— E por isso evita se envolver profundamente com alguém também?

— É — ele confirma. — Não senti que valia a pena arriscar decepcionar alguém... E também não tinha tido sentimentos tão grandes por ninguém.

Até agora. Ele não diz, mas pela expressão em seu rosto, é como se tivesse continuado.

Assinto, tentando não dar muita atenção ao assunto para não me iludir.

— Talvez seja o momento de se permitir ressignificar essas memórias, mesmo que aos poucos — sugiro, sorrindo para ele. — Muitas vezes lembramos só de certos desafios do passado, e não deixamos espaço para lembrar dos momentos mágicos. Mas a verdade é que com certeza existem também memórias especiais, né? — Inclino a cabeça. — Tenta lembrar da sua alegria quando costumava compor. Antes de isso mudar. Eu tenho lembrado de muitos momentos com a minha avó ultimamente, por estar estudando mais sobre astrologia... — Levo a mão até o pingente do colar. — E até coisas que ela falava sobre meu mapa e previa sobre a minha vida.

— Jura? Tipo o quê?

— Tipo... O quanto as viagens seriam importantes pra mim. E até que eu provavelmente encontraria o amor no estrangeiro, por ter Vênus na casa 9 — conto, sentindo que estou corando um pouco. — E que eu poderia escolher se os relacionamentos iriam proporcionar feridas ou curas na minha vida, por causa de Quíron na minha casa 7 — continuo. — Ela também falava muito sobre a importância de eu escrever. E que a escrita e a arte poderiam ajudar a entender melhor meus sentimentos.

— Acho que isso faz muito sentido com seu Mercúrio e Vênus em escorpião, né?

Assinto.

— Demais.

— É surreal que você tenha essa conexão com a música também. Realmente, nada acontece por acaso. — Ele passa a mão na barba por fazer. — Mas... Eu ainda não consigo enxergar a possibilidade de trabalhar com isso. O bloqueio é grande demais, e meu trabalho me traz uma estabilidade que faz muita diferença. O mundo ideal seria continuar trabalhando na Optimize, mas com mais flexibilidade... mas meu chefe não aceitou essa ideia muito bem. — Ele solta um suspiro. — Eu realmente gosto de poder acompanhar as empresas por mais tempo, só que isso fica impossível com a quantidade de consultorias por mês. E claro que não posso reclamar, porque quanto mais projetos, mais eu ganho. Mas...

— Até que ponto vale continuar fazendo isso, se você tem um sonho tão claro, né?

Ele olha para baixo, em silêncio. Claramente, isso tudo mexe com ele muito mais do que ele deixa transparecer.

— Você vai conseguir chegar a uma solução. Eu sei que vai — digo.

— Espero que sim.

— Eu tenho certeza disso — afirmo com convicção. — E também tenho a sensação de que podemos experimentar compor algo, sem pressão. — Apoio o queixo na mão direita. — Talvez você tenha mais clareza simplesmente se entregando à arte. Resgatando essa atividade que trazia tanta alegria no passado, até porque sua linha de Júpiter aqui é no IC, que fala sobre as nossas raízes...

Ele me encara por alguns instantes, e fico com receio de que talvez esteja forçando demais de novo. Mas então finalmente ele diz:

— Vamos tentar — ele assente devagar. — Que caminho você acha que deveríamos seguir?

Solto o ar, aliviada.

— Acho que podemos começar definindo em que idioma vamos compor... O que acha? Em inglês ou em português? — pergunto. — Por favor, não proponha espanhol, porque eu realmente não tenho capacidade pra isso.

— Por enquanto — ele afirma, com um meio-sorriso que me causa um frio na barriga. — Mas, bom, eu costumava ter bastante inspiração pra compor em inglês.

— Então seguimos em inglês — defino.

— Tá. E a música tem o objetivo de... ensinar astrologia, é isso? — ele pergunta.

— Acho que podemos ir direto pra astrocartografia... E pensar em como simplificar ao máximo nossa vida. Não precisa ser uma obra-prima, né? Pode ter o objetivo de simplesmente ensinar sobre cada linha planetária mesmo. — Reflito por um instante. — Por exemplo: *The sun wants you to shine bright...* O Sol quer fazer você brilhar.

— Gosto desse caminho — ele assente. — Você trouxe seu caderno?

— Sempre. — Abro a mochila e o pego, e então já começo a anotar.

— Continuando nos luminares... — ele diz.

— *The moon guides you to feel*? Porque a Lua ajuda muito na conexão com os nossos sentimentos.

— Amei o tom que você escolheu — ele elogia. — Já estou pensando em como ficaria a melodia. Só um minuto.

Ele se levanta de repente e vai até o dono da livraria, perguntando algo que não consigo escutar. O homem assente e vai até sua casa, e Nico se vira para mim, agora com um aspecto diferente, mais radiante, em seu rosto. Minutos depois, o homem está voltando com um violão na mão, que entrega de bom grado para o viking, sorrindo.

Ele o pega e agradece, volta para o banco de pedra e se senta ao meu lado, dizendo:

— Agora, sim. Onde estávamos?

— Onde estávamos não sei, mas agora estamos levando a coisa para um novo nível — observo, admirada.

Ele ajeita o violão no colo e diz, ou melhor, canta:

— *The sun wants you to shine bright, the moon guides you to feel...* — Ele pausa por alguns segundos, olhando para cima, e continua: — *Venus will help you fall in love...*

Não sei se é esse último trecho, sobre como Vênus pode ajudar para que a gente se apaixone, ou o choque por escutar de novo o quanto ele canta bem, mas acho que acabo ficando boquiaberta por um instante. E me dou conta de uma das maiores certezas que já tive até hoje: do quanto quero muito, muito mesmo, ouvi-lo cantando cada vez mais. Contudo as palavras não parecem conseguir sair da minha boca, então só sigo o observando enquanto ele continua:

— Pra Marte, seria interessante algo que remetesse ao quanto essas linhas ajudam a despertar coragem e iniciativa...

— Ou ansiedade — digo, lembrando da minha vida no Rio.

— Sim, mas também podem ser lugares que impulsionam, que fortalecem. Mas seria interessante se rimasse com *feel*...

Reflito por um instante, e então canto:

— *Venus will help you fall in love, in Mars you'll claim your will...* Querendo dizer que podemos acessar a nossa coragem e força de vontade. O que acha?

— Gosto. — Ele passa a mão pelo rosto, assentindo. — Quer colocar o celular pra gravar? Pra gente não esquecer de nada.

— Quero — respondo, pegando o celular e fazendo isso. — Foi. E agora vamos para... Júpiter?

— Acho que quero pular para Saturno.

— Bem aquariano — constato, rindo.

— Acho legal quebrar as expectativas — ele argumenta, com um divertimento no olhar. — Mas, bom, seria importante dizer que Saturno nos ajuda a amadurecer... E ensina sobre estabelecer limites e a se estruturar melhor, ter disciplina.

— E também sobre comprometimento — complemento.

Ele assente, pensativo.

— Pra dar um tom mais leve pra ele... talvez a gente possa romantizar um pouco, eu acho. E ir conduzindo a música como se fosse uma composição planetária inspiradora, uma galáxia que está sendo surpreendida pelo amor — ele propõe, olhando para baixo com o cenho um pouco franzido. — De repente, para Saturno pode ser algo como: *Saturn calls for commitment, maybe between you and me.*

Cada palavra cantada faz com que eu me arrepie, e, quando ele me encara, tenho tanta certeza de que ele vai conseguir enxergar a forma como está me enfeitiçando que já penso em como me proteger:

— *But Uranus will wanna set you free...* — canto, remetendo à liberdade que Urano, o regente de aquário, sempre busca.

— *And maybe integration is the key* — ele continua, sorrindo para mim.

Nós apenas nos fitamos por alguns segundos, sabendo que a música obviamente está traduzindo muito do que ainda não conseguimos dizer um para o outro.

— Gosto disso. — Sorrio e recosto no banco.

— De qual parte disso? — Ele inclina a cabeça, a mão direita apoiando na parte superior no violão.

— De compor com você, claro — digo. — Mas também... Desse caminho. De mostrar que os planetas não são apenas uma coisa. Que podem se combinar de formas diferentes... E nos surpreender no processo.

Pego o caderno e escrevo algumas possíveis formas de dizer isso na música. E canto:

— *'Cause planets might combine in ways you never thought they could...*

Seus olhos brilham ao me observar cantando, e, com cuidado, ele pega o caderno e a caneta da minha mão. Por alguns segundos, apenas pensa um pouco, mas então escreve algo. Depois os coloca de novo no meu colo, levando a mão direita de volta ao violão.

— *They might keep just surprising you, it never felt so good...* — ele canta, e não sei se consigo disfarçar o quanto a voz, o tom, a facilidade dele em compor também no violão, e, principalmente, o fato de estarmos vivendo isso juntos, está mexendo comigo. — O que acha?

— Eu amei — admito. — E agora, podemos ir para Júpiter? — Estreito o olhar para ele. — Junto com Netuno, o que acha? Por serem os planetas regentes de peixes — digo.

— Pode ser — ele assente.

— *Like Jupiter, that dares to...*

— *Seek beyond...* — ele completa, e fico totalmente arrepiada com a forma como ele prolonga a última palavra, mostrando como Júpiter nos convida a expandir, buscar, ir além.

— *And Neptune might draw to dream along* — canto, me deixando levar, sem acreditar na energia que está tomando conta de nós dois nesse momento. — Gosta?

— Muito. *Wunderbar* — ele fala, e eu dou risada. — Netuno tem total conexão com esse convite para se permitir sonhar. Perfeito.

— Agora só falta... Plutão — afirmo, e então algo me ocorre. — Meu Deus... Mercúrio também! — Cubro a boca com uma das mãos. — Nossa, esquecemos completamente de colocá-lo mais pro começo. — Recosto no banco, sem acreditar que abandonamos justo o planeta que eu tenho passando por aqui.

— Calma, vamos dar um jeito. — Ele me tranquiliza. — Talvez ele se conecte bem com o final. Mas até acho que seria legal trazermos a intensidade de Plutão antes.

— Sim — concordo, pensativa. — E sinto que talvez seja bem legal ele trazer algum tipo de quebra, mudar a direção da música de alguma maneira...

— Mas de forma que encaixe no contexto geral — ele complementa.

Assinto, abraçando os joelhos enquanto reflito, observando o horizonte.

— Plutão está associado a fins de ciclos. Morte e renascimento. Mas também a transformações importantes. Talvez algo que expresse isso, só que mostrando que não precisamos temê-lo... E sim confiar nos redirecionamentos que ele evidencia.

Ele assente, olhando para baixo por um instante. Então testa um novo acorde e canta:

— *But what if Pluto wants to take it right into the end... You gotta trust in Mercury to everything eventually make sense.*

— Amei. — Gostei *tanto* que lágrimas ameaçam tomar meus olhos. — Meu Deus, sensacional. Porque Mercúrio fala da nossa forma de pensar, se comunicar, aprender e ensinar, mas também sobre a nossa mente e a maneira como damos sentido às nossas experiências, né?

— Sim. — Ele me observa com o que só posso descrever como absoluto afeto e cumplicidade, e então um novo brilho parece tomar conta dos seus olhos. — E depois disso... tenho algumas ideias — ele prossegue. — Talvez não fique bom, mas posso cantar um possível final que me veio aqui?

— Óbvio — digo, cruzando as pernas, endireitando o corpo e me virando ainda mais para ele, querendo mais é que ele se deixe levar por esse talento extraordinário que estava negando há tanto tempo.

Ele assente e se concentra mais uma vez, os olhos vagando pelo chão cheio de folhas e as mãos no violão.

— *It's possible to synchronize with the universe within...* — Outro arrepio percorre meu corpo inteiro conforme ele se estende no "within". — *Preparing for the stars to play along...* — Ele começa a acelerar a música, aumentando a carga de emoção. — *Creating now your very own heart's song.* — Ele olha para cima por um segundo e me encara, lágrimas também tomando seus olhos, e entendo completamente o porquê. — *And now, it's finally super clear to see... Love made its way into your galaxy.**

---

* O Sol quer te fazer brilhar/ A Lua te guia a sentir/ Vênus te ajuda a se apaixonar/ Em Marte, você vai firmar o seu querer/ Saturno chama para um compromisso,/ talvez entre nós dois/

Solto uma risada emocionada, que só poderia estar acompanhada por lágrimas, e assim que ele coloca o violão atrás de si, seus braços me envolvem completamente, seu coração batendo junto ao meu, a magia parecendo palpável ao nosso redor.

Ficamos abraçados por segundos, minutos, ou pelo que parece ser um instante retirado da eternidade, e me dou conta de que acabamos de viver uma espécie de cura catártica, um resgate do passado mesclado a um convite para o futuro.

E, em meio a esse momento atemporal, percebo que, talvez, o amor realmente tenha encontrado um caminho rumo à nossa galáxia.

E que esse dia, sem dúvida alguma, está entre os mais mágicos da minha vida, junto com a Libreria del Desierto, que certamente se tornou um dos meus lugares favoritos no Atacama.

Por enquanto.

Depois que cada dupla cumpre a sua missão, vamos todos para o hostel — nada de acampamento esta noite! — e, me acomodando na cama macia e quentinha do quarto compartilhado, já estou quase pegando no sono quando meu celular vibra na mesa de cabeceira.

Sarah: Por acaso preciso implorar por notícias suas?

Seguro uma risada.

Alissa: Perdão!!! Tem muita coisa acontecendo aqui. Você não faz ideia.

Mas Urano vai querer te libertar/ E talvez a chave seja integrar/ Porque os planetas podem/ se combinar de formas/ que você nunca imaginou/ Eles podem seguir te surpreendendo,/ e você nunca se sentiu tão bem/ Como Júpiter, que ousa buscar além/ e Netuno, que talvez te atraia a sonhar/ Mas e se Plutão quiser finalizar algum ciclo/ Você precisa confiar em Mercúrio/ Para eventualmente fazer sentido/ É possível se sincronizar/ com o universo interior.../ Preparando para que as estrelas toquem junto/ E criando a própria música do seu coração/ Agora finalmente é possível enxergar.../ Que o amor encontrou o caminho/ rumo à sua galáxia.

Sarah: Claro que faço. É isso que me deixa preocupada. A essa altura, você já deve entender todas as facetas de uma alma virginiana… E saber que ela começa a ficar muito, muito ansiosa se não recebe updates da sua melhor amiga que está vivendo uma grandiosa jornada.

Um sorriso se espalha pelos meus lábios.

Alissa: Ok, calma, estou pensando em como resumir.

Assim que clico em enviar, começo a refletir por alguns instantes, mas logo em seguida uma nova mensagem chega.

Sarah: Vou facilitar pra você: conta logo as partes calientes.

Coloco a mão na boca para segurar o riso de novo e olho ao redor para ver se não acordei ninguém. Fico mais tranquila ao perceber que todos estão dormindo profundamente, mas reparo em uma luz suave no rosto do Nico, do outro lado do quarto. Ele está lendo algo no Kindle, mas parece sentir quando o observo, porque levanta o olhar e me observa de volta por alguns segundos. Então ele dá um meio-sorriso e volta a ler.

Me concentro no celular de novo para me forçar a parar de olhá-lo.

Alissa: Bom, já que você insiste… Resumindo, acho que complicou de vez, minha amiga. E, ao mesmo tempo, parece que está tudo se alinhando. Acho que estou realmente apaixonada por esse homem, mesmo que faça menos de um mês que a gente se conhece.

Envio a mensagem, e, depois de refletir por mais um instante, continuo escrevendo outra:

Alissa: E agora, algo realmente inesperado: estou redescobrindo meu amor por composição…

E junto com ele, ainda. Foi uma experiência difícil de colocar em palavras, de tão surreal... E agora estou basicamente tentando segurar a vontade de agarrá-lo, só que, spoiler: está ficando cada vez mais impossível.

Sarah: Na hora de cancelar a promessa no ato de sua criação, você não quis me ouvir, né? Ai, ai. Por que nunca acreditam justamente no discernimento perfeito dos virginianos?!

Alissa: Eu sei, eu sei... merda. Mas, olha, preciso admitir: gostei da sua surpresinha. Na hora quase morri de vergonha, mas adorei a ousadia.

Sarah: Bom, situações extremas exigem medidas extremas. Ser um pouco intransigente às vezes cai muito bem.

Alissa: Eu amei. E a sua escolha foi maravilhosa. Inclusive, foi ele que encontrou na minha mala, e pareceu ter gostado bastante. Pena que não vou chegar a usar...

Sarah: Mas, gata, pensa comigo... se você resgatou seu talento para compor, pra quê precisa de promessa? Talvez você já tenha encontrado o que foi buscar. E talvez *ele* seja o que você foi encontrar também. Se permite viver isso, mulher.

Solto um suspiro, olhando de relance para a cama dele de novo, mas agora ele já está deitado de lado, aparentemente dormindo.
Volto para o celular.

Alissa: Não é tão simples assim... não faço ideia se quero mesmo trabalhar com música profissionalmente, ou só como um hobby, muito menos como funciona, se seria rentável, enfim... e também não sei se quero deixar de trabalhar como copywriter. Aliás... Como estão as coisas por aí?

Sarah: Olha, não vou mentir. O Marco está bem perturbado sem você. O cara claramente não está dando conta do recado. Acho que está sendo ótimo pra ele perceber o quanto precisa te valorizar.

Recosto na almofada, percebendo como minha respiração já começa a fluir de forma diferente só de falarmos nele. Ainda torço para que consiga reunir coragem de me demitir e focar em um novo caminho, mas confesso que é bom saber que estou fazendo falta.

Antes que consiga elaborar o que vou responder, mais mensagens chegam:

Sarah: E tudo isso tem me feito refletir muito sobre o meu futuro também. Sobre o quanto eu também sempre sonhei em viajar e tenho feito isso muito menos do que gostaria. Enfim, só queria que soubesse que estou MUITO inspirada pela sua coragem!

Balanço a cabeça enquanto digito, um sorriso genuíno tomando conta do meu rosto.

Alissa: Quem diria, hein? Você sendo inspirada por mim?

Sarah: Eu diria. Tá doida? Você sempre me inspirou. E sempre vai me inspirar. ♥

Dia 14

DOMINGO, 21 DE MAIO

Lua em gêmeos quadrando Netuno: Talvez surjam assuntos
sobre os quais você não gostaria de falar.
Mas, uma vez que se entra na água...
é preciso aproveitar para nadar.

Depois que compomos a música, uma nova chave parece ter virado, porque não é mais somente uma questão de atração física pelo Nico. Na verdade, há mais de dez dias eu já sabia que não era. Mas agora essa certeza se torna ainda maior, porque não quero nem pensar em me despedir dele no fim dessa viagem. Não consigo superar o quanto adoro sua presença. Sua voz. Seus traços marcantes, seu sorriso provocador, seu olhar gentil. E o quanto me sinto eu mesma quando estou com ele. Como seria possível superar algo assim?

Dez anos não parecem nada comparados ao que senti nos últimos dez dias. E essa felicidade e harmonia parecem se estender ao grupo inteiro, porque todos ficaram admirados demais quando apresentamos a música hoje cedo, antes de pegarmos a van para o passeio do dia: as Lagunas Escondidas de Baltinache.

Cada dupla teve tempo para contar com calma sobre as atividades feitas ontem e para relatar sobre os aprendizados obtidos, mas agora todos parecem estar totalmente sem palavras, por causa do local a que acabamos de chegar.

Estamos percorrendo um caminho em que vamos vendo todas as sete lagunas, cada uma em um tom ainda mais inacreditável de azul em contraste com o branco do sal ao redor e as demais nuances terrosas do deserto.

Estou tão deslumbrada com tudo que levo um susto quando me dou conta de que a Lola e a Mia parecem estar brigando na nossa frente.

— Eu não consigo entender por que você se limita — Lola diz, com as mãos na cabeça. — Sua ideia pro restaurante é brilhante, e poderíamos aproveitar a viagem pra analisar os melhores lugares para expandir pra vários países. Como você pode não entender isso? — Ela se vira para Mia, agoniada, e, na mesma hora, eu me viro para Nico, que está ao meu lado, buscando em seu olhar alguma diretriz a respeito do que fazer.

Ele levanta a mão, indicando que é melhor desacelerarmos um pouco para dar espaço para elas.

— Eu posso entender e ao mesmo tempo não querer isso — ouvimos Mia dizer. — Acho incrível você ter vontade de expandir o *seu* projeto pro mundo. Mas eu não vejo isso acontecendo comigo...

— Por quê? — Lola interrompe. — Eu poderia te ajudar. Você merece ser reconhecida mundialmente.

— Eu entendo que você enxergue isso como uma possibilidade incrível — Mia responde, com a voz surpreendentemente calma, enquanto prende o cabelo loiro em um coque —, mas você entende que essa é a *sua* visão de realização, e não a minha? Sinceramente, eu prefiro mil vezes ter paz do que ter sucesso global. Fico muito feliz em ter um restaurante astrológico superconhecido na Suíça. Não é errado escolher uma vida boa e calma, *cariño*.

Olho para o Nico de novo, e acho que nós dois devemos estar com a mesma percepção, pois elevamos as sobrancelhas ao mesmo tempo. A Mia só pode estar com a terapia *muito* em dia.

— Por que você veio pro retiro, então? — Lola pergunta, parecendo desolada.

— Porque eu te amo, e isso era importante pra *você* — Mia diz, parando e pegando a mão dela, e então me dou conta de que chegamos à última lagoa, na qual poderemos entrar se quisermos. — E para ter ainda mais ideias para o restaurante.

Lola segura firme nas mãos dela, mas balança a cabeça.

— Não consigo entender. — Ela solta um suspiro. — Mas preciso respeitar, né?

— Sim — Mia responde, parecendo achar graça. — E fico feliz por saber disso. Porque eu também não entendo o porquê de você querer pegar vários times pra sua consultoria, sendo que poderia se estabilizar bem só com alguns. — Ela inclina a cabeça. — Ainda assim, não questiono. Porque você talvez vá perceber isso em algum momento, mas precisa viver o processo pra entender na prática o que quer e o que não quer... E cada um sabe dos seus próprios limites e sente o que é melhor para si, né?

Lola fecha os olhos, assentindo. Assim que os abre de novo, dá um abraço na Mia.

— Desculpa — ela diz, e Mia a abraça de volta. — Eu tenho a mania de achar que sei o que é melhor pra todo mundo, mas sei que você sabe o que está fazendo. — Ela se afasta e encara Mia com carinho. — E tenho muito orgulho de você.

Dou um sorriso, feliz por perceber que elas estão se resolvendo. Mas decido me afastar um pouco, sentindo que talvez tenha invadido demais a privacidade das duas.

— Fez sentido por aí também? — Nico pergunta ao meu lado, e levo um susto tão grande que ponho a mão vai sobre o coração.

— Meu Deus, você surgiu do nada — constato, percebendo que ele já tirou o roupão atoalhado e está só de bermuda agora. E que ela cai muito, *muito* bem nele. — Faz... sim. Muito sentido. Eu tenho pensado que preferiria um caminho de mais paz também.

A verdade é que não sei bem o que estou dizendo, porque não consigo parar de encarar seus braços. Seus ombros. O abdômen... Tudo.

— Será que você poderia observar um pouco o restante da paisagem? — ele pergunta, e no mesmo instante pigarreio, virando para a lagoa para disfarçar o quão vermelha devo estar.

— Só estava reparando em como... você faz jus ao apelido que te dei quando te conheci, lá no Rio — digo, e no *exato* instante em que as palavras saem da minha boca, sou tomada por um arrependimento profundo.

— Ah, é? — Um canto da sua boca se curva lentamente. — E será que hoje é o dia em que eu finalmente vou descobrir que apelido é esse?

— Nem pensar. — Balanço a cabeça.

— Por favor. — Ele faz uma cara de inocente *bem* convincente, mas sei que está só tentando me persuadir.

— Nada vai me convencer a te contar. Sério. — Também tiro o roupão atoalhado que nos deram e, ainda que um pouco envergonhada por causa do biquíni pequeno demais que a Kira me emprestou e coloquei no vestiário assim que chegamos (já que, obviamente, esqueci de pegar o meu no hostel), caminho até a beira da lagoa, tentando focar em uma atividade qualquer e esperando que isso faça com que ele se esqueça do assunto.

Coloco a ponta do pé na água para sentir a temperatura, mas rapidamente já o retiro, tendo absoluta certeza de que vou curtir *muito* bem o passeio aqui de fora. As pessoas estão entrando na água e se divertindo muito com o quanto conseguem boiar por causa do sal, mas não fiquei nem um pouco animada com a perspectiva de ele ressecar e até cortar o meu corpo. E menos ainda agora que descobri o quão gelada a água está.

— Nada mesmo? — ele pergunta. Eu me viro para ele e me deparo com um olhar perigosamente conspiratório. — Nem a perspectiva de um mergulho?

— Você não é nem louco — afirmo, começando a me afastar dele.

— Ah, *corazón*... — Ele dá um meio-sorriso. — Acho que eu sou, sim.

Então ele dá um passo na minha direção, e, quando me viro e tento fugir correndo, é claro que ele me alcança em um minuto.

Assim que me pega no colo, sou tomada por um desespero tão grande que mal reparo no quão eletrizante é a sensação de estar sendo segurada por ele de novo.

— Viking — digo, com a respiração entrecortada, conforme ele anda até a beira da laguna.

— O quê? — Ele se faz de desentendido.

— Viking espanhol — revelo. — O apelido. Ridículo, eu sei. Mas, por favor, me coloca no chão agora.

— Gostei. — Um brilho passa por seus olhos, e ele me segura ainda mais firme. — Mas tem outra pergunta que quero te fazer.

— Nico, *não* — digo, mas já começo a dar risada, lembrando de como o impacto inicial na água gelada é sempre horrível, mas no quanto acabou sendo incrível entrar com ele no mar em Menorca... e até cair com ele no lago na Suíça. Será que nossos mapas dizem algo sobre sempre entrarmos na água juntos?

Enquanto me distraio pensando nisso, ele não para de se aproximar da lagoa. E então diz:

— Chances de entrarmos nessa laguna extraordinária, com oito vezes mais sal do que o mar Morto, uma experiência *única* na vida?

Estou balançando a cabeça antes mesmo de ele terminar a frase, mas solto um suspiro e acabo dizendo:

— Noventa por cento. Pula logo, antes que eu mude de ideia!

Ele sorri e dá uma corrida até a margem que dá acesso à parte mais funda da lagoa, e, antes que eu consiga sequer me preparar para gritar, estamos imersos na água.

Um segundo depois, somos jogados para a superfície pelo sal, mas o estrago está feito; afinal, o guia tinha dito claramente para evitarmos ao máximo mergulhar ou molhar o rosto e o cabelo, e movimentos muito bruscos também, porque o sal pode acabar cortando o corpo.

Então é *claro* que ele nos encara com um olhar de *muita* reprovação enquanto nadamos para fora da água, mas é impossível que esteja mais transtornado que eu. Além de ter sal no meu corpo inteiro, meu cabelo está completamente duro, meus olhos estão ardendo e tenho a impressão de que algumas partes da minha pele estão com pequenos cortes também.

— Nunca pensei que diria isso, mas prefiro mil vezes entrar o mar de Menorca — digo, sem olhar para Nico, enquanto vou atrás de uma garrafa de água para jogar pelo menos no meu rosto.

— Eu também — ele concorda, atrás de mim. — E, Ali, desculpa... acho que realmente passo dos limites às vezes.

— Às vezes? — pergunto, colocando a mão na cintura e o encarando.

Ele me observa por um instante, e então coloca a mão na boca. Em seguida, juro por Deus, começa a rir.

— Seu cabelo — ele diz, quase sem fôlego, e eu passo a mão no cabelo.

E, por mais que ele esteja uma zona, e que meus olhos e várias partes do corpo estejam ardendo, eu começo a rir também, e percebo que, não pela primeira vez nessa viagem... estou me sentindo completamente *viva*. E o quanto essas pequenas loucuras são importantes e trazem uma faísca de emoção para a nossa existência.

Quando a risada começa a cessar, percebo o guia se aproximando de mim com a garrafa de água, sem esboçar riso algum.

— Obrigada — digo, voltando a me recompor. — Tem sal até no meu olho. Nem quero imaginar onde mais ele foi parar.

— Feche os olhos. — Ele abre a garrafa e está a levando na direção do meu rosto quando percebo Nico se aproximando de nós.

— Deixa que eu faço isso — Nico diz, assentindo para o guia e pegando a garrafa.

Ainda que esteja com sal até na alma, não consigo conter um sorriso... Seria isso *ciúme*?

— Lava as suas mãos primeiro, pra você poder passar água no rosto com elas, aos poucos. Pra não te machucar mais.

Faço isso, e em seguida ele joga um pouco de água no meu cabelo também, e queria não me sentir tão vulnerável e conectada com ele por meio de algo tão simples. Mas acaba durando pouco, porque a água da garrafa termina — infelizmente, muito antes do que eu precisaria, e antes mesmo de Nico conseguir se molhar um pouco também.

— Não temos água suficiente para o que vocês precisam — o guia constata —, mas ficar por muito tempo com o sal no corpo pode piorar essas lesões. — Ele aponta para alguns cortes no meu pé e na lateral da minha perna. — Recomendo que tomem uma ducha no vestiário da entrada. Encontramos vocês aqui se quiserem voltar ou direto na van depois.

— Combinado — digo, pegando o roupão e me preparando para ir.

— Eu vou com você, posso te ajudar — Nico diz, colocando seu roupão também.

— Não preciso da sua ajuda — digo, tentando semicerrar os olhos, mas tem tanto sal neles que acho que não consigo alcançar o efeito desejado.

— Ali, você mal está conseguindo abrir os olhos. Por favor, me deixe te ajudar pra pelo menos me redimir um pouco pelo que fiz...

— Pelo menos você reconhece. — Reviro os olhos, mas não impeço que ele caminhe comigo.

Quando dou uma última virada para trás, vejo a Kira e a Petra, que parecem ter dado uma pausa em uma conversa. Petra eleva as sobrancelhas, com certo divertimento no olhar, e Kira abana o rosto em um gesto cinematográfico, e em seguida um sorriso conspiratório se espalha por seu rosto. E eu apenas balanço a cabeça, tentando impedir meu próprio sorriso de aumentar ainda mais.

Depois de alguns minutos na fila do vestiário sem gênero, finalmente chega a nossa vez de entrar. E ainda acabamos dando sorte, porque dois chuveiros são liberados exatamente ao mesmo tempo. Entretanto, uma senhora segura no meu braço, olhando para mim e depois para Nico com o cenho franzido.

— *¿Por qué os vais a dar dos duchas diferentes si sois pareja? ¡Entra en este! ¡vete, vete!* — ela diz, nos empurrando na direção de um dos chuveiros. — *Lo siento, pero estoy llena de sal y tengo mucha prisa.*

Ela abre o box e, assim que nos empurra para dentro e fecha a porta, não sei se torço para que ele tivesse mais espaço ou se celebro por finalmente estar a sós com ele em um lugar tão pequeno, em que não conseguimos ficar a mais de vinte centímetros um do outro.

— O que ela disse? — pergunto, tentando disfarçar.

— Que vamos ser expulsos se insistirmos em entrar em chuveiros diferentes — ele responde, com convicção.

Seguro uma risada, tendo a impressão de que não foi bem isso que ela falou, mas estou com sal demais no corpo para enrolar mais um segundo sequer.

— Bom... Quem somos nós pra irritar uma senhora, né? — Dou de ombros, tirando o roupão e o pendurando no boxe.

Logo em seguida, ele faz o mesmo, e confesso que fica difícil respirar enquanto olho para cada parte tão bem definida do seu corpo. Estou tentando ao máximo não encarar seus olhos, e não só porque preciso tirar o sal dos meus, mas por não ter certeza do que os dele vão ser capazes de provocar em mim.

Ligo o chuveiro, sentindo um grande alívio quando a água começa a sair quentinha. Acabo soltando um suspiro, porque parece que estou me derretendo junto com o sal à medida que passo sabonete no corpo inteiro e sinto-o saindo. Coloco a cabeça embaixo da água, e, um instante depois, sinto duas mãos grandes massageando meu cabelo suavemente, ajudando a retirar qualquer sal que ainda reste nele. Dou um passo para trás, saindo de debaixo do chuveiro, com a intenção de deixar Nico tomar banho também. Mas o espaço realmente é bem limitado aqui, e a água acaba começando a cair diretamente nos meus seios, empurrando um pouco para o lado o biquíni da Kira, que agora parece ainda menor do que eu já estava achando.

— Esse biquíni não está fazendo um bom trabalho — digo, ajeitando o lado direito para que pelo menos cubra meu mamilo.

— Na verdade — ele murmura, sua voz um pouco rouca, a mão indo em direção ao outro lado bem devagar —, acho que nunca um biquíni fez um trabalho tão bom. — E então cobre o meu mamilo esquerdo, que já estava quase começando a aparecer. Mas, ao fazer isso, seus dedos esbarram nele sem querer, e sinto meu corpo inteiro se arrepiar... e implorar para estar em *muito* mais contato com ele.

— Nico... — sussurro, fechando os olhos.

— Ali... não precisa ter vergonha — ele diz, e, ao abrir os olhos, reparo que ele engole em seco.

— Não é nada que você já não tenha visto, né? — pergunto, me referindo ao meu topless em Menorca, na tentativa de tentar cortar o clima. Mas seus olhos estão grudados nos meus, e ele assente devagar enquanto diz:

— E gostado *muito* de ter visto. — E continua sustentando meu olhar.

Sinto a região entre minhas pernas se contraindo e minha respiração começando a acelerar... Só que, no segundo seguinte, a água do chuveiro fica *muito* fria, e levo um susto tão grande que, sem pensar, dou um grito e um abraço nele, ao mesmo tempo.

Percebo sua mão rapidamente fechando o chuveiro, e então o ligando de novo, e, em alguns instantes, a água quente volta a sair... Só que, agora, não estamos mais separados. Estou completamente colada ao seu corpo — e, por colada, me refiro aos meus seios grudados no seu peito, e obviamente quase saindo do biquíni, e seus braços envolvendo com firmeza a minha cintura para que eu não consiga nem pensar em me mexer.

— *Ali...* — Percebo um tom de sofrimento na sua voz, que está um pouco ofegante. Então ele suaviza a forma como está me segurando, e sei que está fazendo um esforço descomunal quando me afasta devagar e me encosta na parede mais distante de si.

Ele fecha os olhos por um instante, engolindo em seco de novo. Só que, assim que os abre, seu olhar percorre cada centímetro do meu corpo... E, quando ele dá um passo na minha direção, tenho certeza de que o seu corpo está pulsando de desejo tanto quanto o meu.

334

Ele sobe a mão devagar, na direção da minha boca, e seus olhos encontram os meus mais uma vez, como que pedindo consentimento. Assinto devagar, ofegante, querendo mais que tudo que ele toque cada parte do meu corpo. Quando seu polegar encosta nos meus lábios, não consigo evitar fechar os olhos, me segurando ao máximo para não reagir. Sua mão desliza para a lateral do meu pescoço e depois sobe pela minha nuca, onde ele segura meu cabelo com vontade. Quando abro os olhos e me dou conta de quanto desejo habita os seus, sei que não será possível resistir a mais um segundo sequer longe dele.

Só que, para o meu desespero, no instante seguinte, a vontade em seu olhar é substituída pela culpa, porque ele parece se forçar a tirar a mão, em seguida fechando-a com força ao lado do corpo, e sua mandíbula está mais tensa do que nunca.

Sem conseguir me controlar, coloco as mãos em seu rosto e o puxo para perto de mim, nossos corpos se tocando de novo, meus seios roçando suavemente no seu peito, nossas respirações ficando cada vez mais ofegantes.

Sua boca se aproxima do meu ouvido, e sinto uma pontada no meu baixo-ventre quando ele diz:

— Você está acabando comigo, Ali.

Não consigo segurar uma leve risada, mas sei exatamente o que ele quer dizer.

— Foi o apelido, né? — brinco. — Sabia que seria um caminho sem volta te contar.

Sinto cada movimento do seu corpo enquanto ele ri baixinho, mas ele não se afasta nem um centímetro quando diz:

— Viking, é? Acho que gostei.

Ele tira a cabeça do meu pescoço devagar, de forma que consiga me observar de novo. Minhas costas estão na parede, suas mãos estão na minha cintura, meu corpo inteiro está se arrepiando com seu toque... E não posso deixar de me perguntar como vou me sentir quando tiver *mais*.

— Alissa... — Seu olhar vaga da minha boca para os meus olhos algumas vezes, e ele aproxima o rosto do meu pescoço de novo. — Me diz uma coisa.

Fecho os olhos, sabendo o que está por vir. E sabendo que não vou ser capaz de resistir.

— O que, exatamente... — Ele passa os dedos pelos meus lábios de novo. — ... estava incluso na sua promessa?

Não consigo responder. Mal consigo respirar. Sinto suas mãos descendo até as laterais das minhas coxas.

— Será que não tinha... nenhuma exceção?

Suas mãos me seguram, e então me levantam devagar até a altura do quadril dele, onde imediatamente sinto a pressão do seu volume entre minhas pernas.

— Responde — ele sussurra, em seguida começando a beijar meu pescoço.

— Acho que... — não consigo continuar, mas sei que tudo no meu corpo está respondendo a cada movimento dele. Sinto meu quadril começando a arquear, minha cabeça inclinando para trás, um suspiro involuntário saindo da minha boca. Meus braços, que estavam colados na parede, parecem ter assumido vontade própria, porque de repente uma das minhas mãos o segura pelo ombro, e a outra afunda em seu cabelo.

Dominada por uma certeza de que é isso que eu quero — talvez mais do que qualquer coisa que já quis na vida —, puxo levemente seu cabelo, trazendo seu rosto para perto do meu, e, quando nossos olhos se encontram... a forma como ele me encara faz com que tudo em mim comece a incendiar.

— Você — respondo, ofegante. — Você é a exceção. É isso que você quer ouvir? Porque...

Não consigo terminar. Em um instante, estamos nos olhando. E, no segundo seguinte, seus lábios estão nos meus, e estão me *devorando*. E sei que estou fazendo o mesmo, porque, sem que consiga controlar, minhas pernas envolvem seu corpo, trazendo-o para ainda mais perto de mim, e é como se nós dois fôssemos sufocar se nos afastássemos um centímetro sequer.

Uma das suas mãos sobe pelas minhas costas, percorrendo minha nuca e então agarrando meu cabelo de novo, e ele o puxa um pouco, me deixando ainda mais ofegante quando separa nossos lábios e começa a descer seus beijos pelo meu pescoço. Tento me segurar, mas acabo soltando um gemido baixinho, e isso parece enlouquecê-lo ainda mais. Ele me empurra mais contra a parede, deslizando a mão que estava me segurando pela coxa para a minha bunda e segurando-a com força. Acabo não resistindo e começo a me movimentar, deixando que seu volume pressione a região entre minhas pernas, e sei que nós dois estamos desesperados com os tecidos que estão entre nós.

Ele me coloca no chão e se afasta um pouco, levando uma mão até a beirada do biquíni, e então passando-a para dentro e começando a me acariciar em movimentos circulares. Fico sem ar, e ele percebe, pois dá um sorriso convencido antes de tomar meus lábios de novo. O movimento das mãos começa a acelerar cada vez mais, e é nesse momento que começo a sentir que falta pouco para que eu perca completamente o controle.

O problema é que... também é neste exato segundo que alguém começa a bater no box.

— ¿Qué hacéis ahí, cabrones? — uma voz do lado de fora diz.

Nos afastamos no mesmo instante, ofegantes e com os olhos um pouco arregalados.

— Hay una cola enorme aquí. ¿Puedes acelerarlo? — a pessoa pede.

E é só então que me lembro de que estamos em um vestiário, no meio do deserto, e que, por mais escuro e afastado dos outros que esse box seja... Nós estávamos basicamente cometendo um crime aqui.

E mais do que isso: quebrando completamente uma promessa *muito* importante.

Ainda assim, nesse momento me dou conta de que talvez não exista qualquer possibilidade de mantê-la depois disso, e só posso esperar que essa quebra não acabe prejudicando a minha missão de me encontrar.

Porque a verdade é que existem certas coisas — e, principalmente, pessoas — na nossa jornada que são impossíveis de evitar.

Quando voltamos para o hostel, estou prestes a seguir Nico até o quarto compartilhado quando Petra diz:

— Você fica.

Elevo minhas sobrancelhas.

— Vem aqui. — Ela indica a direção da varanda com a cabeça, e caminhamos juntas até lá.

Assim que ela se acomoda em uma rede e eu na poltrona ao lado, ela pergunta:

— O que houve?

— Bom... — Solto um suspiro. — Acho que você já sabe, né? Entramos no chuveiro, vi aquele peitoral...

— Não. — Ela revira os olhos. — O que houve com a sua promessa? Sinto minha testa franzindo.

— Não lembro de ter comentado com você sobre ela.

— Na verdade, foi o Nico que comentou. — Ela se ajeita na rede.

— Que fofoqueiros. — Semicerro os olhos.

— Não só de autoconhecimento vive a mulher moderna.

Dou uma risada alta, e ela continua:

— Mas, de verdade, estou perguntando porque fiquei preocupada com você. — Ela cruza os braços. — Sei o quanto está levando esse momento de autodescoberta a sério, mas também não posso ignorar o que tenho percebido entre vocês.

— É... acho que eu também não — concordo. — Inclusive... queria muito saber sua perspectiva, considerando nossos mapas.

— Por favor, não me faça perguntas astrológicas de gente emocionada em estágios iniciais de paixão — ela diz, afundando o corpo na rede.

— Não vou fazer — respondo, feliz pelo fato de *ela* ter introduzido uma conversa que eu já queria ter. — Até porque... Já sei que combinações de fogo e ar são favoráveis — digo, elevando as sobrancelhas.

E sim, tenho que confessar: em busca de uma confirmação.

— Ali, não se faça de desentendida — ela diz, colocando as mãos atrás da cabeça. — Você sabe que a sinastria vai muito além do signo solar. Tem que analisar as casas 5 e 7 de ambos, os posicionamentos de Vênus, Lua, Marte... na verdade, todos os planetas e aspectos, e tudo o que um ativa para o outro quando os mapas ficam sobrepostos.

— Eu sei, eu sei... quer dizer, lembro vagamente da minha avó falando sobre isso muitos anos atrás. Mas não lembro direito — admito. — Então, digamos que... se eu te mostrasse nossa sinastria. Uma breve olhada. Você daria algum conselho especial?

— Você está sendo a moça emocionada que envia o mapa pela rede social e pede pra interpretar. — Ela solta um suspiro.

— Não estou, não — protesto, com meu melhor tom de apresentação de campanhas. — A diferença é que estamos cada vez mais próximas, e você *quer* me ajudar, e por isso está sendo *supersolícita* e vendo sem que eu nem peça, como um presente para uma pessoa *tão* querida...

— Que não vai parar de falar até eu dizer algo, já entendi — ela interrompe, revirando os olhos. — O que você quer que eu fale, afinal? Que vocês são compatíveis e nasceram um para o outro? Porque isso é o que basicamente todo mundo quer ouvir. A não ser que estejam precisando de uma confirmação qualquer de que devem terminar, claro. Mas a maioria está sempre buscando um indício qualquer que diga: *almas gêmeas*.

— Não é o que eu quero. — Sinto minha testa franzindo. — Quer dizer... claro que eu adoraria. Porque eu sinto com ele uma leveza que nunca vivi na vida. Uma certeza de que a gente tinha que se encontrar nesse mundo, e que isso ia acabar acontecendo em algum momento... em algum lugar. Mas ao mesmo tempo...

— Você é fogo — Petra diz. — E ele é ar. E por mais que vocês se complementem... Você sabe que em algum momento podem incendiar.

— E eu já *sinto* incendiar — corrijo, lembrando do que aconteceu algumas horas atrás, e só depois percebendo o que falei. — Quer dizer, eu sinto que... existe algo poderoso demais entre a gente. Que é até difícil de explicar...

— Ok, me poupe dos detalhes — ela pede, segurando uma risada e virando a cabeça que estava apoiada na rede para olhar para mim.

— É sério, Petra. — Apoio os cotovelos nos joelhos. — É algo tão forte que chega a ser absurdo. E, ao mesmo tempo que parece ser mais certo do que qualquer coisa que eu já tenha vivido... eu tenho muito medo — confesso, balançando a cabeça. — Medo do que estou sentindo. Medo de me acomodar de novo. E muito medo de me perder nele a ponto de não me importar mais em me encontrar.

Ela assente, e então diz:

— Olha... Eu acho muito difícil a relação de vocês ter qualquer traço de comodismo.

— Por quê? — pergunto.

— Sinceramente? Uma sagitariana e um aquariano? Não existe viver na zona de conforto. — Ela olha para o teto, e então de volta para mim. — Pelo contrário... pode até ser uma combinação um pouco inconsequente.

339

— Ai, meu Deus.

— *Ali* — ela resmunga, passando uma das mãos na testa. — Agora você vai ser a apaixonada impressionável?

— Não vou — prometo, sem tanta certeza assim.

— Não seja mesmo. — Ela me olha com firmeza. — Lembra que nada na astrologia é um destino fixo e imutável. E a sinastria não é diferente. Não existe isso de compatibilidade. De saber se um casal vai dar certo ou não só por meio dos mapas, muito menos só pelo signo solar.

— E aquele papo de a astrologia minimizar desgastes? E se uma relação *só for* proporcionar desgastes?

— Ali, primeiro... — Ela se endireita na rede. — Eu acredito que nenhuma relação na nossa vida surge por acaso. Elas sempre trazem aprendizados importantes para a nossa evolução — ela explica, colocando os pés no chão e apoiando os cotovelos nos joelhos. — E, claro, existem relações que não agregam em mais nada a partir de certo ponto, mas isso não será só a astrologia que vai dizer, e sim a pessoa, como ela é tratada, como se sente... E, claro, tudo que ela vai perceber através de um bom acompanhamento psicológico.

Abro a boca para tentar responder, mas ela continua:

— Agora, sofrer antes da hora, como você está fazendo... — Ela estreita o olhar. — Isso sim é algo que realmente não faz sentido, e um desgaste que com certeza poderia ser minimizado.

Solto um suspiro.

— Mas se a astrologia não pode ajudar a evitar desgastes desde o início... então pra que existe a sinastria?

Ela fica em silêncio por um instante, e suspeito que esteja tentando se acalmar. Às vezes, tenho a impressão de que ela esquece que todo o conhecimento que tem não é tão óbvio assim para o resto do mundo.

— Ela ajuda em vários sentidos — ela diz, o rosto se suavizando. — Principalmente apontando possíveis facilidades e desafios na relação. Contribui demais para que se tenha muito mais clareza e paciência para lidar com essas diferenças. E claro, possibilita que haja uma propensão maior a aproveitar toda a fluidez — ela explica. — Mas você já sabe disso. E já entende quais pontos da relação de vocês têm fluidez e quais pontos podem ser mais desafiadores, né?

— Não tanto assim, mas algumas coisas eu entendo — digo, refletindo por um instante. — Por eu ser sagitariana e ele aquariano, nós temos trocas muito bem-humoradas. E aventuras. E leveza. E liberdade.

— Isso... uma boa dose de liberdade — ela reitera.

Um arrepio percorre meu corpo. Talvez seja justamente isso o que me traz tanto medo. De que esse anseio por liberdade, tão presente nos planos dele... em algum momento se estenda a mim.

Ela parece perceber, porque continua:

— Mas, de verdade, com essa quantia de terra no mapa... eu sinto que, no fundo, ele quer mesmo é encontrar um lugar ou alguém para se estabilizar. E também é beneficiado por essa dose grande de fogo que você tem no mapa para continuar vivendo de forma entusiasmada.

Assinto devagar.

— E eu, talvez, precise da terra do mapa dele, também — digo, pensando durante alguns segundos. — Por alguma razão.

— É... — Ela tem um brilho no olhar, como se houvesse algo que ela não compartilharia, afinal. — Por alguma razão.

Olho para ela com o queixo apoiado na mão, esperando que alguma inspiração a mais surja sem que eu fique atrapalhando com mil perguntas. No entanto, ela só olha para mim com um semblante de curiosidade, que sempre suspeito que na verdade esteja escondendo um sorriso. Então finalmente diz:

— Não adianta me olhar com essa carinha inocente de ascendente em peixes. É sério. Não vou ficar aqui dizendo que vocês são cem por cento compatíveis e feitos um para o outro — ela afirma, se levantando da rede. — Mas também não vou dizer que são terrivelmente incompatíveis. — Ela quase esboça um sorriso. — Mas lembre-se: se tem alguém capaz de entender os anseios da sua jovem e apaixonada Lua em touro, é esse jovem de Lua em peixes.

Sinto vontade de me levantar junto e segurá-la, para continuar conversando, sentindo essa alegria por existir alguém que entenda tanto de tudo isso. Também sou tomada por uma certeza enorme de que gosto mesmo dessa mulher, a ponto de sentir que somos amigas há muitos, muitos anos. Mas me seguro, lembrando que a sua Lua em áries (algo que descobri nessa viagem, e ajudou para que ainda mais coisas fizessem sentido) já testou muito sua paciência comigo hoje.

— Você lembra de muita coisa pra quem não tinha a intenção de me dar conselhos amorosos astrológicos — observo, cruzando os braços e encostando na poltrona.

— Eu posso até esquecer alguns nomes — ela diz, com um quase sorriso —, mas raramente esqueço um mapa astral.

Dia 15

SEGUNDA-FEIRA, 22 DE MAIO

Sol em gêmeos em harmonia com Marte e Plutão:
É possível que trocas importantes aconteçam,
levando a uma espécie de combustão.

Conforme os dias passam aqui no retiro, começo a perceber algo curioso: estar em uma linha de Mercúrio parece tornar as coisas tão aceleradas quanto uma linha de Marte. Tenho a impressão de que os dias estão começando a se misturar — e não só os do Atacama, mas cada um dos momentos da viagem inteira.

Estou no 15º dia da minha jornada, e a sensação é de que estou há meses fora.

Só que, por mais intensas que tenham sido as vivências até agora, e ainda que eu tenha total clareza a respeito de uma coisa — sobre *um certo viking* pelo qual definitivamente estou apaixonada —, só tenho mais cinco dias para encontrar o que vim buscar nesta viagem... E ainda não faço a menor ideia se vou conseguir.

Tenho esperanças de que o passeio de hoje, nos Geysers el Tatio, vá ajudar. O trajeto a partir do hostel dura cerca de duas horas, por isso tivemos que acordar bem cedo, mas estou otimista para este dia. Não só porque vamos contemplar uma paisagem fenomenal com dezenas de gêiseres, o vapor saindo da terra e alcançando alturas impressionantes, mas também porque colocaremos em prática mais um exercício especial passado pela Petra.

Quando estamos quase chegando, ela explica que esse passeio tem uma conexão com a energia de Plutão, então a nossa missão de hoje será refletir sobre algo que desejamos muito curar ou transformar e escolher algum sentido para acessar mais o nosso poder. E, caso haja algo que queremos encerrar, ou liberar, para que possamos abrir espaço para o novo, podemos colocar essa intenção também. Ela recomenda que cada um leve seu caderno e se sente para escrever um pouco sobre isso durante o passeio, e é o que decido fazer.

Pego meu caderno de bússola, coloco o casaco impermeável por cima das outras três camadas de roupa e saio da van. Em meio ao meu encanto com mais uma paisagem que parece ter saído diretamente de outro planeta, ao frio cortante e à vontade de agarrar o Nico para me aquecer, tento ao máximo focar em resgatar meu objetivo com essa viagem, especialmente considerando que me deixar levar pela atração por ele ontem não contou muitos pontos a meu favor.

— Muitas reflexões plutonianas? — uma voz pergunta ao meu lado, e quase caio dentro de um gêiser com o susto que levo. Nico segura o meu braço com agilidade, me ajudando a retomar o equilíbrio, e noto que depois leva alguns segundos a mais do que o necessário para me soltar.

Óbvio que quero mais do que tudo que ele me envolva completamente em seus braços. E isso não é só pela atração que sinto por ele — e considerando que ele está, mais uma vez, lindo demais, usando um casaco verde-escuro que realça perfeitamente seus olhos —, que faz com que meu corpo pareça implorar em mil idiomas diferentes para que eu me aproxime mais dele. Mas também porque ele parece estar realmente muito quentinho e aconchegante (e, sabe como é, eu tenho *horror* a passar frio).

Porém resisto. Escondo o caderno embaixo do braço e tento me manter firme, apesar de as minhas pernas ficarem bambas só de lembrar do quão próximos ficamos ontem. Essa é uma proximidade que estou determinada a evitar hoje, pelo bem da minha promessa e da minha missão nesta viagem.

— Muitas — respondo, tentando não me estender. — E você?

— Também. — Ele ajeita uma mecha do meu cabelo que está meio presa no gorro, e fecho os olhos involuntariamente com o gesto.

Respiro fundo e decido cortar isso antes que desvie de vez do meu foco:

— Vou caminhar um pouco sozinha pra me concentrar. Tudo bem?

— Claro — ele responde, com um sorriso gentil. — Se quiser conversar um pouco pra ter mais clareza, só me chamar.

Assinto, sorrindo de volta, e começo a andar. No momento em que abro o caderno para escrever, sem que nem precise pensar muito, percebo que estou começando a resgatar aprendizados de cada parte da viagem. Listo os principais acontecimentos em cada linha planetária, começando pela forma como estava vivendo acelerada no Rio de Janeiro, e concluo que não faz mais sentido para mim voltar a viver em uma linha de Marte neste momento. Especialmente porque fico com taquicardia só de lembrar dos últimos dias lá: a forma como Marco me sobrecarregava cada vez mais, a crise de ansiedade, a descoberta da traição...

Balanço a cabeça, tentando espantar as lembranças, e reflito em seguida sobre tudo o que vivi a partir do momento em que embarquei: as trocas incríveis com a Kira logo no avião, e com o Nico também. As conversas com ele em Londres, tanto no hotel como na Word on the Water, e a conversa e o workshop com a Petra. A passagem por Londres realmente me ajudou muito a resgatar a vontade de estudar astrologia e a perceber como essa ferramenta poderia ajudar na minha jornada... E paro para pensar em como é surreal que, se não fosse por ela, eu poderia estar vivendo uma viagem completamente diferente. E talvez não teria me apaixonado tanto assim por cada etapa da jornada... E por quem fez parte de cada uma delas. Olho para o Nico à distância, agora me lembrando de cada um dos nossos momentos em Menorca — ele me encontrando em Cala Macarelleta em meio ao meu topless, nossa noite quase perfeita na Cova D'en Xoroi, ele me dando apoio para fazer o teste de gravidez. A nossa ida até Cala Pregonda no dia seguinte, ter conhecido a família dele, e todas as trocas maravilhosas que tive com a Helena. E depois tudo o que aconteceu na Suíça: as conversas com a Mia e a Lola, os lagos incríveis, as comidas maravilhosas, os momentos de paz, o lago com vista para o castelo e com Nico aparecendo de surpresa, o voo de parapente, o acolhimento na casa das meninas, o presente deles para que eu pudesse vir para esta viagem, as risadas e provocações, a paixão em comum por música...

Não tem jeito: quase todos os aprendizados se misturam aos momentos vividos com ele. Talvez eu nem tivesse saído de Londres se não fosse pelas nossas trocas... ou nem mesmo teria comprado a passagem promocional, para início de conversa. Mas eu a comprei, e simplesmente estou no quarto país em menos de duas semanas — e parece que vivi infinitas vidas durante esse tempo.

Bem que a Petra falou sobre a minha casa 9: é *muita* coisa vivida a cada viagem. E é tão intenso tomar consciência de tudo isso e tentar chegar a algumas conclusões sobre o que devo fazer depois da viagem que até começo a me sentir meio tonta. Quando estou começando a refletir sobre como os aprendizados aqui do Atacama poderiam me ajudar nesse sentido, minha cabeça começa a doer tanto que parece que algo estourou dentro dela.

E é só nesse momento que percebo que talvez eu estivesse caminhando rápido demais enquanto pensava no que escreveria no caderno.

Decido me agachar, com medo de acabar desmaiando, mas percebo que a sensação fica ainda pior.

Merda.

Esqueci que não podemos fazer movimentos bruscos por causa da altitude, e que os Geysers são justamente um dos locais mais altos do Atacama.

Coloco a mão na testa, tentando me concentrar para não vomitar. E é só quando tudo já está escurecendo que noto uma pessoa de casaco verde correndo na minha direção.

— Ali? Você consegue me ouvir? — Ouço uma voz conhecida perguntando.

Abro os olhos, mas não entendo muito bem onde estou. Sinto um balanço suave e percebo que talvez seja a van.

— Estamos voltando, você vai se sentir melhor com a altitude diminuindo — a voz diz, e consigo ver que é a Petra, no banco em frente ao meu. — Tenta ficar acordada. Se precisar vomitar, temos saquinho aqui.

Quero responder, mas não consigo. Estou tonta demais.

Volto a me acomodar no meu apoio, virando para o lado direito e me aconchegando ao máximo. E só então percebo que ele consiste em ninguém menos que o viking espanhol, com os braços me envolvendo e o rosto a centímetros do meu, mas um olhar atordoado e a mandíbula tensa.

Por que ele está tão sério?

Será que tudo isso é um sonho?

Quando abro os olhos de novo, estou sentada na minha cama no quarto compartilhado, mas com as costas um pouco reclinadas para trás, apoiadas em alguns travesseiros. Nico está sentado na beira da cama, e nas outras camas estão Petra, Lola, Mia, Kira e Diogo.

Estou me sentindo muito melhor agora, mas sou tomada por uma vontade estranha de chorar.

Os olhos do Nico se iluminam assim que ele percebe que estou acordada. Ele se aproxima e me abraça, e então pergunta:

— Você está bem? O que está sentindo?

— Estou bem agora. — Eu me afasto, assentindo, mas as lágrimas começam a escorrer dos meus olhos, e de forma incontrolável.

Diogo se aproxima e pede para me examinar rapidamente, e endireito um pouco a postura para que ele faça isso. Assim que termina, ele se afasta e diz:

— Sinais vitais estão bem. O que você está sentindo?

Apoio as costas de novo na almofada e confesso:

— Sinceramente? Confusão. Mas não por causa da altitude. — Franzo o cenho. — Certeza que Mercúrio retrógrado já terminou mesmo?

Todos riem, e Petra diz:

— Bom, você está em uma linha de Mercúrio, então acaba sendo um momento de bastante estímulo mental mesmo.

— E como — desabafo. — Fora a burrice de ter andado rápido demais em um dos lugares de maior altitude... — Tento organizar meus pensamentos. — Mas acho que... sei lá, estou com uma angústia difícil de explicar. Será que podem ser os aspectos de Mercúrio? Ou meu mapa realocado daqui? Ou os *parans*?

— Depende — Petra pondera, sentada na cama ao lado. — Consegue explicar melhor essa angústia?

Reflito por um instante.

— Bom, estou nos últimos dias de viagem... E, de verdade, está sendo tudo muito incrível. — Evito olhar para Nico, pois ele está muito perto de mim na cama, e tenho medo de perder completamente a concentração. — Mas eu sinto que... não consigo chegar a uma conclusão. Parece que todo mundo já se encontrou *tanto*, e eu não.

— Mas você já descobriu tanta coisa sobre você... até relembrou do quanto ama compor, não? — Mia pergunta, com toda a sua graciosidade.

— Sim — respondo —, mas será mesmo que é isso que eu quero fazer da vida? Tenho tanto receio de largar tudo, mergulhar nisso e cansar em um mês, como acabou acontecendo com tantos hobbies na minha vida. — Solto um suspiro. — Fora que, por mais que eu goste de alguns dos meus clientes... não consigo suportar a ideia de voltar para o meu trabalho. Sinto que estou tão sufocada e confusa com tudo que nem sei onde quero morar quando essa viagem terminar... — Balanço a cabeça. — E sei que não precisamos encontrar um grande propósito na vida, e sim que eles vão se transformando no decorrer da jornada, você mesma me disse isso... — Olho para a Petra. — Mas eu me sinto tão incompetente, porque está sendo uma viagem tão maravilhosa e cheia de inspirações e aprendizados, e mesmo assim não consigo encontrar uma solução, sabe? Nem consigo definir um trabalho no qual vou focar quando isso terminar. E acho que tudo isso está me fazendo entrar um pouco em desespero — confesso, enquanto mexo sem parar em uma etiqueta do lençol.

Todos me observam por um instante, e fico com receio de ter falado demais sem querer. Sempre faço isso sem perceber, e acaba virando uma situação superestranha. Mas então Petra também vem se sentar na minha cama e pega na minha mão. Com todo o cuidado, diferente da forma direta com a qual costuma falar, ela diz:

— Ali, quando conversamos sobre propósito, eu disse que eles dependem do que precisamos aprender e desenvolver em cada fase, sim, mas tem uma coisa que eu não reforcei, e agora percebo que talvez faça sentido. — Ela aperta levemente minhas mãos. — Não necessariamente o nosso objetivo principal em cada fase de vida vai ser voltado para o profissional. Sei que a gente tende a supervalorizar a carreira, mas muitas vezes o nosso propósito em determinada fase pode ser algo ligado à nossa vida pessoal ou até estar conectado com a nossa saúde física ou mental.

Assinto, compreendendo aonde ela quer chegar.

— E você acha que esse é o meu caso?

— Sim — ela responde. — Lembra de quando comentei sobre seu retorno de Saturno?

— Lembro. E que eu tenho ele em aquário, e na casa... 12, né?

— Isso. — Ela solta minhas mãos, e cruza as suas no colo. — E lembra dos temas da casa 12? Dentre várias questões, ela também fala sobre saúde mental. E, desde antes de embarcar, você já tem passado por algumas questões nesse sentido, né?

— Sim — digo, lembrando de como estava me sentindo. — Dois dias antes de embarcar, tive uma crise de ansiedade horrível. Minha melhor amiga falou bastante sobre o quanto seria importante retomar terapia e até investigar se não estava tendo um *burnout*.

Petra assente, e então Lola toma a palavra.

— Eu cheguei a pensar que você poderia ter TDAH, por conta de alguns sintomas que notei e acontecimentos na viagem. Principalmente as distrações, mas tem vários outros detalhes sutis — Lola explica. — Bom, eu tenho, né, então acabo identificando com mais facilidade.

— Faz sentido, mas claro que vai ser importante ter um diagnóstico certinho, e não apenas suposições... — Kira interrompe. — Pode ser legal talvez até ter uma conversa com o Diogo mesmo. — Ela olha com carinho para seu marido, que está sentado ao seu lado.

Ele assente, sorrindo.

— É interessante investigar mesmo. Muitas pessoas descobrem só depois de adultas. Mas realmente precisamos dessa conversa para entender melhor algumas questões e ter certeza — ele conclui.

— Mas algo bem importante — Lola volta a falar — é que muitas pessoas que têm TDAH acabam sentindo um agravamento dos sintomas em linhas de Mercúrio, justamente por causa do aumento de estímulos mentais — ela explica. — Eu senti muito isso quando viajei para Mercúrio. E olha que era no DC... Imagino o quanto você deve estar pilhada com o seu no MC passando tão perto daqui.

— Isso é muito real — Petra confirma. — E, inclusive, tem muito a ver com o estudo que o Diogo está começando a fazer, aprofundando na conexão entre astrocartografia e saúde mental... — ela acrescenta. — Por exemplo: para uma pessoa que tem ansiedade, pode ser complicado viver em uma linha de Marte ou Urano. Para quem tem depressão, pode haver uma piora ou dificuldade em ter sucesso no tratamento caso viva em Plutão, Saturno ou Netuno — ela explica. — Já para quem tem TDAH, tanto Marte como Urano e Mercúrio podem ser mais complicados, justamente porque estão associados a um dinamismo bem expressivo, podendo implicar uma piora no quadro.

— Eu ainda fico chocada com o quanto isso pode salvar vidas — Kira diz, e seus olhos recaem no marido, e ela aperta suavemente a mão dele. — Estou muito orgulhosa por você ter escolhido se aprofundar nisso, amor. É surreal pensar no quanto pode complementar incrivelmente o tratamento e até a cura, se a pessoa for para um local mais tranquilo na sua astrocartografia. Às vezes, por mais que esteja fazendo o tratamento todo certinho, se ela está em uma linha mais desafiadora para sua saúde mental... pode ficar praticamente impossível se curar.

— Com certeza — Diogo assente. — Mas também é importante considerar que, às vezes, viajar para uma linha que intensifica os sintomas pode justamente ajudar para que fique bem claro que a pessoa precisa buscar ajuda — ele complementa. — Júpiter, por exemplo, é muito associado só a sorte, expansão, alegria e abundância, mas tenho diversos pacientes que tiveram uma piora na compulsão alimentar nessas linhas, principalmente em Júpiter AC. Claro que vai depender muito dos aspectos no mapa, da forma como cada um lida com a energia de cada planeta, mas vejo muito o quanto certas viagens contribuem para uma busca por ajuda, seja durante ou depois.

Assinto, tentando assimilar tudo o que está acontecendo aqui, mas confesso que estou meio desorientada. Agora estou dobrando e desdobrando sem parar a borda do lençol que está cobrindo minhas pernas, e, no instante em que reparo nisso, Nico parece perceber também, porque traz sua mão até a minha e a segura com afeto.

Viro o rosto para ele. Acho interessante porque ele não diz nada, mas seu olhar fala tudo de que preciso saber: "Sei que está bem intenso aqui, mas estou com você".

Mas é claro que também pode ser: "Não vejo a hora de essa conversa terminar para a gente poder se agarrar".

Ou seja: definitivamente está tudo bem confuso para mim. É óbvio que é culpa do olhar penetrante dele, que sempre abre essa perigosa margem para erro.

Tento voltar para a conversa, entendendo que estamos chegando a conclusões muito importantes aqui. Conclusões que ajudam a trazer sentido para tudo o que percorri até agora.

— Isso acontece muito em linhas de Plutão — Petra diz, mexendo em seus muitos anéis prateados, e por um instante fico hipnotizada em seu esmalte preto, que obviamente está combinando com o restante do look. — Por mais medo que as pessoas costumem ter delas, no fundo elas só ajudam a nos fortalecer e realizar transformações importantes de vida. E trazem um chamado forte para cura, também — ela explica. — Muitas pessoas se dão conta de que precisam buscar ajuda com relação a certas questões de saúde física ou mental depois dessas viagens. E talvez, se não tivessem ido para aquele local, esse movimento não teria sido criado.

— Mas claro que talvez seja difícil morar por muito tempo, caso a pessoa não trabalhe com algo que tenha a ver com a energia de Plutão — Lola complementa.

— Assim como o seu Mercúrio aqui — Nico diz, dando um leve aperto na minha mão. — Talvez viver aqui pudesse causar uma aceleração constante, que não faria tão bem pra você, caso confirme o diagnóstico...

— Mas talvez a vinda pra cá seja justamente o que possibilitou ter a oportunidade de investigar o diagnóstico — Lola diz. — O que, infelizmente, mais de oitenta por cento dos adultos com TDAH nunca têm, e convivem com a doença sem saberem... Minha qualidade de vida melhorou absurdamente depois que descobri e comecei o tratamento. Mesmo que seja um processo e as coisas não mudem de um dia para outro, faz muita diferença saber e começar a se cuidar.

— Eu não fazia ideia disso. — Balanço a cabeça. — Já tinha percebido alguns sintomas, mas achei que fosse algo que todo mundo tem. Falam tanto que acabou virando "moda" ter TDAH hoje em dia, e que tem muito diagnóstico errado, né?

— Sim, isso acontece — Diogo confirma. — Por isso que o ideal é ter uma conversa bem extensa durante a consulta. Até para entender se os sintomas já se manifestavam desde a infância ou adolescência, além de marcar alguns exames, porque certas deficiências de vitaminas e minerais podem causar sintomas similares aos do TDAH ou até piorar o quadro, caso o diagnóstico seja confirmado.

Assinto, tentando absorver tudo o que cada um está trazendo. E é tão surreal que isso esteja mesmo acontecendo que demoro mais do que o normal para reparar nos arrepios que percorrem meu corpo inteiro a partir do contato entre a minha mão e a do Nico. Subo o olhar para ele, que me encara com afeto. E penso que, se isso for mesmo verdade... A minha pequena quebra de promessa no chuveiro das Lagunas Escondidas talvez não tenha causado azar, e sim sorte.

E talvez eu finalmente tenha descoberto o que vim encontrar.

— Agora resta compreender — Diogo continua, de forma acolhedora — um pouco mais a fundo o seu momento, e a sua história também. Você conseguiria tirar meia hora para fazermos um início de consulta?

Assinto, com o coração apertado.

— Será que tem algum lugar mais reservado onde eu poderia conversar com ela? — ele pergunta para a Petra.

— Claro. — Ela se levanta devagar, apontando para a direção de um espaço com sofá e duas poltronas, um pouco afastado dos quartos.

Diogo se levanta também, dando um selinho na Kira e então seguindo na direção indicada.

Eu vou logo atrás, com Nico me acompanhando, até que ele para no meio do caminho e diz:

— Boa sorte na consulta. Lembra que estamos todos aqui pra te apoiar. Você vai ter muito suporte no processo. — Ele aperta de novo minhas mãos, agora um pouco trêmulas. — Depois me conta como foi, tá? Vou arrumar minhas coisas pra levar até o trailer, que soube que acabou de vagar. Me manda mensagem quando terminar?

— Mando — respondo, e fico surpresa quando ele se aproxima devagar e me dá um abraço. Um gesto que significa tanto para mim neste momento que meus olhos acabam se enchendo de lágrimas.

Em um mundo em que tantas vezes tratamos a saúde mental de

forma tão leviana, finalmente estou percebendo o quão importante é compreender melhor o que se passa na nossa mente.

E talvez esse seja o principal aprendizado a ser extraído aqui — não só dessa linha de Mercúrio, mas da viagem inteira.

Durante a consulta, Diogo me pergunta mais sobre meus hábitos, minha alimentação, como me concentro para fazer as atividades e em que horários funciono melhor. Conversamos também sobre como eram os estudos e aprendizados desde que eu era criança, se tive desafios desde sempre ou se eles surgiram depois de adulta. E conto tudo: o quão sofrido foi aprender a ler e escrever, o quanto chorava fazendo lições de casa, os esquecimentos e desafios para me concentrar. Como tudo melhorou um pouco quando percebi que não adiantava me cobrar a absorver tudo na hora da aula, que eu precisava anotar freneticamente e depois estudar de novo sozinha, já que esquecia tudo assim que a aula acabava. Que acabei começando a criar meus próprios métodos de estudo para aprender de formas diferenciadas, e o quanto isso acabou ajudando a desenvolver minha criatividade — e ele comenta que isso é muito comum em pacientes com TDAH.

Acabo descobrindo que não só os sintomas mais conhecidos, como a distração ou aceleração mental (e às vezes inquietude física), fazem parte de ter essa condição. Também tem as oscilações de humor em um mesmo dia, a dificuldade descomunal para se organizar ou executar tarefas simples, os atrasos constantes, o esquecimento, os momentos de hiperfoco em que se esquece até de comer (em contraponto aos momentos em que a cabeça parece não conseguir funcionar de forma alguma, como se estivéssemos em um limbo), o cansaço crônico, a vontade de comer demais certos alimentos (buscando dopamina), podendo até levar a transtornos alimentares. E outras doenças, como depressão e ansiedade, muitas vezes se tornam comorbidades associadas ao TDAH, caso ele não seja bem tratado.

Em determinado momento, começo a chorar.

Ele me lança um olhar cheio de compaixão, dizendo que entende o impacto que esse diagnóstico tem, mas eu balanço a cabeça.

— Diogo, não estou chorando por estar triste. E sim porque tanta coisa está fazendo sentido. É um alívio descobrir que não é loucura minha sentir tudo isso, e que na verdade é consequência de ter TDAH — explico. — É como se... uma peça que eu nem soubesse que estava faltando finalmente se encaixasse, e aí o quebra-cabeças todo começa a fazer sentido. Agora eu sei que tantos desafios meus finalmente vão ter solução.

— Fico muito feliz — Diogo diz, com um sorriso gentil no rosto. — O tratamento vai te ajudar muito, muito mesmo. Claro que leva um tempo para se entender melhor, e você vai precisar ir fazendo testes também, não só de medicação, mas do restante do tratamento: alimentação, sono, exercício físico, terapia... Mas é isso: um passo de cada vez. Ter tido o diagnóstico já foi, de fato, superimportante.

Assinto, ainda com lágrimas nos olhos. E percebo o *quanto* do que a Petra disse agora faz sentido: sobre essa ser a parte da minha jornada em que tudo começa a se encaixar.

Agradeço ao Diogo, e ele diz que vai procurar indicações de psiquiatra e terapeuta brasileiros, para que eu comece meu acompanhamento assim que retornar.

Assim que nos despedimos, já dou a volta na casa em busca da Petra, na esperança de que ela não esteja em seu quarto ainda.

Logo a avisto em uma cadeira reclinável, no meio do quintal do hostel, contemplando o céu. Sorrio, pegando outra cadeira da varanda, e caminho com calma até ela e me sento ao seu lado.

— Como foi? — ela pergunta, ainda com o olhar nas estrelas e as mãos atrás da cabeça.

— Ah, uma confirmação totalmente conectada com meu retorno de Saturno na casa 12 — digo, virando o rosto em sua direção. — Mas estou feliz. Aliviada. E até que animada pra começar o tratamento e ver como vai ser.

O canto da sua boca se curva levemente.

— Faz muita diferença. — Ela se vira lentamente na minha direção. — A própria terapia já vai mudar muito a sua vida.

Assinto.

— Você faz? — pergunto.

— Ah, talvez nem estivesse viva se não fizesse — ela diz, como se não fosse nada. Tento evitar qualquer reação exagerada, já que é tão raro ela se abrir, para não correr o risco de que ela se sinta julgada.

— Você já passou por muita coisa difícil, né? — pergunto, com cautela.

Ela me encara por alguns segundos, então desvia o olhar para as montanhas e os vulcões no horizonte, agora já quase sem luz nenhuma recaindo sobre eles.

— Já.

Mais alguns segundos se passam, e começo a sentir cada vez mais frio com a queda brusca da temperatura depois do pôr do sol. Mas não quero me mexer. Sinto que algo importante está prestes a acontecer.

E, depois de ficarmos alguns minutos olhando para o céu... acontece.

— Sabe que... apesar de ser metade brasileira, não nasci no Brasil. Mas já passei dois meses lá — ela comenta —, e é um dos meus lugares favoritos do mundo.

Assinto, sorrindo em sua direção. Ela não me encara de volta, mas está com os lábios sutilmente curvados enquanto mexe devagar nos muitos anéis que ocupam seus dedos.

— Você tem família lá? — pergunto.

— Família, não. Não tem mais ninguém da minha família que esteja vivo — ela explica. — Mas tem, sim, alguém muito especial para mim.

— E por que você não volta pra lá, depois que for embora do Chile?

Ela solta um suspiro, então se vira sutilmente para mim.

O que vejo nos seus olhos é dor. Até o seu corpo, sempre demonstrando confiança, parece estar um pouco curvado.

— O meu jeito de viver... passando só dois meses em cada país... não é uma jogada de marketing ou algo assim — ela admite —, e sim consequência de algo que tive que viver por muito tempo...

Ela se interrompe. Olha para baixo, e penso que vai desistir de continuar.

Então decido me levantar e me sentar ainda mais perto dela, mas no chão, e seguro suas mãos. O olhar dela encontra o meu, e vejo lágrimas emergindo nos seus olhos.

— Você não precisa...

— Não, eu quero — ela me interrompe. — Minha terapeuta tem me encorajado a me abrir mais. — Ela solta um leve riso. — Basicamente... Eu tive que me mudar muitas vezes durante a infância e a adolescência. Por causa de alguns riscos que correria se ficasse em um só lugar.

Assinto, ainda segurando com delicadeza as suas mãos.

— Mesmo depois, quando já não precisava mais fazer isso, acabei me acostumando a nunca me estabelecer em um país, e virou uma escolha de vida. Mas... não tenho certeza se essa escolha ainda faz sentido.

Aperto a mão dela com leveza, esperando que diga mais, mas alguns segundos se passam e ela não continua, então solto:

— Não sei por que você precisava se mudar tanto, Petra, mas percebo que isso causou um impacto muito grande em você, e que talvez não seja muito positivo. Sinto muito. — Eu me levanto e me aproximo para dar um abraço nela.

Seu corpo dá um pequeno sobressalto, talvez por não estar habituada com demonstrações de afeto há sabe-se lá quanto tempo. Mas, ainda que hesitante, ela também passa seus braços ao meu redor.

É tão estranho conhecer esse lado dela, e lembrar que as pessoas mais fortes que conhecemos enfrentaram e seguem enfrentando as mais diversas batalhas. Sinto um alívio enorme por oferecer um ombro amigo e por poder representar uma fonte de acolhimento, porque ela realmente parece muito solitária. Mas talvez não tenha sido sempre assim.

— E você se apaixonou em algum momento nos últimos anos? — pergunto, assim que saímos devagar do abraço e me sento no chão à sua frente com as pernas cruzadas.

— Sim. — Ela coloca os pés em cima da cadeira e abraça os joelhos de forma descontraída. Sua legging, bota impermeável e casaco são pretos, como sempre, e agora sei que são uma espécie de proteção, por causa de tudo o que ela carrega. — Mas... é complicado.

— Talvez não precise ser. — Eu apoio as mãos no chão atrás do corpo. — Depois de me ajudar em tantos sentidos... você me permite te dar um conselho?

— Claro. — Ela dá um sinal de "vá adiante" com a cabeça.

— Nem imagino como deve ser desafiador lidar com tantas questões intensas que você deve ter vivido. Mas, sinceramente? — Encaro-a com convicção. — Você deveria só ir. Simplesmente voltar para um país para o qual já tenha ido, sem pensar demais. Você não precisa continuar sendo quem foi até ontem, Petra. Ninguém vai te punir se você for embora do Atacama amanhã e voltar para algum lugar por onde já tenha passado. Você pode se libertar. Só você está se prendendo agora.

Ela apenas me observa, mas percebo um brilho diferente no olhar... até que ela diz:

— Queria que fosse simples assim. — Ela balança a cabeça, encarando as mãos.

— Eu sei que não é. — Tiro as mãos do chão e bato uma na outra, para tirar a terra. — Mas se existe alguém que você ama e que também se importa de verdade com você... não espera até não poder mais dizer isso pra ele. Quando menos esperar, pode ser que não tenha mais essa chance.

Assim que as palavras saem da minha boca, meu coração parece dar uma cambalhota dentro peito, porque percebo o quanto quero fazer isso também.

— Obrigada pelas sábias palavras — ela diz. — Vejo que você integrou muito bem seu Nodo Norte em sagitário. Estou orgulhosa.

— Não só ele. Meu mapa inteiro. — Dou de ombros, permitindo que um sorriso convencido estampe meu rosto.

— Ah, é? — Petra eleva as sobrancelhas — E a casa 7? E Vênus? Como anda o nível de integração?

— Não estamos falando de mim agora, e sim de você — tento fugir.

— Ah, acho que essa escorpiana aqui já se abriu o suficiente por hoje — ela pontua, e não consigo segurar uma leve risada.

Mas então sinto o coração começando a acelerar e...

— Você acha que devo mandar uma mensagem pra ele? — pergunto, com um frio na barriga.

Ela solta um suspiro.

— Alissa, vai logo conhecer esse trailer, pelo amor de Deus.

— Mas e minha promessa?

— Você já não quebrou? E já não encontrou o que estava buscando? Ou melhor... entendeu que não era só um propósito profissional, e sim algo muito mais profundo?

— Sim.

— E o que você mais quer fazer agora?

— Acho que... realmente quero conhecer o trailer — admito.

— Então faça a si mesma o favor de ser mais fiel às suas vontades. Começando agora. — Ela aponta para um aparador na varanda. — Tem camisinha naquele pote ali.

Solto uma gargalhada, ela abre um meio-sorriso e se levanta, se retirando logo em seguida.

Sentindo um frio na barriga, mando uma mensagem para ele:

Alissa: Diagnóstico confirmado. Estou indo tomar um banho por causa da intensidade do dia, mas... queria muito conversar com você depois. Posso ir aí?

Nico: Claro.

Prendo a respiração por um instante, e então vou até o quarto compartilhado, tomo um banho rápido e visto um conjunto de moletom confortável. Aproveito para escovar os dentes e passar um hidratante corporal bem cheiroso, honrando a integração de Vênus que vivi nessas últimas semanas.

Sentindo meu corpo inteiro tomado por alguma espécie de eletricidade, caminho em direção ao trailer.

Quando bato na porta, ainda estou um pouco insegura sobre ter vindo, e ainda mais sobre o que estou sentindo que devo dizer.

Ele aparece e seus olhos brilham ao me ver. Ele estende a mão na minha direção, eu a seguro e me deixo conduzir para dentro do trailer imediatamente, tendo certeza de que não existe outro lugar do mundo onde eu preferiria estar. No entanto, sei que preciso me concentrar para a conversa que vamos ter, então foco em respirar fundo e me afasto um pouco dele para conseguir manter o mínimo de racionalidade e resistir ao feitiço no qual ele sempre parece me envolver.

— Nico...

— Ali. — Ele dá um meio-sorriso.

Olho para baixo, tentando não sorrir também.

— Preciso ser sincera com você — começo. — Eu sei o que você quer. E sei que você sabe que eu quero.

Ele inclina a cabeça.

— Vejo que Mercúrio está proporcionando raciocínios diferenciados durante sua estadia.

Mordo o lábio para disfarçar uma risada que quer escapar.

— Nico.

— Desculpe. Já vi que o papo é sério.

— Será que é? — digo, balançando a cabeça. — Esse é meu receio... estamos sempre brincando — confesso. — Quer dizer, pelo menos na maior parte do tempo. E eu fico me perguntando: será que isso tudo realmente é só um jogo? Só uma brincadeira com data pra acabar?

Percebo seu maxilar se enrijecendo.

— Não, Ali — ele responde. — E eu queria ter te dito isso desde a Suíça. Desde antes, na verdade. Isso *não* é uma brincadeira com data pra acabar. Nunca foi.

Fico em silêncio, sentindo meu coração e meus pensamentos cada vez mais acelerados.

Ele continua:

— Não estou jogando com você, Alissa. De todas as pessoas do mundo, você acha que justamente quem te encontrou naquela calçada iria querer te magoar? — Ele franze o cenho. — Desde aquele dia, eu quis te pegar no colo e nunca mais te soltar. Eu quero te dar *muito* mais que uma noite. Mas vou esperar até que você não tenha mais promessa nenhuma e, principalmente, até que queira isso também.

— *Eu quero* — digo, com o coração quase saltando pela boca —, mas Nico, você precisa entender. Eu fico o tempo todo me perguntando se é isso mesmo que *você* quer. Eu sei que tivemos essa conexão desde o começo. Mas foi tudo tão... cinematográfico. Divertido, dinâmico. Será que o que te atrai não é só essa aventura? O fato de a gente estar vivendo isso em meio a uma viagem pra vários países em menos de um mês... — Meneio a cabeça, um pouco ofegante. — Será que não é só por isso que você está curtindo o que estamos vivendo? Será que você gosta mesmo de algo *em mim*?

Em contraponto ao meu aparente desespero, ele passa a mão pela barba curta, seus olhos parecendo percorrer uma missão arqueológica no fundo dos meus.

— Você quer saber do que eu gosto? — ele pergunta.

— Por favor — respondo, com a voz falhando.

Ele dá um meio-sorriso.

— Bom, pra começar... — Ele dá um passo na minha direção. — Eu gosto de cada traço da sua personalidade, do seu rosto e do seu corpo. Gosto muito das ondas que estão aparecendo no seu cabelo também. — Ele dá outro passo, e seguro a respiração em resposta. — Mas, pra ser sincero, isso é só o começo.

Ele dá mais um passo, e engulo em seco, percebendo que não consigo dar mais nenhum passo para trás sem que caia na cama. E que uma parte de mim realmente *quer* que isso aconteça.

Ele parece perceber isso, porque seus olhos estão com um brilho diferente enquanto continua:

— Eu também gosto da sua forma de pensar. Gosto que nada em você é superficial, e eu amo cada uma das suas camadas. Gosto da forma como seus olhos se fecham quando você sorri. Gosto que você sorri para todos que encontra, inclusive os bichos. — Ele também sorri enquanto diz isso. — Gosto de como você é uma das pessoas mais corajosas que conheço, mesmo em meio a uma fase de tanta incerteza. Gosto de como é inspiradora, engraçada e criativa — ele continua, e fico intrigada por saber que ele percebe nuances minhas que eu mesma não reconheço. Quais outras talvez existam, e possivelmente nem me dei conta? — Gosto de como você está aprendendo a enxergar o tanto que existe pra admirar em si mesma também. E de tantas outras coisas. — Ele passa a mão pelo meu ombro, seu polegar acariciando a minha tatuagem, ainda que ela não esteja à mostra no momento. — Ali, eu não sei se existe a mínima possibilidade de não continuar gostando de tudo isso, em qualquer que seja o lugar. E, sinceramente? — Ele dá outro sorriso. — Mal posso esperar pra descobrir mais partes de você pelas quais vou me apaixonar.

Sem que eu consiga impedir, começo a lacrimejar. Fecho os olhos, sem acreditar que estou mesmo vivendo isso. Sou preenchida por uma alegria tão grande que até mesmo o frio, que está aumentando consideravelmente, parece estar em segundo plano.

— Eu amo a forma como você parece ver uma versão minha que não existe ainda, mas que eu sempre quis me tornar — confesso.

— Eu acho que você já é essa versão faz tempo, Ali — Nico diz, balançando a cabeça e sorrindo. — Só não consegue se ver assim. De verdade, eu queria muito que você conseguisse enxergar o mesmo que estou vendo neste momento.

— Uma menina chorando copiosamente? — Inclino a cabeça enquanto pergunto.

— Não. — Ele sorri. — Uma mulher se dando conta do quão poderosa é e do quanto merece ser feliz.

Dou uma leve risada, e uma lágrima escorre pelo meu rosto.

Ele passa a mão com carinho por ela.

Coloco a mão na sua, e ele entrelaça nossos dedos. Uma sensação de choque parece percorrer cada centímetro do meu rosto e da minha mão que está em contato com ele, depois se estende pelo restante do meu corpo.

— Espero que você continue por perto por um tempo, para me ajudar a lembrar disso — peço, mas logo em seguida me arrependo um pouco de ter falado em voz alta.

Ele só balança a cabeça de novo.

— Ali... Você não tem *ideia* do quão perto eu gostaria de estar. — Ele passa a mão de forma suave na minha boca, e fecho os olhos em resposta. — E de tantas outras coisas das quais eu gosto em você, mas não posso nem começar a mencionar.

Ao ouvir essas palavras, a sensação de choque se une a um arrepio que começa a percorrer o meu corpo inteiro. E absolutamente tudo em mim começa a implorar para que eu reaja.

Inclino o rosto para a frente devagar, me aproximando da boca dele, e ele faz o mesmo. Assim que nossos lábios se tocam, a sensação é de que já fizemos isso infinitas vezes, de tão perfeitamente que nos encaixamos. Desbravamos um ao outro como se tivéssemos nascido para isso, como se fosse a única resposta plausível para tudo o que já vivemos e ainda viveremos. Como se nossos mapas tivessem sido criados apenas para que um dia pudéssemos ter o privilégio desse encontro.

Em poucos minutos, já começo a ansiar por mais, e minhas mãos entram por baixo de sua blusa e começam a percorrer suas costas, querendo-o mais perto, muito mais do que talvez seja possível.

Uma de suas mãos está na minha cintura, e a outra, que está segurando meu cabelo, afasta meu rosto do seu devagar. Seus olhos fascinantes me observam por um instante.

— O quê? — pergunto, ofegante.

— Ali... — Ele engole em seco. — Acredite em mim quando digo que quero *muito* fazer isso — ele afirma. — Mas... Você tem certeza?

— Claro que sim — asseguro.

Seu olhar percorre meu rosto, talvez em busca de qualquer sinal de hesitação, mas sei que ele não vai encontrar nada. E sei no que está pensando quando se demora um pouco mais na minha boca.

— Nico. — Dou um sorriso travesso.

— Sim? — Um canto da sua boca se eleva.

— Por acaso vou precisar implorar pra você ir um pouco mais rápido? — Meu tom é de provocação.

Ele inclina a cabeça, e um brilho diferente passa por seu olhar.

— Já que você mencionou... Eu não acharia isso ruim. — Ele aproxima o rosto do meu, mas em vez de dar o beijo pelo qual tanto anseio, ele morde levemente meu lábio de baixo, e depois aproxima sua boca do meu ouvido. — Afinal, você me fez esperar bastante tempo... talvez eu esteja um pouco ressentido.

Mesmo estando tão envolvida que fica até difícil reagir às nossas provocações de sempre, consigo retrucar:

— Você, ressentido? — Passo a mão pelo seu cabelo e o seguro, querendo mais do que tudo que ele não se afaste de mim um centímetro sequer. — Quer enganar quem, sr. aquariano desapegado?

Ele dá uma risada baixa.

— Já falei que não tem como ser desapegado de você. — Ele sorri de lado, e então me vira de costas para si, e sinto meu corpo inteiro reagindo ao seu toque. — Mas não nego que gosto de formas diferentes de começar as coisas... — Ele segura minha cintura com firmeza com uma das mãos e com a outra começa a afastar meu cabelo para o lado, em seguida aproximando sua boca da região abaixo da minha orelha. Ele beija meu pescoço lentamente, proporcionando mais arrepios. — E acho que não precisamos ter tanta pressa assim — ele conclui e morde o lóbulo da minha orelha de uma forma que me faz ofegar.

— E o que isso significa... na prática? — pergunto, com a respiração entrecortada, porque pareço não conseguir respirar e lidar com o toque dele ao mesmo tempo.

— Que você não vai poder me tocar ainda — ele diz, e suas mãos sobem pela minha cintura até os dedos tocarem de leve nas laterais dos meus seios —, mas eu posso te beijar e te tocar.

— Mas...

— Só se você disser sim. — Ele continua a dar beijos leves no meu pescoço.

— Sim — digo, fechando os olhos.

— Mas não só isso. — Ele sobe as mãos delicadamente pelos meus seios e segura a ponta dos meus mamilos através do sutiã de renda enquanto aproxima a boca da minha orelha de novo. — Confesso que gostei da sua ideia de ter que implorar.

Sinto a região entre minhas pernas se contraindo.

— Nico... — Por um lado, tenho vontade de dizer que ele está louco. Que não vou implorar coisa nenhuma.

Por outro... tenho certeza de que *eu* estou louca, porque, nesse momento, sinto que faria *qualquer coisa* por esse homem. E também porque, a cada segundo que passa, isso fica mais delicioso. Ele me vira de frente para si de novo, se ajoelhando no chão e começando a beijar minha barriga. Então começa a subir a barra da minha blusa, seus beijos acompanhando o movimento... E, no momento em que alcança o meu sutiã, já estou a ponto de delirar. Ele o abaixa e segue acariciando meus seios com as duas mãos, mas é quando sua língua passa por eles que seguro no seu cabelo e me vejo prestes a implorar.

Ele claramente percebe que já estou enlouquecendo, porque sobe a mão pela parte interna da minha coxa e passa a acariciar a região entre minhas pernas, e começo a ficar tão ofegante que sei que não vou conseguir me controlar por muito tempo.

Nico se endireita devagar à minha frente e passa o braço livre ao redor da minha cintura, e, antes que consiga me dar conta do que está acontecendo, estou deitada na cama. Ele segue com a outra mão entre minhas pernas, fazendo movimentos circulares que me deixam cada vez mais desesperada. Fecho os olhos e jogo a cabeça para trás, sentindo que está quase ficando insuportável, quando o ouço dizer:

— Abre os olhos. — Sua voz está um pouco rouca.

Eu os abro lentamente, e ele está me fitando de forma tão intensa que só isso já é quase o suficiente para me fazer chegar ao clímax.

Mas é quando ele tira as mãos de mim que me vejo em total desespero.

— Nico...

— Sim? — Ele está beijando meu pescoço de novo, a mão por baixo da minha blusa, acariciando um seio, depois o outro.

— Você vai mesmo me fazer implorar? — pergunto, levando a mão até a frente da calça dele.

Com um meio-sorriso, ele permite que eu comece a abaixá-la, e então se afasta por meio segundo para terminar de tirar, em seguida jogando a camiseta para o lado também.

— Se quiser, pode pedir que eu tire uma peça de roupa sua de cada vez — ele diz, enquanto seu corpo se aproxima do meu de novo.

Assinto devagar, e ele dá um sorriso insuportavelmente lindo. Meu corpo inteiro já está mais do que implorando para que ele fique cada vez mais próximo.

— Meu moletom. — Eu o provoco com o olhar. — Por favor.

Então ele o tira devagar, junto com a minha blusa, e seu olhar fica preso nos meus seios.

— Eu é que deveria implorar pra tirar seu sutiã — ele diz.

— Eu não acharia ruim — eu o desafio, me sentando e virando de costas para ele.

Ele aproxima a boca do meu ouvido.

— Você me deu o aval para fazer o que quiser com você, e vou aproveitar cada segundo disso. — Então ele solta o sutiã, jogando-o para o lado. Meus mamilos ficam duros assim que o frio os alcança, mas ele logo me abraça por trás, as mãos segurando os meus seios, sua boca causando mais arrepios conforme ele beija o ponto logo abaixo do meu ouvido. Sinto a região entre minhas pernas pulsando tanto que mal posso esperar para tirar o que falta.

— Minha calça... — digo, com a respiração entrecortada. — Por favor.

Com o rosto tomado por desejo, ele me deita de costas na cama de novo e a puxa devagar.

A essa altura, estou completamente desesperada para que ele entre em mim.

— A calcinha — peço, quase gemendo. — Por favor.

Ele olha para baixo e passa a mão por cima dela. Fecho os olhos e engulo em seco.

— Sabe que gostei dela? — ele provoca. — Acho que podemos deixar. — E então passa dois dedos pela lateral da renda preta, e, alcançando o local perfeito, começa a movimentá-los de novo.

Então ele os coloca dentro de mim, e tira. Uma. Duas. Três. Quatro vezes.

— Nico... — Alcanço seu rosto e me aproximo, mordendo o lábio, mas desesperada para beijar sua boca.

Ele me apoia de volta na cama e segura minhas mãos acima da cabeça. Seu rosto está a centímetros do meu.

— Ali, estou sofrendo tanto quanto você — ele admite. — Mas preciso ouvir suas palavras mágicas.

Encaro seus lábios, e então volto para seus olhos.

— Pega a camisinha? — Faço um olhar inocente, mas no fundo estou prestes a perder completamente o controle.

— Não era bem isso, mas também. — Ele se levanta e pega uma no bolso da mochila. Fico hipnotizada enquanto ele a coloca, e em seguida volta para cima de mim. — É só isso que você tem a pedir?

Sinto sua mão entre minhas pernas de novo, e não consigo mais segurar os gemidos.

— Ali. — Ele fecha os olhos agora, e sua mão desliza facilmente, de tão molhada que estou. Sua respiração está acelerada também, e percebo que chegou a hora de parar de nos torturar.

— Por favor. — Alcanço minha calcinha e a tiro rapidamente. — Eu *imploro*. Preciso te beijar, Nico. E preciso de você dentro de mim. *Agora*.

Ele dá um sorriso satisfeito.

E, antes que consiga formular mais um pensamento sequer, seus lábios estão nos meus. Um beijo intenso, voraz, daqueles que nos desestabilizam completamente. Então ele segura a lateral da minha perna e começa a entrar em mim devagar, me torturando e me fazendo delirar ao mesmo tempo. Ele se move de forma tão deliciosa que solto mais um gemido dentro da sua boca. Ele segura forte no meu cabelo com sua outra mão, como se estivesse fazendo algo que queria há *tanto* tempo que agora precisa me segurar de todas as formas possíveis.

Meu corpo inteiro se arrepia a cada movimento. Nunca senti uma conexão tão forte com alguém. Tanto desespero para ter mais e mais dele, como se nenhuma proximidade fosse suficiente.

Ele tenta parar de me beijar, para que consiga me olhar enquanto se move, mas simplesmente não consigo desgrudar dos seus lábios. Quero que cada parte de mim esteja conectada com ele. Abraço seus ombros, agarro seu cabelo, envolvo seu corpo com as minhas pernas.

Sua boca vai até o meu ouvido.

— Meu Deus, Ali — ele sussurra, e me arrepio ainda mais. — Que delícia.

Consigo somente gemer em resposta, ainda que quisesse dizer muito mais.

— Você tem noção do quanto eu queria isso? — ele pergunta, os olhos percorrendo o meu corpo e então se prendendo aos meus. — De tudo que eu queria ter feito com você, esses dias todos?

Ele se move com ainda mais intensidade, e sinto que vou explodir a qualquer momento.

— Nico... não vou aguentar muito tempo — suplico. — Não para, por favor.

— Caralho, Ali... — Ele continua se movimentando, mas então diminui o ritmo, me torturando. Ele se afasta um pouco para me olhar, e seu rosto é a interseção perfeita de prazer e desespero.

— Por favor... não vou aguentar. — Assim que digo essas palavras, sua expressão de tortura se transforma, com um olhar determinado de quem sabe como isso precisa acabar.

Ele nos vira e me coloca por cima, no colo dele, e se senta também. Apoio as mãos nos seus ombros e subo e desço, me movendo devagar, permitindo que ele entre e saia de mim de forma lenta, controlada... E aos poucos começo a acelerar cada vez mais, e nos entregamos juntos ao descontrole. Nossos corpos se movem como se fossem um só, colidindo, tremendo, irradiando. Como corpos celestes cujas órbitas nunca deveriam ter se desalinhado. No momento em que chegamos ao ápice, agradeço por estarmos vivendo isso só agora, porque ele me faz gritar tão alto que, se fosse em um dos quartos, não teria a mínima possibilidade de alguém não escutar.

Ele me abraça mais forte ainda, e não sei como pode estar fazendo quase zero grau no momento, porque nós dois estamos em combustão aqui dentro.

Tenho vontade de continuar em cima dele por horas, dias, talvez por uma vida inteira, mas lentamente começo a me afastar. Ele segura meus braços com delicadeza, e nossos olhares se encontram. O mergulho que faço em seus lagos verdes parece ser ainda mais profundo desta vez.

Não achei que isso fosse capaz de existir. Que houvesse um nível de conexão tão intenso que pudéssemos atingir com alguém, e em tantos sentidos.

Ele coloca uma mão de cada lado do meu rosto.

— Ali...

— Eu sei — digo, ofegante. — Não dá pra explicar o que acabou de acontecer aqui.

— Não dá — ele concorda. — Mas... eu poderia tranquilamente passar a vida tentando. Talvez na próxima vez fique mais fácil.

— Talvez, mas pode ser que demande algumas tentativas — concluo, mordendo o lábio de baixo. — Ou muitas.

Ele dá uma leve risada enquanto se deita e me puxa para perto de si. Em seguida me dá um beijo intenso, porém bem mais leve. Com uma amorosidade que reforça absolutamente tudo o que me disse antes de começar a me provocar.

Sou preenchida por uma sensação de acolhimento tão profunda, e tão transcendental, que jamais pensei que poderia experienciar. E desejo, do fundo da minha alma, que nunca mais precise sair desse trailer.

Dia 16

TERÇA-FEIRA, 23 DE MAIO

Lua em câncer conjunta a Vênus:
Encontros e desencontros podem acabar
nos emocionando na mesma medida,
revelando a grande dança cósmica
que é a nossa vida.

Quando abro os olhos, vislumbrando a luz suave que está entrando pelas janelas, demoro um instante para perceber onde estou. Para conceber o quão tranquilamente consegui dormir, e que não tive nenhum pesadelo.

Até consigo lembrar vagamente de alguns sonhos, mas é como se eles estivessem muito distantes. É como se fizessem parte de uma antiga versão minha, de coisas que deixei para trás, e que agora estão abrindo espaço para novos níveis de compreensão... sobre quem eu sou. Sobre como viver melhor. Sobre como me cuidar de agora em diante. E sobre como é bom amar e me sentir amada. Porque, com a cabeça apoiada no bíceps do Nico e seu outro braço me envolvendo, nossas pernas entrelaçadas e a memória do que vivemos ontem e nas últimas semanas emergindo... mal posso acreditar em como sou abençoada. E em como as peças estão se encaixando.

Não que absolutamente tudo esteja definido. Ainda há, sim, muito o que fazer. Mas só de ter compreendido melhor o que eu realmente vim buscar nessa viagem, e ainda ter me apaixonado por esse homem no meio do caminho... tenho certeza de que tudo vai se encaixar cada vez mais.

— Tudo bem por aí? — sua voz um pouco rouca pergunta, enquanto ele faz cafuné no meu cabelo.

Meu olhar sobe para o seu, e descubro que ele está me observando com o olhar calmo. Seu rosto está levemente amassado, e o cabelo, agora solto, está um pouco bagunçado no travesseiro. Ainda assim, está mais lindo do que nunca.

— Tudo mais do que bem — respondo, sorrindo. — E você?

— Também. É que você... — Ele leva a mão devagar até o meu rosto, e passa o polegar entre minhas sobrancelhas. — ... está com uma carinha um pouco preocupada.

— Eu não diria preocupada — respondo, pegando sua mão e dando um beijo nela —, mas talvez um pouco travada e com a imunidade caindo, por causa do frio que fez essa noite. Talvez dormir em um trailer tenha despertado certa falta do meu travesseiro e de uma cama bem confortável... — confesso. — Não sei se minha Lua em touro tem pique pra viver viajando por muito tempo.

Um sorriso preguiçoso se espalha por seu rosto.

— Te entendo demais — ele diz. — A experiência do trailer é ótima, mas talvez eu realmente também seja mais gourmet do que imaginava.

Dou uma risada genuína.

— Fico aliviada por saber disso. — Apoio a mão no seu peito. — Mas, apesar de não ser exatamente o quarto mais aconchegante do mundo... estou muito feliz mesmo com tudo isso, Nico. — Passo a mão por sua barba por fazer. — Com a gente.

— Eu também, *corazón* — ele brinca, e solto outra risada, então ele puxa minha mão devagar até sua boca e a beija também, em seguida entrelaçando nossos dedos.

— E, sobre o TDAH... — continuo. — Em outra época talvez teria sido um baque descobrir que eu sou neurodivergente. Mas tudo o que senti ontem foi alívio. Nem sei se é certo reagir dessa maneira, mas...

— Acho que não existe certo e errado nesse caso — ele opina. — Mas fico muito feliz que você esteja aliviada. Isso é ótimo, né?

— Sim, muito... E acredito que seja porque isso está misturado com a sensação de que eu encontrei uma parte do que vim buscar. E não era só algo profissional, como eu imaginava... E sim relacionado à saúde mental.

— E, além do TDAH, você ainda aprendeu e resgatou várias outras coisas — ele relembra. — Como o talento e a paixão pela música.

— Com certeza — assinto, sorrindo, e uma ideia vem à minha mente. — E você? Sente que encontrou algo nessa viagem?

— Claro, Ali. — Seu olhar é de puro afeto. — Algo muito melhor do que eu poderia sonhar — ele diz, acariciando minha bochecha com o polegar.

— Não. — Balanço a cabeça, rindo. — Além disso.

— Ah, com certeza. — Sua mão desce pelo meu pescoço, e então para na tatuagem no meu ombro, onde ele faz um leve carinho. — Mas muito disso foi graças a você. Você me ajudou a encontrar o que eu nem sabia que estava procurando. Partes de mim que eu... tinha deixado completamente de lado. E que agora eu tenho certeza de que quero resgatar.

Sinto o nariz ardendo, minhas lágrimas claramente querendo participar do momento.

— Você não imagina como fico feliz por saber disso. — Dou um beijo no braço dele, e então me afasto um pouco, apoiando o cotovelo na cama. — É muito impressionante como tudo aconteceu entre a gente, e também... Como a própria astrocartografia age, né?

— Com certeza — ele concorda, apoiando a cabeça na mão. — Inclusive, eu até que sabia um pouco sobre astrologia antes, mas achei incrível saber mais sobre astrocartografia e vivenciá-la na prática.

— Sim. — Um sorriso escapa dos meus lábios. — Fiquei pensando muito nisso esses dias. Tenho a sensação de que o mapa astrocartográfico é quase que um mapa dos encontros, sabia? E não só com outras pessoas, mas com diferentes partes nossas, que vamos descobrindo em cada lugar.

Ele assente, o canto da boca curvado para cima.

— É uma linda forma de explicar.

— E mais do que isso... — Eu me sento na cama, cruzando as pernas. — É como se a gente já soubesse, intuitivamente, pra onde precisa ir. Por isso que muitas vezes vai e vive uma experiência transformadora, mesmo sem saber qual ou quais linhas tem passando perto desse lugar.

— Ou até sabe, mas acaba sempre se surpreendendo de alguma forma — ele acrescenta. — E surpresas muito melhores do que a gente poderia imaginar. Lembra do que te falei no dia do eclipse?

Dou uma leve risada.

— Mais ou menos. — Levo a mão até os lábios, pensando. — Foi tanta coisa que aconteceu nas últimas semanas, e minha cabeça está tão acelerada, que eu já nem sei mais o que é real e o que minha mente talvez tenha inventado ou aumentado.

— Isso aqui é real — ele assegura, o olhar preso no meu. — Pode ter certeza disso. E, naquele dia, eu te disse que esse poderia ser o melhor mês da sua vida. — Ele se senta também, e então dá um sorriso convencido. — Acho que já posso trabalhar com previsões.

Dou risada, lembrando vagamente disso — e do quanto já tinha ficado encantada por ele desde o Rio. O quanto quis beijá-lo naquele dia. E como fui capaz de me surpreender pelo beijo (e todo o restante) ser ainda mais incrível do que poderíamos prever.

— Com certeza, foi o melhor mês da minha vida até hoje — admito. — Só não sei muito bem como ele vai terminar.

— Bom. — Ele dá um beijo na minha testa e se levanta da cama. — Saiba que eu pretendo colaborar para que a última semana seja melhor ainda.

Dou mais uma risada, que se transforma em um sorriso bobo e persistente. Porque eu sei disso. Sei dos tantos sentidos em que estou sendo cuidada a todo momento, não só pela minha avó e por todas as minhas ancestrais, mas agora também por ele.

Com esse pensamento, minha mão automaticamente vai para o meu pescoço para mexer no colar, um hábito que acabei adquirindo desde que o coloquei pela primeira vez. Só que, no instante em que faço isso, não o encontro.

Imediatamente começo a passar a mão pela minha blusa, olhando para baixo para ver se ele pode ter se soltado dentro dela. Mas não.

— Ali? O que foi? — Nico pergunta, se aproximando de novo depois de ter colocado uma calça.

— Não estou achando meu colar — respondo, passando a mão na cama toda. Ele franze o cenho na hora, e, pela clara preocupação estampada no seu olhar, sei que entende o quanto isso é importante para mim.

Ele procura junto comigo na cama, tirando os cobertores e lençóis, virando os travesseiros, até tirando as fronhas deles. Também procuramos no chão, abrimos a porta e olhamos na escada do trailer.

Mas nada.

Começo a ser tomada por um pressentimento ruim, uma tontura incessante, e até um enjoo começa a vir à tona. Porque ele simplesmente não está em lugar algum.

Coloco as mãos na cintura e tento respirar fundo algumas vezes, enquanto observo Nico procurando em todos os lugares mais uma vez. Quando termina, ele se vira para mim e diz:

— Pode estar lá no hostel. — Ele coloca as mãos com suavidade nos meus braços. — Em alguma das áreas de convivência ou no quarto compartilhado. Ou até na van.

Assinto, colocando a mão no coração enquanto tento me acalmar.

— Calma — digo para mim mesma, querendo aplacar a dor de talvez ter perdido algo tão importante para minha avó e para mim. — Mesmo se não conseguirmos encontrar... — Minha voz falha. — Ela continua comigo...

Mas não consigo não pensar que isso talvez seja um sinal de que algo ruim está prestes a acontecer.

Assim que chegamos na principal área de convivência do hostel, vejo Petra, Lola e Mia sentadas na rede e nos pufes. Começo a caminhar na direção delas, só que, antes que consiga chegar muito perto, meu celular começa a vibrar sem parar. Franzo o cenho ao encará-lo e ver tantas chamadas perdidas do meu pai. Como estava sem sinal no trailer, só apareceram agora. Abro minhas mensagens para ver se ele mandou algo, mas só há uma, pedindo que eu retorne o quanto antes.

Meu coração gela na hora, e já sinto a respiração começando a acelerar. Ele pode ser um pouco difícil de lidar, mas *nunca* fala comigo nesse tom de urgência.

Ligo para seu número no mesmo instante, e ele não leva nem três segundos para atender.

— Oi, filha. — Assim que o ouço, percebo que a razão pro meu mau presságio talvez tenha sido pior do que eu imaginava. — Desculpe interromper sua viagem — ele diz, sua voz falhando, e ele respira fundo antes de continuar. — Não queria te deixar preocupada, mas...

— Mas o quê? — Meu coração está batendo tão forte que parece estar prestes a rasgar meu peito. — O que houve?

— A sua mãe... não queria te preocupar, mas eu sabia que você iria querer saber — ele hesita por um instante. — Ela acabou de sofrer um acidente, filha. E está sendo levada para o hospital nesse momento.

Tudo acontece muito rápido.

Assim que desligo o telefone, acho que de alguma forma consigo explicar o que está acontecendo, porque todos começam me ajudar ao mesmo tempo. Nico me envolve com seu braço direito e fala algo que não consigo ouvir. De repente, estou dentro de um quarto e ele está ao meu lado, ainda me segurando, e Petra está sentada ao nosso lado na cama e mexendo rapidamente no seu computador. Lola e Mia estão ao seu lado, opinando, mas não sei bem no quê.

Só sei que é bom que ele esteja me segurando, porque parece que perdi o controle do meu corpo. É engraçado como, em certas situações extremas, parece que nos desconectamos dos nossos sentidos. Sei que todos estão falando entre si, mas não consigo escutar as vozes, só um zunido no ouvido. Tento prestar mais atenção, mas só ouço frases desconexas.

— A única passagem é amanhã — alguém diz.

— Não, a gente tem que achar uma pra hoje — Nico responde, ao meu lado.

— A agência me respondeu — alguém diz rápido —, tem mais dois lugares em um voo daqui a três horas.

— A gente consegue chegar. Liga na companhia aérea pra garantir.

— Então vamos. Eu coloco as coisas na mala e você fala com eles.

— Ok. Corre!

Eles começam a se movimentar, fazendo todo tipo de coisa que não consigo acompanhar.

E então me colocam no táxi.

Percorremos uma hora até o aeroporto.

Nico segue colado ao meu lado durante cada minuto, ainda segurando as minhas costas, como se eu estivesse prestes a quebrar em vários pedaços a qualquer momento e só os seus braços pudessem impedir que isso aconteça.

Quando o motorista diz que faltam cinco minutos para chegarmos no aeroporto, ele abre o bolso menor de uma mochila e pega nossos dois passaportes.

E, na hora que observo ambos em suas mãos, sinto meu coração se partindo lentamente, até que não reste nenhum pedaço inteiro.

Porque não é culpa dele. Claro que não.

Mas *eu* arruinei tudo.

Eu poderia ter esperado mais alguns dias. Não deveria ter brincado com uma promessa feita em um momento de desespero. Não podia ter deixado meu corpo me guiar. E agora estou colhendo as consequências.

Fecho os olhos, sentindo uma dor visceral tomando conta de mim.

— Nico — digo, virando um pouco para ele, mas sem conseguir encarar seus olhos. — Eu acho que... preciso fazer isso sozinha.

Ele não responde, então subo o olhar devagar, até que encontro seus profundos lagos verdes.

Seu rosto tenta revelar compreensão, mas percebo a mágoa nos seus traços.

— Eu quero te apoiar nesse momento. — Ele coloca sua mão nas minhas. Sem que consiga controlar, acabo retirando-as devagar.

— Eu sei que sim. — Uma lágrima escorre pelo meu rosto. — Vamos nos falar com calma depois. Eu só estou... Bem confusa e angustiada com tudo. — Balanço a cabeça. — Mas depois a gente conversa... — engulo em seco — sobre o que fazer.

Estou tão apática que não presto atenção na sua reação.

Ainda não consigo conceber que isso está mesmo acontecendo.

Eu devia ter sido mais inteligente.

Devia saber que estava vivendo um conto de fadas, e que ele tinha hora para acabar.

Mas é difícil desapegar do sonho quando você finalmente está tendo um do qual preferiria não acordar.

PARTE SEIS
SOL

PLAYLIST

Dia 17

QUARTA-FEIRA, 24 DE MAIO

Lua oposta a Plutão:
Seria preferível que certas situações ficassem no passado,
mas é provável que continuem a emergir até que tudo
tenha sido, de fato, curado.

Quando acordo de mais um sonho de perseguição, não sei dizer onde estou.

Olho para os lados, tentando reconhecer o ambiente, buscando compreender em qual país vim parar...

Até me dar conta de que estou de volta ao meu.

Abraçada ao travesseiro da minha cama de infância e adolescência, encaro o mapa-múndi na parede, ainda piscando para me acostumar à luminosidade.

Tento refazer meus passos de ontem, os voos apressados, a chegada a São Paulo quase meia-noite... E lembro que não parava de me perguntar: como isso pode estar acontecendo de novo?

A esperança. A sensação de que tudo está se encaixando. E então um telefonema que muda tudo.

Foi exatamente dessa forma que a minha avó morreu, mas *não* é a mesma situação. Até porque, quando eu estava na conexão em Santiago, vi a mensagem do meu pai contando que graças a Deus os ferimentos não tinham sido tão graves, mas que, como tinha batido a cabeça, ela ia passar a noite no hospital em observação. E que seria melhor não ir para lá direto do aeroporto, e sim ir dormir na casa deles, já que ela realmente precisava descansar.

Lembro de querer insistir para ir vê-la naquele momento, mas de não ter forças para isso.

E agora, mesmo depois de uma noite de sono... continuo sem energia alguma.

Mas, quando pego o celular para avisar meu pai que estou indo para o hospital, vejo uma mensagem sua dizendo que eles já estão em casa.

Sinto meus olhos se arregalando, e na hora pulo da cama e corro até o quarto deles.

Assim que passo pela porta, estou com o coração apertado, lutando contra as lágrimas, mas ao ver minha mãe não consigo me segurar. Ela está sentada na cama, penteando o cabelo, e parece serena. Ao me ver, abre os braços, e corro em sua direção, como se fosse eu que precisasse ser consolada. Tenho o cuidado de não apoiar muito em seu corpo, porque não sei a extensão dos seus ferimentos, e então me sento na cama ao seu lado.

— Calma, filha. — Com carinho, ela coloca uma mão no meu ombro e outra no meu cabelo. — Está tudo bem. Não sei por que seu pai te avisou... Eu não queria interromper sua viagem, sei que você estava se divertindo tanto. A gente podia ter deixado pra contar depois que você voltasse, pra não te assustar desse jeito.

— Mas é *claro* que precisava avisar, mãe — afirmo, enxugando as lágrimas. — Eu sou sua filha. Quero estar do seu lado pra tudo. Como você tá? O que aconteceu?

Ela então me explica que uma pessoa que estava dirigindo alcoolizada acabou atravessando no farol vermelho e bateu no carro dela em um cruzamento. Por sorte, o airbag funcionou, e ela obviamente estava usando cinto, mas acabou quebrando uma costela e batendo a cabeça com bastante força.

— Foi um susto, não vou negar — ela conta, e vejo o brilho das lágrimas nos seus olhos. — E imagino como foi um baque pra você, também, ainda mais com tudo que aconteceu com a sua avó, mas estou bem, filha. Só vou precisar ficar em repouso por um tempo. Vou ficar bem logo, logo.

— Claro que vai! — afirmo. — E quero estar aqui pra tudo que você precisar, de verdade.

Depois disso, conversamos bastante, inclusive com meu pai, que entrou no quarto quase em seguida. Fico surpresa ao perceber o quão afetuoso ele está sendo e me dou conta do quanto esse tipo de situação é capaz de colocar as coisas em perspectiva e ajudar a perceber quais as nossas reais prioridades.

Mais tarde, quando vou para o meu antigo quarto descansar, meus pensamentos inevitavelmente acabam sendo tomados pela imagem do Nico. Por como o tratei enquanto ele me levava até o aeroporto, e como as coisas acabaram ficando entre nós. Quando pego o celular, vejo que ele já me mandou várias mensagens.

> **Nico:** Ali, tá tudo bem? Tô por aqui se você quiser conversar. Tem certeza de que não quer que eu vá aí ficar com você?

> **Nico:** Oi, Ali, já voltei aqui pro hostel... manda notícias quando puder!

> **Nico:** Acho que você não quer falar comigo, né? Não vou insistir, sei que é um momento difícil, mas só me avisa se está bem, por favor...

Penso em responder que está tudo bem, mas algo me impede. Não consigo não pensar que ter quebrado a promessa e ficado com ele teve alguma coisa a ver com o acidente e até com o fato de ter perdido o colar da minha avó. Claro que a culpa não é dele, e sim minha, mas sou tomada por uma sensação estranha só de pensar em falar com ele.

Como se eu tivesse voltado para a vida real agora e não pudesse mais acessar o que tivemos.

Como se fosse simplesmente *errado* insistir em manter algo entre nós.

Como se, caso eu faça isso, outras coisas ruins possam acontecer. E bem com a minha família, que realmente deveria ser uma prioridade para mim, mas eu não tenho tratado dessa forma nos últimos anos.

Respiro fundo e, olhando para o celular de novo, noto outra mensagem que chegou agora há pouco.

Sarah: Amiga, tudo bem por aí? Me manda notícias!
Se precisar de qualquer coisa, me avisa, viu? E me confirma
se o endereço dos seus pais ainda é o mesmo, quando
puder? Queria mandar flores pra sua mãe.

Dou um sorriso genuíno, provavelmente o primeiro do dia.

Alissa: Graças a Deus ela vai ficar bem. Vai se recuperar
completamente nas próximas semanas. E o endereço
é o mesmo, sim!

Hesito um pouco, mas decido abrir o coração.

Alissa: Saudades, amiga. Tem tanta coisa acontecendo...
Acho que depois preciso muito conversar com você.

Envio a mensagem e percebo que ela passa um tempo digitando algo, mas então para. Alguns segundos se passam, e, como ela não manda mais nada, acabo soltando um suspiro e voltando para a minha conversa com Nico.
Sei que o certo seria responder, afinal, ele deve estar preocupado... mas simplesmente não consigo. Pelo menos *ainda* não.
Então respiro fundo, bloqueio o celular e me deito para tentar dormir um pouco.

Acordo em um sobressalto com o barulho de notificação de uma nova mensagem no celular. Me levanto na mesma hora, em pânico, mas então me lembro de que estou na casa dos meus pais, e eles com certeza viriam até meu quarto se precisassem de algo.
E, por mais que consiga me acalmar ao perceber isso, no segundo seguinte já sinto minha ansiedade voltando com tudo ao ler o que está na tela.

Marco: Está de volta, Ali? Queria fazer um call
com você essa semana. Precisamos conversar.

Minha respiração fica entrecortada, e fecho os olhos por alguns instantes.

Não posso responder.

Se não responder, talvez consiga um pouco de tempo. E pelo menos um pouco mais de certeza sobre o que vou fazer da minha vida.

Quando ergo os olhos, vejo minha mãe parada na porta, me observando com seus doces olhos castanhos.

— Mãe — falo, me levantando e caminhando em sua direção. — Tá tudo bem? Você já pode sair andando assim?

— Posso, sim. Só estou observando minha filha tão linda. — Ela dá um sorriso doce. — Estou tão feliz por você estar aqui.

Meus olhos voltam a ficar marejados. Seguro sua mão, pensando na alegria de estar aqui ouvindo sua voz, encarando seus olhos gentis, apreciando seu sorriso.

— Vou continuar aqui sempre — digo. — Não precisa se preocupar.

Ela segura minha mão com carinho.

— Filha, ainda não me conformo que você tenha voltado antes por minha causa. Você estava amando tanto essa viagem. E ainda comentou que conheceu um moço especial...

Balanço a cabeça.

— Mãe, nem precisa pensar nisso. — Coloco minha outra mão acima da dela. — Tudo o que vivi na viagem, eu vou levar comigo. E o Nico... Bom, a verdade é que...

Ainda estou pensando no que dizer quando o interfone começa a tocar. Rapidamente vou até lá atender, imaginando que devam ser as flores da Sarah, mas me surpreendo com o que o porteiro diz.

— Senhorita Alissa, tem uma visita subindo. Seu pai estava saindo na hora e já liberou a entrada, ok?

— Ok — respondo, no automático, mas estou franzindo o cenho, e então me viro para minha mãe. — Só um minuto — digo, indo até a porta de casa.

Destravo o celular, verificando se alguém mandou mensagem avisando que viria, mas só vejo uma da Kira, que ainda não consegui ler com calma.

Então levanto o olhar, me virando para o elevador e... Mal acredito no que estou vendo.

O look todo verde, sua cor favorita, o cabelo preto longo e lustroso, um brinco de argola prata que ela tanto ama e um tênis branco, igualzinho ao que levei na viagem, já que nos apaixonamos tanto por ele quando vimos juntas alguns meses atrás que decidimos comprar igual.

— Meu Deus — digo, soltando o ar. — Sarah, o que... O que você está fazendo aqui? — pergunto, emocionada.

— Fiquei sabendo que alguém está precisando de uma conversa com sua melhor amiga. — Ela dá de ombros. — E quem sou eu pra negar?

— Amiga, como assim? — pergunto. — Eu falei com você há poucas horas.

— Bom, eu já estava no aeroporto quando nos falamos — ela conta, segurando os meus braços com leveza. — Não poderia te deixar passando por uma situação intensa assim sozinha, né?

Dou um sorriso sincero, sentindo lágrimas surgindo nos meus olhos.

— Não estou acreditando. — Balanço a cabeça. — *Muito* obrigada, amiga. — Jogo os braços ao redor dela. — *Mesmo.*

Ela me abraça de volta.

— Imagina. — Ela se afasta um pouco. — Sua mãe tá acordada? Queria muito já dar um abraço nela também.

— Claro, tá sim — assinto, pegando na sua mão. — Vem.

Eu a levo até o quarto da minha mãe, que fica muito feliz com a visita também. Conversamos sobre um pouco de tudo: Sarah conta que acabou decidindo se demitir essa semana, e que, inspirada por mim, vai fazer um sabático de seis meses, e ficamos em êxtase por ela; eu conto mais detalhes sobre a viagem; relato sobre a descoberta do TDAH e como muita coisa está fazendo mais sentido agora, e, quando vou ver, estamos entrando em uma conversa sobre astrologia, tema que a Sarah aproveita para abordar sempre que nos falamos, agora que estou mais aberta a trocar sobre isso.

Minha mãe relata que nunca chegou a se aprofundar tanto, mas nos conta que, nos últimos anos, tendo se formado em psicologia, seu interesse por outras ferramentas de autoconhecimento aumentou bastante, e que ela até pegou alguns livros da minha avó para estudar. Algo que eu *jamais* imaginaria.

Nossas trocas são tão especiais que eu acabo percebendo, de forma ainda mais clara, o quanto estava perdendo por não conversar mais com a minha mãe... quantas vivências incríveis poderíamos ter tido nos últimos anos, se eu tivesse dado um pouco mais de abertura.

Eu tinha tanta certeza de que encontraria respostas somente do lado de fora, quando, na verdade, elas talvez estivessem muito mais próximas do que eu poderia imaginar.

Dia 18

QUINTA-FEIRA, 25 DE MAIO

Júpiter em touro em quadratura com Marte em leão:
É possível que tenha chegado a hora de acessar a sua coragem
e perceber-se pronta para tomar uma decisão.

Sarah, meus pais e eu estamos conversando mais um pouco no café da manhã quando minha mãe se vira para ela, com um ar bastante conspiratório, e pergunta:

— Querida, você me faria um favor?

— Claro, Celina — Sarah responde.

— Poderia levar minha filha para dar uma volta e espairecer um pouco? — ela pede. — Ela vai ficar louca se ficar trancafiada nessa casa o dia inteiro.

— Mãe, não. — Balanço a cabeça. — Eu realmente...

— Não quero saber. — Ela levanta a mão. — Você precisa se distrair. Vai passar um tempo com a sua amiga, ir ao shopping, tomar um sol, não sei. Eu estou bem, prometo.

— Concordo completamente e aceito a missão — Sarah diz, se levantando.

— Obrigada, querida — minha mãe diz. — Agora vão, que eu também quero descansar um pouco na minha própria companhia.

Hesito por um instante, mas sei que não adianta resistir. Talvez, de fato, isso faça parte de ter uma mãe canceriana, que muitas vezes acaba se preocupando muito mais com os outros do que consigo mesma. Mas sei que ela pode ter reparado que há mais coisas me afligindo.

Nos despedimos dela com um abraço cada uma e saímos rumo a uma praça perto do prédio dos meus pais. Assim que nos sentamos num banco debaixo do sol, imediatamente sinto vontade de contar sobre Nico. O quanto essa situação com ele tem causado um conflito interno gigantesco, e que, por mais que eu queira muito responder, parece que há algo me impedindo de fazer isso.

Mas sei que preciso me controlar, e que existem assuntos bem mais urgentes neste momento. Pensando nisso, me viro para ela e digo:

— Preciso confessar que estou um pouco desesperada.

— Sou toda ouvidos — ela diz, girando um pouco o corpo na minha direção.

Respiro fundo, tentando organizar um pouco os pensamentos.

— Tentei fugir do Marco por mais tempo, mas... não consegui. E vou ter que entrar em uma reunião on-line com ele daqui a uma hora. E, sinceramente... Ainda não faço ideia do que vou fazer.

— Ali... — Sarah balança a cabeça. — Você não acha que já fugiu o suficiente? Até eu me inspirei pela sua valentia e criei coragem de sair daquele lugar.

— Eu sei, é que... — Minha voz falha. — Por mais que eu estivesse muito inspirada alguns dias atrás, e até pensando em como poderia viver viajando por um tempo também... estar aqui agora, e sabendo que quase perdi minha mãe da mesma forma como minha avó se foi... Isso muda as coisas, sabe?

— Será que muda? — Ela se vira mais na minha direção e cruza as pernas, um hábito que tem desde sempre.

Sinto meu cenho franzindo.

— Como não mudaria? — Balanço a cabeça. — Queria ter liberdade, mas... não sei mais se isso faz sentido. Mesmo que ela já vá se recuperar completamente em poucas semanas, eu sinto que quero morar aqui em São Paulo, para estar mais próxima da minha família. — Solto um suspiro.

— E você se lembra da linha que tem passando aqui?

Reflito por alguns instantes, tentando resgatar a conversa sobre isso que tive com Nico lá na Word on the Water, em Londres, e então me lembro: Sol MC. Sinto uma incontrolável vontade de chorar. *De novo.* Porque finalmente percebo de forma ainda mais clara o quanto tudo o que percorri nas últimas semanas fez diferença na minha jornada... E para compreender melhor a minha essência.

Mas justamente aqui, em São Paulo, tenho o Sol no meio do céu. E sei que há uma grande tendência de ter ainda mais clareza e de conseguir expandir isso na minha carreira e rumo ao meu futuro. Sei que terei a oportunidade de brilhar no que quer que eu escolha. E o quanto essa linha pode me trazer confiança com relação aos ciclos que desejo encerrar, para que possa iniciar, com muita confiança, outros muito melhores.

Por isso, por mais que tudo pareça meio caótico, e que uma parte significativa do meu coração esteja meio dilacerada, e que eu não tenha certeza do que me aguarda daqui para a frente... Decido confiar nisso. No futuro que sei que posso cocriar.

Quando olho para Sarah de novo, sua expressão mostra que ela sabe que eu lembrei. E que está orgulhosa por eu saber o que isso significa.

— Você não está revivendo a mesma narrativa de antes — ela diz. — Porque *você* não é mais a mesma. Novos caminhos estão se abrindo, Ali.

Eu sorrio, segurando sua mão, e então a apertando suavemente.

Sei que ela poderia explicar muito mais, mas entendo por que não diz mais nada. Ela sabe que não precisa.

Menos de uma hora depois, respiro fundo algumas vezes enquanto vou até o escritório de casa e ligo o computador. Fecho os olhos antes de clicar para entrar na reunião e, por alguns instantes, apenas peço ajuda *dela*. Ainda que não esteja com o colar, e mesmo que tudo indique que a ansiedade está prestes a voltar.

Assim que a imagem do Marco aparece na tela, tenho a sensação de que a minha garganta está começando a se fechar um pouco, mas direciono toda a minha energia para beber um pouco de água e consigo controlar a sensação.

— Oi, Ali — ele diz, arrumando alguns papéis em sua mesa. — Curtiu suas férias?

— Sim, mas...

— Fico feliz. — Ele coloca os papéis ao seu lado e então apoia os antebraços na mesa, se inclinando para a frente. — Porque, preciso dizer, sentimos muito a sua falta. Você é muito valiosa pra nós. Por isso, tenho uma proposta a fazer.

— Marco, eu repensei muitas questões durante a viagem.

— Tenho certeza disso — ele assente. — E vai repensar ainda mais agora. Olha só. — Ele bate as mãos na mesa, e dou um leve sobressalto. — Esse é nosso plano a partir de agora. — Ele compartilha a tela do seu computador, e alguns valores e porcentagens são mostrados. — Vou te promover, e você vai começar a ganhar essa porcentagem dos lançamentos dos quais participar. Ou seja, seu salário vai mais do que dobrar. Faço questão de valorizar o seu trabalho. O que me diz?

Engulo em seco, sem conseguir desgrudar os olhos da tela.

Eu tinha tanta certeza... mas começo a refletir sobre o quanto gastei nessas últimas semanas e quanto mais gastaria pagando um aluguel aqui em São Paulo — afinal, não faria sentido nenhum ficar no meu quarto de infância da casa dos meus pais. E o fato é que, mesmo conseguindo alugar meu apartamento no Rio, ainda estou pagando as prestações dele, e o valor restante com certeza não vai ser o suficiente para cobrir meu custo de vida aqui. Mesmo se alguns clientes decidissem sair da Share & Fly para contratar meu trabalho como freelancer... não seria ético incentivá-los a fazer isso. Ainda que a ideia partisse deles, não sei quantos fariam essa escolha — e tenho certeza de que não chegaria nem perto do quanto vou ganhar se aceitar essa proposta.

Solto um suspiro e digo:

— Marco, acho que preciso pensar um pouco. Tudo bem se conversarmos de novo na segunda? Aí eu...

— Ali, só um minuto — ele me interrompe, franzindo a testa e olhando para baixo. — Preciso atender uma ligação.

— Hã... claro. — Encosto na cadeira. Ele coloca o seu microfone no mudo, e eu fico um pouco desorientada.

Penso na minha cliente das hortas e em tantas outras que eu amo atender, porque realmente acredito no quão especial é o que elas oferecem, e no fato de que nunca mais vou poder trabalhar com elas, caso recuse essa proposta. Reflito também sobre o quanto não faz sentido sair de uma agência no Rio para procurar emprego em outra aqui em São Paulo, e ainda ganhando muito menos.

Começo a me perder em meus próprios pensamentos e entrar em desespero, até que me lembro de uma mensagem que acabei não lendo direito, e nem respondendo ainda, da Kira. Mas algo que vi por alto me traz uma ideia, e, caso isso dê certo, talvez possa ser uma solução para o meu impasse.

Pego meu celular e abro a nossa conversa.

> **Kira:** Oi, oi! Tudo bem por aí? Ficamos preocupados sem
> notícias de vocês. O Diogo está procurando as indicações
> de profissionais aí no Brasil pra te passar, te mando
> em breve. P.S.: Estou tão animada com os insights que tive
> no retiro da Petra para me dedicar à fotografia em tempo
> integral! Tenho até tido umas ideias de conexões com
> a astrocartografia. Mas ainda estou lapidando melhor e
> tentando achar um nome bom para a minha empresa,
> todos os que pensei até agora são horríveis kkk aceito
> dicas, aliás! Sei que você é a melhor no que faz ♥

Assim que termino de ler, sinto um frio na barriga e tenho vontade de gritar de entusiasmo, porque... *é isso.*

Olho para o computador para ver se Marco não voltou, mas ele ainda está andando de um lado para o outro enquanto fala com alguém no telefone, no fundo da sala. Então viro para o celular de novo.

> **Alissa:** Oi, Kira! Tá tudo bem, sim. Sobre o Diogo: muito
> obrigada! Agora, sobre seu projeto… por acaso você teria
> interesse em mais que uma dica? Acha que gostaria de
> contratar uma estrategista e copywriter sagitariana pra te
> ajudar a estruturar esse serviço desde o princípio e divulgá-lo
> de forma incrível? ✦

Envio a mensagem, em seguida olho de relance para a tela do computador de novo, torcendo para que ela consiga ver o mais rápido possível.

Segundos depois...

Kira: Meu Deus... ÓBVIO QUE SIM! Você está pegando clientes como freela? Por que não me avisou antes?!

Alissa: Porque tive a ideia agora, e... você vai ser a minha primeira cliente!

Kira: Que alegria!!!! Nem acredito que isso está acontecendo. Sabia que nosso encontro tinha MUITAS razões para acontecer!

Sinto meu coração se aquecendo e um sorriso genuíno tomando o meu rosto. E então respiro fundo, abastecida por uma certeza que não tinha há alguns minutos, mas que agora vai me habitar de forma definitiva.

Existe um poder muito grande em liberarmos a dúvida e confiarmos na nossa capacidade de decidir o que é melhor para nós. A partir de uma simples escolha, *tudo* começa a se movimentar.

Alissa: Vai ser uma honra ajudar para que cada vez mais pessoas tenham acesso ao seu trabalho tão maravilhoso. Quando começamos?

Kira: Que tal fazermos uma reunião na segunda?

Alissa: Fechado. Vamos nos falando!

Assim que envio a mensagem, meu sorriso se amplia, e minha energia está leve como eu jamais imaginaria senti-la estando de volta ao Brasil.

Só que, no instante em que deixo o celular na mesa, uma movimentação na tela do computador chama a minha atenção.

— Oi, Ali. Desculpa — Marco diz, se sentando na cadeira. — Então, retomando. Você disse que precisa pensar?

— Na verdade, percebi que...

— Ali, sinceramente — ele interrompe, balançando a cabeça —, não tem muito o que pensar aqui, né? Sua viagem acabou, já está descansada. Hora de voltar a ser adulta.

Solto uma risada incrédula, recostando na cadeira.

— Que foi? — Ele franze a testa.

— Marco... em primeiro lugar... — Lembro do que acabei de combinar com a Kira, de nos falarmos na segunda. — Você sabe que hoje é o dia dezoito das minhas férias, né? E que combinamos vinte dias.

— Claro. Mas o dia vinte já é depois de amanhã.

— Um sábado — digo, elevando as sobrancelhas.

— Alissa, trabalhar nunca foi um problema pra você. — Ele franze um pouco o cenho e aproxima o rosto da tela. — Será que a partir de agora vai ser? Justo quando eu decidi te promover?

Abro a boca para responder, mas então apenas balanço a cabeça devagar.

— Sabe que... — Endireito a postura. — Eu acho que vai ser um problema, sim, Marco. E eu poderia só mandar pro RH por e-mail, mas prefiro te avisar antes. — Apoio os antebraços na mesa e encaro profundamente seus olhos, me preparando para uma atitude digna da minha antiga morada na linha de Marte.

— Avisar o quê? — ele pergunta, com uma expressão atordoada.

— Que estou me demitindo. — Coloco uma mão sobre a outra na mesa, e inclino a cabeça. — Mas não só isso. Ninguém vai ter coragem de dizer isso, Marco, mas eu preciso falar: seus funcionários são seres humanos, e não máquinas. E a Share & Fly vai virar uma fábrica de gerar *burnout* se você não cuidar melhor deles. Eu estava vivendo constantemente sobrecarregada e sei que muitas outras pessoas continuam assim. E *ninguém* merece viver assim.

— Alissa, é melhor ter cuidado com as coisas que fala. — Ele meneia a cabeça. — Acho que você não está muito bem...

— Na verdade... — Dou um meio-sorriso. — Acho que eu nunca fui tão lúcida, sabia? E estou falando isso da forma mais gentil possível, porque sou grata pela oportunidade que você me deu e por todos os aprendizados nesses anos trabalhando com você. A proposta que você me fez é incrível, e agradeço por ela, mas preciso priorizar minha saúde e meu bem-estar. Mas torço muito para que você valorize quem continua com você... não só financeiramente, mas também cuidando da qualidade de vida dos seus funcionários. Estabelecendo limites para os clientes, não colocando prazos tão absurdos, contratando mais equipe. Vocês têm tudo pra crescer cada vez mais, mas esse crescimento precisa ser sustentável.

Ele passa a mão pela testa, evidenciando um pouco suas entradas.

— Não tem nada mesmo que eu possa fazer pra te manter?

Reflito por um instante e confesso que o impulso de propor continuar trabalhando para ele, mas de forma remota, obviamente vem. No entanto, percebo que chegou a hora de colocar em prática, de uma vez por todas, tudo o que aprendi sobre mim mesma nas últimas semanas. Porque eu *mereço* viver bem. E tenho plena consciência de que dinheiro é, sim, muito importante — mas ele não é *tudo*. E seguir focando só em trabalho e deixando todo o resto de lado é a última coisa que preciso voltar a fazer. A partir de agora, meu maior desejo é não só ter mais tempo para mim, mas também para estar mais próxima da minha família, mesmo depois que minha mãe estiver totalmente recuperada. Tudo o que menos quero é voltar para o Rio e continuar levando uma vida acelerada daquela forma.

Assim que esse pensamento me atinge, coloco a mão entre as clavículas, onde costumava ficar o pingente do colar. Ainda que ele não esteja mais comigo, tenho certeza de que ela está sempre aqui. E, se ela não pôde escolher o melhor caminho para si, eu posso. Então farei isso. Em homenagem a ela.

— Não — respondo. — Eu agradeço de verdade por todos esses anos, mas prefiro seguir com a minha demissão mesmo. No momento, preciso priorizar a minha saúde e a minha família.

— Entendo... — ele assente, um pouco atordoado. — Uma pena. Mas vou avisar o RH, então. Boa sorte, Ali.

Quero responder que não preciso, pois minhas escolhas estão guiando a minha sorte agora, mas apenas dou um rápido sorriso e desligo a chamada.

Minhas mãos vão até os apoios de braço da cadeira e os seguram, e começo a rir. E lágrimas vêm aos meus olhos. Mal acredito que isso está mesmo acontecendo.

Isso que acabei de fazer — conseguir me posicionar para o Marco sendo sincera, mas com gentileza e estabelecendo limites, deixando claro o meu valor e a forma como quero ser tratada e como escolho viver a partir de agora, é resultado de todos os aprendizados que absorvi nas linhas planetárias pelas quais passei. E estou tão orgulhosa de mim que me levanto e corro até o quarto de hóspedes, sem conseguir esperar um segundo sequer para contar tudo para Sarah.

— Você está de frente para uma copywriter autônoma, que trabalha como freelancer de forma remota a partir de agora. — Elevo as mãos ao lado do corpo, com as palmas para cima.

Ela se levanta e estende a mão em minha direção:

— Prazer em conhecer sua nova versão, srta. copywriter. — Nós nos cumprimentamos, e ela dá um leve sorriso.

— O prazer é todo meu. Até porque — eu me sento na cama, e ela faz o mesmo — você vai fazer parte disso.

— Eu vou? — Ela eleva as sobrancelhas, com uma leve curiosidade no olhar.

— Vai — assinto. — Você vai viajar por seis meses, mas sei que não é porque não ama o que faz. E sim porque também não estava amando fazer isso *lá*. Então, se você topar, podemos ter nossa própria agência juntas — proponho. — Não precisa ser algo enorme, nem com mil clientes, e sim algo que flua em um ritmo muito mais gentil, focando apenas em pessoas e negócios nos quais nós realmente acreditamos. Como astrólogas, por exemplo. — Ela coloca a mão no coração assim que ouve essa última parte, e sei que talvez esteja tão emocionada quanto eu. — O que me diz?

Ela me encara por um instante, e confesso que meu coração acelera um pouco, pensando se não fui incisiva demais.

— Sinceramente, Ali. — Ela une as mãos, como se suas preces tivessem sido atendidas. — Achei que você nunca fosse perguntar.

Solto o ar junto com uma risada, e praticamente me jogo para dar um abraço nela.

Ela me abraça de volta, mas poucos instantes depois já me afasto dos seus cabelos escuros e, encarando seus olhos entusiasmados, concluo:

— Acho que nada nunca fez tanto sentido quanto isso. — Balanço a cabeça, sorrindo. — Você já deve até ter clientes em mente, né?

— Óbvio que sim. — Ela dá de ombros. — Isso já estava nos planos pra acontecer, você só não tinha percebido ainda.

— Imagino. — Dou risada de novo. — Quer já definir algumas coisas agora?

— Podemos, sim. Mas antes... — Ela se vira para a cama. — Queria falar com você sobre isso.

Olho para a mesma direção, e só então me dou conta do que ela quer dizer: ela está segurando a minha caixa de criações. O local precioso onde eu guardava textos, poemas, composições que fazia... Eu a havia guardado no fundo do armário, uma das tantas coisas que quis esconder de mim depois que minha avó se foi.

— Onde você achou isso? — Franzo o cenho.

— Sua mãe me entregou — ela conta. — Enquanto você estava em reunião, a moça que ajuda seus pais com a casa estava limpando seu quarto, já que eles não estavam esperando que você viesse... aí parece que ela tirou algumas coisas antigas do armário, e essa caixa foi uma delas. Sua mãe foi descansar agora há pouco, mas antes pediu pra te perguntar se você queria mantê-la guardada aqui ou se preferiria fazer outra coisa com ela...

Segurando as lágrimas que tentam emergir nos meus olhos, assinto e caminho até a cama. Assim que me sento, abro a caixa e começo a tirar tudo que está dentro com muito cuidado, redescobrindo tantas das músicas que compus durante a adolescência e havia me esquecido.

Sarah se senta ao meu lado, e nem preciso explicar que são composições, porque ela claramente percebe só de observar as folhas em minhas mãos.

— Então, só pra saber... Você criou uma música incrível no Atacama com o tal do viking e tem dezenas de letras guardadas aqui... — ela constata. — Por que você não está trabalhando como compositora também, mesmo?

— Porque... — Reflito por um instante. — Não quero correr o risco de acabar estragando algo que eu sempre amei tanto ao transformar isso em um caminho profissional — explico. — Mas prometo que vou refletir sobre alguma forma de desbravar esse caminho, sem a pressão de necessariamente se tornar o meu trabalho.

Ela assente, disfarçando um sorriso.

— Ah, Ali... A cada minuto que passa, eu fico mais orgulhosa de você — ela conclui. — E olha que eu não sou muito fácil de agradar.

Solto uma risada leve, e percebo como é engraçado ouvir isso novamente. Porque não é a primeira vez que me dizem.

Mas certamente é a primeira em que também sinto tanto orgulho de mim mesma.

Dia 19

SEXTA-FEIRA, 26 DE MAIO

Vênus em sextil com Urano: Tenha atenção a
ideias que possam levar a uma nova aventura
e a encontros especiais que ajudem a abrir espaço para a cura.

— Onde você pensa que vai, mocinha? — minha mãe pergunta para Sarah, que está se levantando com clara intenção de se despedir, depois que conversamos por mais de uma hora sobre os acontecimentos de ontem e os planos para o futuro.

— Ah, preciso ir — ela diz. — Vou fazer uma pequena viagem ainda hoje.

— Sério? — minha mãe pergunta, endireitando um pouco o corpo. — Pra onde?

— Vou passar o fim de semana em Ilhabela — ela conta. — Já faz tempo que queria conhecer, e aí quis aproveitar a vinda pra São Paulo pra isso... Inclusive... — Ela dá a volta na cama, aproximando-se de mim. — Você não quer ir junto, Ali? Vou entender completamente se preferir ficar pertinho da sua mãe, mas seria incrível ter a sua companhia. — Ela coloca uma mão na minha.

— Ah, muito obrigada pelo convite. — Seguro sua mão com carinho. — Mas acho melhor não viajar de novo por enquanto. Quero ficar por perto pra ajudar nos cuidados e garantir que vai ficar tudo bem.

— Querida, agradeço muito, mas realmente acho que você deveria ir. — Minha mãe sorri. — Seu pai conseguiu tirar alguns dias de licença no trabalho, e na verdade eu nem preciso de tanta ajuda assim.

— Mãe... não. Eu quero ficar aqui com você.

— Eu sei disso e também amo estar com você. — Seu tom é o mais acolhedor possível. — Mas temos tempo pra isso, meu amor — ela argumenta. — E eu gostaria mesmo que você fosse. É apenas um fim de semana, Ali. E acho que ir para perto do mar vai te ajudar a espairecer, depois de um susto tão grande.

— Mãe, desculpa, mas não — digo com firmeza. — Tenho muita vontade de conhecer Ilhabela, só que agora não é o momento. Quero ficar aqui com você.

Mas está aí uma coisa que muitas pessoas não sabem a respeito dos cancerianos: eles conseguem ser *muito* insistentes. E a tática que minha mãe assume tem muito a ver com as memórias, bastante associadas ao seu signo. Desde pequena, sempre fiquei encantada com sua capacidade de me envolver com diferentes narrativas.

— Sabe, Ali... tem uma outra história da sua avó que acabei não te contando. E que faz bastante sentido para esse momento — minha mãe começa. — Lembra de quando te contei que ela se apaixonou por um marinheiro no litoral?

— Claro — digo, assentindo. — Foi essa história que me deu coragem pra comprar a passagem promocional pra Londres.

— Pois bem — ela prossegue. — Espero que também te dê coragem de ir pra Ilhabela.

Sinto minhas sobrancelhas se unindo.

— Por quê? — começo a questionar, mas então finalmente entendo. *Foi lá que ela o conheceu.* — Não acredito. Foi lá mesmo?

— Sim, querida. — Ela dá um sorriso repleto de afeto. — E não sei você, mas acho linda a possibilidade de você ir justamente para o lugar onde a sua avó passou alguns dos momentos mais felizes da jornada dela. Você ainda não conhece Ilhabela, né?

— Ainda não — admito, reflexiva. E mais uma vez, me pergunto por que não conversei mais com a minha mãe na época em que tudo aconteceu com a minha avó. Por que não permiti que ela me ajudasse? Que a gente *se ajudasse.*

Agora vejo o quanto errei durante esse tempo. E sei que não vou mais perder a oportunidade de ter essa troca com ela. De estar presente. Aproveitar tantos momentos juntas enquanto estamos aqui.

E não só isso: quero seguir desfrutando ao máximo de tantos momentos incríveis que posso vivenciar através de experiências novas também. De que adianta agora ter um trabalho com flexibilidade se não vou usufruir dela?

Solto um suspiro, prestes a admitir que ela me convenceu.

— Hoje é dia de ir pra Ilhabela com minha virginiana favorita, então. — Esbarro meu ombro no da Sarah e dou uma piscadela bem-humorada para a minha mãe.

— Oba! — Sarah me dá um abraço apertado.

Assim que nos afastamos, pergunto:

— Que horas você está pensando em sair?

— Bom... agora — ela responde. — Pra gente não pegar muito trânsito, já que hoje é sexta.

— Faz muito bem! Se demorarem, a fila da balsa vai ficar muito grande. — Minha mãe estica as mãos em nossa direção, nos convidando para nos aproximarmos, e então dá um beijo na bochecha de cada uma quando estamos ao seu alcance. — Vão, vão! Não quero que deixem de aproveitar nem um segundo.

PARTE SETE
QUÍRON

PLAYLIST

Dia 20

SÁBADO, 26 DE MAIO

O desejo de toda Lua crescente é nos impulsionar,
e, sendo no signo de virgem... é possível
que algumas peças voltem a se encaixar.

Sarah e eu estamos caminhando pela praia da Armação, devidamente protegidas com muito repelente e boquiabertas com o visual maravilhoso, quando ela segura no meu braço e diz:

— E se... a gente aproveitasse essa praia tão maravilhosa pra fazer um algum exercício de manifestação?

Não consigo segurar uma risada.

— Amiga, não são nem nove horas da manhã — afirmo. — Será que você poderia pelo menos esperar até a gente colocar a canga na areia?

Ela ri também.

— Ah, não vou pedir desculpas pelo meu entusiasmo. — Ela dá de ombros. — Agora que você está mais aberta a tudo relacionado ao Universo, não consigo me segurar.

Paro em um lugar que oferece o equilíbrio perfeito entre a incidência de sol e um pouco de sombra de uma árvore linda e pego a canga na bolsa.

— Tudo bem — acabo concordando —, eu topo. O que você propõe?

Sua surpresa com a minha receptividade é tão grande que ela fica sem reação por alguns instantes.

— Ok — ela finalmente diz —, ainda estou muito impactada com o fato de que você está gostando desses assuntos. Mas já me recuperei. — Ela estende sua canga na areia e se senta, e eu faço o mesmo na minha.

— É o seguinte: temos várias possíveis abordagens aqui. Eu poderia propor o clássico Mapa de Manifestação por escrito, mas não temos papel no momento, e o celular vai quebrar um pouco a vibe. Então sinto que podemos fazer algo mais integrado com a natureza, o que acha?

Olho ao redor, e então de volta para ela.

— Você diz algo tipo... escrever na areia com gravetos? — brinco.

— Para com isso. — Ela esbarra o ombro em mim. — Eu quis dizer algo aproveitando que estamos em uma ilha, porque é incrível estarmos cercadas pelo mar... Super Netuno, né? Ilhas são muito poderosas pra cocriação!

— Mas como você acha que a gente poderia fazer? Alguma ideia específica?

Ela mexe no brinco de argola enquanto pensa por alguns instantes.

— O que acha de um exercício em que a gente fale nossas manifestações em voz alta, como se estivesse declarando pro Universo e cocriando junto com o oceano?

— Amei — digo. — Como se estivéssemos escrevendo nas estrelas.

— Ai, que lindo isso! — Seus olhos brilham. — Esse vai ser o nome então. — Ela fica pensativa por alguns instantes, então continua: — Acho que podemos simplesmente ir refletindo sobre questões que queremos manifestar, e pra várias áreas da nossa vida. E aí vamos olhar pro mar e já visualizar isso acontecendo: como o processo vai ser especial e leve, como vamos ficar emocionadas quando alcançarmos esse objetivo, e o quanto vai ser ainda mais mágico do que poderíamos imaginar. E aí podemos externalizar tudo em voz alta, inclusive agradecendo, como se já fosse real. Porque, na verdade, já é, né? — ela constata. — Existe uma versão futura nossa que já realizou muita coisa com que sonhamos hoje. Só precisamos parar de direcionar energia para o que *não* queremos mais e colocar mais foco no que desejamos. E, claro, fazer a nossa parte.

— Acho ótimo — assinto, já começando a refletir sobre o que eu desejo para o meu futuro. — Mas então, como começamos? Você faz o seu, e depois eu faço o meu?

— Não. — Ela coloca a mão no queixo. — Acho que podemos ir intercalando... até porque vamos nos inspirando com as manifestações uma da outra.

— Perfeito. — Sorrio, e logo uma ideia me ocorre. — E já que estamos sozinhas na praia... vou até colocar música, pra gente se inspirar ainda mais. — Pego o celular e vou até a playlist que criei pra minha jornada de autodescoberta e dou play na primeira música. — Ok. Você começa.

Ela assente. Parece refletir por alguns instantes, até que diz:

— Sou muito grata pela agência que estamos criando juntas. Por essa ideia tão linda, por como a gente vai unir nossos talentos, e por cada cliente maravilhoso que teremos. Sou grata pelo quanto vamos nos divertir conduzindo esse negócio. E já manifesto que será muito abundante e ao mesmo tempo superalinhado com o que merecemos viver.

Não consigo não me emocionar ao ouvir suas palavras, porque também desejo muito que isso aconteça. Então decido complementar:

— Sou grata por como vamos conseguir construir vidas mais equilibradas graças a esse negócio — afirmo. — Sei que sem dúvidas vamos ter alguns momentos mais intensos de trabalho, mas sou grata por como ele vai proporcionar muito mais flexibilidade pra nossa vida. E sou muito grata por como vamos poder trabalhar de casa ou de qualquer lugar.

Sarah assente, e sinto que ela está transbordando de felicidade.

— Sou grata por poder implementar esse negócio com você enquanto viajo e por todas as experiências incríveis que vou ter. Por cada lugar e pessoa que vou conhecer. Sou grata por poder usar minha astrocartografia em certos lugares para potencializar nosso negócio enquanto viajo — ela complementa.

Não consigo segurar uma risada, pensando em como ela sempre dá um jeito de inserir astrologia e astrocartografia nos assuntos. E principalmente por perceber o quanto eu tenho gostado de fazer isso também. Com essa constatação em mente, prossigo com o exercício:

— Sou grata pela reconexão com a astrologia, e pela minha jornada de autodescoberta ter sido ainda mais especial graças a ela. E manifesto que vou seguir estudando e mergulhando no meu mapa e construindo uma vida que faça cada vez mais sentido com ele e com quem eu realmente sou.

— Lindo — Sarah diz, emocionada. — Também manifesto isso, com toda certeza... E sou grata por estar indo para uma linha de Sol lá na Indonésia, e pelo quanto isso vai ajudar a resgatar certas questões sobre a minha essência e me inspirar.

Assinto, percebendo o quanto me identifico com suas palavras.

— Sou grata por também estar em uma linha de Sol, e por como isso vai me ajudar a me inspirar pro futuro e até tratar o meu TDAH — introduzo o tema de saúde mental, porque, obviamente, não poderia deixar de manifestar algo com relação a isso também. — Sou grata por como o tratamento vai fluir superbem. Vou amar a psicóloga ou psicólogo com quem vou começar a fazer terapia. A adaptação da medicação vai fluir incrivelmente. E vou cocriar uma rotina cada vez mais saudável, feliz e gentil com a minha mente.

— Amei. — Sarah segura minha mão por um instante, seus olhos castanhos me encarando com afeto, e então continua: — Sou grata por como vou conseguir manter hábitos saudáveis mesmo estando em viagem e por não fazer as coisas de forma apressada... E sinto que meu Sol em virgem vai ficar muito feliz e aliviado com isso.

— Com certeza vai — afirmo, sorrindo.

Olho para o mar, começando a refletir sobre outras possíveis manifestações.

Até que, segundos depois, a música que estava tocando no meu celular no momento acaba, e outra se inicia...

Mas não é *qualquer* música, e sim "Drops of Jupiter". Uma versão da Taylor Swift cantando ao vivo, que também acabei colocando na playlist da viagem porque amo tanto quanto a original.

Sinto uma pontada inevitável no coração, por acabar lembrando de como essa música fez parte de momentos significativos em Menorca com o Nico, mas tento ao máximo não me conectar com a angústia — e certa culpa — que essa lembrança causa.

Afinal, em meio a um exercício tão precioso, olhando para esse mar tão lindo, e com uma sensação de que *tudo* é possível... não tenho como não lembrar também da minha versão adolescente, e de como Taylor era uma das minhas maiores referências. E claro: das tantas músicas que compus na época, *muito* mais do que a Sarah encontrou no meu antigo quarto anteontem. Dou um sorriso triste ao lembrar da certeza tão grande que eu tinha de que um dia as minhas composições iriam tocar muitas pessoas também.

— Queria muito manifestar algo relacionado à música... — anuncio, me virando para a Sarah. — Mas confesso que tenho receio.

— Por quê? — Ela inclina a cabeça.

— Ah... porque não quero voltar pro ritmo insano que a gente vivia antes — explico. — E sei que, tendo TDAH, é normal ter vontade de começar mil coisas diferentes, mas depois não querer continuar. Ou pior: começar todas, e aí pirar tentando dar conta de tudo. — Solto um suspiro.

— Mas assim, uma dúvida... — Ela cruza as pernas e se vira para mim. — Será mesmo que esse caminho da música precisa ter essa pressão toda, amiga?

— Então... é que eu fico pensando que vai acabar demandando muito da minha energia e dedicação, e que não necessariamente vai fazer sentido financeiramente — digo. — Mas realmente, acho que fica ruim colocarmos pressão para que atividades mais artísticas nos tragam um retorno logo, né?

— Total — Sarah concorda. — E mais: será que precisa trazer um retorno? Você mesma disse que talvez não precise se tornar um caminho profissional. Por que você não poderia simplesmente desbravar esse caminho só por lazer?

Reflito sobre a ideia por um instante, concluindo que, ao mesmo tempo que isso parece ser óbvio, também acaba sendo contraditório dentro de mim. Porque é estranho pensar que finalmente resgatei algo que eu amava tanto, e que costumava querer tanto para o meu futuro profissional, pra agora ser apenas um hobby.

Mas talvez também seja libertador. Assim, vou ter um retorno financeiro trabalhando como copywriter, algo que também gosto de fazer, enquanto me permito descobrir com calma tudo o que ainda desejo desbravar.

— Tem razão — assinto, pensando em como externalizar essas conclusões. — Então... Deus, Universo, estrelas e oceano: sou grata por ter redescoberto meu amor pela música. Vou me permitir desbravar esse caminho sem pressão, assim como outros talentos que sentir que quero desenvolver no decorrer dos próximos anos, e vai ser incrível. Isso não vai me sobrecarregar...

— Opa, tenta evitar a palavra "não" — Sarah interrompe. — O Universo não entende muito bem, então é como se você estivesse dizendo que vai te sobrecarregar. Tenta sempre pensar em uma forma afirmativa de dizer... Lembrando de evitar também a palavra "quero", que dá a ideia de que existe algum tipo de dúvida de que vai dar certo. É legal usar "eu escolho", "eu manifesto", "eu vou"... Ou até "eu sou grata", como a gente está fazendo — ela explica. — Inclusive, amiga, depois seria bom colocar também no papel, se quiser. Só colocar seu nome inteiro, escrever "que o melhor e mais adequado se manifeste na minha vida a partir de agora", e depois pode escrever todos os tópicos que quiser. Tipo uma lista de manifestações mesmo.

— Amei isso. — Sorrio para ela. — Bom... então é isso: manifesto que o caminho da música vai ser um hobby especial, que vai fluir com leveza e me inspirar muito. Que vai me ajudar ainda mais a lembrar de quem sempre fui e definir quem ainda vou me tornar.

— Lindo — Sarah afirma, sorrindo.

— Sua vez. — Indico sua direção com a cabeça.

— Eu sei que é, mas antes... — Ela se ajeita na canga. — E os assuntos do coração? Nenhuma manifestação? — Ela apoia os braços nas pernas dobradas. — Porque assim, eu nem preciso cocriar que vou fazer alguns contatos bem interessantes durante minha viagem, porque tenho certeza de que isso vai acontecer. Mas tenho uma sensação de que você só teria interesse em manifestar algo relacionado a uma pessoa...

Solto um suspiro, pensando em como começar a explicar tudo o que estou sentindo com relação a isso.

— Amiga... é complicado — admito, por fim.

— Bom, por sorte, você está com sua melhor amiga virginiana, cujo maior talento é descomplicar — ela constata. — E também veio bem pra uma linha de Quíron DC, né? Que fala justamente sobre certas feridas nos relacionamentos, mas, ao mesmo tempo... sobre a possibilidade de curá-las.

Assinto, interiorizando suas palavras, e me dou conta de que toda vez que penso no Nico, a sensação é de que realmente há uma ferida aberta, ardendo mais do que nunca, graças ao contato com o sal. Como se o mar estivesse me fazendo sentir de forma ainda mais intensa a dor de ter perdido algo tão precioso que estava sendo construído.

— Ah, amiga... — hesito por um instante, mas então decido abrir o coração. — Basicamente, acho que eu reagi de forma muito intensa à ligação do meu pai sobre o acidente da minha mãe, por causa do trauma do que aconteceu com a minha avó. E porque nós dormimos juntos em um trailer lá no Atacama, antes do fim da promessa, e aí ainda perdi o colar tão especial da minha avó logo antes de receber a ligação... — Dou de ombros. — Sei lá, tudo pareceu estar conectado de alguma forma, e isso acabou me desestabilizando completamente.

Sarah me observa com atenção, e seu semblante não demonstra nenhum julgamento.

— Amiga, isso é muito compreensível — ela opina. — Mas... você sente mesmo que ter ficado com ele pode ter causado isso? Porque assim, mesmo que eu tenha sido contra você fazer a promessa, até porque sei que devemos levar essas coisas a sério... tenho a sensação de que você fez isso mais como um incentivo, pra não desviar do foco de se encontrar. E você se encontrou, amiga — ela afirma. — Descobriu muita coisa incrível sobre si mesma durante a viagem. E graças às trocas com ele também, né?

— Sim — respondo, refletindo sobre tudo o que vivemos nas últimas semanas e como ele me ajudou depois da ligação do meu pai no Atacama e em tantas outras situações.

Sem que consiga controlar minha mente, sou levada de volta aos nossos encontros no Rio, no avião, no aeroporto de Londres... E depois no hotel, no workshop e na livraria mais mágica possível, sobre a água. Em Menorca, em lugares que estão entre os mais lindos que já vi: Cala Macarelleta, Cova D'en Xoroi, Cala Pregonda. Na Suíça, com linhas de Vênus de nós dois passando, o lago Brienz com vista para o castelo, o voo de parapente em Interlaken, a massagem na casa da Lola e da Mia... E cada momento juntos no Atacama, acampando, aprendendo, compondo, nos banhando no sal das Lagunas Escondidas de Baltinache e na conexão mais surreal que já senti na vida.

Sou tomada por um arrependimento profundo por ter ignorado tudo isso e simplesmente voltado para o Brasil sem ele, além de nem ter entrado em contato para dar notícias.

Parecendo ler minha mente, Sarah questiona:

— Você chegou a falar com ele depois que voltou pro Brasil? — Seu tom é o mais gentil possível.

— Não... mas ele me mandou algumas mensagens. — Pego o celular e vou até nossa conversa, para mostrar a ela.

Assim que termina de ler, Sarah coloca uma mão no meu ombro.

— Amiga, sinceramente? — Ela balança a cabeça. — Você está *doida* de deixar esse bofe escapar?

Fico tão surpresa que dou uma risada alta.

— É sério — ela continua. — Por acaso você não está apaixonada por esse homem?

— Completamente.

— E não descobriu seu TDAH, e até a paixão pela música, antes da noite *caliente* no tal do trailer?

— Bom... Sim.

— E, mesmo se fosse considerar que a promessa teria que ser até o fim da viagem, e que você ficou com ele antes disso... Você não consegue enxergar que não fez isso com qualquer pessoa, nem de forma inconsequente — ela argumenta —, e sim porque se apaixonou de verdade?

— Sim — assinto, reflexiva.

— Então, minha cara... — Ela começa a ajeitar o cabelo para prendê-lo em um coque. — Se quer saber a minha opinião... acho que você aguentou foi muito. Eu teria agarrado esse viking muito antes e já estaria é morando na Escandinávia.

Dou outra risada alta.

— Espanha, no caso — corrijo.

— Ah, você entendeu. — Ela dá de ombros. — Mas então... — Ela eleva as sobrancelhas. — O que você acha que deveria fazer agora?

— Ai, merda — digo — Com certeza, responder ele.

— Aleluia. — Ela eleva as mãos aos céus, e dou risada de novo, mas em seguida já olho para baixo, focando no que sei que preciso fazer.

Desbloqueio a tela do celular, e, com muita atenção, leio de novo tudo o que ele mandou, e então começo a elaborar uma mensagem.

Alissa: Nico, desculpa pelo jeito que eu fui embora. Graças a Deus, minha mãe está se recuperando super bem... mas eu fiquei muito em choque na hora, e também estava tão confusa com tudo que acabei não deixando você vir junto. Agora vejo que acabei agindo de forma irracional. Então desculpa mesmo por isso e pela demora pra responder... agora consigo enxergar que o acidente da minha mãe não teve nada a ver com a promessa. E o quanto o que a gente viveu nas últimas semanas foi especial... sou muito grata por tudo, de verdade. Vim pra Ilhabela com a Sarah, aquela minha amiga, passar o fim de semana. Depois queria muito achar uma forma de te encontrar. Pode ser? P.S.: Como estão as coisas por aí?

Sem pensar muito, clico em "enviar". Com um frio na barriga e uma culpa enorme só por pensar no quão chateado ele pode ter ficado.

Minhas sobrancelhas se unem quando aparece que ele nem recebeu a mensagem, como se o celular dele estivesse sem sinal, ou... como se ele tivesse me bloqueado.

Fico fitando a tela por mais um tempo, mas então me forço a deixar o celular de lado. E, por mais que estejamos em meio um exercício de cocriação superincrível, agradecendo por tantas coisas maravilhosas que ainda vamos viver... Não consigo deixar de me perguntar: e se eu tiver colocado tudo a perder?

No final da tarde, dirigimos até o sul de Ilhabela para conhecer a baía dos Vermelhos, um lugar que indicaram para a Sarah como um dos pontos altos da ilha. Depois que estacionamos o carro, estamos passando por um caminho de pedras na entrada do local quando Sarah diz:

— Você não vai acreditar nesse lugar. — Ela esbarra seu ombro no meu de forma entusiasmada.

— Já não estou acreditando. — Não paro de olhar ao redor, encantada pela vegetação incrível que nos rodeia.

Só que, quando nos aproximamos do anfiteatro, finalmente entendo o que ela quis dizer. Porque trata-se de um auditório gigantesco... literalmente no meio da Mata Atlântica.

Com as laterais abertas, cercado por natureza; sem dúvida alguma um dos lugares mais fascinantes que já tive o privilégio de conhecer. E olha que as últimas três semanas proporcionaram vistas e experiências impressionantes.

Quando entramos e começamos a descer alguns degraus até chegar aos nossos assentos, percebo que os membros de uma orquestra estão no palco, se preparando para começarem a tocar.

— Não. — Eu me viro para a Sarah, meus olhos se enchendo d'água.

— Sim — ela assente, um sorriso emocionado tomando seus lábios.

— Que coisa mais linda. — Balanço a cabeça, incrédula, sem saber para onde olhar. Mas minha atenção acaba se voltando para o palco, porque quero saborear cada detalhe do concerto que está prestes a começar.

O lugar não está completamente lotado, mas há pelo menos algumas centenas de pessoas aqui. Lá fora, o sol já começa a se pôr, e uma luz mágica começa a se infiltrar em cada centímetro e instante desse espaço-tempo.

Quando começam a tocar, sinto arrepios percorrendo meu corpo inteiro. São dezenas de músicos em sincronia perfeita, uma sequência de melodias que trazem a sensação de que estamos transcendendo. Meu coração fica apertado por pensar em como gostaria de poder compartilhar isso com um certo viking que sei que é fã de música clássica. Queria mais que tudo poder virar para o lado e perguntar quanto de chance de esse ser um dos momentos mais mágicos das nossas vidas, e receber uma porcentagem bastante alta em resposta...

E confesso que o procuro algumas vezes na plateia, tendo uma certeza inexplicável de que ele vai aparecer a qualquer momento. Mas isso não acontece, e tento me conformar com o fato de que, infelizmente, nem tudo pode ser perfeito na vida.

Ainda assim, pego o celular e filmo algumas partes, pensando que, ainda que ele não vá me responder, gostaria de deixá-lo feliz compartilhando esses registros mais tarde.

A apresentação dura por volta de quarenta minutos, e, no instante em que termina, digo para a Sarah que preciso ir ao banheiro, porque já estava sentindo vontade há um tempo, mas quis segurar até o fim da apresentação.

— Claro, te espero — ela diz. — Só não demora tanto, pra não pegarmos muito alvoroço na saída.

Assinto e vou até o local onde haviam nos informado que fica o banheiro.

E só agora me dou conta de que talvez precisasse desse momento afastada em mais de um sentido, porque, depois de lavar as mãos, continuo me olhando no espelho por mais um tempo. Acho fascinante perceber o quão diferente é o que vejo no reflexo, comparando com o que via há um mês. Estou muito mais bronzeada, meus olhos estão lindos, com uma sombra que os ilumina; meu cabelo está com ondas naturais maravilhosas, e estou usando um vestido azul-claro longo, com uma rasteira baixa e alguns acessórios dourados. Sorrio ao perceber como essa imagem condiz com meu ascendente em peixes, inclusive na cor do vestido. Em tantos sentidos, finalmente estou me sentindo eu mesma de novo... E isso me emociona, porque hoje é o dia vinte da minha jornada. O momento até o qual eu precisava com tanta urgência ter alguma resposta, vislumbrar algum caminho, compreender melhor o que realmente queria viver... E isso aconteceu. Talvez de forma bem diferente do que eu poderia imaginar, mas aconteceu.

Voltei a me apaixonar pela vida e por suas infinitas possibilidades, percebendo que não precisava viver viajando para isso. Poderia ser muito feliz tendo raízes bem firmes, focando na minha saúde, desbravando a música sem a pressão de se tornar um caminho profissional e aumentando de forma gradual o número de clientes com o qual iria trabalhar. Aliás, o quão irônico é o fato de que não só já fechamos com a Kira, como também já estamos conversando com outras pessoas que estavam no retiro? Talvez vá dar certo de fechar contrato no decorrer das próximas semanas, e, ao contrário do que achava antes de começar a jornada, hoje é um orgulho para mim pensar que estou focando em clientes que trabalham com astrologia, ainda mais de formas tão incríveis.

Enquanto meus pensamentos ainda estão tomados por tudo o que ainda está por vir, sou trazida de volta para o presente quando ouço à distância alguém dizendo no microfone que a próxima apresentação vai começar. No reflexo do espelho, vejo minhas sobrancelhas se unindo. Tinha entendido que só a orquestra se apresentaria hoje, mas claro que não podemos perder a oportunidade de aproveitar um pouco mais esse lugar maravilhoso.

Ainda estou caminhando com calma de volta para o anfiteatro quando ouço uma voz familiar.

The sun wants you to shine bright,
The moon guides you to feel...

No mesmo instante, paro de andar. Minha boca se abre, e imediatamente a cubro com uma das mãos.

Venus will help you fall in love
In Mars you'll claim your will...

Seria isso fruto da minha imaginação? Não é possível que seja real. Ainda assim, começo a correr na direção do som.

Saturn calls for commitment
maybe between you and me...

Assim que chego na entrada do auditório, consigo vê-lo. Está sozinho no palco. Sentado em um banquinho, o violão no colo, e apenas um microfone à sua frente.
Lágrimas começam a surgir nos meus olhos.

But Uranus will wanna set you free...
And maybe integration is the key

Começo a descer os degraus devagar e, a essa altura, as lágrimas já estão escorrendo pelo meu rosto.
Por sorte, meu rímel é à prova d'água. Na verdade, não foi sorte... A *Sarah* me falou para fazer isso. Tudo está fazendo *ainda* mais sentido agora.

'Cause planets might combine in ways
You never thought they could
They might keep just surprising you,
It never felt so good

Nesse momento, ele também me vê. Um sorriso toma seus lábios, e isso se reflete na música.

A alegria e a leveza são quase palpáveis. Todos ao redor estão envolvidos no momento. Ainda não consigo acreditar que isso esteja acontecendo, mesmo quando estou logo diante do palco.

Like Jupiter that dares to seek beyond...
And Neptune might draw to dream along

Ele segue sorrindo enquanto canta, e tudo o que eu mais queria era poder subir e abraçá-lo com todo o meu ser. Mas ocupo um assento vago na primeira fileira, me entregando completamente à apresentação mais linda que já presenciei na vida.

But what if Pluto wants to take it right into the end?
You gotta trust in Mercury to everything eventually make sense...

Balanço a cabeça, com uma das mãos cobrindo a boca de novo. Ele não tira os olhos de mim por nem um segundo.

It's possible to synchronize
with the universe within...
Preparing for the stars to play along
Creating now your very own heart's song

As lágrimas escorrem pelo meu rosto e pelos meus dedos, e minha outra mão vai até o meu coração, que não teria como não estar transbordando neste momento.

And now it's finally super clear to see...
Love made its way into your galaxy

A plateia irrompe em aplausos, ficando até de pé, e tenho vontade de olhar para trás para vislumbrar o que ele está enxergando no momento. Mas estou hipnotizada demais para conseguir tirar meus olhos dele por um segundo sequer. Obviamente, também me levanto, aplaudo e dou gritos de alegria; emocionada, extasiada, e ainda sem acreditar que isso não é um sonho.

Assim que todos começam a se acalmar, ele ajeita o microfone e, ainda olhando para mim, diz:

— Essa foi uma música criada junto com uma compositora que admiro muito, Alissa Monteiro Donatti. Obrigado por nos escutarem.

Então as pessoas aplaudem mais, e ele se levanta e deixa o violão no banquinho. Com toda a confiança do mundo, ele desce do palco e caminha até estar de frente para mim.

— Nico, eu... — Balanço a cabeça. — Nem sei por onde começar.

— Ah, mas eu sei. — Em um instante, ele está me encarando com um brilho no olhar e um meio-sorriso; no seguinte, seus lábios já estão encontrando os meus, e estou completamente envolta em seu abraço, meus pés fora do chão, e os meus braços ao redor do seu pescoço também.

As pessoas aplaudem e gritam ainda mais, e nós nos afastamos, dando risada ao perceber que a plateia está de pé em todos os lugares para os quais olhamos.

Ele segura a minha mão e começa a me puxar escada acima. Nós corremos até sairmos do auditório e caminhamos até um local mais tranquilo, fora da rota de saída do público.

Assim que paramos, ele se vira de frente para mim, segurando minhas duas mãos, e diz:

— Ali. — Seu olhar parece carregar tantos sentimentos que fica difícil desvendar cada um deles e discernir exatamente o que se passa em sua mente. Com certeza o meu olhar demonstra o mesmo nesse momento.

— Nico. — Balanço a cabeça. — Como...?

— Bom... vou tentar resumir. — Ele dá um leve sorriso. — Por conta da forma como você foi embora, e por não ter respondido minhas mensagens, tive receio de forçar a barra se pegasse um voo pra te encontrar. Mas esses dias longe me fizeram ter ainda mais certeza do quanto eu realmente quero estar com você. — Seus olhos revelam puro afeto. — E, quando encontrei isso na minha mala, senti como se fosse quase que uma confirmação. — Ele coloca a mão no bolso da calça, e, ao tirá-la, revela o colar da minha avó na palma da mão.

Cubro a boca com a outra mão, sem acreditar.

Ele coloca a mão no meu ombro com delicadeza, virando meu corpo, e prende o colar no meu pescoço. Fecho os olhos ao segurar o pingente, sentindo que não tem como *tudo* não fluir ainda melhor agora.

Nico continua:

— Então decidi confiar nos meus instintos e pegar um voo pra São Paulo. — O canto da sua boca se eleva. — Cheguei hoje de manhã, e ainda não sabia exatamente o que ia te dizer quando te encontrasse. Até treinei alguns roteiros no banheiro do avião... — Não consigo segurar um sorriso. — Mas agora que você está na minha frente, confesso que esqueci de todos eles.

Dou uma risada baixa, e as lágrimas voltam a escorrer pelo meu rosto. Talvez a gente nem precisasse de palavras nesse momento. Ainda assim...

— Mas como você está *aqui*? E como preparou isso? — Olho na direção do palco, e então de volta pra ele.

— Bom... Sua amiga teve um papel nisso — ele conta. — Quando o avião pousou e vi sua mensagem contando que estava aqui em Ilhabela, tive certeza de que seria o lugar perfeito pro nosso reencontro — assinto, porque ele nem precisa me lembrar do quão marcantes foram os nossos momentos em Menorca e todas as outras situações envolvendo água nas últimas semanas. — Aluguei um carro no aeroporto mesmo e mandei uma mensagem pra Sarah pelas redes sociais, pedindo ajuda na missão. E preciso dizer que ela foi *muito* solícita.

— Posso imaginar. — Sorrio, pensando que é bem provável que ela já esteja inclusive prospectando a baía dos Vermelhos como cliente. — Foi um gesto muito lindo mesmo, Nico.

— Fico muito feliz que tenha gostado. — Ele se aproxima um pouco e segura minha mão. — Porque, Ali, depois de tudo o que vivemos, eu sabia que não poderia aparecer de qualquer jeito. Tinha que ser perfeito... uma surpresa à sua altura.

— E foi mesmo maravilhoso. — Assinto. — Mas, Nico, se tem algo que continua me preocupando, ainda mais com esse gesto grandioso, é que... nada pode ser perfeito, né? — Balanço a cabeça. — Nossa vida não vai parecer sempre um conto de fadas, como o que vivemos hoje e nessas últimas semanas. Em todo relacionamento vão ter desafios. E na vida também... — Acabo olhando para baixo, mas então me forço a me conectar com seus olhos de novo. — E eu fico com um pouco de receio, porque a gente mal se conhece pra saber se vai mesmo estar disposto a passar por cada um deles, sabe? — Um lampejo de tristeza passa por seu rosto, e percebo que talvez precise me expressar melhor: — Quer dizer, eu sei que estou, mas... será que você *realmente* quer isso?

Ele passa a mão pelo cabelo, me encarando com uma espécie de súplica no olhar.

— Ali... — Ele aperta minhas mãos com suavidade. — Eu sei que você passou por uma decepção horrível há menos de um mês, e o quanto isso tem a ver com esse medo de se envolver de novo. Mas eu tenho *certeza* de que quero passar por cada um desses obstáculos junto com você, *corazón* — ele afirma, e não consigo segurar uma risada baixinha. — Porque, sinceramente... por muito tempo eu neguei tantas coisas, achando que dizer sim pra alguma delas traria à tona características do meu pai que eu também poderia ter. Mas você me ajudou a finalmente entender que não somos a mesma pessoa, e que eu sempre poderei fazer minhas próprias escolhas. — Ele dá um sorriso genuíno. — E fico feliz por ter descoberto isso através de tudo que percorremos juntos, porque eu quero poder viver tudo isso com *você*, Ali. — Ele passa a mão pelo meu rosto com afeto. — Mesmo quando as coisas não estiverem fáceis, quando as circunstâncias não forem as melhores... Eu quero que você possa contar comigo nesses momentos, e em todos os outros também. Eu quero dizer sim pra todos os aprendizados incríveis e tudo de extraordinário que ainda vamos viver juntos. Então, onde quer que você queira morar, a forma como você escolher viver, e viver isso... — Ele aponta para mim e para si mesmo. — Eu vou topar.

Assinto, sentindo minhas recém-construídas muralhas caindo, pouco a pouco.

— Nico, eu fico *muito* feliz por saber disso, porque sinto o mesmo com relação a você, mas... — solto um suspiro. — Eu vou voltar a morar em São Paulo — conto. — Não quero deixar de fazer viagens especiais de vez em quando, mas sinto que quero que lá seja a minha base... não só pra ajudar a minha mãe nas próximas semanas de recuperação, mas por mais tempo. Quero estar mais perto da minha família e ter uma rotina consistente, que me ajude a cuidar da minha mente... então meu foco no momento é reorganizar minha vida de forma que ela se torne cada vez melhor pra mim — explico. — E, estando em São Paulo, não sei o quanto conseguiríamos nos ver, mas eu também quero *muito* encontrar uma maneira de isso dar certo.

— Eu consigo pensar em algumas formas. — Ele dá um sorriso. — Você se importaria se eu passasse uma parte do tempo lá com você?

— Bom... — Sorrio também. — Eu preferiria que você passasse a *maior* parte do tempo comigo — admito, e seu sorriso se amplia no mesmo instante —, mas sei que vai continuar tendo períodos trabalhando em várias partes do mundo...

Ele volta a segurar uma das minhas mãos, agora entrelaçando nossos dedos.

— Na verdade, não mais — ele diz. — Porque São Paulo é um ótimo polo musical. Não devo ter problemas pra desenvolver meu trabalho lá. Fiquei sabendo que ter a linha de Lua AC passando vai me ajudar muito a emocionar as pessoas com a minha música, ainda mais tendo Lua em peixes...

— Mas e... — balbucio — as coisas da empresa?

— Ah, eu combinei um novo formato de trabalho com meu chefe ontem.

— Mentira — digo, mal conseguindo conter o entusiasmo.

— Verdade. Ao que parece, ter conversado de novo depois do fim de Mercúrio retrógrado ajudou. — Seguro uma risada, lembrando da revolta da Lola no hotel em Londres depois da primeira conversa dele com o chefe. — Mas eu também fui mais persistente dessa vez. Acho que, no fundo, eu também não estava tão disposto a escolher uma forma mais flexível de viver, porque eu não conseguia enxergar uma razão pra isso... — ele conta. — Até agora.

— Nico, eu... — Balanço a cabeça.

— Você ficaria admirada com a cara de desespero dele quando eu falei que era isso ou eu precisaria me demitir. — Ele dá de ombros. — Mas chegamos em um formato muito legal, de uma quantia fixa de projetos por semestre, com bem mais tempo livre.

— Nico, eu fico muito feliz. Muito *mesmo*. — Aperto a mão dele. — E, sério, você também iria *amar* ver a cara de desespero do meu chefe quando me demiti... ou melhor, ex-chefe — corrijo. — Foi um dos momentos mais gloriosos da minha vida.

— Fiquei sabendo — ele comenta, olhando de relance para a direção da Sarah, que está de costas para nós, conversando com algumas pessoas. — E estou muito feliz por você também. Tenho certeza de que vai fazer muita diferença trabalhar só com clientes em que acredite e ter mais tempo pra você. E pra descansar.

— E pra compor — acrescento, sorrindo. — Confesso que fiquei animada pra dar vazão à criatividade através da música... tenho até pensado em fazer um curso pra mergulhar mais nesse universo, como é algo que realmente me deixa feliz. Podemos até fazer juntos, se você quiser.

— Eu topo. — Ele sorri, e então me puxa para um abraço, ao qual eu correspondo imediatamente, sentindo uma paz e um alívio transcendentais ao ser envolvida por seus braços de novo.

— Nem acredito que isso está acontecendo — confesso, assim que nos afastamos. — Antes tudo parecia tão... complicado.

— Talvez a gente estivesse complicando demais sem querer, mas algumas linhas nos ajudaram a expandir a mente — ele diz. — Existem coisas que fluem muito mais rápido graças à locomoção no espaço. Lembra de quando ouvimos isso?

— Lembro — assinto, sorrindo. Palavras da Petra. No dia do workshop em Londres.

— Então... — Nico continua. — Da mesma forma, algumas relações não são construídas com o tempo. Porque o espaço que ocupam já é infinito desde o começo — ele constata. — E eu tenho a sensação de que percorremos anos, talvez até décadas, nos últimos vinte e dois dias, Ali. E, sendo muito sincero... eu realmente não queria perder os próximos anos da minha vida sem você.

Sinto lágrimas querendo emergir nos meus olhos e, sentindo que não existem palavras para expressar o que estou sentindo no momento, me permito responder através de mais um abraço nele. Enquanto relaxo sentindo seu perfume amadeirado e os batimentos suaves do seu coração, sou inundada por uma certeza inabalável de que eu também quero isso. E do quanto, além de tudo de incrível que manifestei hoje cedo na praia, eu realmente mereço ser feliz *também* no amor.

Respiro fundo e fecho os olhos por alguns instantes, para conseguir assimilar que isso é mesmo real. Que estou em um anfiteatro no meio da natureza. Que esse homem acabou de cantar uma composição nossa para centenas de pessoas. Que ele está dizendo que quer esse relacionamento tanto quanto eu. E que, por mais que eu tenha passado por alguns dos momentos mais intensos da minha vida este mês... isso me redirecionou para muita coisa incrível que eu precisava percorrer. E para os novos caminhos que eu precisava escolher.

Meus pensamentos são interrompidos quando sinto Nico colocando uma mão na minha cintura, e nos afastamos um pouco.

Com a outra mão, ele toca suavemente o colar no meu pescoço, acariciando a rosa dos ventos com seu polegar.

Coloco minha mão na sua, e carinhosamente dou um beijo nela. E então ouço sua voz dizer:

— Ali, ninguém precisa ser um gênio da estatística — ele diz, enquanto sua mão vai para o meu queixo, levantando o meu rosto — pra saber que a gente nasceu pra isso.

— Para o quê, exatamente? — pergunto, quando encontro o seu olhar.

Seus olhos verdes se prendem aos meus, e ele dá um meio-sorriso. E então diz, colocando uma mão de cada lado do meu rosto:

— Ser livres juntos.

Dia 28

SÁBADO, 4 DE JUNHO

Um lindo domingo de Lua cheia em sagitário,
em que passado, presente e futuro conectam-se
em retrospecto no itinerário.

Impressionante como as coisas acontecem rápido a partir do momento em que você faz uma escolha com confiança — e claro, graças a uma ajudinha de certas linhas, que de fato podem contribuir muito para acelerar processos que já estejam em andamento.

Isso porque, assim que voltamos para São Paulo, tudo começa a se movimentar ao mesmo tempo. Consulto um psiquiatra brasileiro que o Diogo indicou e começo uma primeira alternativa de medicação para o TDAH indicada por ele. Apesar de ainda estar em processo de adaptação, já estou impressionada com a diferença notável na minha concentração e disposição.

Também faço a primeira sessão com a psicóloga que vai me acompanhar de agora em diante, e já percebo o quão importante está sendo — e como teria sido incrível se tivesse começado há mais tempo. Mas confio que tudo está fluindo conforme realmente precisava acontecer, e que tudo o que percorri até hoje foi necessário para querer criar esses movimentos agora (e dar valor para a vida que está sendo construída a partir deles).

Contrato uma empresa de mudanças para empacotar quase tudo do meu apartamento e trazer — menos a parte que a Sarah está trazendo em todas as malas que conseguiu encontrar em seu armário, enquanto vem de carro para São Paulo, já que vai ficar uma semana aqui para alinharmos algumas questões da nossa empresa antes de partir para os dois meses que vai passar na Ásia.

Encontro um apartamento incrível para alugar, bem perto da casa onde meus pais moram e de tudo o que mais gosto de fazer nessa cidade, e fico surpreendentemente entusiasmada com a possibilidade de decorar do zero um lugar que vai ser a nossa base de agora em diante e nos inspirar para tudo de incrível que ainda vamos viver.

E, tudo bem: ainda não encontrei um inquilino para alugar meu apartamento no Rio. Mas tenho certeza de que isso vai acontecer ainda este mês; afinal, a linha de Marte que tenho lá certamente é boa em acelerar as coisas, e o Sol e Nodo Norte mc perto daqui também não deixam a desejar. Com isso e o dinheiro que recebi da Share & Fly por todas as horas extras que ainda não haviam sido pagas, além do pagamento que vamos começar a receber dos clientes com os quais eu e a Sarah já estamos fechando, vou conseguir pagar as parcelas que faltam para quitar o apartamento, além do meu aluguel aqui e outros custos de vida.

Alguns dirão que essa rapidez toda é porque acabou de acontecer uma Lua cheia no grau treze sagitário, bem em cima do meu Marte natal, e que isso é poderoso para ativar minha coragem e certo dinamismo... Porém hoje eu tenho certeza de que essa coragem, na verdade, já vinha sendo cultivada há muito tempo. Ela não vem dessa vida... nem só de mim. E sim da minha mãe. Da minha avó. E de *todas* as minhas ancestrais.

Essa é a certeza que sinto em cada célula do meu corpo enquanto seguro o meu amado pingente de rosa dos ventos e sorrio. Estou também apreciando a vista da nossa varanda cheia de plantas (a única "mobília" que veio no apartamento, e que eu não poderia ter amado mais), quando ouço a campainha tocando. Olho para o Nico, que me dá um sorriso confiante de volta, enquanto termina de colocar os pratos no outro único móvel que temos por ora: a mesa. Ok, e cadeiras de plástico. A casa realmente está precisando de bastante coisa, mas não vamos ceder à pressão de fazer tudo com tanta pressa assim. Minha Lua em touro precisa do mínimo de refinamento e conforto, e sei que isso se constrói com o tempo.

Caminho até a porta e, quando a abro, vejo meus pais, sorridentes. Meus olhos se enchem de lágrimas ao me dar conta de que minha mãe está se recuperando ainda mais rápido do que imaginávamos e que já posso recebê-la no meu novo apartamento. Fico emocionada com a certeza de que finalmente estou parando de negar sua presença na minha vida. E que, assim como estou a auxiliando na sua jornada de cura, ela seguirá me ajudando na minha.

Dou um abraço em cada um, e, enquanto eles estão passando pela porta, o elevador se abre, e vejo Sarah nele, em meio a mil malas. Ainda assim, ela dá um jeito de passar por todas elas e correr para me dar um abraço.

Depois pegamos tudo e entramos, e o almoço flui de forma tão leve e iluminada que tenho a sensação de que estou vendo um filme. Mas não um que traga o mesmo sentimento que tomava conta de mim antes; a sensação de que eu não pertenço à minha própria vida. E sim uma história que eu amaria assistir, de tanta harmonia e alegria que existe aqui.

Tanto que, quando meu pai me pede para contar mais sobre as minhas perspectivas atuais na carreira, com certeza receoso por causa da minha decisão recente de sair da agência, consigo manter a calma. Apenas digo que a Sarah e eu estamos muito felizes no processo de estruturação da nossa agência, e, quando ele estranha o fato de ainda não termos chegado ao nome perfeito para ela, não fico reativa como talvez teria ficado antes. Entendo que seu jeito de ser é mais preocupado mesmo, e essa é uma das suas formas de demonstrar afeto. E que, para quem está olhando de fora, é natural que haja certa dificuldade em compreender a nossa confiança total de que estamos no caminho certo, pelo fato de ainda não termos resultados tão palpáveis a serem mostrados. Ainda assim, sei que a forma como estou me sentindo, e respeitando quem eu sou, é muito mais importante do que resultados externos neste momento.

E justamente por isso que, ainda que talvez não devêssemos, Nico e eu contamos um pouco sobre as músicas que estamos compondo, e explicamos que para ele é um caminho profissional, mas para mim não necessariamente vai ser. Nem todas as atividades às quais nos dedicamos precisam ser "úteis", elas podem simplesmente nos trazer felicidade. E quero permitir a mim mesma honrar cada vez mais as minhas vontades, e até mesmo mudar de hobby daqui a alguns meses ou anos, caso tenha vontade de testar qualquer outra coisa. Não sei se meu pai fica satisfeito ou ainda mais preocupado com tudo o que contamos, mas não me importo tanto com isso. Porque agora finalmente entendo que o mais importante é que *eu* esteja feliz com o rumo que minha vida está tomando.

Quanto à minha mãe, combinamos que, assim que ela estiver totalmente recuperada e puder viajar, embarcaremos para uma linha de Lua. Minha ou dela. Juntas. Só nós duas. Ela dá muita risada quando descobre que uma das possibilidades é o Butão, mas gosta da ideia quando explico que é um dos países mais felizes do mundo. E, sabe como é: felicidade é o que estamos escolhendo viver a partir de agora. E não temos a mínima intenção de deixá-la escapar.

Enquanto Sarah conta um pouco sobre o itinerário que está planejando para sua viagem, percebo o quanto estou genuinamente feliz por ela, mas ainda mais por nós. Olho para o Nico e descubro que ele também está me observando com carinho. E nesse momento me dou conta de que, sim, as viagens são incríveis e nos ajudam em vários sentidos; e eu, mais do que ninguém, não posso negar. Mas não é só através delas que encontramos paz, alegria e soluções. Existem várias outras formas de desbravar a sua própria essência e se reinventar.

Por isso, temos planos de viagens, sim. Mas estamos muito felizes com a vida que estamos construindo aqui. Acho que finalmente entendi que a liberdade é muito mais um estado psicológico do que físico. E, quando estamos em paz com a nossa mente — ou, pelo menos, focando em construí-la —, é impressionante o quanto somos capazes de enxergar.

Assim que nos despedimos de todos, Nico e eu lavamos a louça juntos, ao som de uma música linda que ele está começando a compor chamada "Libres juntos". Depois que colocamos a louça no escorredor, decidimos retomar a missão de esvaziar algumas caixas da mudança, aproveitando que pelo menos o closet conectado com o nosso quarto já veio pronto. A maioria das caixas tem roupas e sapatos dentro, e Nico me ajuda a organizar os itens na parte do armário que definimos que será a minha.

Passado certo tempo, assim que abro a caixa que estou prometendo para mim mesma que será a última de hoje, fico feliz ao descobrir que ela está preenchida com vários livros meus. Mas então me dou conta de que esses não eram livros que estavam comigo lá no Rio, e sim alguns que estavam guardados há bastante tempo na casa dos meus pais. E, entre eles, descubro algo que não poderia ter encontrado em um momento mais especial: um envelope contendo a carta da minha avó, que tinha lido em Menorca através de uma foto que minha mãe mandou, mas não me lembrava de ter chegado a segurar em mãos no passado.

Um sorriso inevitável toma meu rosto conforme leio novamente suas palavras.

Querida Alissa,

Um recado do qual gostaria que você se lembrasse sempre.

Se tem uma coisa que eu posso sugerir é: vá viver.

Vá atrás da sua verdade. Da sua cura. De novas possibilidades.

Não se permita estagnar.

Quando passamos muito tempo sentindo que há algo errado, é porque há.

E ninguém poderá nos dar a resposta do que é se nós mesmas não dissermos sim para essa busca.

Eu busquei fora, dentro, por toda parte. E sei que essa busca não vai terminar. O resultado dela não é apenas uma solução. Nunca deixaremos de ter desafios, angústias, superações. Tudo isso faz parte da vida, e sim, minha querida, a vida é muito desafiadora às vezes. Não é porque temos um emprego, comida, roupas para vestir, que não podemos nos frustrar. Que não devemos querer mudar.

A única constante na vida é a mudança. E quando dizemos não para isso, estamos dizendo não para o princípio básico da nossa existência. Para o principal ingrediente da nossa evolução.

Por isso, por favor, vá viver!

Não pare de se movimentar.

De tentar, errar, aprender, ensinar.

Estamos aqui para isso.

A vida na Terra nada mais é do que um grande experimento.

E, para se permitir criar e recriar constantemente... não há melhor lugar.

Assim que termino de lê-la, já me viro na direção do Nico.

— Você não vai acreditar — digo, caminhando até ele.

Ele está pendurando roupas de linho do seu lado do armário. E, ao olhar para o meu lado de relance, não posso evitar um sorriso ao perceber o quão colorido está.

— O quê? — ele pergunta, passando a mão carinhosamente pela tatuagem no meu ombro.

— Encontrei essa carta linda que minha avó escreveu na época em que estava em tratamento. Minha mãe tinha me mandado uma foto da carta bem quando eu estava no último dia lá em Menorca — conto. — Foi muito especial tê-la lido naquele momento, não só pela minha avó, mas porque senti que foi um último recado passado também pela Helena, com quem tanto troquei durante aqueles dias.

— Linda mesmo — ele concorda, assim que termina de ler. — Mas acho que você não tinha me contado sobre ela antes.

— Sobre a carta? — pergunto, guardando-a dentro do envelope com cuidado.

— Não, sobre a Helena — ele responde. — Foi uma amiga que você fez lá?

— Sim! Nossa, que estranho. — Sinto minhas sobrancelhas se unindo.

— O quê? — Ele inclina a cabeça.

— É que... foi muito impactante esse encontro com ela — digo, abraçando o envelope. — Eu não te falei nada? Dos ensinamentos incríveis que ela me passou? Helena Atman, uma senhora brasileira incrível que mora na Suíça, mas é superviajante, mesmo que seja casada e tenha filhos... se não me engano, Serena e Jasper? Jurava que isso tinha surgido em uma das nossas conversas.

— Bom, está surgindo agora. — Ele sorri. — Não fazia ideia disso, mas confesso que adorei esses nomes.

— Nossa... mas não é possível. — Balanço a cabeça.

— Vai ver era só você que precisava conhecer ela. — Ele dá de ombros e sorri. — Ninguém aparece no nosso caminho à toa. Talvez ela não precisasse fazer parte da minha jornada naquele momento.

— É... — assinto, reflexiva.

Ele passa as mãos pelos meus braços de forma carinhosa.

— Mas sabe que... irmos morar na Suíça um dia não cairia mal, hein?

— *Nico*. — Não consigo segurar uma risada. — Nós literalmente *acabamos* de nos mudar.

— Eu sei, eu sei... — Ele dá de ombros. — E amo o nosso presente. Mas não consigo não ficar entusiasmado também com tudo o que ainda está por vir.

— Você é *muito* aquariano mesmo — brinco, balançando a cabeça.

— Vou continuar aceitando isso como um elogio.

— E deveria — afirmo, enquanto me aproximo e coloco as mãos em seus ombros. — Mas sabe que... tem algo que senti aqui que preciso muito te perguntar.

— Sou todo ouvidos. — Ele coloca as mãos na minha cintura. — Você sabe que suas perguntas são as minhas favoritas.

Sorrio para ele, parando para pensar no que fiz para merecer tanto amor, leveza e paz, mesmo em meio a transformações tão intensas.

E aí lembro que tive coragem de dizer sim para o que realmente queria — e liberar o que não fazia mais sentido. Mergulhei em autoconhecimento, dei o meu salto de fé e decidi que simplesmente merecia manifestar uma vida cada vez mais *increíble*.

— Então me diz, sendo totalmente sincero. — Passo os braços ao redor do seu pescoço. — Chances de a gente ser *muito* feliz a vida inteira, aqui ou em qualquer lugar do mundo?

Ele sorri de lado e me abraça devagar, mergulhando o rosto no meu cabelo e me fazendo rir conforme se aconchega no meu pescoço, nos meus braços e na minha alma.

E então diz, com a boca no meu ouvido:

— Cem por cento.

PARTE OITO · EPÍLOGO
JÚPITER & LUA

PLAYLIST

Dia 3794

Lua em harmonia
com o infinito de possibilidades
que se desdobram quando vivemos
de acordo com as nossas verdades.

— Vocês têm a intenção de pegar esse voo de volta? — o oficial pergunta em inglês, do outro lado da bancada.

E é obvio que, para não acabar levantando suspeitas errôneas, não posso sorrir em uma situação como essa, ainda que seja a minha maior vontade.

Porque, sendo muito sincera: se tem algo que eu não quero de forma alguma no momento é ficar muito tempo longe do nosso lar. Ainda mais considerando tudo de incrível que está para acontecer nos próximos meses.

Por isso que, com toda a confiança do mundo, respondo:

— Temos a intenção de pegá-lo sim, *sir*. Nós só vamos ficar uma semana mesmo. — Olho para o lado e percebo que Nico está com um brilho de alegria no olhar.

Enquanto o oficial continua conferindo a documentação, escutamos uma voz doce entre nós dois:

— Ele não vai barrar a gente, né? — a criança mais amada da galáxia pergunta. — Achei que nada desse errado em linhas de Júpiter.

Seguro uma risada, percebendo que talvez esteja chegando o momento de explicar melhor pra ela algumas questões importantes sobre astrocartografia. Principalmente, que é necessário sempre analisar as condições do planeta no mapa natal... afinal, não é só porque se trata de Júpiter que as experiências serão necessariamente incríveis.

Mas claro que talvez seja um pouco cedo demais para ela entender isso, com só seis anos.

— Não queremos nos mudar pro seu país, moço, fica tranquilo! A gente *ama* morar na Suíça — ela interrompe meus pensamentos, e agradeço pelo *moço* não ser capaz de entender uma palavra sequer em português. — Eu nem queria tanto assim vir pra Disney, eles que me convenceram. — Meus olhos encontram os do Nico, e percebo que ele também está segurando uma gargalhada.

A verdade é que nossa pequena pisciana com ascendente e Lua em aquário não é exatamente fã de lugares que todo mundo ama, e seu Mercúrio em áries não esconde isso de ninguém. Mas ainda estamos no processo de ensiná-la que não precisa expressar absolutamente *tudo* o que se passa na sua cabeça.

— Meu amor, vai dar tudo certo... Ele entendeu que estamos vindo passar alguns dias, só está conferindo os passaportes. — Passo a mão no seu cabelo longo e ondulado, de um tom de castanho igualzinho ao do Nico.

— É isso mesmo. Já, já voltamos pra nossa casinha! — Ela sorri, revelando uma janela em meio aos seus dentinhos de cima.

Dois meses atrás, quando a fada dos dentes veio buscar esse dentinho caído, ela pediu uma última viagem ainda este ano. Disse que a última, para Sardenha com a vovó Cristina e tia Lola, tia Mia e a priminha Zaya, não contava. E a penúltima, para Noronha com vovó Celina e vovô Hugo, também não. Muito menos a última do ano passado, com a tia Sarah e o tio Jonas, para vermos a aurora boreal na Noruega, por mais que também tenha sido muito incrível. Ela queria mais uma só de nós três.

O oficial finalmente começa a carimbar os passaportes e, quando nos entrega e estamos começando a seguir adiante, uma moça de cabelo castanho-claro passa perto de nós, indo até a cabine à direita da nossa. Depois de entregar os documentos para o agente de imigração que está fazendo seu atendimento, ela vira para o lado e sorri para a nossa pequena. Quando nota nós dois, seus olhos se arregalam.

— Meu Deus. — Ela coloca uma mão na boca. — Nossa... fiquei até sem palavras. Sou muito fã de vocês. — Ela vem em nossa direção, e então, ao perceber que os dois oficiais a encaram com certa desaprovação no semblante, recua. — Desculpem atrapalhar, mas nossa... as suas músicas foram trilha sonora pra alguns dos momentos mais incríveis da minha vida, e também me ajudaram a superar tantas fases difíceis... — ela diz olhando para o Nico, depois se volta para mim. — E sei que você contribuiu pra várias composições. Que incrível encontrar os dois aqui. Obrigada mesmo!

— Ficamos *muito* felizes por saber disso — Nico e eu falamos, quase que ao mesmo tempo, e sei que ele está sendo tão sincero quanto eu.

— Boa viagem pra vocês — ela diz, meio sem graça, e olha para a nossa pequena de novo. — Ela é uma misturinha perfeita de vocês dois.

Agradecemos com carinho e começamos a caminhar em busca do nosso portão de embarque, eu e Nico de mãos dadas, e nossa miniatura, sempre muito ágil, indo logo à nossa frente.

— Ufa, que bom que ele liberou a gente logo — ela se anima. — Temos muitas coisas pra aproveitar em Orlando. Acho que vai ser legal, sim. Mas, papai e mamãe... — Ela vira para nós. — Preciso confessar: tem vários outros lugares que eu ainda quero muito conhecer. Nosso planeta é tão extraordinário! — Ela dá um sorriso sonhador, se vira para a frente de novo e segue caminhando.

Viro-me para o Nico, tendo certeza de que também está chocado, e damos risada juntos. De onde ela tira essas expressões e frases, com apenas seis anos de idade?

— Muita energia de áries e aquário no mapa — ele conclui, enquanto passa o braço pelos meus ombros, em seguida dando um beijo na minha têmpora.

Ele então coloca a mão livre na minha barriga, desenhando um coração invisível nela, algo que também fazia quando estávamos esperando a Serena. Quando vira o rosto para mim de novo, seus olhos verdes brilham com um amor e ternura que jamais vou conseguir superar.

— Mas ela tem razão, né? Temos o mundo inteiro pra desbravar — ele diz, sorrindo.

Eu sorrio de volta, meus olhos começando a ficar marejados. Porque a verdade é que temos mesmo. Tanto fora como dentro de nós.

E quer saber? Que alegria viver esse universo de possibilidades que é a nossa existência.

Acho que nunca vou cansar de me surpreender.

Nota da autora

Antes de mais nada: muito obrigada, do fundo do meu coração, por ter dedicado horas da sua vida para mergulhar nessa leitura.

Meu maior desejo é que a jornada da Alissa e do Nico tenha te emocionado e inspirado de alguma forma, porque ela realmente foi criada e escrita com todo o amor do mundo — espero que tenha dado para sentir por aí! :)

Gostaria também de aproveitar para dizer que, entre as tantas nuances deste livro, existe uma curiosidade específica que senti em compartilhar, e ela é sobre a avó da Alissa.

Cheguei a cogitar alguns nomes diferentes para essa personagem tão significativa. Dois deles eram concorrentes fortes para serem escolhidos. Mas, no fim, não utilizei nenhum deles na história. Por quê?

Porque, na verdade, a avó dela representa todas as nossas avós, bisavós, trisavós, tataravós... já que, em sua maioria, elas realmente não tiveram poder de escolha. E muitas avós, mães, filhas, irmãs, primas, amigas e conhecidas ainda não têm, mesmo hoje em dia.

E, muitas vezes, devido a fatores externos ou dependendo de como estiver nossa relação com a nossa mente, vamos achar que não temos, também. Podemos nos sentir estagnados, desanimados, sobrecarregados... E não conseguir enxergar uma saída.

Torço para que, se esse for o seu caso, esta leitura tenha te inspirado a buscar ajuda. Até porque talvez a sua trajetória tenha sido (ou ainda esteja sendo) muito mais desafiadora que a da Alissa. Mas espero, do fundo do coração, que você não desista de construir uma vida que seja boa para você. E de tornar a sua mente o melhor lugar do mundo para se morar.

Não significa que isso vai acontecer de uma hora para outra, com a rapidez de um eclipse ou de uma compra de passagem promocional.

Mas, por favor: siga firme na missão de descobrir qual é a sua definição de felicidade e realização.

E dê os passos necessários para manifestar uma jornada que faça sentido com isso.

Agradecimentos

Isso será bem leonino da minha parte? Sim. Mas farei mesmo assim: vou começar agradecendo o meu mapa astral. E fiz essa escolha porque, assim como a Alissa, fui aprendendo a me apaixonar perdidamente por cada parte dele, inclusive as mais contraditórias. E um dos responsáveis por isso talvez seja justamente o meu Sol em leão, pelo qual sou *muito* grata, inclusive pelo amor pela criatividade que ele sempre trouxe. Agradeço também ao meu Mercúrio em câncer na casa 9, pela conexão emocional com certos lugares e viagens, e a inspiração que vem através delas — e, sendo esse o planeta da escrita, faz todo sentido que meu primeiro livro tenha desbravado esse tema. Agradeço muito ao meu ascendente em escorpião pela paixão por temas profundos, como a própria astrologia e também a saúde mental. Foi também para honrá-lo que senti que tinha que unir esses dois temas neste livro.

Sou grata pela minha Lua em sagitário, que sempre amou tanto expandir conhecimentos. E por cada viagem que senti em fazer até hoje graças a ela, e por alguns dos destinos terem me impactado tanto, que escolhi para a Alissa um mapa astral e astrocartográfico que possibilitasse que eles viessem parar neste livro. Sou grata pelo meu Júpiter na casa 12, por trazer tanta inspiração nos momentos de solitude. Agradeço também por ele ter me impulsionado a ir para uma linha Júpiter MC no fim de 2017, onde descobri a existência da astrocartografia, e graças a isso não só milhares de brasileiros puderam ter acesso a essa técnica maravilhosa, mas este livro também pôde existir.

Agradeço ao meu Urano e Netuno retrógrados na casa 3, que se conectam muito com o meu TDAH e fazem sentido com a dificuldade que sempre tive em aprender, mas também com as formas diferentes de estudar e de transmitir conhecimento. Sou grata pela minha Vênus em gêmeos na casa 8, que se divertiu muito escrevendo as cenas *hots*, mas mais do que isso: ensinando temas profundos de forma divertida e envolvente. Ao meu Saturno de casa 5, que fez com que eu levasse mais de três anos escrevendo este livro, e me agraciou com muitas crises existenciais durante meu retorno — mas trouxe infinitos aprendizados no processo. Ao meu Marte em virgem, por me fazer revisar pelo menos cinco vezes cada capítulo, e pior: gostar *muito* disso. Ao meu Quíron em leão na casa 10, por tornar a exposição do meu trabalho tanto dolorosa quanto necessária, porque transmitir esses conhecimentos vai muito além de preocupações egoicas. Meu Plutão na casa 1, por me lembrar que vim ajudar as pessoas a se transformarem e acessarem o seu poder. E meu Nodo Norte em sagitário, por sussurrar no meu ouvido que eu nasci para mergulhar nos conhecimentos que me encantam, e para transmiti-los de forma que possam inspirar outras pessoas também.

A verdade é que nenhum desses planetas "causa" nada, é só uma maneira de dizer. Mas, por correspondência de ciclos, compreender seus posicionamentos e suas conexões ajuda a tornar nossa vida aqui infinitamente mais leve e feliz. E sou muito grata por ter acesso a uma ferramenta tão preciosa como a astrologia, e por inspirar tantas pessoas a se apaixonarem por ela e por suas próprias jornadas também.

Para além de posicionamentos planetários, e começando pela minha amada Paralela, preciso iniciar agradecendo às editoras mais maravilhosas da galáxia: Marina Castro e Quezia Cleto. Uma aquariana e uma escorpiana, assim como o Nico e a Petra. Vocês são tão importantes para mim quanto eles são para a Alissa — e nem foi necessário envolvermos cenas calientes ou grandes traumas para isso. Senti meu coração transbordando de alegria em vários momentos pelo fato de vocês fazerem parte deste projeto. Obrigada pela paciência, por terem trazido insights tão pertinentes, e pelo trabalho impecável em cada etapa do processo.

Falando em etapas, preciso fazer uma menção honrosa às profissionais incríveis que realizaram a preparação de texto e revisão deste livro: Adriane Piscitelli, Ariadne Martins, Juliana Cury e Natália Mori. Fiquei verdadeiramente emocionada pelo privilégio de ter uma equipe tão incrível ajudando este livro a atingir seu máximo potencial. Obrigada por terem colocado tanto carinho e entrega neste projeto!

A elaboração da capa foi outra etapa importantíssima para o nascimento do livro, e sou muito grata por ela ter ficado ainda mais mágica do que eu poderia imaginar. Bárbara Tamilin e Ale Kalko, obrigada por terem criado algo tão precioso e tão conectado com a essência dessa história e dos seus personagens (inclusive, você que está lendo: recomendo *muito* voltar para admirá-la de novo agora que você terminou a leitura, pois com certeza vai reparar em elementos muito especiais que farão ainda mais sentido agora!).

Ainda falando sobre arte: Carol e Mila, vocês não têm ideia de como sou grata por vocês existirem. Obrigada por terem criado, através da Alegria Design, a identidade de tantos projetos lançados nesses últimos anos. Claro que com o livro não poderia ser diferente, e vocês fizeram parte dele em tantos sentidos, inclusive criando o site literário mais especial do universo. Obrigada por serem tão apaixonadas pelo que criam e pelo empenho incansável e repleto de afeto em tudo o que fazem.

Ainda no universo da literatura, sou muito grata por tantas autoras e autores cujas obras me inspiraram e ensinaram muito no processo de escrita deste livro. Mas não posso deixar de agradecer uma em especial: Meg Cabot. Obrigada por ter escrito histórias que marcaram a minha adolescência e despertaram em mim o sonho de ser escritora. Nunca vou me esquecer daquela tarde de autógrafos, quase vinte anos atrás, em que você foi tão doce com suas palavras de incentivo. Espero poder inspirar cada vez mais pessoas a acreditarem em seus sonhos, assim como você fez por mim. Sou infinitamente grata.

Ao Jim Lewis, criador da astrocartografia, e a todas as astrólogas e astrólogos que fazem um trabalho extraordinário traduzindo os movimentos celestes para auxiliar verdadeiramente a humanidade: sou muito grata, e tenho orgulho demais de vocês. Este livro teve um tom muito mais leve do que técnico, com o intuito de contribuir para que ainda mais pessoas se apaixonem pela astrologia — e tenham vontade de aprofundar os conhecimentos, ter seus mapas lidos, e claro, serem auxiliadas para que se tornem quem realmente vieram ser. Espero muito que tenham se divertido com as piadas e os flertes astrológicos — muitos deles foram praticamente piadas internas pra vocês. Conto com vocês para seguirmos transmitindo esses conhecimentos, porque sabemos o quanto isso será importante para a nossa evolução como espécie.

Veroca Mazola, obrigada pela mensagem que você me mandou, lá no início de 2021, dizendo que estava na hora de eu escrever meu livro. Naquele momento, achei uma loucura, pois estava no meio de um *burnout* e só queria conseguir voltar a respirar. Mas dizer sim para este projeto não só me transformou e curou em vários sentidos como também mudou completamente o rumo da minha vida. Nunca vou cansar de te agradecer.

Mãe e pai, Rosana e Luís, obrigada pelo apoio desde sempre. Mãe, cada vez que você pedia uma cartinha, poesia ou música de presente de aniversário, em vez de algo material, você demonstrava o quanto acreditava no meu potencial criativo. Só estou vivendo isso hoje por causa do seu amor incondicional, por mim e pela escrita. Pai: sou profundamente grata por você ter trazido a astrologia para a minha vida, e antes mesmo de eu nascer. E o amor pela leitura e pela escrita também. Esses dias, encontrei um caderno em que escrevi uma das minhas histórias de adolescência, e fiquei emocionada ao ler uma mensagem sua no final, relatando que tinha achado brilhante. A história era supersimples, e, ainda assim, você me ajudou a interiorizar que eu deveria continuar. Eu realmente sonho com um mundo em que cada vez mais crianças e adolescentes possam ser apoiados assim.

À minha família maravilhosa, que me inspira em tantos sentidos: Valeria, Julia, Fanny, Maria, Rosangela, Baepi, Juliana, Gilmar e Shir. Obrigada por serem quem vocês são.

Às minhas amigas incríveis, que não só me incentivaram na escrita, mas sempre agregam por meio de trocas, viagens e infinitos aprendizados: muito, muito obrigada. São muitas mulheres verdadeiramente maravilhosas (vocês sabem quem são e o quanto amo vocês!), mas agradeço principalmente à Luly Trigo, Patricia Putz, Julianna Goulart, Marina Bähr, Iara Felix, Leticia Mello, Lorena Prado e Raquel Furtado por terem feito toda a diferença na construção deste livro. Obrigada por serem quem vocês são.

Às minhas equipes queridas, tanto da Astrojourney como daqui de casa, nossa rede de apoio extraordinária: vocês são incríveis. Marcela e Hozana, nada seria possível sem vocês. Sou muito, muito grata.

Gil Pinna, nem sei por onde começar a agradecer. A nossa paixão por narrativas é uma das muitas coisas que nos unem, e você me ajudou a gradativamente refinar o olhar nos últimos dez anos. Quando nos conhecemos, meu filme favorito era *Ela é o cara*, e você quase engasgou quando proferi essas palavras. Hoje, ainda o guardo em meu coração, mas tantos outros me marcaram e ensinaram muito mais. Obrigada por me inspirar a ser exatamente quem sou, e por sempre se surpreender e me incentivar na mesma medida conforme compartilho os meus sonhos mais loucos.

Kael, você é a minha grande inspiração. Não só peguei seu ascendente em peixes emprestado para a Alissa, mas também a Lua em um signo de terra e os muitos planetas em sagitário e escorpião. Tenho certeza de que, assim como ela, você vai viver cada vez mais aventuras e se realizar muito conforme concretiza tudo de mais lindo que veio cumprir nesta vida. Mamãe tem muito orgulho de você, e é a fã número um dos seus olhinhos, que se transformam em pequenas luas quando você sorri. Sinto um amor infinito por tudo o que você foi, é e ainda será.

Às minhas alunas, leitoras e AstroBookers: obrigada por me permitirem exercer a minha missão nesta vida com tanta alegria, ensinando sobre astrologia e trocando sobre literatura com vocês. Obrigada por terem aguardado com tanta paciência e entusiasmo o lançamento deste livro. O processo foi intenso, mas extraordinário na mesma medida. E eu viveria tudo de novo mil vezes para poder criar algo que genuinamente inspire vocês.

TIPOGRAFIA Adriane por Marconi Lima
DIAGRAMAÇÃO Osmane Garcia Filho
PAPEL Pólen Natural, Suzano S.A.
IMPRESSÃO Santa Marta, maio de 2025

A marca FSC® é a garantia de que a madeira utilizada na fabricação do papel deste livro provém de florestas que foram gerenciadas de maneira ambientalmente correta, socialmente justa e economicamente viável, além de outras fontes de origem controlada.